本书系国家社科基金项目"唐宋城市转型与文学变革关系研究"（项目编号：15XZW025）的结项成果

唐宋城市转型与文学变革关系研究

蔡燕 著

中国社会科学出版社

图书在版编目(CIP)数据

唐宋城市转型与文学变革关系研究 / 蔡燕著 . — 北京 : 中国社会科学出版社, 2024.3
ISBN 978 – 7 – 5227 – 3129 – 2

Ⅰ. ①唐… Ⅱ. ①蔡… Ⅲ. ①中国文学—古典文学研究—唐宋时期 Ⅳ. ①I206.42

中国国家版本馆 CIP 数据核字(2024)第 040716 号

出 版 人	赵剑英	
责任编辑	杨　康	
责任校对	李　莉	
责任印制	戴　宽	

出　　版	中国社会科学出版社	
社　　址	北京鼓楼西大街甲 158 号	
邮　　编	100720	
网　　址	http://www.csspw.cn	
发 行 部	010 – 84083685	
门 市 部	010 – 84029450	
经　　销	新华书店及其他书店	
印刷装订	三河市华骏印务包装有限公司	
版　　次	2024 年 3 月第 1 版	
印　　次	2024 年 3 月第 1 次印刷	
开　　本	710×1000　1/16	
印　　张	19	
字　　数	277 千字	
定　　价	109.00 元	

凡购买中国社会科学出版社图书, 如有质量问题请与本社营销中心联系调换
电话: 010 – 84083683
版权所有　侵权必究

目 录

绪 论 ……………………………………………………（1）

第一章 唐宋城市转型的文学书写……………………………（18）
    第一节 街：城市转型中的空间意象……………………（19）
    第二节 声音：城市转型中的听觉意象…………………（39）
    第三节 商贾：城市转型中的人物形象…………………（62）

第二章 唐宋城市转型与文人心态嬗变………………………（79）
    第一节 王维诗歌对都市的投入与疏离…………………（79）
    第二节 白居易诗歌中城市诗意的显现…………………（88）
    第三节 从庙堂到街市：柳永文化身份的游移与词
           的俗化 ………………………………………（103）

第三章 唐宋城市转型中文学题材新变………………………（113）
    第一节 城市商业功能的发展与诗词爱情抒写新变……（113）
    第二节 城市商业功能的发展与山水抒写新变…………（124）
    第三节 城乡失衡的补偿：农事讽喻的抒写……………（136）
    第四节 城与乡的平衡：园林文学的成熟………………（145）

第四章 唐宋城市转型中文学风格的嬗变……………………（161）
    第一节 城市文化兴起与文学雅俗互动…………………（161）
    第二节 唐宋文学商业化与语言白话趋向的关系………（182）
    第三节 唐宋文学叙事性转向之成因与表现……………（197）

第五章　唐宋城市转型中新兴文体的萌芽与发展 ……………（213）
　　第一节　唐诗宋词中城市功能的演变与文体转换 ………（213）
　　第二节　宋代市民文化勃兴与宋话本的兴盛 ……………（227）
　　第三节　唐宋城市转型与戏曲的形成和发展 ……………（245）

参考文献 ……………………………………………………（287）

绪　论

斯宾格勒高度评价城市在人类历史上的巨大作用："所有伟大的文化都是城镇文化"，进而认为"世界历史即是城市的历史"[①]。芒福特则更注重城市的文化功能："城市不只是建筑物的群集，它更是各种密切相关并经常相互影响的各种功能的复合体——它不单是权利的集中，更是文化的归极。"[②] 文学研究则更关注城市与文学的关系，正如理查德·利罕所说，"城市是都市生活加之于文学形式和文学形式加之于都市生活的持续不断的双重建构"[③]，城市与文学处在一种相互建构的关系中。

唐宋文学研究历来是中国古代文学研究的重点，对唐宋文学变革研究近年来更是成为这一领域的热点，并取得了丰硕成果，要想有新的突破已很困难，而引入新视角是开辟新研究领域的有效途径。虽然近年来在唐宋城市与文学互动关系的研究上产生了很多研究成果，但仍有可深入的空间。另外，对于文学而言，城市和乡村不仅仅是两种不同的地理空间、生态空间、经济空间，也是两种不同的文化空间，作为两种文化力量的载体，它们对文学精神的影响是深刻而长远的。

今天，城市相对于传统的乡村已成为中国现代化进程中文学无

[①] ［德］奥斯瓦尔德·斯宾格勒：《西方的没落》第二卷，吴琼译，上海三联书店2006年版，第83页。

[②] ［美］刘易斯·芒福德：《城市发展史：起源、演变和前景》，宋俊岭、倪文彦译，中国建筑工业出版社2005年版，第91页。

[③] ［美］理查德·利罕：《文学中的城市——知识与文化的历史》，吴子枫译，上海人民出版社2009年版，第3页。

法回避的选择,即使在表现乡村题材的时候,城市已成为一种必要的参照系而左右着作家的乡村书写,这一切对于文学而言意味着什么?对文学的走向将带来什么样的影响?回答这些问题,我们当然急需切入现实去做深入的研究思考,同时,也应该从历史层面寻绎答案。以史鉴今,通过对历史的回顾,我们不难发现今天城市化推进过程中困扰人们的诸如城乡关系、大众文化对传统文学的冲击甚至替换等问题的渊源所自,这也是本书研究的现实意义。

一

"唐宋变革""唐宋转型"是国际唐宋史学界的重要论题,唐宋之际中国社会发生了多方面深层次的变革,而这种变革开始于隋代和唐代前期,基本完成于北宋前期,城市的发展变革与这种社会变革基本同步。内藤湖南1910年最早提出著名的宋代近世说,构想了以唐宋"转型论"为核心的宋史观:"中国中世和近世的大转变出现在唐宋之际"①,这一观点在日本学术界引发了一场持久的论争,贯穿了20世纪唐宋史研究,他既有继承发扬者宫崎市定,也有批判者前田直典、周藤吉之等人。

欧美学者受内藤湖南观点影响,将唐宋看成中国从中古向近世转变的重要时期,但近年来的研究更为重视思想文化变迁的历史影响,还涉及城市变革的论述,有代表性的如美国学者包弼德认为日益增长的私人财富和商业促进了前所未有的城市化,京城由一个人为的行政产物变成了集政治、文化、商业等多功能聚合体。②施坚雅对中国古代唐宋时期城市变革则提出"中世纪城市革命"的观点,③认为唐宋时期政府弱化了对市场经济的干预,城市商业发展是城市

---

① [日]内藤湖南:《概括的唐宋时代观》,载刘俊文主编《日本学者研究中国史论著选译》第一卷,黄约瑟译,中华书局1992年版,第18页。
② [美]包弼德:《斯文:唐宋思想的转型》,刘宁译,江苏人民出版社2017年版,第531页。
③ [美]施坚雅主编:《中华帝国晚期的城市》,叶光庭等译,中华书局2000年版,第23—24页。

绪 论

革命的驱动力量。

从海外"唐宋变革""唐宋转型"转向国内，在本土学者关于经济的分析和文化的感悟中会发现与海外唐宋变革"桴鼓相应、异口同声的景象"，陈寅恪、吕思勉、钱穆、王国维、胡适、邓广铭、漆侠、侯外庐等大师在各种通史、综论中对唐宋社会变革的精辟分析有力地呼应了"内藤命题"。著名思想家严复敏锐地觉察到宋代乃中国古代"人心政俗"转折的关键时代："若研究人心政俗之变，则赵宋一代历史最宜究心。中国所以成为今日现象者，为善为恶，姑不具论，而为宋人之所造就，什八九可断言也。"① 王国维也有类似观点："近世学术多发端于宋人"②，陈寅恪则把这个转折点前推到唐代中期："唐代之史可分前后两期，前期结束南北朝相承之旧局面，后期开启赵宋以降之新局面，关于社会政治经济者如此，关于文化学术者亦莫不如此。"③ 这些精辟的论断都指出唐代中叶至赵宋王朝在社会政治、文化、经济等方面发生了巨大的变革。

近年来关于唐宋城市转型的研究取得了丰富的成果，代表性的学者有周宝珠、林立平、韩昇、李孝聪、宁欣、包伟民等，他们与陈寅恪等大师重精彩的文化感悟但少论证的研究不同，对唐宋社会及城市变革的内涵有深入的论证分析，拓展了这个领域的研究空间。如宁欣在《转型期的唐宋都城：城市经济社会空间之拓展》等系列文章中认为城市变化是社会发生深刻变化的集中表现，唐宋时期是中国古代商品经济发展的又一个高峰期，这是唐宋城市变革的主要原因。虽然唐宋城市变革尚带有明显的历史局限性，但无论城市类型、职能、空间分布、人口结构和数量、城市网络体系、人口文化结构都发生了重大变化。

唐宋"城市革命"是唐宋社会变革或转型的子论题，本书称其

---

① 严复：《致熊纯如函》，《严复集》第三册，中华书局1986年版，第668页。
② 王国维：《王国维论学集》，傅杰编校，中国社会科学出版社1997年版，第206页。
③ 陈寅恪：《论韩愈》，《金明馆丛稿初编》，生活·读书·新知三联书店2009年版，第332页。

为唐宋城市转型，相关学者的论述和学术梳理可谓汗牛充栋，根据前人的论述和梳理，与本书研究密切相关的大体有如下几个方面。

（一）制度层面是坊市制的崩坏。"坊市制作为中国古代城市集权管理制度延续千年，发展到唐代达到极致，同时也是在唐代开始走向崩坏，从唐代封闭式的坊市分离制度，发展为宋代开放式的街市制度，是学术史中对唐宋间城市行政管理制度演变最典型的描述。"[1] 从中唐开始，随着"侵街打墙、接檐造舍"[2]的现象出现，延续千年的坊市制受到挑战，到北宋全面崩坏。这个议题牵涉了丰富的内容：其内在的驱动力量是什么？对城市性质、布局结构、经济、文化思想、生活方式的影响是什么？历来广受史家关注。

城市转型的核心问题首要从社会经济发展角度来找寻，宁欣认为在城市社会、经济空间的拓展过程中，商品经济的穿透力是非常重要的因素，也是城市化进程中的关键点。[3] 李孝聪认为"在城市社会经济尚未复苏或繁荣到一定程度时，采用封闭式的城市管理制度是能行得通的办法"[4]，但是，唐宋时期作为中国古代商品经济发展的又一个高峰期，商品经济发展的内在动力与城市集权管理的坊市制度形成对立和博弈，商品经济一步步蚕食、破坏坊市制度，最终坊市制被冲决崩坏。同时，与坊市制紧密相连的宵禁制度在商品经济的渗透和挑战下也被一并废除。

这样，从中唐到北宋，城市空间、时间的管理从封闭逐渐走向开放，这是史学界对唐宋城市转型动力的基本判断。林立平把中国古代城市划分为封闭结构（城市形成到唐代中期）、市坊结构过渡至厢坊结构（唐代中期至北宋）、亚开放结构（宋元明清）三个阶段，唐代中期至北宋是中国古代城市空间布局从封闭结构转型到亚开放

---

[1] 包伟民：《宋代城市研究》，中华书局2014年版，第15页。
[2] （宋）王溥：《唐会要》卷86，中华书局1995年版，第1576页。
[3] 宁欣：《转型期的唐宋都城：城市经济社会空间之拓展》，《学术月刊》2006年第5期。
[4] 李孝聪：《唐代城市的形态与地域结构——以坊市制的演变为线索》，《中国城市的历史空间》，北京大学出版社2015年版，第63页。

结构的关键时期,商业娱乐活动冲破时间空间的束缚,① 这对中国古代社会、政治、经济、文化产生了极为深远的影响。

(二)社会政治层面是士族政治的式微,城市人口结构从士人社会向市民社会位移。促成社会阶层流动转型的因素是政治、科举、商品经济三个方面。韩昇在《南北朝隋唐士族向城市的迁徙与社会变迁》一文中认为在唐帝国建立以后,国家取得了文化主导权,城市成为政治、经济、文化中心,极大地吸引士族向城市迁移,从而使城乡呼应的士族政治形态瓦解,促成了唐宋时期具有深远意义的社会转型,② 这也是包括内藤湖南在内的很多学者认为的唐宋间贵族政治没落,转向君主独裁制度的时期。至宋,君权膨胀,君王成为绝对的权力主体。

另外,科举是打破旧有门阀制度、导致贵族政治没落的重要举措。内藤湖南以及欧美学者都一致认为以科举制为基础的官吏任用制度是平民实现向官僚阶层转换的机会,门阀士族逐渐让位于科举新贵,所以唐以后的社会被称为"科举的社会"。③ 张邦炜对唐宋士大夫的家世背景作了深入统计研究,认为唐代士大夫"绝大多数出身于官僚家庭",而两宋在宋史中有传的士大夫一共1953人,不是出身于官僚家庭的占55.12%。④ 也就是说,到了宋代,更多出身平民的读书人通过科举实现"朝为田舍郎,暮登天子堂"的梦想,有力地冲击了传统的贵族政治。

商品经济是唐宋城市人口结构从士人社会向市民社会位移的重要因素,"门阀士族的衰亡并不是唐宋旧有等级制度崩溃的全部,因为它仅是社会最上层的变动。士、农、工、商等级制的打破无疑才是社会的整体性流变,对整个社会变迁的影响更大……士、农、工、

---

① 林立平:《封闭结构的终结》,广西人民出版社1989年版,第172—175页。
② 韩昇:《南北朝隋唐士族向城市的迁徙与社会变迁》,《历史研究》2003年第4期。
③ 钱穆:《国史新论》,生活·读书·新知三联书店2001年版,第31页。
④ 张邦炜:《宋代家庭婚姻史论》,人民出版社2003年版,第347—348页。

商等级制在贵者贫和贱者富的上下对立运动中被财富力量摧毁了"①。士、农、工、商等级制的打破对于社会进步更具有深远意义，新崛起的富人阶层对旧有的等级制度造成巨大冲击，促成了"社会的整体性流变"，城市聚集大量的工商业者，市民群体逐渐壮大，人口结构从士人社会向市民社会位移。

唐宋时期城市功能朝着政治、经济、文化等多元化聚合方向发展，成为一个国家或区域政治、经济、文化中心，对广大的农村地区政治经济文化都有极强的吸纳力、辐射力，加之唐代租佣调制废除，实施两税法后农民对地主的人身依附关系下降，摆脱土地束缚的部分农村人口涌向城市，城市人口构成渐趋多元化，而"城市人口结构与主体人群的变化，是唐宋时期城市社会发展变化的最重要最显著的特征之一"②。宁欣从城市市民的界定、城市居民主体的变化、城市社会中心的下移三个方面分析，认为从士人社会到市民社会的转型是我们了解唐宋时期城市社会转型的重要内容。

（三）经济层面是自然经济转向商品经济。自然经济与商品经济是人类社会的两种经济形式，林文勋认为"自然经济的历史比商品经济悠久，商品经济的前程比自然经济远大"，自然经济与商品经济处在一种此消彼长的关系中。唐宋作为中国商品经济发展的第二个高峰，生产力的发展使商品经济达到前所未有的高度，商品经济的发展意味着自然经济的退却。更为关键的是，随着自然经济的退却，建立在它基础上的社会关系、政治制度、思想观念等也会相应发生嬗变，"分化性、流变性、竞争性、开放性是商品经济的特点。这与自然经济的凝固性、封闭性截然不同。在商品经济的冲击下所引发的唐宋社会的变动，几乎在各个方面都反映了商品经济的这些特性"③。

---

① 林文勋：《商品经济与唐宋社会变革》，《中国经济史研究》2004年第1期。
② 宁欣：《从士人社会到市民社会——以都城社会的考察为中心》，《文史哲》2009年第6期。
③ 参见林文勋《唐宋历史观与唐宋史研究的开拓》，载中国史学会、云南大学编《21世纪中国历史学展望》，中国社会科学出版社2003年版。

"唐宋时期是一个商品经济发展引起各种原有的社会要素流动组合的时期，同时也是一个经济关系和社会关系日益呈现市场化趋势的时期"①，这种市场化趋势的积极因素是显而易见的，它有助于打破原有的社会等级秩序。吴晓亮就白居易《卖炭翁》中展现的"宫市"作了正面评价，认为"我们暂且不论宫廷依权仗势盘剥百姓的事实，而仅就宫廷需要市场、走进市场这一点而言，我们可以看到商品经济的渗透力。社会生产的发展、社会产品的丰富、社会需求的增大和社会欲望的膨胀，使得那些高居于金字塔尖之上的阶层向市场低下那曾经是不可一世的头。从某种意义上讲，这部分人开始进入市场和广大的农民阶层卷入市场一样，应当给予充分肯定。因为，这从政治上表明了长期以来政治权势牢不可破与等级森严壁垒的松动，显示了在金钱面前人人平等的端倪；从经济上则表明市场的扩大。尽管它是那样的微不足道，但应当给予一定的重视和肯定"②。到了宋代，随着货币的大量使用，大众消费对市场的依赖程度更高，而"这种大众性的、经由市场的消费行为使得人人都必须支付一定的货币，才能满足自己的消费愿望。尽管其消费活动有着高档和中低档、高价和普通价的差别，但仅就必须付钱一点而言，就包含了人人平等的因素。它反映出在商品经济的侵蚀下，政治权势的基础再度松动和普通民众社会地位的上升"③。

综上，商品经济引发的变革不仅仅限于经济领域，而是在政治社会、文化性质等方面带来了广泛而深远的影响。其中，旧有等级关系的松动、城市文化品质特点的形成对城市转型的积极意义不可忽视。

（四）文化层面是唐型文化转向宋型文化。唐宋文化转型是史学界唐宋变革论的子论题，也是学界热议的话题，内藤湖南、包弼德、宇文所安、陈寅恪、邓广铭、傅乐成、林继中、蒋寅、刘宁等国内

---

① 林文勋：《商品经济与唐宋社会变革》，《中国经济史研究》2004年第1期。
② 吴晓亮：《略论宋代城市消费》，《思想战线》1999年第5期。
③ 吴晓亮：《略论宋代城市消费》，《思想战线》1999年第5期。

外学者都有过精彩的论述。早在20世纪初，内藤湖南在关于唐宋"近世"说的论述中说"唐和宋在文化的性质上有显著差异：唐代是中世的结束，而宋代则是近世的开始，其中包含了唐末至五代一段过渡期"①。内藤湖南从政治、官吏选拔、经济、学术文艺等方面分析唐宋文化的差异性。作为唐宋变革论欧美学者代表的包弼德在《斯文：唐宋思想转型》一书中认为在唐宋士人身份从门阀士族转向地方精英的过程中思想史、文化史方面有着明显的转型特征。译者刘宁认为包弼德的研究"为突破内藤假说以自由平易为核心的近世文化观，深入理解宋型文化的复杂内涵，奠定了重要的基础"，并"以其对唐宋思想史研究的卓越创获，对内藤湖南最为关切的问题交出了一份出色的答卷"②。宇文所安则看重中唐在思想文化转型中的重要作用："中唐既是中国文学中一个独一无二的时刻，又是一个新开端。自宋已降所滋生出来的诸多现象，都是在中唐崭露头角的，在许多方面，中唐作家在精神志趣上接近两百年后的宋代大思想家，而不是仅数十年前的盛唐诗人。以特立独行的诠释自恃，而非对于传统知识的重述，贯穿于此后的思想文化。"③

就国内而言，陈寅恪在《论韩愈》一文中也非常看重中唐在唐宋文化转型中的转折性作用："唐代之史可分前后两期，前期结束南北朝相承之旧局面，后期开启赵家以降之新局面，关于政治社会经济者如此，关于文化学术者亦如此。"④邓广铭认为宋代文化达到了封建时代"登峰造极的高度"："宋代的文化，在中国封建社会历史时期之内，截至明清之际的西学东渐的时期为止，可以说，已经达到了登峰造极的高度。"⑤ 20世纪后期的学者则深入研究唐宋文化转

---

① [日] 内藤湖南：《概括的唐宋时代观》，载刘俊文主编《日本学者研究中国史论著选译》第一卷，黄约瑟译，中华书局1992年版，第10页。
② [美] 包弼德：《斯文：唐宋思想的转型》，刘宁译，第552—553页。
③ [美] 宇文所安：《中国"中世纪"的终结——中唐文化文学论集》，陈引驰、陈磊译，生活·读书·新知三联书店2006年版，第6页。
④ 陈寅恪：《金明馆丛稿初编》，第332页。
⑤ 邓广铭：《邓广铭治史丛稿》，北京大学出版社1997年版，第66页。

8

型的具体内涵，中国台湾学者傅乐成在20世纪70年代以《唐型文化与宋型文化》为书名探讨唐宋间文化转型问题，书中认为唐代文化以接受外来文化为主，其文化精神及趋势是复杂而进取的。到了宋代具有民族本位文化的理学产生，文化精神转向单纯和收敛。[①] 林继中认为唐宋之际的文化转型"盖中国古代社会经长期发展，至隋唐其重心已由中古宗法的贵族政治体制逐渐移向近古中央集权的官僚政治体制"[②]，作者在这样的政治背景判断的前提下对唐宋文化、文学的差异性进行了富有建设性的思考。至此，盛唐文化具有多元性和开放性，宋代文化则具有收敛内向型特征已成为学界共识。

唐宋文化转型有政治经济多层面的原因，前人多有论述，而其中唐宋城市转型这个关键因素虽有所涉及，可惜未能进行集中的深入探究。唐宋文化转型对于这一时期文学变革的影响是直接而深远的，而唐宋城市转型对文学的影响需通过文化这一中介方能达成。所以，唐宋文化转型的内容是本书研究的重点之一。

（五）关于唐宋城市转型性质的评价。中外学者对唐宋社会发生变革的观点容易达成一致，但对唐宋城市转型性质则存在较大争议。有的学者高度评价唐宋城市转型，认为"宋代城市已发展到了可与西欧近世都城相比的高度文明水平"[③]，宋代城市基本奠定了中国封建城市格局，"城市形制自北宋后，基本没有大的变动，历史仿佛凝固了"[④]。因为宋代城市较之前的城市发生了前所未有的进步，商品经济高度发达，是中国近代化城市的开端。[⑤] 而有些学者认为对唐宋城市转型的评价应有一个审慎的态度，认为"宋代城市是封建社会后期城市的开端，并孕育了某些近代化城市形态的萌芽，对后世城

---

① 傅乐成：《唐型文化与宋型文化》，台北"国立"编译馆馆刊1972年版。
② 林继中：《文化转型与宋代文学》，《长江学术》2006年第1期。
③ ［日］中村圭尔、辛德勇编：《中日古代城市研究》，中国社会科学出版社2004年版，第115页。
④ 王颖：《城市社会学》，上海三联书店2005年版，第35页。
⑤ 田银生：《宋代东京街市研究》，博士学位论文，同济大学，1997年。

市产生深远的影响"①，这样的观点相对更为稳妥。

二

在"唐宋变革"这一社会转型和城市转型的过程中，文学产生了不同层面的变革。所以，中国古代文学研究中"内藤命题"不断被人重提。② 关于唐宋文学在中国古代文学发展史上的转折性的研究，早在清代，就有叶燮在《百家唐诗序》中指出："贞元、元和时，韩、柳、刘、钱、元、白凿险出奇，为古今诗运关键。后人称诗，胸无成识，谓为中唐，不知此中也者，乃古今百代之中，而非有唐之所独，后此千百年，无不从是以为断。"③ 所谓中唐之"中"，乃古今百代之"中"，叶燮已经认识到中唐乃中国古代文学发展的一个转折时期，其间大诗人杜甫起到枢纽作用，这样的文学变革至北宋渐趋明朗。20世纪后半叶以来，罗宗强、葛晓音、孟二冬、林继中等学者从文学内部发展规律角度进行研究，是非常有分量的学术成果。

在文学内部发展规律探讨的基础上，很多学者着力于探讨这种变革的外部因素。"华夏民族文化，历经千载之演进，造极于赵宋之世。"④ 文化、社会政治、经济因素固然是文学变革的驱动力量，而文学变革往往是内外因合力而成的结果。能够把两个方面的探究结合一体的代表性研究成果是林继中的《文化建构文学史纲》，该书以中唐为界将魏晋至北宋文学发展史划分为两大阶段，以"士族文学"与"世俗地主文学"为两阶段文学特质的标志。在研究思路上，以文化与文学作为互动同构的系统与子系统，以文学为经济等社会因素与文化的中介，这种宏观视野的研究是富于建设性的。刘宁的《唐宋之际诗歌演变研究：以元白之"元和体"的创作影响为中心》

---

① 李瑞：《唐宋都城空间形态研究》，博士学位论文，陕西师范大学，2005年。
② 王水照：《重提"内藤命题"》，《文学遗产》2006年第2期。
③ （清）叶燮：《百家唐诗序》，转引自孟二冬《中唐诗歌之开拓与新变》，北京大学出版社1998年版，第8页。
④ 陈寅恪：《金明馆丛稿》，上海古籍出版社1980年版，第10页。

绪 论

一书选择唐宋诗转型这个宏观课题作为研究对象，但具体行文则从"元和体"在中晚唐和宋初的影响来切入，力求显示唐宋诗歌转型的内在轨迹，"同时又找到与'元和体'关系最密切的士人'文官化'的问题，来考察诗歌创作主体精神面貌的变化……这种由内向外的思路，避免了外因和内因成为两张皮的粘贴，是保证这种宏观研究能够继续深入的前提"①。该书研究将外因与内因、宏观与微观相结合，是近年来研究唐宋文学变革不可多得的一部力作。

对城市与文学关系的探讨是近年来文学研究的一个热点，上海师范大学1998年组建"都市文化研究中心"，2005年出版由孙逊主编的《都市文化研究》第一辑，2006年11月，教育部人文社会科学重点研究基地上海师范大学都市文化研究中心，与《文学评论》编辑部、上海高校都市文化E-研究院、上海市重点学科都市文化学合作，举办了"都市文化—文学学术研讨会"，更为明确地把都市文化与文学的关系作为人文社会科学的一个研究重心来深入探讨。但正如孙逊、刘方所说，"伴随着我国城市化进程，城市与文学的关系开始得到重视，研究成果多集中在现当代文学方面……对于古代中国城市与文学的研究，仍然处于起步阶段"②。2007以后，《文学评论》等重要刊物相继刊发了一系列相关的研究论文，如孙逊、刘方的《中国古代小说中的城市书写及现代阐释》、黄强的《中国古代"乡下人进城"的文学叙述》等文章作了很好的开拓性研究。但相关研究多集中于明清时期小说与城市的关系研究，如方志远的《明代城市与市民文学》、葛永海的《古代小说与城市文化研究》等。而且一般着重于城市对文学影响的单向研究，但是文学并不是被动地反映城市的面貌，而是能动地塑造着城市形象和个性，所以，研究城市转型与文学变革关系就显得十分必要。

---

① 刘宁：《唐宋之际诗歌演变研究：以元白之"元和体"的创作影响为中心》，北京师范大学出版社2002年版，"序"第2页。
② 孙逊、刘方：《中国古代小说中的城市书写及现代阐释》，《中国社会科学》2007年第5期。

11

近年来日本汉学研究基本循着唐宋"转型论"的观点展开讨论,如著名学者妹尾达彦系列文章基于白居易、韩愈等人"长安生活圈的复原,论述9世纪的长安与知识人思想形成之关联"①。

三

唐宋时期处在前工业时代城市发展进程中的转折时期,唐代商品经济开始走向发达,城市封闭的市制进一步完善,海外贸易可达中东地区。而北宋则逐渐打破自古相沿的坊市制度,城市的结构和面貌与近代城市相同,出现了以经济功能为主的城市,城市结构、功能的这种变化,深刻地影响和改变着唐宋文人的生活方式、人际关系、社会组织等,从而潜移默化地改变着他们的人格风范、文化观念、文学观念、审美趣尚。在这个变化过程中,我们会看到城市在怎样不断积聚能量逐渐引领着文学走向世俗化和大众化,以更好地适应城市化的发展变化,从而引发了文学多层次的发展变化;反过来,文学也在能动地塑造着城市的形象与文化个性,使得长安、洛阳、汴京等城市成为具有厚重的文化积淀的个性化城市,所以,城市与文学处在一种相互建构的互动关系中。

本书研究的主要目标是力求从城市和城乡关系角度切入唐宋文学的研究,通过对唐宋时期城市转型与文学变革之间复杂关系的探究辨析,力求拓展唐宋文学的研究空间,激活古代文学研究,对唐宋以后文学发展趋向提供一种新的阐释角度,也为当代文学现象分析提供有效的历史参照;另外是从文学这一角度为社会历史研究、城市化研究提供更为鲜活的具体佐证,在当今推进城市化建设的政治文化背景下反观历史文化和文学的建构轨迹,突出古代文学研究的时代意义和实践意义,既有重要的学术价值,也有人文关怀的现实意义。

---

① [日]妹尾达彦:《九世纪的转型——以白居易为例》,载《唐研究》第11卷,北京大学出版社2005年版,第486—524页。[日]妹尾达彦:《韩愈与长安——九世纪的转型》,载《唐史论丛》第9辑,三秦出版社2007年版,第1—28页。

绪 论

因为研究内容涉及文学、城市社会学、历史学等学科，所以研究方法借鉴相关的哲学、文艺学、美学、城市研究等理论，采取跨学科交叉研究的方法，在文学—文化—社会历史的关系中，从城市这一视角探寻内在的深层关联。一方面是考察文学与城市环境的外部联系，分析城市的政治因素、商业因素、娱乐因素在不同的时期对当时文学的深刻影响以及文人文化角色的变化；另一方面，从文人的创作实践分析中，揭示城市发展、城市功能趋于多元化对文人创作心态的影响，探寻他们在城乡二元格局中的拒斥坚守与热情投入的矛盾中衍生出的丰富的文学形态是怎样推动文学的发展和变革。

唐宋时期是中国封建城市转型的重要时期，在这一进程中，安史之乱以后的中晚唐具有转折意义。所以，本书研究的重点是中晚唐至北宋城市发展与社会变革在文化领域引发的变化是怎样进入文学层面，从而引起唐宋文学变革。

基于城市与文学处在一种双重建构关系中的认知，本书第一章关注的是唐宋时期文学创作对城市转型的能动书写，选择空间意象"街"、城市声音景观、人物形象"贾客"三个方面的内容展现城市与文学的互动关系。唐宋文人的城市文学书写敏感地捕捉到了"街"这个空间意象展开他们对城市的诗意想象。随着城市转型，坊市制和宵禁制度逐步崩坏，"街"这个线性公共空间从政治性的奔竞之途转向城市生活舞台，从"六街鼓绝尘埃息"的宵禁冷落走向"金吾不禁六街游"的喧闹，从农耕自然审美逐渐融合街市欲望审美，很好地展现了城市转型在这个独特的空间中留下的变动痕迹。

在唐宋城市转型进程中，城市的声音景观也随之发生了系列变化，喧闹"市声"逐渐日常化、"官街鼓"权威式微、街市娱乐之声的兴盛、寺观清音的世俗娱乐化，这四个方面的内容从一个独特的层面映现出时代政治、经济、文化风俗、文人心态等方面的嬗变，当然，更为重要的是折射出城市转型的诸多内涵。

商人在传统义利观与农耕意识双重夹击下更多地呈现为"求利无不营"唯利是图的负面形象，而且在与乡村农人的生存窘迫对照

13

中凸显"贾雄则伤农"的道德批判。中唐以后，城市商品经济的日趋繁荣，随着商业对国家政治经济作用的提升，文人士大夫商业观念逐渐转变而趋于多元化，文学表现中展现了被传统道德批判视角所遮蔽的商人从商的奔波艰辛，并对其冒险精神给予歌赞，部分文学作品中部分出现了正面商人形象。

在考察城市与作家创作的关系、城市与文学风格流变、市井民间创作与主流作家创作、市民社会的文化娱乐诉求与传统作家创作之间的互动关系时，如何选择最为恰当的切入点来更为准确地揭示社会历史变革、城市发展、文化转型、文学变革之间的内在关联，对一些重点作家的创作实践的分析是必要的切入点。所以，第二章从微观层面的个体作家创作研究城市对文学的影响，从历时性角度考察唐宋城市转型对作家城市观念及审美趣味的影响，重点从王维、白居易、柳永三位作家的创作实践中分析唐宋城市转型在文人城市观念、雅俗观念等方面留下的轨迹：中唐以前，当城市作为政治、军事中心而存在的时候，能够有效吸纳文人士子四方辐辏，形成文化、文学的彬彬之盛，但是，当他们的政治追求挫败后，作为政治幻影的都市往往成为罪恶的渊薮。而中唐以后，当都市的其他功能（商业、娱乐等功能）较为充分地发展起来并为文人士子所接受以后，都市逐渐成为文人士子政治追求挫败以后安居放逸的居所，而不仅仅是乡村诗意的对立面，城市诗意逐渐显露。

在唐宋城市转型发展中，一些已有题材的抒写重心、审美风格发生了变化，也有新的题材产生。第三章关注的是城市转型发展中文学题材的新变因素。首先涉及的是唐宋城市转型与爱情抒写模式、山水抒写模式的变化：中晚唐以后，随着城市商业功能的逐渐强化，古典爱情的理想光辉在商业化的酒宴歌楼觥筹交错的声色调笑中逐渐黯淡，文学中女性形象非伦理化，脱离了现实人伦的束缚，成为"被看"对象，审美趣味以富艳为美，爱情抒写的托喻色彩渐趋淡化；另外，中晚唐以后，随着城市经济辐射能力和吸纳力的强化，刺激了生产力的提高，自然在人类的开发利用过程中，逐渐失却了古代准宗教的神秘色彩，山水抒写从神化自然到人化自然，审美形态从崇高到谐趣，从脱俗到从俗，宋词开创了以女色写山水的先河，并在晚明山水小品中成为一时风尚。

唐宋时期，文人向城市迁移不仅仅是地理空间上的转移，也带来文化心态上的变化，其中城乡观念嬗变对文学书写的影响深远。唐代中叶以后，随着城市商业、文化娱乐功能的强化，城市对乡村的优势逐步显现。城市对乡村吸纳力增强，农村进入了交换经济，与城市商业紧密结合。同时，城市也开始了对乡村的剥夺，城乡分离失衡的格局形成，具体体现在农民经济和文化地位的逐步败落。在唐宋城市转型城乡分离失衡过程中，讽喻诗是中唐元白诗派文人向外担负政治责任的产物，园林文学则是他们向内调适城乡分离失衡的焦灼而兴盛的又一类题材，文人在游赏园林"微型自然"时物我交融体验中重温农耕文明的隐梦。

从中唐至北宋，雅与俗、奇与常、文言与白话、抒情与叙事等影响文学风格的诸多关联要素发生了量与质的消长变化，从文学内部来考察这种变化轨迹和原因的研究成果已经相当丰硕，但是，从唐宋变革过程中城市转型促使城市文化兴起、文学商业化等角度来研究文学风格流变还有可开拓的广阔空间。第四章从城市转型过程中文学风格的流变角度来探讨文学变革的具体内涵。

在唐宋城市转型过程中传统世家大族的城市化，使文化的重心从乡村转移到城市，加之市民阶层数量的增加，市井文化的勃兴改变了传统农耕文化、贵族精英文化二元格局，文化的多元化或者说市井文化兴起对此间文化、文学上的雅俗互动带来了前所未有的契机。在城市这个巨大的异质因素的聚容体中，传奇、话本、戏曲等新兴文体与市井文化关联密切已是共识，而在诗、词类抒情文体中雅俗互动也为传统文学带来了勃勃生机。

语言的文白消长是影响文学风格变化的重要因素，唐宋时期处于汉语发展史的重要时期。其中，文学语言的白话趋向引人关注，其原因是多层面的，但唐宋城市转型过程中商品经济的触角深入文学领域，文学商业化要求向大众普及无疑是文学语言白话趋向的最有力的驱动力量。

中唐以后的文学发展中出现叙事性转向，原因是多元的，但不外乎外部原因和内部原因，内部原因是中国文学传统中从先秦神话、《诗经》和史传文学以来的叙事传统的积累，外部原因中最重要的是中唐以后随着文学市场化、商业化兴盛起来的市民文学的叙事性对雅文学的影响。

在唐宋城市转型进程中，城市功能的演变从一个特殊的角度影响着中国古代文学文体的发生发展，在城市和文学文体的演进过程中，唐宋时期都具有转折作用。从城市功能来说，从政治化、军事化的内涵转向世俗内涵；从文体角度来说，从传统诗文转向了词、小说、戏曲等新兴文体。新文体的产生已经难以离开城市商业经济功能及世俗化因素，或者更准确地说是与市民社会的关系越来越紧密。而且唐宋以后不仅新文体的萌芽产生、发展仰赖城市这一实体，甚至是旧有的文体也强化了与城市的关系。城市不仅仅是人类文明的推进器，也成为文学新体裁萌芽发展的最重要的驱动力量。一些适应市民文化娱乐需求的新文体（如话本、俗讲、杂剧等）的萌芽发展更能显示文学流变的新趋向，所以，第五章着重探讨唐宋城市转型进程中新兴文体的萌芽发展问题。

在唐宋城市转型过程中，城市管理制度层面的变革，促使城市经济繁荣，由于商品经济的巨大吸纳力，城市市民人口大量增加，从而使得城市人口结构发生变化，实现"从士人社会到市民社会的转型"①。市民阶层文化娱乐的需求推动了市民文化的勃兴，催生了适合市民审美趣味和思想倾向的市井文艺，"说话"伎艺及与之相关的话本就是其中重要一类，其兴盛主要表现于它成为戏曲兴盛之前市井民众娱乐的主要门类，并得到了帝王和文士的青睐。与其市民

---

① 宁欣：《从士人社会到市民社会——以都城社会的考察为中心》，《文史哲》2009 年第 6 期。

绪 论

文化底色相适应，"说话"伎艺及话本创作及表演活动带有浓厚的商业文化色彩，商业化的运作方式进一步提升其艺术水准。在市民文化背景下兴盛起来的话本作为一种"商业化、表演性、娱乐性的文学活动"，其叙事立场带有中国古代市民双重性的性格：反传统思想意识与"政治冷漠性"，叙事形式与技巧也具有鲜明的市井文学特色。

中国古代戏曲的兴盛期在元明清时期，但是唐宋时期是其重要的孕育发展期，从唐代就初具戏曲形态的参军戏、傀儡戏、歌舞戏到戏曲形成的宋代杂剧期间，大约经历了600余年的漫长时间。在此期间，政治背景、社会环境、文化习俗、阶层结构、商业模式、生活环境等都发生了巨变，而对于戏曲发展而言，最重要的是城市转型带来的市民群体的壮大，娱乐业的兴盛，虽然戏曲不论是以泛戏剧形态出现的唐代参军戏、滑稽戏、歌舞戏，还是以戏曲形态出现的宋杂剧，"娱耳目乐心意"的主要功能却始终未变，但在这个演变过程中，由于商品经济市场化的需求，戏曲演艺活动的主体——艺人从宫廷优孟为主到民间艺人群体行社的社会结构形成，观演主体由王公贵族扩大到市井民众，观演场所由皇家宫廷楼殿或私家院所到勾栏瓦肆等固定的公共演出空间，剧本创作主体由伶人扩展到文人士大夫，题材由政治性、历史性题材拓展到市井现实世俗题材……这一系列观念意识、演出形态等的变化为元代戏曲兴盛作出了巨大贡献。

以上对本书的研究内容作了简要陈述，但因为论题本身涵盖的范围太广，内涵太丰富，以上研究思路肯定是以舍弃其他丰富的研究内容为代价的。

笔者对唐宋城市转型与文学变革关系的关注始于2000年，前后20余年，断断续续，"既事多所欣"，实属兴之所至，不能舍弃而为之。课题研究得以完成，要感谢吕维洪教授的支持，完成了第五章第三节"唐宋城市转型与戏曲的形成和发展"的撰写。感谢李超博士提供相关文献资料并对课题研究提出有益建议。但由于笔者的学养局限，完稿后仍有"书被催成墨未浓"的遗憾，所以，敬请专家读者批评指正，不胜感激！

第一章　唐宋城市转型的文学书写

　　唐宋之间城市发生了重大变革已是史学界的共识，历史学者非常感性地把唐宋城市作对比性描述："把考古学绘制的唐代长安城市地图与北宋末张择端的名画《清明上河图》作比较，唐代长安城'百千家似围棋局，十二街如种菜畦'之规整有序，与后者鼎沸市声恍若可闻的城市景观之间的差异，无疑向我们展示着，城市的跨越性发展是唐宋之间社会转轨过程中最显眼的现象之一。"① 唐宋时期文人用文学作品（诗文、传奇、话本等）形象地描述这种重大变化，这种描述往往成为史家研究此间城市发展变革时"以诗证史"的重要佐证材料。正如陈寅恪所说："通论吾国史料，大抵私家纂述易流于诬妄，而官修之书，其病又在多所讳饰。"② 与"私家纂述""官修之书"相较，文学抒写往往能够避免"诬妄""讳饰"之病。

　　唐宋城市转型有着非常丰富的内容层次，作为文学抒写不可能像史家、社会学家那样进行理性分析和记录，而是在作家敏锐地把握这一社会变革动向的基础上以文学方式来形象地映现城市转型的影像，恰恰是这种感性书写方式，更为深刻地存留下历史的真实，因为"文学艺术作为上层建筑、意识形态的一个组成部分，虽然不是径情直道地而是曲折地反映它所借以树立起来的基础即社会经济制度，但这种反映往往是逼真的、确凿的，尤其是经过筛选、取舍

---

①　包伟民:《宋代城市研究》，"绪论"第 1 页。
②　陈寅恪:《顺宗实录与续玄怪录》，《金明馆丛稿二编》，生活·读书·新知三联书店 2001 年版，第 81 页。

第一章 唐宋城市转型的文学书写

后,就更加如此"①。

在唐宋文学书写中,"街"的空间意象、城市声音的听觉意象和商贾的人物形象较好地承载了此一时期城市转型和文学变革的具体内涵,所以,下文主要围绕这三个方面展开分析。

第一节 街:城市转型中的空间意象

中国古代的"城市形象主要是由文学故事或典籍积累而成的文化遗存和历史记忆,归为一种模糊与遥远的空间想象"②。街,作为城市的"线性空间",是有别于乡村的特殊公共空间,对于城市的重要性不言而喻:"没有街道,就没有城市。巨大的城市机器,正是因为街道而变成了一个有机体……街道和建筑物相互定位,它们的位置关系,构成了城市的地图指南。城市借助街道,即展开了它的理性逻辑,也展开了它的神秘想象。"③

街的雏形可以上溯到距今 6000 年前后的中国陕西临潼姜寨部落遗址。先秦时期,《周礼·考工记》记载"国中九经九纬,经涂九轨"④。但是,近现代意义上富于生活气息和繁华盛况的"街"是在唐宋时期才出现,与这一时期的城市转型对街这个城市空间的塑造密切相关。

一 街何以成为城市转型的重要表征

首先,唐宋城市转型中坊市制、宵禁制度的突破是在街这个空间实现的。

唐代是古代坊市制发展的全盛时期也是衰落转型时期,坊市制

---

① 漆侠:《历史研究法》,河北大学出版社 2003 年版,第 33 页。
② 高小康主编:《城市文化评论》第一卷,上海三联书店 2006 年版,第 158 页。
③ 汪民安:《街道的面孔》,载孙逊主编《都市文化研究》第一辑,上海三联书店 2005 年版,第 80 页。
④ 李学勤主编:《周礼注疏》,北京大学出版社 1999 年版,第 1149 页。

19

是集权政治在城市管理上的体现。以都城长安为例,从城市规模上看是当时世界上最大的城市之一,全城由宫城、皇城、外郭城三重城组成,外郭城是居民住宅区和商业区,包括东西两市(各占两坊之地),由114坊构成,占地约74平方公里,占全城将近十分之九的面积,每坊短边长在500米至838米不等,长边在558米至1115米不等。长安城的街有三个层级:城坊之间及城坊内主要通行道路;具有宫廷广场性质处于宫城和皇城之间的横街,宽度达到220米;外郭城以主要街道为界限进行区域划分,整个城区南北有11条大街,东西有14条大街,宽155米的朱雀大街是其中央大街,将外郭城坊市分为东西两街区,坊与坊之间有宽阔的街道,但街道两侧有高2米的坊墙,深2米的御沟划定空间界限,坚硬的边界有效地阻隔了坊与坊之间的横向联系。外郭城的主干街道面积占其总面积将近七分之一,① 但不管是哪一个层级的街在严格的坊市制管理下,起到的都只是通道和隔离的作用,虽然宽阔但却显得荒凉寂寞。

长安城是一个由权力塑造的城市结构空间:等级森严、秩序井然,坊市制规范的空间等级布局层次丰富:宫城、皇城、郭城之间,城市道路之间,各城门门道、规模之间,城内里坊规模之间,城市区域之间,城内住宅建筑规模、形制之间,都存在等级差异。"传统城市街道的营造,主要通过空间文本的符号化,将'不在场'的皇权的权威性传递到每个角落。"② 这种城市空间等级布局规定了身处其间的人们活动的区域与行为模式。

从以上概述中可以看出,城市普通民众的公共空间并未在城市规划中体现出来,在宫城、皇城、郭城的三重结构中,宫城、皇城是普通民众无法涉足的禁地,在郭城的三大区域坊、市、街当中,坊、市都是"平面方形封闭式空间",实行的是封闭式管理,而街这

---

① 参见宁欣《街:城市社会的舞台——以唐长安城为中心》,《文史哲》2006年第4期;黄新亚《消逝的太阳——唐代城市生活长卷》,湖南出版社1996年版,"引言"第3页。
② 刘佳燕、邓翔宇:《权力、社会与生活空间——中国城市街道的演变和形成机制》,《城市规划》2012年第11期。

第一章　唐宋城市转型的文学书写

一线性空间尚有一定的公共性和自由度，所以唐宋城市转型在这个场域得到显性表征，因为"街道就是这样一个宽容的器皿，是一个可以不需要门票地将任何人盛装起来的慷慨而巨大的器皿。这是街道的平等精神，而平等正是人群得以在街道上聚集的前提"①。但是，在唐代由于严格的坊市制和宵禁制度，街道的公共性、自由度、平等精神等都受到极大的限制。

唐宋时期，城市就像一个生命有机体有自己的生长意志，这种意志很多时候和城市权力者的意志并不吻合，其发展并不完全按照城市权力者的预期进行。其中，权力者所占据的庞大空间和被统治者的狭小空间之间的拉锯竞争以及宵禁的严格管制和民众的挑战，对唐宋之间城市的塑造形成的历史轨迹就是从坊市到街市的演变。也就是说，街市的形成是国家意志与市民意志博弈平衡的结果。

中晚唐时期，城市在政治、经济、文化等方面发生了重大变革。活跃的工商业活动在时间、空间上冲破了封闭坊市的局限，里坊开店，侵街、夜市日益严重，最终从坊市分离走向坊市合一，至北宋坊墙倒塌，夹街贸易与夜市已经成为常态。在这个演变对抗过程中，"街道，成为精英和民众、国家和社会之间共生和冲突的舞台"②。在时间、空间的争夺中，市井民众以侵街、夜市集体性实践对抗活动，再造属于自我生存的街道空间。一开始，这种民间社会生态空间形式试探性地在街道出现，但一经实践就具有顽强生命力，其动力是中下层民众的生活诉求。所以，"街"承载了城市时空从封闭到开放、从宵禁到夜市的巨大转型变革，自身也从街道变身为街市，街的公共性、自由度、平等精神得到一定程度的伸张，所以唐宋城市转型在街这个场域得到显性表征。

其次，唐宋文人的城市文学书写敏感地捕捉"街"这个空间意象展开他们对城市的诗意想象。

---

① 汪民安：《街道的面孔》，载孙逊主编《都市文化研究》第一辑，第85页。
② 刘佳燕、邓翔宇：《权力、社会与生活空间——中国城市街道的演变和形成机制》，《城市规划》2012年第11期。

21

城市的"街"很早就已成为文学书写的对象,"金城十二重,云气出表里。万户如不殊,千门反相似。车马若飞龙,长衢无极已。箫鼓相逢迎,信哉佳城市"(王融《望城行》)。看不到尽头的"长衢"连缀着千门万户的人家,奔驰着如飞龙一般的车马,一路箫鼓逢迎,面对如此繁华的街景,诗人由衷发出"信哉佳城市"的赞美。唐宋时期,在"街"这一空间发生了古代城市有史以来最伟大的变革,"街"必然会成为文学关注和表现的重心,在唐宋文学的书写中,街占据非常重要的位置,仅就《全唐诗》进行检索,具有唐代时代特点的"九陌"出现 67 次,"九衢" 98 次,"六街" 24 次,"十二街" 9 次,如果加上描写涉及"街"的作品,那数量就更加庞大了,"街"这一时空意象在唐诗中的高频率出现意味着街对城市转型的表征意义。而在其他文体(如唐传奇)中,街成了情节展开的空间背景。到了宋代,"街"这一空间意象在不同文体中的繁复出场同样意味着其对城市生活的重要意义。

近年来,历史学者宁欣关于唐宋时期街的功能探讨的系列文章非常精彩,例如《街:城市社会的舞台——以唐长安城为中心》[1]《诗与街——从白居易"歌钟十二街"谈起》[2] 等,宁欣认为街道的多种功能与社会各方的需求密切相关,唐长安城主干街道有流动性、开放性、延伸性、公共性、公众性等特点,但文中着力分析的是街道的政治社会功能,这样的分析是符合当时历史情境的。这一系列文章更多的是分析唐代街道的功能特点,而对由唐至宋街道内涵的演变还未及充分展开和讨论,本节内容依据唐宋文学书写对由唐至宋街道功能意义的演变从三个方面来进行分析。

二 从政治性的奔竞之途到城市生活舞台

街道既是物理空间,更是权力、政治空间。在唐代坊市制下,

---

[1] 宁欣:《街:城市社会的舞台——以唐长安城为中心》,《文史哲》2006 年第 4 期。
[2] 宁欣:《诗与街——从白居易"歌钟十二街"谈起》,《中国历史文物》2005 年第 5 期。

第一章 唐宋城市转型的文学书写

街的功能被限定于交通，虽然有着巨大的街道尺度，但由于功能的单一，有道无街，缺乏活力，街道的意识形态色彩浓厚。由于其单一的交通通道性质，在文学抒写中往往被抽象为政治性的奔竞之路，唐诗中"长安道""洛阳道"的大量出现大多指向政治奔竞就是显例。"长安道""洛阳道"更多的是一种政治象喻，而实用、生活功能被弱化。因为，"坊市分离格局下的城市，工商业尚未与城市生活真正融合"①。李白的"大道如青天，我独不得出。"（《行路难》其二）中的"大道"显然超越了街道的实用生活功能而指向的是政治通达之道。所以李孝聪认为唐宋时期城市规划由象征主义转向实用主义。②妹尾达彦也认为唐代城市规划布局"从宇宙之都到生活之都"③。

街道的政治象喻在唐诗中是常见的："喧喧车马欲朝天，人探东堂榜已悬。万里便随金鹭鸶，三台仍借玉连钱。花浮酒影彤霞烂，日照衫光瑞色鲜。十二街前楼阁上，卷帘谁不看神仙。"（徐夤《放榜日》）放榜之日，长安十二街车马喧阗，日照彤霞，士子们衣装鲜丽，翘首以盼的是榜上荣名，走上政治通途，一举登上光耀天下的人生巅峰。"晓鼓人已行，暮鼓人未息。梯航万国来，争先贡金帛。不问贤与愚，但论官与职。如何贫书生，只献安边策。"（王贞白《长安道》）诗中关注的内容是帝国外交、边防等重大事件，这与"贫书生"奔走长安道的功业期许密切相关。但是，这条政治奔竞之路已是拥挤不堪，"晓鼓人已行，暮鼓人未息"，"贫书生"只能空遗浩叹。"汲汲复营营，东西连两京。关缒古若在，山岳累应成。各自有身事，不相知姓名。交驰兼众类，分散入重城。此去应无尽，万方人旋生。空余片言苦，来往觅刘桢。"（薛能《长安道》）奔走于"长安道"的士子"各自有身事，不相知姓名"。"汲汲复营营"

---

① 包伟民：《宋代城市研究》，第 180 页。
② 李孝聪：《唐宋运河城市城址选择与城市形态的研究》，载侯仁之主编《环境变迁研究》第四辑，北京古籍出版社 1993 年版。
③ ［日］妹尾达彦：《长安的都市规划》，高兵兵译，三秦出版社 2012 年版，第 143 页。

的仍然是政治功业。该诗中"东西连两京"透露出唐代除了"长安道"是士子们的政治奔竞之道,"洛阳道"也具有同样性质。

洛阳在唐代号称东都,是长安之外的另一政治中心,也是士子举选之地,"(唐高宗永徽元年)始置两都举,礼部侍郎官号,皆以两都为名,每岁两地别放及第。自大历十二年停东都举,是后不置"①。洛阳东都贡举大历年间暂停,但唐文宗大和年间东都又开始贡举活动。所以"洛阳道"在士子笔下与"长安道"一样成为通往政治辉煌之路,有些诗人来往两京寻求政治机遇,张继在洛阳失意后决意转战长安"贫贱非吾事,西游思自强"(《洛阳作》)。

但是,不管是长安道还是洛阳道,都只是少数士子政治通达之路,它们是大多数士子的政治蹉跎、生活窘迫之路,于邺在《过洛阳城》中感慨"古来利与名,俱在洛阳城。九陌鼓初起,万车轮已行"。宵禁刚解除,洛阳"九陌"上已是万车奔竞。"喧喧洛阳路,奔走争先步。唯恐著鞭迟,谁能更回顾。覆车虽在前,润屋何曾惧。贤哉只二疏,东门挂冠去。"(王贞白《洛阳道》)洛阳道上虽有"覆车"在前,依然阻挡不了满怀功业热情"唯恐著鞭迟"的士子们。奔走在这条道路上,个中的辛酸自然也是诗人书写的重要内容,"憧憧洛阳道,尘下生春草。行者岂无家,无人在家老。鸡鸣前结束,争去恐不早。百年路傍尽,白日车中晓。求富江海狭,取贵山岳小。二端立在途,奔走无由了"(任翻《洛阳道》)。背井离乡在洛阳道上求富贵,"鸡鸣前结束,争去恐不早"。但是,"求富江海狭,取贵山岳小",成功者凤毛麟角,就连大诗人杜甫也无比屈辱地说自己在长安道上"朝扣富儿门,暮随肥马尘"。张乔在《延福里秋怀》诗中感慨自己奔走中的贫病交加:"终年九陌行,要路迹皆生。苦学犹难至,甘贫岂有成。病携秋卷重,闲著暑衣轻。一别林泉久,中宵御水声。"聂夷中在《住京寄同志》诗中说自己"日日无终始"的奔走于长安十二街,但因为性情"如石",不通荣辱之

---

① (宋)王溥:《唐会要》卷75《东都选》,第1368页。

第一章 唐宋城市转型的文学书写

理,终究无法通达显贵:"在京如在道,日日先鸡起。不离十二街,日行一百里。役役大块上,周朝复秦市。贵贱与贤愚,古今同一轨。白兔落天西,赤鸦飞海底。一日复一日,日日无终始。自嫌性如石,不达荣辱理。试问九十翁,吾今尚如此。"

中唐时期,由于坊市制和宵禁制度的松动,"长安道""洛阳道"的功能意义逐渐丰富,不再局限于通道和隔离功能,经济、文化娱乐功能得到一定程度的凸显。德宗时期的沈既济在传奇《任氏》中有一段叙述:"郑子既行及里门,门扃未发,门旁有胡人鬻饼之舍,方张灯炽炉,郑子憩其帘下坐以候鼓。"传奇所写是天宝年间的故事,从中看出,虽然坊间仍然实行宵禁管理,但里坊内已有商业活动。历史证明,这种商业活动具有很强的穿透力,一经开始,就会找寻空间溢出里坊。从相关史料中可以看出,唐代向街开门是达官贵族的府邸才可拥有的特权,《唐会要》中规定"非三品以上及坊内三绝,不合辄向街开门"①,但中晚唐时期,由于商业活动的穿透力,市民沿街开店的风气已经很难禁绝,而且坊门不再严格开闭,宵禁制度也有所松懈。据《唐会要》记载,大历年以后:"向街开门,各逐便宜,无所拘限,因循既久,约勒甚难。或鼓未动即先开,或夜已深犹未闭。"② 沿街开店大大便利了工商业活动,更为重要的是,工商业融入城市生活,"工商业与城市之间的隔阂最终消融,中国传统时期完全意义上的城市才最终成熟"③。

到了宋代,坊市的管理制度被打破,坊墙被推倒后,商店沿着街道开设,百姓向街开门,茶肆酒楼、食店"自大街及诸坊巷大小铺席,连门俱是,即无空虚之屋。每日凌晨,两街巷门浮铺上行百市买卖热闹"④。即使是皇宫大门宣德楼前的御街也成为商业交易繁

---

① (宋)王溥:《唐会要》卷86,第1576页。
② (宋)王溥:《唐会要》卷86,第1576页。
③ 包伟民:《宋代城市研究》,第180页。
④ (宋)吴自牧:《梦粱录》,刘坤、赵宗乙主编,黑龙江人民出版社2003年版,第122页。

 唐宋城市转型与文学变革关系研究

盛的区域："自宣德楼一直南去，约阔二百余步，两边乃御廊，旧许市人买卖于其间。"①　皇宫大门前都可设铺交易，更遑论其他。虽然朝廷在至道元年（995）和咸平中期（998—1003）也曾想恢复坊市制，但未能成功，仁宗时期真正实现了坊市合一，居民居住区与市场交易的界限消失。这一重大转型使得城市肌理发生了巨大变化，坊与坊之间的街、坊内的巷突破了通道、隔离功能，街、巷两侧排列着商店、住宅，街道的线性空间成为丰富蓬勃的城市生活场所，街道真正成为"人与物之间的中介"，成为"交换、商品买卖的主要场所，价值的变迁也产生于这里"②。虽然汴京城城市道路的数量、宽度和气派都无法和唐代长安媲美，但更加实用，更加符合市民生活和商业交易的需要，成为城市居民的生活舞台。

　　正如简·雅各布斯所说的那样，街道是城市，尤其是大城市中人们进行交往、互相关注的重要场所，在这里，公共和私人空间得到了某种程度的交融，虽然这种"交往表现出无组织、无目的和低层次的一面，但他是一种本钱，城市生活的富有就是从这里开始的"③。而"城市中移动的元素，尤其是人类的活动，与静止的物质元素是同等重要的。在场景中我们不仅仅是简单的观察者，与其他的参与者一起，我们也成为场景的组成部分"④。街市的形成，使得城市居民从此有更多理由流连于此，在这个场景中，"人们进行交往、互相关注"，商业买卖、文化娱乐、人情交往等一幕一幕烟火味十足的生活场景在这里上演，所以"街道不仅具有表现性，而且是日常生活戏剧的展示窗口"⑤。在李清照的词作中，一对年轻夫妇在

---

①　（宋）孟元老：《东京梦华录》，伊永文笺注，中华书局2006年版，第78页。
②　[美]奈杰尔·科茨：《街道的形象》，载[英]约翰·沙克拉主编《设计——现代主义之后》，卢杰、朱国勤译，上海人民美术出版社1995年版，第120页。
③　[加拿大]简·雅各布斯：《美国大城市的死与生》，金衡山译，译林出版社2006年版，第64页。
④　[美]凯文·林奇：《城市意象》，方益萍、何晓军译，华夏出版社2017年版，第1页。
⑤　[美]奈杰尔·科茨：《街道的形象》，载[英]约翰·沙克拉主编《设计——现代主义之后》，卢杰、朱国勤译，上海人民美术出版社1995年版，第120页。

第一章 唐宋城市转型的文学书写

一个清晨的街市上演了一场饶有趣味的短剧:"卖花担上,买得一枝春欲放。泪染轻匀,犹带彤霞晓露痕。　怕郎猜道,奴面不如花面好。云鬓斜簪,徒要叫郎比并看。"(李清照《减字木兰花·卖花担上》)云鬓斜簪、花面交相映的动人画面与年轻妻子风华自赏的娇嗔与自信在街市这个场景中得到精彩呈现。

小说这种文体更便于表现街市空间的"日常生活戏剧",成于中唐的传奇《李娃传》中荥阳郑生初涉长安街巷,为都城生活斑斓的色彩所吸引。一日,从东市游览后准备到西南方访友,其间经过平康坊,"至鸣珂曲"(坊中小巷),在一"门庭不甚广,而屋宇严邃"的大宅前偶遇一"妖姿要妙,绝代未有"的女子,一见钟情,徘徊不能去,并故意掉落马鞭,"累眄于娃,娃回眸凝睇,情甚相慕",由此开启了都市娼门骗取富家子弟财产的悲喜剧。宋话本中很多悲喜剧往往也开始于街市这一公共空间,《闹樊楼多情周胜仙》中的富商女儿周胜仙与樊楼酒肆老板弟弟范二郎的爱恨情仇也是发端于金明池畔街市茶坊。

正因为街是"日常生活戏剧的展示窗口",从唐代开始便产生一种特殊的建筑样式"看街楼"。"大历初,有才人张红者,本与父唱歌乞于衢路,因过将军韦青所居,青于看街窗中,闻其歌喉嘹亮,仍有美色,即纳为姬。"① 可见,唐大历初已有"看街楼"。"景让最刚正,奏弹无所避,为御史大夫,宰相宅有看街楼子,皆幢之,惧其纠劾也。"② 这则材料说中唐李景让做御史大夫的时候,宰相和大臣因惧怕李景让弹劾,把家宅上的看街楼封了起来。但"看街"已然成为当时人们的消遣,一时的禁闭并不能杜绝。至宋,"看街楼"更为普遍,楼之外,还有"看街亭":"涌金门水口通涌金池,锞子

---

① (宋)李昉:《太平御览》卷573,《景印文渊阁四库全书》第898册,台湾商务印书馆1986年版,第337页。
② (五代)刘崇远:《金华子杂编》卷上,《唐五代笔记小说大观》,上海古籍出版社2000年版,第1756页。

井水口通韩府看街桥，李相国井水口通井亭桥。"① "大街约半里许乃看街亭，寻常车驾行幸，登亭观马骑于此。"② 吴文英词《六丑·渐新鹅映柳》中佳人"看街"成为词人寄情最深的场景："馆娃旧游，罗襦香未灭。玉夜花节。记向留连处，看街临晚，放小帘低揭。"词作深情款款的回忆佳人于元宵、花朝佳节"小帘低揭"、纵览街市繁华的动人场景。

三 从"六街鼓绝尘埃息"到"金吾不禁六街游"

在唐宋城市转型中，街这一空间经历了时间管制上宵禁与夜市的拉锯较量，至宋则完全解除宵禁，夜市成为城市生活的常态。

按照唐制，"日暮，鼓八百声而门闭；乙夜，街使以骑卒循行嚣譟，武官暗探；五更二点，鼓自内发，诸街鼓承振，坊市门皆启，鼓三千挝，辨色而止"③。以鼓声为戒，长安十二街白昼与夜晚形成两重境界。

《唐律疏议》规定："诸犯夜者，笞二十；有故者，不坐（注：闭门鼓后，开门鼓前行者，皆为犯夜。故，谓公事急速及吉、凶、疾病之类）。"④ 从以上可看出，若有犯夜，按律"笞二十"，但史料中有些犯夜者却因此丢了性命："元和三年夏四月癸丑，中使郭里旻酒醉犯夜，杖杀之，金吾薛伾、巡使韦繣皆贬逐。"⑤ 从中可见，即使官员也不能免责。右金吾卫将军赵宜巡查六街时，发现大理丞徐遂鼓绝后仍在街中行走，遂捕捉押回，并上报有司，请求杖责二十。⑥ 如此严格的宵禁制度使官员不敢造次，在无法赶到住所的情况下就

---

① （宋）陈仁玉：《淳祐临安志》卷10"山川"中"西湖水口"，台湾商务印书馆1981年版，第296页。
② （宋）孟元老：《东京梦华录》卷2，伊永文笺注，第100页。
③ （宋）欧阳修、（宋）宋祁：《新唐书》卷49，中华书局1975年版，第1286页。
④ （唐）长孙无忌等：《唐律疏议》卷26《杂律》"犯夜"条，岳纯之点校，上海古籍出版社2013年版，第418页。
⑤ （后晋）刘昫等：《旧唐书》卷14《宪宗纪上》，中华书局1975年版，第425页。
⑥ （唐）张鷟：《右金吾卫将军赵宜检校街时大理丞徐遂鼓绝后于街中行决二十奏付法遂有故不伏科》，载（清）董诰等编《全唐文》卷173，中华书局1983年版，第1764—1765页。

第一章 唐宋城市转型的文学书写

只能狼狈避让了："唐天宝十二载冬，有司戈张无是居在布政坊，因行街中，夜鼓绝门闭，遂趋桥下而跧。"① 至于普通士子犯夜被责罚的记载就更多了："唐有人姓崔，饮酒归犯夜，被武侯执缚，五更初，未解。长安令刘行敏，鼓声动向朝，至街首逢之，始与解缚。因咏之曰'崔生犯夜行，武侯正严更。幞头拳下落，高髻掌中擎。杖迹胸前出，绳文腕后生。愁人不惜夜，随意晓参横。'"②

宵禁制度对士子官员的威慑在唐诗和传奇中也多有表现："洛阳钟鼓至，车马系迟回。"（杜审言《夏日过郑七山斋》）"投竿跨马蹄归路，才到城门打鼓声。"（韩愈《游城南·晚雨》）"可惜登临好光景，五门须听鼓声回。"（章碣《城南偶题》），就是意气骄横的纨绔子弟也多有忌惮："朝游冬冬鼓声发，暮游冬冬鼓声绝。"（顾况《公子行》）"谁能学公子，走马逐香车。六街尘满衣，鼓绝方还家。"（刘驾《春台》）唐传奇《李娃传》中荥阳郑生迷恋李娃，上门造访，与李娃烹茶斟酒，流连不愿离去，"久之日暮，鼓声四动。姥访其居远近。生绐之曰'在延平门外数里。'冀其远而见留也。姥曰'鼓已发矣，当速归，无犯禁'"③。

"长安大道横九天"是唐人对帝都街道的热情礼赞，但在严格的宵禁制度下，"九衢金吾夜行行，上宫玉漏遥分明。霜飙乘阴扫地起，旅鸿迷雪绕枕声，远人归梦既不成。留家惜夜欢心发，罗幕画堂深皎洁。兰烟对酒客几人，兽火扬光二三月。细腰楚姬丝竹间，白纻长袖歌闲闲，岂识苦寒损朱颜"（鲍溶《杂曲歌辞·夜寒吟》）。夜晚长安宽阔的"九衢"街道上，只有"金吾"来回巡夜，"玉漏""霜飙""迷雪"等意象渲染出夜晚长安街道的肃杀氛围。夜禁制度与坊市制双重管制使得长安夜晚的街道显得空旷寥落："六街鼓歇行人绝，九衢茫茫空有月。九衢生人何劳劳，长安土尽槐根高"（《秋夜吟》）。该诗署名为长安中鬼，意味着在坊市制下夜晚街道死寂无

---

① （宋）李昉等编著：《太平广记》卷100《张无是》，中华书局1961年版，第673页。
② （宋）李昉等编著：《太平广记》卷254《刘行敏》，第1975页。
③ （宋）李昉等编著：《太平广记》卷484《李娃传》，第3986页。

29

人，游荡行吟在长安街道上的只能是超越宵禁限制的鬼魂在空旷的长安大道上寂寥吟唱应答。在寂寞的漫漫长夜，不甘清冷的士子官员只能退守到里坊宅院中推杯换盏、吟诗作赋："九寺名卿才思雄，邀欢笔下与杯中。六街鼓绝尘埃息，四座筵开语笑同。焰焰兰缸明狭室，丁丁玉漏发深宫。即听鸡唱天门晓，吏事相牵西复东。"（姚合《同诸公会太府韩卿宅》）唐人表现夜宴场景的诗作大量出现当与宵禁制度有关。

宵禁管制只有在特殊的节庆才会解禁，在唐代，据韦述《西都杂记》记载："西都京城街衢，有金吾晓暝传呼，以禁夜行；惟正月十五日夜敕许金吾弛禁，前后各一日。"长期的宵禁一旦解除，城市洋溢着狂欢的氛围，盛况空前："京城正月望日，盛饰灯影之会。金吾弛禁，特许夜行。贵游戚属及下隶工贾，无不夜游。车马骈阗，人不得顾。王主之家，马上作乐以相夸竞，文士皆赋诗一章，以纪其事。"① 城市居民异常珍惜这偶尔的节庆开禁，所以上元诗作的氛围热烈而浪漫："玉漏银壶且莫催，铁关金锁彻明开。谁家见月能闲坐，何处闻灯不看来。"（崔液《上元夜》）唐代诗人的元宵诗作不胜枚举，灯火交错、火树银花、鱼龙狂舞、人流如潮是视觉形象："月色灯光满帝都，香车宝辇隘通衢。身闲不睹中兴盛，羞逐乡人赛紫姑。"（李商隐《正月十五夜闻京有灯恨不得观》）"九陌连灯影，千门度月华。倾城出宝骑，匝路转香车。烂熳惟愁晓，周游不问家。更逢清管发，处处落梅花。"（郭利贞《上元》）"瑶台凉景荐，银阙秋阴遍。百戏骋鱼龙，千门壮宫殿。"（杨炯《奉和上元酺宴应诏》）。而仅有视觉狂欢是不够的，节庆箫鼓、人声鼎沸、清歌入云的元宵声音景观更让人流连忘返："千门开锁万灯明，正月中旬动帝京。三百内人连袖舞，一时天上著词声。"（张祜《正月十五夜灯》），这是宫中万灯齐明、舞袖联翩、歌声入云的壮观声景。"火树银花合，星桥铁锁开。暗尘随马去，明月逐人来。游伎皆秾李，行歌尽落梅。金

---

① （唐）刘肃：《大唐新语》卷8，《唐五代笔记小说大观》，第290页。

第一章 唐宋城市转型的文学书写

吾不禁夜,玉漏莫相催。"(苏味道《正月十五夜》)这是民间月色灯火、丽人云集、清歌婉转的世俗景象。

节庆开禁引发了城市居民对夜生活的向往,作为民间的心理动力逐渐累积成为对抗官方管制的行动,这一点在唐诗已有迹可寻:天宝年间,个别坊间已有夜市,卢照邻在《长安古意》中写道:"北堂夜夜人如月,南陌朝朝骑似云。南陌北堂连北里,五剧三条控三市。弱柳青槐拂地垂,佳气红尘暗天起。"至中晚唐,崇仁坊已是"一街辐辏,遂倾两市,昼夜喧呼,灯火不绝,京中诸坊,莫与之比"①。据史料记载坊内活动不受宵禁限制"若坊内行者,不拘此律"②。王谠在《唐语林》中记载武宗时,王式任京兆尹,"长安坊巷中有拦街铺,设中夜乐神,迟明未已。式因过之,驻马寓目,舞者喜贺主人,持杯跪于马前曰'主人多福,感得达官来顾,味稍美,敢拜寿筋。'式笑取而饮"③。京兆尹夜逢市民坊巷夜宴,"驻马寓目",并欣然接受献饮,其乐融融。但是,民众夜生活诉求并不甘于禁锢在坊墙之内而是具有顽强的穿透性,文宗时期京城坊门"或鼓未动即先开,或夜已深犹未闭",甚至出现了彻夜不歇的"夜市"。"贞元末,有布衣于长安中游酒肆吟咏以求酒饮,至夜,多酣醉而归。"④ 所以,开成五年(840)十二月,唐文宗下令"京夜市宜令禁断"⑤,但收效不大。

中晚唐诗歌中对夜市的描写丰富多彩:"夜市千灯照碧云,高楼红袖客纷纷。如今不似时平日,犹自笙歌彻晓闻。"(王建《夜看扬州市》)"水门向晚茶商闹,桥市通宵酒客行。秋日梁王池阁好,新歌散入管弦声。"(王建《寄汴州令狐相公》)韦庄诗中也有"朝闻奏对入朝堂,暮见喧呼来酒市"(《秦妇吟》)的吟咏。商业交易突

---

① (宋)宋敏求《长安志》卷8,《景印文渊阁四库全书》第587册,第128页。
② (唐)长孙无忌等:《唐律疏议》卷26,岳纯之点校,第418页。
③ (五代)刘崇远:《金华子杂编》卷上,《唐五代笔记小说大观》,第1757页。
④ (宋)李昉等编著:《太平广记》卷83《贞元末布衣》,第536页。
⑤ (宋)王溥:《唐会要》卷86《市》,第1583页。

破了时间限制,城中夜行也逐渐松懈,五代词人孙光宪的《风流子》描述一次冶游经历:"金络玉街嘶马,系向绿杨阴下。朱户掩,绣帘垂,曲院水流花谢。欢罢,归也,犹在九衢深夜。""欢罢"归来已是深夜,在城市九衢大道行走已无人查问。

宋代仁宗朝后,夜禁之制彻底废除:"二纪(宋仁宗庆历、皇祐年间),不闻街鼓之声,金吾之职废矣。"① 从此以后,夜晚的街市不再是空旷寂静的管制通道,而是充满了喧腾活力的世俗空间:"金吾不饬六街禁,少年追逐乘大宛。呼庖索醑斗丰美,东市憧憧西市喧。持钱下数买歌笑,玉杓注饮琉璃盆。"(梅尧臣《和宋中道元夕十一韵》)柳永的《玉楼春·皇都今夕知何夕》生动呈现夜晚皇都街市的热闹景象:"皇都今夕知何夕,特地风光盈绮陌。金丝玉管咽春空,蜡炬兰灯晓夜色。凤楼十二神仙宅,珠履三千鹓鹭客。金吾不禁六街游,狂杀云踪并雨迹。"东京的夜晚,街市不再有金吾巡夜管制,歌管喧天、游人如织,"蜡炬兰灯"照耀出如同晓色一般的绚烂色彩,城市夜生活弥漫着诗酒宴乐、躁动不安的享乐氛围。

只要对比同属古代浪子才人的柳永与温庭筠的遭遇就可看出宵禁对文人精神的巨大影响:温庭筠"咸通中,失意归江东,路由广陵……醉而犯夜,为虞侯所击,败面折齿"②。同样是夜间醉酒而归,温庭筠引来的是"败面折齿"的耻辱狼狈,而柳永在《御街行·前时小饮春庭院》中说自己"归来中夜酒醺醺",后悔夜饮未能尽兴,"悔放笙歌散""惹起旧愁无限"。作为"才子词人"的柳永可谓生逢其时,可以抛却"浮名",不分昏昼流连"烟花巷陌"而不受拘限,在其词中,北宋新型街市是其浪子生活不可或缺的恣意空间:"九衢三市风光丽,正万家、急管繁弦。"(柳永《看花回·玉城金阶舞舜干》)"是处小街斜巷,烂游花馆,连醉瑶卮。"(柳永《玉蝴蝶·是处小街斜巷》)"有笙歌巷陌,绮罗庭院。"(柳永《洞仙歌·佳景

---

① (宋)宋敏求:《春明退朝录》卷上,《宋元笔记小说大观》,上海古籍出版社2001年版,第965页。
② (宋)李昉等编著:《太平广记》卷265《温庭筠》,第2077页。

第一章 唐宋城市转型的文学书写

留心惯》)"遍锦街香陌,钧天歌吹。"(柳永《透碧霄·月华边》)

夜禁废除后,商业交易没有时间、空间的限制,特别是服务业因为城市夜生活的需求通宵达旦营业,北宋汴京"夜市骈阗,至于通晓","夜市直至三更尽,才五更复开张。如要闹去处,通晓不绝"[1]。南宋临安夜市"最是大街一两处面食店及市西坊西面食店,通宵买卖,交晓不绝"[2],夜市已延至四更。陆游深情回忆临安夜晚的"笙歌灯火":"随计当时入帝京,笙歌灯火夜连明。宁知六十余年后,老眼重来看太平。"(陆游《绍兴癸亥余以进士来临安年十九明年上元从舅光州通守唐公仲俊招观灯后六十年嘉泰壬戌被命起造朝明年癸亥复见灯夕游人之盛感叹有作》)"忆昔入京都,宝马摇香鬃。酣饮青楼夜,歌声在半空。"(《寒夜遣怀》)"灯火都城夜,风雨湖上秋。"(陆游《送韩梓秀才十八韵》)"近坊灯火如昼明,十里东风吹市声。"(陆游《夜归砖街巷书事》)

帝都如此,其他城市亦然。在唐代就有"扬一益二"之称的成都"城中繁雄千万户,朱门甲第何峥嵘!锦机玉功不知数,深夜穷巷闻吹笙"(陆游《晚登子城》)。城市不仅聚集了"繁雄十万户",而且城中"锦机玉工"无数,工商业发达,服务业兴盛,"深夜穷巷"笙歌不歇。"南市夜夜上元灯,西邻日日是清明。"(陆游《感旧绝句》其三)成都的街市夜夜灯火煌煌,璀璨夺目,已不限于三五元宵。夜晚的锦官城,不管是南市还是西楼都是红烛高照,充满娱情适性的享乐氛围:"尚想锦官城,花时乐事稠。金鞭过南市,红烛宴西楼。"(陆游《海棠》)夜生活的浪漫旖旎成为陆游成都生活追忆中的重要组成部分。

四 农耕自然审美与街市欲望审美

城市景观虽然是产生于城乡分离后迥异于乡野的人文景观,但

---

[1] (宋)孟元老:《东京梦华录》,第312—313页。
[2] (宋)吴自牧:《梦粱录》卷13《夜市》,刘坤、赵宗乙主编,第123页。

在中国传统农耕时代，城市与乡村有着血肉相依的关系，城市并不具有近现代意义上的生产功能，还要依赖广大乡村的物质或精神上给养，特别是文人对乡村怀有永恒的乡愁，所以唐宋以后的文人虽然大多生活在城市，但他们还是会敏感的捕捉容易勾起他们对乡野怀想的自然景观，形成乡土审美的迁延。

韩愈的绝句《早春呈水部张十八员外》中对皇都街道是这样描摹的："天街小雨润如酥，草色遥看近却无，最是一年春好处，绝胜烟柳满皇都。"有论者指出："我们从这样的诗句中完全看不到都市的意象，更不必说都市应有的一派繁华，我们所感觉到的，仿佛一卷水墨，是早春朦胧的绿意，街巷、城市的轮廓含蕴于其中，天地的大美掩盖了人类的工巧。"① 与韩愈诗相类的作品还有很多，王维诗中的"雨中春树千万家""俯十二兮通衢，绿槐参差兮车马"，白居易诗中"百千家似围棋局，十二街如种菜畦""下视十二街，绿树间红尘""春风十二街，轩骑暂不停"，都是在对帝都长安恢宏壮丽发出由衷的赞美之辞中遗留着农耕文明的痕迹。于邺《过洛阳城》中洛阳城的街景也是一派草长莺飞的自然景观："周秦时几变，伊洛水犹清。二月中桥路，鸟啼春草生。"苏轼笔下东京街道亦然："槐街绿暗雨初匀，瑞雾香风满后尘"（《次韵曾子开从驾二首》）。以上诗作虽然表现的是城市街景，但其间的主要意象是"菜畦""绿树""春风""鸟啼"等自然农耕风貌的景观。所以说"中央集权和宗法礼制背景下，历代都城的空间结构和形态，都深深烙上了农田形制的印痕"②。斯宾格勒认为乡村文化是"植物性的"，和大地、自然环境保持着天然的关系，城市则切断了文明和土地的联系，是自我生长的生命体。③ 所以，作家如果以乡村文化或者农耕文化的立场对城市进行审视，城市这个自我生长的生命体特有的肌质就必然淹没在自然景观之中，只有等到城市崭新的生活模式成型后，新的城市

---

① 左衡：《都市中的街景感悟》，载高小康主编《城市文化评论》第一卷，第116页。
② 武廷海：《六朝建康规划》，《城市与区域规划研究》2011年第1期。
③ ［德］奥斯瓦尔德·斯宾格勒：《西方的没落》第二卷，吴琼译，第81页。

第一章　唐宋城市转型的文学书写

审美意识——街市欲望审美才能够显现出来。

在严格的坊市制管理下，城市居民和农村居民的生活方式并无太大的差异。但是，中晚唐至北宋，随着侵街、夜市的常态化，街成为一个居住、经商、娱乐、人际交往等多功能聚合的空间，特别是宋代的汴京、临安，沿街设铺，夜市通宵，街的活力得到有效释放。"城市街道的活力，来自居住空间、生产空间、消费空间等在街道中高度叠合与互动下生成的生活共同体，并呈现出丰富的生活内容、对文化多样性的包容，以及邻里身份的认同。"①

经唐入宋，新型街市的出现，突破了人们农耕时代日出而作、日落而息的生活节律，形成新的城市生活方式。赵崇祚在《花间集序》所描绘的晚唐五代城市生活的图景是这样的："有唐已降，率土之滨，家家之香径春风，宁寻越艳；处处之红楼夜月，自锁嫦娥。"文学表现也应该吻合这样的生活图景，花间词应运而生："在明皇朝，则有李太白之应制《清平乐》词四首，近代温飞卿复有《金荃集》，迩来作者，无愧前人。"②《东京梦华录》自序中描绘的北宋街市是这样的景观："举目则青楼画阁，绣户珠帘，雕车竞驻于天街，宝马争驰于御路，金翠耀目，罗绮飘香。""天街""御路"上奔驰的是宝马雕车，两旁密布的是"青楼画阁""绣户珠帘"，穿行于都城街市，是"金翠耀目，罗绮飘香"的感官印象，富足的物质生活源于城市对天下财富的吸纳："八荒争凑，万国咸通。集四海之珍奇，皆归市易。会寰区之异味，悉在庖厨。花光满路，何限春游。箫鼓喧空，几家夜宴。伎巧则惊人耳目，侈奢则长人精神"③。街市"集四海之珍奇"，游人如织，"街"这一空间已然成为物欲审美的走廊，奢侈成为市井风尚也就在所难免。

---

① 刘佳燕、邓翔宇：《权力、社会与生活空间——中国城市街道的演变和形成机制》，《城市规划》2012年第11期。
② （后蜀）赵崇祚辑：《花间集校》，李一氓校，人民文学出版社1981年版，第1页。
③ （宋）孟元老：《东京梦华录》，伊永文笺注，第1页。

"道路是观察者习惯、偶然或是潜在的移动通道……对许多人来说，它是意象中的主导元素。人们正是在道路上移动的同时观察着城市，其他的环境元素也是沿着道路展开布局，因此与之密切相关的。"① 新的街市景观呼唤着新的城市审美意识的产生。中晚唐以后，城市书写突破传统清雅自守的审美情趣，以富艳为美的审美趣味广为流行，这与街市的形成关系甚密。从中晚唐、北宋以后的城市书写中就不难发现街道审美的物质化、欲望化。

街市欲望审美首先表现为夸示性街市物质审美，"市列珠玑，户盈罗绮，竞豪奢"成为文学城市书写的主流，士大夫对此显然是鄙视的，以晏殊关于"富贵气象"的论述为代表：

> 晏元献公虽起田里，而文章富贵，出于天然。尝览李庆孙《富贵曲》云："轴装曲谱金书字，树记花名玉篆牌。"公曰："此乃乞儿相，未尝谙富贵者。"故公每吟咏富贵，不言金玉锦绣，而唯说其气象，若"楼台侧畔杨花过，帘幕中间燕子飞""梨花院落溶溶月，柳絮池塘淡淡风"之类是也。故公自以此句语人曰："穷儿家有这景致也无？"②

> 晏元献喜评诗，尝曰："'老觉腰金重，慵便枕玉凉'未是富贵语。不如'笙歌归院落。灯火下楼台'，此善言富贵者也"。人皆以为知言。③

从以上两则材料中可看出当时文学书写中流行浓重的金玉富贵类的物欲审美风潮，晏殊并不否认以富艳为美的审美趣味，而只是要求融入士大夫阶层的清雅，仅仅以金玉锦绣写富贵表象，显露出的只是作者的"乞儿相"，真正善写富贵者是要传达出"富贵气象"，是在富足的物质生活之上闲雅的精神气度，这就是为什么温庭筠被王

---

① ［美］凯文·林奇：《城市意象》，方益萍、何晓军译，第35页。
② （宋）吴处厚：《青箱杂记》卷5，《宋元笔记小说大观》，第1658页。
③ （宋）欧阳修：《归田录》卷2，《宋元笔记小说大观》，第617页。

第一章 唐宋城市转型的文学书写

国维嘲笑其词品是"画屏金鹧鸪"①的浓艳、柳永被士大夫视为"都下富儿"②的原因。

文学中"竞豪奢"的街市欲望审美风尚在唐宋有着深厚的社会基础。商业的发展在中晚唐时期就"产生了一个富裕、自觉并对自己的鲜明特征和特殊文化有强烈意识的城市中产阶级"③。到了宋代,商品经济更为发达,论者多提及的是太祖"杯酒释兵权"对官员士大夫阶层形成的奢侈生活风尚的影响,但在宋代,这种畸形的奢华消费方式已不限于王公贵族,而是成为一种普遍的社会风习。仁宗一次内宴,"一下箸为钱二十八千"④,帝王生活奢华惊人尚能理解,但中下层百姓日常生活中也以奢华相尚:"以至于贫下人家就店呼酒,亦用银器供送。"⑤宋人服饰流行以金银装饰,"不惟士大夫家崇尚不已,市井间里以华靡相胜",致使朝廷诏令"非命妇不得以金为首饰"⑥,但收效不大。《东京梦华录》在叙及街市商家买卖时多次出现"都人侈纵""大抵都人风俗奢侈"一类感慨,这也就难怪城市文学书写中夸示性街市物质审美大量涌现了。周邦彦在《汴都赋》中由衷赞叹北宋汴京街市豪富有序:"顾中国之阛阓,丛货币而为市,议轻重以奠贾,正行列而平肆。竭五都之瑰富,备九州之货贿,何朝满而夕除,盖趋赢而去匮。萃驵侩于五均,扰贩夫于百隧,次先后而置叙,迁有无而化滞,抑强贾之乘时,摧素封之专利。售无诡物,陈无窳器。欲商贾之阜通,乃有廛而不税。销卓、郑、猗、陶之殖货,禁乘坚策肥之拟贵。道无游食以无为,矧敢婆娑而为戏。"周邦彦不厌其烦地罗列街市上琳琅满目的精美商品:

---

① 王国维:《人间词话》"温韦冯词品",载唐圭璋编《词话丛编》,中华书局1986年版,第4241页。
② (宋)王灼:《碧鸡漫志》卷2,载唐圭璋编《词话丛编》,第84页。
③ [英]崔瑞德编:《剑桥中国隋唐史》,中国社会科学院历史研究所西方汉学研究课题组译,中国社会科学出版社1990年版,第30页。
④ (宋)邵博:《邵氏闻见后录》卷1,《宋元笔记小说大观》,第1847页。
⑤ (宋)孟元老:《东京梦华录》,第451页。
⑥ (宋)王栐、王铚:《燕翼诒谋录》卷2,朱杰人点校,中华书局1997年版,第17页。

 唐宋城市转型与文学变革关系研究

"其中则有安邑之枣，江陵之橘，陈、夏之漆，齐、鲁之麻，姜桂藁谷，丝帛布缕，鲐鲞鲫鲍，酿盐醯豉。或居肆以鼓炉橐，或鼓刀以屠狗彘。又有医无闾之珣玗，会稽之竹箭，华山之金石，梁山之犀象，霍山之珠玉，幽都之筋角，赤山之文皮，与夫沈沙栖陆，异域所至，殊形妙状，目不给视。无所不有，不可殚纪。"① 此类描写虽为赋体铺采摛文，多有溢美，但也不失为当时街市商品经济的高度繁荣和都城物质生活富足的写照。

其次表现为街市情色审美。中晚唐五代时，街市已充满情色诱惑："十里长街市井连，月明桥上看神仙。"（张祜《纵游淮南》）"春风十里扬州路，卷上珠帘总不如。"（杜牧《赠别》）韦庄在江南水乡街曲流连时，更是"骑马倚斜桥，满楼红袖招"（《菩萨蛮》）到柳永词中，街市的情色欲望审美可谓进入高峰时期。② 而且，很多时候，街市夸示性物质审美与情色审美结合，渲染出都市生活的豪奢浪漫："帝城三五，灯光花市盈路，天街游处。此时方信，凤阙都民，奢华豪富。纱笼才过处，喝道转身，一壁小来且住。见许多、才子艳质，携手并肩低语。东来西往谁家女，买玉梅争戴，缓步香风度，北观南顾。见画烛影里，神仙无数。引人魂似醉，不如趁早，步月归去。这一双情眼，怎生禁得，许多胡觑。"（李邴《女冠子·上元》）帝城天街，灯光花市，"凤阙都民，奢华豪富"是漫步天街的作者的深切感受，而豪富仅只是帝都生活的面相，"才子艳质，携手并肩低语""画烛影里，神仙无数"的情色审美更能传达出在帝都富足物质生活之上的浪漫旖旎，街市空间中的"情眼""胡觑"在某种程度上超越了传统的男女看与被看的关系。看与被看在福科理论中是一种权力关系，③ 在中国古代男权社会中，女性往往处于被看的卑微

---

① （宋）周邦彦：《汴都赋》，载曾枣庄、刘琳主编《全宋文》第 128 册，卷 2774，上海辞书出版社、安徽教育出版社 2006 年版，第 217—218 页。
② 王筱云：《"变旧声作新声"——柳永歌词的都市叙述与北宋中叶都市文化建构》，《文学评论》2007 年第 3 期。
③ ［法］福科：《福科访谈录——权力的眼睛》，严锋译，上海人民出版社 1997 年版，第 176 页。

第一章 唐宋城市转型的文学书写

地位,而只有在元宵、金明池开禁的节日狂欢中,这种权力关系才被突破,王安石《临津》一诗精彩的呈现节庆街市男女对看与被看关系的突破:"临津艳艳花千树,夹径斜斜柳数行。却忆金明池上路,红裙争看绿衣郎。"正如巴赫金所说:"在狂欢中,人与人之间形成了一种新型的相互关系,通过具体感性的形式、半现实半游戏的形式表现了出来。这种关系同非狂欢是生活中强大的社会等级关系恰恰相反。人的行为、姿态、语言,从在非狂欢式生活里完全左右着人们一切的种种等级地位(阶层、官衔、年龄、财产状况)中解放出来。"① 在节日狂欢中,女性也能从情色视角享受平日被压抑的男性审美。

但是,我们也应该注意到,虽然中晚唐以后,街的物质、情色欲望展示功能被大大开发出来,但在文学表现中农耕自然审美与街市欲望审美并不形成对立关系,而是并行不悖甚至相融相生的,这也符合城市发展的终极目的,城市园林景观的大量营造就是农耕审美意识的顽强延续,这一点将在下文中另辟章节论述。

第二节　声音:城市转型中的听觉意象

一般人习惯从视觉的角度来描述城市印象,这样的描述更为稳定和持久,因为城市的大致轮廓在较长的历史时期不会有太大的变化,但如果从听觉的经验来描述城市,由于声音的即逝性特点,相比于视觉形象具有不确定性,容易带来描述的瞬间性、细碎性、模糊性特征,但我们不能因此而否定听觉意象对城市印象塑造的重要意义。处身城市,人的每一个感官都会本能地捕捉外界信息,综合之后就是对这个城市的印象,而恰恰是城市中移动的活态的因素如城市声响的流动变化所构成的听觉印象的现场感,更能够体现一个

---

① [俄] 巴赫金:《陀思妥耶夫斯基诗学问题》,白春仁、顾亚铃译,生活·读书·新知三联书店1988年版,第176页。

城市的文化、政治、经济变迁，所以，"依托于听知觉，并同心理、意识紧密相连的声音，是人在城市中每时每刻都不能脱离的感性工具和桥梁，就此而言，城市和声音的关系自然非比寻常"①。

因为听觉形象的即逝性、不确定性，正史中不会有太多眷顾，而文学更多是个体经验抒写，所以存留下对城市的综合体验，其中就包括作家从听觉来感受、辨别城市个性的体验，从而形成独特的城市声音景观。在唐宋城市转型过程中，城市的声音景观也随之发生了系列的变化，从一个独特的层面映现出时代政治、经济、文化风俗、文人心态等方面的嬗变。

在城市声音意象中，最能彰显城市转型发展丰富内涵的是城市声音与聆听者之间形成的聆听关系。"聆听主体对城市声音进行的选择和判断，本质上是对声音与城市关系的考察，这是一个意义发现和价值判断的过程。"②"商女不知亡国恨，隔江犹唱后庭花"（杜牧《泊秦淮》）是士大夫从王朝兴衰角度审听城市声音而形成的声音意象，这是传统士大夫从政治角度审听城市声音的惯性，从声音辨别王朝国运在中国古代曾留下诸多著名论断。但除此之外尚有多种聆听关系，如"曾城填华屋，季冬树木苍。喧然名都会，吹箫间笙簧"（杜甫《成都府》）。笙箫和鸣、人声喧嚷的声景是杜甫初入成都留下的繁华印象，这样的聆听关系就超越了政治道德的评价。所以，"只有将听觉分析纳入对社会关系的分析，才能从感官角度触摸到社会关系的动态历史变迁，才能理解听觉研究在文化研究里不可替代的价值。不论是回溯历史上的听觉经验还是解读当下的听觉文化，都不能忽略听觉对社会关系的生产和再生产所起的作用"③。

以下选取四类城市声音作为典型声景进行分析，并从聆听关系的变迁中探寻唐宋城市转型的信息。

---

① 刘士林：《在声音中发现城市》，《解放日报》2015年10月7日第5版。
② 芦影：《城市音景，以听感心——作为声音研究分支的城市声态考察》，《艺术设计研究》2012年第2期。
③ 王敦：《流动在文化空间里的听觉：历史性和社会性》，《文艺研究》2011年第5期。

第一章 唐宋城市转型的文学书写

一 喧闹"市声"的日常化

城市作为人类社会的巨型聚落，区分于乡村的重要标志是人口和财富的集中。唐宋时期的大城市人口都在一百万以上，在城市这个地理空间中，人口密度最高的无疑是市场，这个空间会聚了众多阶层的人流，利益追逐的讨价还价声、货物运输的声音使市场空间像一片鼎沸的海洋，嘈杂的声浪显现着商业交易活跃的生命力。但是，喧闹市声这一空间音响进入文人的关注视野并成为有意味的审美形式，却有待繁荣的城市商业经济溢出封闭市制，也有待于文人对传统雅俗观念的突破。

由于唐宋时期的"市"在空间、时间上都有明显变化，唐宋时期的"市声"含义是有所不同的，在唐代一般是指市场这一特定空间的声音，因为唐代的商业交易被限制在特定的空间和时间内，文人对喧闹市声常以一种过客心态进行抒写。

从地理空间上看，唐诗中有对长安市场的描写，也有其他城市市镇草市的描写，虽然地点、规模不同，但同样充满嘈杂喧哗的声音："日御临双阙，天街俨百神。雷兹作解气，岁复建寅春。喜候开星驿，欢声发市人。金环能作赋，来入管弦声"（张说《和张监观赦》）是长安早市的欢声笑语，与天街的肃穆静寂形成鲜明对比；"沙边贾客喧鱼市，岛上潜夫醉笋庄"（方干《越中言事二首》）是越中水边草市交易的喧闹声；"城郭半淹桥市闹，鹭鸶缭绕入人家"（周繇《津头望白水》）是南阳郡白水旁桥市交易兴盛的喧闹声；"长干迎客闹，小市隔烟迷"（元稹《送王协律游杭越十韵》）是热闹非凡长干市场，客商云集，异常喧闹；"小市常争米，孤城早闭门"（杜甫《题忠州龙兴寺所居院壁》）是荒凉的忠州"小市"争买粮食的嘈杂；"余兄佐郡经西楚，饯行因赋荆门雨。霹霹雳雳声渐繁，浦里人家收市喧"（李端《荆门歌送兄赴夔州》）是荆门雨中抢收货物的景象，雨声、人声交融。

从时间上看，唐诗对早市的描写较多，虽然从史料看，长安市场是"日午"击鼓三百开启市门，日入前七刻击钲三百闭市："凡市以日午击鼓三百声而众以会，日入前七刻击钲三百声而众以散。"① 但是，各路商家买卖人的市场交易时间其实并不受此限制，往往"鸡鸣而争赴，日午而骈阗。万足一心，恐人我先。交易而退，阳光西徂"②。市场交易往往是拂晓就开始了，唐诗中对此多有描写："黯黯星辰环紫极，喧喧朝市匝青烟。"（唐彦谦《秋霁丰德寺与玄贞师咏月》）从宵禁中苏醒过来的城市市场的喧闹声在拂晓时刻显得异常吸引人心："粉郭朝喧市，朱桥夜掩津。"（卢纶《送陕府王司法》）水乡的早市又是别一番景象："湖村夜叫白芦雁，菱市晓喧深浦人。"（曹松《别湖上主人》）"晓樯争市隘，夜鼓祭神多。"（司空曙《送夔州班使君》）争先恐后的船只载着货物都想尽快占据有利位置赢得更多利润，使得市场拥挤而嘈杂，充满了喧哗与骚动的声音。都城长安由于严格的宵禁制度，夜市受到压制，但其他城市却往往逸出这种严格规制，表现出商业交易的活跃性，夜市的喧闹更能体现城市生活的特点："蛮声喧夜市，海色浸潮台。"（张籍《送郑尚书出镇南海》）这是南方广州夜市的热闹景象，买卖中讨价还价的"蛮声"与海潮声交融形成了作者对南方市镇的新奇印象。"水门向晚茶商闹，桥市通宵酒客行。"（王建《寄汴州令狐相公》）是汴州地区夜市茶商交易的热烈场景，桥市酒肆中通宵来往的酒客熙熙攘攘。

虽然城市"市声"喧闹，而士大夫却极力避免受其侵扰，因为他们常常靠鄙视市井俗趣来建构自身不同流俗的文化姿态，"市声"自然也在摒弃之列。贞观元年（627）十月朝廷明确下令"五品以上，不得入市"③。据韦绚《刘宾客嘉话录》中记载，士大夫"入市"成为"自污"避祸的韬光之策：

---

① （唐）李隆基撰，（唐）李林甫注：《大唐六典》，三秦出版社1991年版，第386页。
② （唐）刘禹锡：《观市》，载（清）董诰等编《全唐文》卷608，第6143页。
③ （宋）王溥：《唐会要》卷86，第1581页。

第一章 唐宋城市转型的文学书写

> 司徒杜公在维扬也，尝召宾幕闲语："我致政之后，必买一小驷八九千者，饱食讫而跨之，着一粗襕衫，入市看盘铃傀儡足矣。"又曰："郭令公位极之际，常虑祸及，此大臣之危事也。"司徒深旨，不在傀儡，盖自污耳。司徒公后致仕，果行前志。谏官上疏，言三公不合入市。公曰："吾计中矣。"计者，即自污耳。①

杜佑入市观傀儡戏虽已是致仕后，但以曾经的三公之尊却流连市井娱乐，仍然遭到谏官弹劾。世家大族甚至在日常行为规范中明确告诫士人经由市井需谨慎回避以免沾染俗气："市井街巷茶坊酒肆皆小人杂处之地，吾辈或有经由，须当严重其辞貌，则远轻侮之患。或有狂醉之人，宜即回避，不必与之较可也。"② 士大夫想通过制度管束、行为修养有效隔绝"市声"干扰，但这只是士大夫阶层的理想状态，在街市形成后，士人真能完全回避市井嘈杂鄙俗的浸染吗？

中唐以后，坊市制和宵禁制度受到冲击，至北宋坊墙倒塌后，街市合一，商业交易的触角延伸到居民区，"市声"就不仅仅是市场的声音，还应包括市井之声。在两宋史料记载中，就连官衙学舍这类要求威严清净的场所都屡屡受到商业化的喧闹挤压："学舍近市嚻器，靡宁厥居。"③ 对此，官衙学舍要么只能强拆周围商铺，要么搬迁另求清净。④ 到了南宋，已是"十里山行杂市声"（范成大《题宝林寺可赋轩》），在商业无孔不入，甚至向山林延伸的态势下，士人已不可能长年闭锁在深宅大院，何况还有许多功不成名不就的士人没有深宅大院的庇护，浸染市井嘈杂已是在所难免。

---

① （唐）韦绚：《刘宾客嘉话录》，《唐五代小说笔记大观》上册，第797页。
② （宋）袁采：《袁氏世范》卷中《处己·言貌重则有威》，天津古籍出版社1995年点校本，第94页。
③ （宋）张伯玉：《越州新学记》，载曾枣庄、刘琳主编《全宋文》第23册，卷480，第44页。
④ 参见包伟民《宋代城市研究》，第273—279页。

43

显然，宋代以后，文人的城市生活很难与市井隔绝了。在人的感官中，感觉主体可以能动地选择视觉形象，而听觉却不具有选择的能动性。日常化、世俗化的"市声"既然无法回避，在雅俗观念极为通脱的宋人那里，细味市声又何乐不为？市声逐渐成为文人关注和表现的对象，李清照"帘儿底下，听人笑语"的词句一方面是其生活居所从深庭大院到临街而居的小院陋室变迁的反映，也是南宋以后文人对市井之声接纳的典型范例。范成大说苏州"商贾以吴为都会，五方毕至，岳市杂扰"①，所以他感慨"长风时送市声来"（《寓直玉堂拜赐御酒》），其细味家乡苏州"市声"的组诗《自晨至午起居饮食皆以墙外人物之声为节戏书四绝》同样也是诗意盎然，组诗选取一天中四个时间节点进行抒写。其一写拂晓前的苏州，黑暗中诗人全凭听觉感知这个城市的样貌：残更板声、街北弹丝诵经声、鹁鸽铃叫卖声："巷南敲板报残更，街北弹丝行诵经。已被两人惊梦断，谁家风鸽斗鸣铃？"鹁鸽铃叫卖与东南民间养鹁鸽为乐的风习有关："东南之俗，以养鹁鸽为乐，群数十百，望之如锦。灰褐色为下，纯黑者为贵，内侍蓄之尤甚。粟之既，则寓金铃于尾，飞而扬空，风力振铃，铿如云间之珮。"②"铿如云间之珮"的鹁鸽铃划过拂晓前的苏州城上空，成为市民梦醒时的诗意音响。二绝写晨曦初起"窗透明"时刻，街市已是一片喧闹："菜市喧时窗透明，饼师叫后药煎成。"卖菜的、卖饼的、卖汤药的各色生意人的吆喝叫卖声形成连绵不绝的声浪向诗人袭来。三绝写"日满东窗"时渐行渐远的鼓声和频频的敲钟声。四绝中"朝餐欲到须巾裹，已有重来晚市鱼"暗示夜市连着早市的市场情状。陆游也有诗描述街市通宵热闹景象："九衢浩浩市声合……归来熟睡明方起，卧听邻墙趁早朝。"（陆游《访客至北门抵暮乃归》）

只要翻检宋代都市笔记就会发现，街市上昼夜不歇的商业买卖

---

① （宋）范成大：《吴郡志》卷37《县记》，（台湾）成文出版社1970年版，第1075页。
② （宋）叶绍翁：《四朝闻见录》卷3《鹁鸽诗》，《宋元小说笔记大观》，第4931页。

第一章 唐宋城市转型的文学书写

已成常态,北宋时东京"至三更,方有提瓶卖茶者,盖都人公私营干,夜深方归也"①。两宋商业经济的繁盛,使得处身其间的文人在一波又一波的声浪中充分感受城市的繁华喧嚣:

> 每日交五更,诸寺院行者打铁牌子或木鱼,循门报晓,亦各分地分,日间求化。诸趋朝入市之人,闻此而起。诸门桥市井已开,如瓠羹店门首坐一小儿,叫"饶骨头",间有灌肺及炒肺。酒店多点灯烛沽卖,每分不过二十文,并粥、饭、点心。亦间或有卖洗面水,煎点汤茶药者,直至天明。其杀猪羊作坊,每人担猪羊及车子上市,动即百数。如果木亦集于朱雀门外,及州桥之西,谓之果子行。纸画儿亦在彼处,行贩不绝。其卖麦面,秤作一布袋,谓之"一宛",或三五秤作一宛,用太平车或驴、马驮之,从城外守门入城货卖。至天明不绝。更有御街、州桥至南内前,趋朝卖药及饮食者,吟叫百端。②

打铁牌子或木鱼的报晓声、宰杀猪羊声、车马辘辘声、卖吃食、汤药的叫卖声等,吟叫百端,昼夜不绝,周而复始。而到了南宋的临安"杭城大街,买卖昼夜不绝。夜交三四鼓,游人始稀。五鼓钟鸣,卖早市者又开店矣"③。范成大所写虽是自己家乡苏州,但自古苏杭并称,"天上天堂,地下苏杭"④,苏州商业繁华在宋代并不亚于杭州,其他城市亦然:"市声朝暮过楼栏,喧得人来不耐烦。寂寞山前闻叫卖,如何不作此心观。"(钱时《卖葛粉》)节庆之时,叫卖声更是胜于平时,腊月二十四"此日市间及街坊,叫买五色米食、花果、胶芽饧、箕豆,叫声鼎沸"⑤。正月,"街坊以食物动使冠梳领

---

① (宋)孟元老:《东京梦华录》,伊永文笺注,第313页。
② (宋)孟元老:《东京梦华录》,伊永文笺注,第357页。
③ (宋)吴自牧:《梦粱录》卷13,第123页。
④ (宋)范成大:《吴郡志》卷50《杂志》,第1337页。
⑤ (宋)吴自牧:《梦粱录》卷6,第58页。

45

抹段疋花朵玩具等物，沿门歌叫关扑……竟日不绝"①。

在各色杂货"沿街市吟叫扑卖"②中，最富于诗意的当数卖花声。《东京梦华录》记载："是月季春，万花烂漫，牡丹、芍药、棣棠、木香，种种上市。卖花者以马头竹篮铺排，歌叫之声，清奇可听，晴帘静院，晓幕高楼，宿酒未醒，好梦初觉，闻之莫不新愁易感，幽恨悬生。"③可见清奇可听的卖花声穿透院墙帘幕，清晨悠然回旋在"宿酒未醒，好梦初觉"的作者耳边，勾起万千意绪，由此开启一天的诗意生活。《梦粱录》也说，"卖花者，以马头竹篮盛之，歌叫于市，买者纷然"④。卖花声在诗词中多有精彩呈现："卖花担上，菊蕊金初破。说着重阳怎虚过。"（戴复古《洞仙歌·卖花担上》）"重阳怎虚过"是卖花人的叫卖声，从珍惜当下重阳佳节的角度招揽买卖。蒋捷在《昭君怨·卖花人》中写道："担子挑春虽小，白白红红都好。卖过巷东家，巷西家。帘外一声声叫，帘里鸦鬟入报。问道：买梅花？买桃花？"帘外声声叫卖与帘内买梅花、桃花的犹豫和不舍相映成趣。陆放翁客居京华时写道："世味年来薄似纱，谁令骑马客京华。小楼一夜听春雨，深巷明朝卖杏花。矮纸斜行闲作草，晴窗细乳戏分茶。素衣莫起风尘叹，犹及清明可到家。"（《临安春雨初霁》）小楼卧听一夜春雨声与清晨深巷叫卖杏花的声音一气呵成，人生虽有诸多不尽意，杏花春雨的视觉形象与"清奇可听"的卖花声依然是陆放翁在这个春天最具诗意的临安记忆。想必李清照也为"清奇可听"的叫卖声所吸引，在"卖花担上，买得一枝春欲放。泪染轻匀，犹带彤霞晓露痕"（《减字木兰花·卖花担上》）。与三月三喧天的笙鼓相较，斜阳中的卖花声意味更为悠远："笙鼓喧天兰棹隐，卖花声里夕阳斜。"（王同祖《湖上》）曹组的《辇下寒食》声情画意，袅袅悠悠，卖花声已融入风景："海棠时节

---

① （宋）吴自牧：《梦粱录》卷1，第13页。
② （宋）吴自牧：《梦粱录》卷13，第126页。
③ （宋）孟元老：《东京梦华录》，伊永文笺注，第737页。
④ （宋）吴自牧：《梦粱录》卷2，第26页。

第一章 唐宋城市转型的文学书写

又清明，尘敛烟收雨乍晴。几处青帘沽酒市，一竿红日卖花声。"而陈著的《夜梦在旧京忽闻卖花声有感至于恸哭觉而泪满枕上因趁笔记之》中的卖花声已是宋亡后遗民耳中的凄凉之声："卖花声，卖花声，识得万紫千红名。与花结习夙有分，宛转说出花平生。低发缓引晨气歌，此断彼续春风萦……卖花声，卖花声，如今风景那可评……万花厄运至此极，纵有卖声谁耳倾。"

商业叫卖无孔不入，"沿门唱卖声，满街不绝"[1]，为了更好地吸引顾客，叫卖声逐渐朝着艺术化的方向发展，从"叫卖"到"唱卖"，从商业行为升华为艺术行为，后来逐渐发展为一种伎艺——"吟叫"。显然，叫卖声形成音乐旋律更引人关注，范成大有诗题为《墙外卖药者九年无一日不过，吟唱之声甚适》，说的就是街市上的"唱卖"之声。到了南宋，临安早市上卖食品菜蔬的小贩"填塞街市，吟叫百端，如汴京气象，殊可人意"[2]。市井中"殊可人意"的百端吟叫让人深情忆念"汴京气象"。除了人声唱卖，还佐以乐声产生感荡人心的艺术魅力："草色引开盘马路，箫声吹暖卖饧天"（宋祁《寒食诗》）"千门走马将看榜，广市吹箫尚卖饧。"（梅尧臣《出省有日书事和永叔》）"万户管弦春卖酒。"（黄裳《长乐闲赋》）"喧然古都市，沽酒吹玉笙。"（范祖禹《大雪入洛阳》），笙箫管弦声中的叫卖已然成为街市音乐，构成大宋遗民追忆盛世不可或缺的诗意情怀。当然，在街市吟叫中也有末流者"自入此月，即有贫者三数人为一火，装妇人神鬼，敲锣击鼓，巡门乞钱，俗呼为'打夜胡'，亦驱祟之道也"[3]。这是乞丐、道士敲着锣鼓沿街行乞或是以迷信蒙骗百姓牟利的嘈杂声。

综上，"市声"作为城市生命脉动只有在严格管控松解后才有可能得到充分释放，也才可能得到文人审美观照而凝结成文学声景穿越历史回响至今。

---

[1]（宋）吴自牧：《梦粱录》卷3，第32页。
[2]（宋）吴自牧：《梦粱录》卷13，第123页。
[3]（宋）孟元老：《东京梦华录》，伊永文笺注，第943页。

二 "官街鼓"权威式微

"官街鼓"是唐代城市管理体系中的典型声音意象,与夜禁制度紧密结合,功能是号令城市的宫门、坊门、城门的开闭,城市百万人口随着街鼓的节律统一行动,以此彰显封建王朝的权威。据《马周传》记载:"先是京城诸街,每至晨暮,遣人传呼以警众。周遂奏诸街置鼓,每击以警众,令罢传呼,时人便之。"① 从中可看出,唐初并未设街鼓,坊市门、城门启闭信号由令旗指挥,后又设专人传呼警众严格居民起居出行。直至贞观十年(636),才由侍御史马周奏请朝廷设街鼓被太宗采纳后,始设街鼓警众遵守夜禁制度。因鼓声有力远播,也称咚咚鼓:"京城内金吾晓暝传呼,以戒行者。马周献封章,始置街鼓,俗号,'冬冬',公私便焉。"②

街鼓作为有唐一代城市地标式声音意象成为城市居民的生活记忆,回响在唐代文人的作品中,从中唐士子王履贞的《六街鼓赋》中,我们可以较为细致地了解唐时官街鼓的内涵:

> 惟道路兮,此有其纪纲。在昏晓兮,用警于行藏。设彼鼓节,以为人防。俾守度而知禁,咸顺时而向方。观其四门洞达,九逵攸长。不有司扃,则政或以荒。不有式遏,则人或以斁。粤惟圣唐,作法兹始。岐路分职,里闬对峙。万井如棋,三条若砥。树鼍鼓也,罔不式遵;命武贲焉,各慎所履。日入于酉,俾于行者止。斗回于天,警夫居者起。惟其度数,自合铜龙之漏;节其昼夜,不失金乌之晷。岂比夫繁于手,盈于耳,而悦彼姝者子乎?每司晨而不愆,必候时而后动。声坎坎而旁殷遥迤,气雄雄而中遏烦慁。通涂广陌,万户千扉。晨应鸡鸣,夕催人归。牛羊下时,迎暮烟而斯发;河汉云没,伴晓色而渐微。

---

① (后晋)刘昫等:《旧唐书》卷74《马周传》,第2619页。
② (唐)刘肃:《大唐新语》卷10《厘革》,《唐五代小说笔记大观》上册,第303页。

第一章 唐宋城市转型的文学书写

此乃守常有则，守矩不违。一厥人兮人怀其信齐厥政兮政绝其非。不然者，则是或见讹，下无所楷。使六历时谬，万夫听骇。是知街之设也，所以通达幽深。鼓之悬也，所以发扬声音。岂独警其当路，亦用革其非心。职是司者，尔罔不钦。无先天兮以欲败度，无后天兮则人匪忧。别有养蒙以居，惜阴为宝。游艺邹鲁，观光咸镐。每听喤喤之声，实乐平平之道。敢课虚而进胏，聊体物而摛藻。①

赋题为"六街鼓赋"，是因为街鼓设置在连接外郭城城门的六条主干道上（南北向三条大街：朱雀大街、启夏门至安兴门、安化门至芳林门；东西向三条大街：延兴门至延平门、春明门至金光门、通化门至开远门），所以街鼓被称为"六街鼓"。

从文中我们可以看出"六街鼓"首先是自然昏晓之声，依时而动，有报时功能。"在昏晓兮"说明鼓声集中在昏晓两个时段，"晨应鸡鸣，夕催人归。牛羊下时，迎暮烟而斯发；河汉云没，伴晓色而渐微"。这是农耕社会"日出而作、日落而息"生活节律移用至城市管理中的体现。李贺诗中直呼为"晓声""暮声"："晓声隆隆催转日，暮声隆隆呼月出。"（《官街鼓》）以"隆隆"修饰，一方面有时光飞逝之感，另一方面传递出鼓声之动人心魄；王贞白诗中也有同样的描述："晓鼓人已行，暮鼓人未息。"（《长安道》）而姚合诗中所写当为"晓鼓"："今朝街鼓何人听，朝客开门对雪眠。岂比直庐丹禁里，九重天近色弥鲜。"（姚合《和李十二舍人直日放朝对雪》）鼓声中，雪光、晓色交映。

其次，是警戒权威之声，彰显的是皇权的威严和封建统治的秩序。街鼓更为重要的功能是戒夜。"日入于西，俾于行者止。斗回于天，警夫居者起。惟其度数，自合铜龙之漏；节其昼夜，不失金乌之晷。"（《六街鼓赋》）正所谓"夜击以止其行李，以备窃盗"。街

---

① （清）董诰等编：《全唐文》卷546，第5534页。

鼓不只是警戒市民犯禁，还有"革其非心"的震慑性："岂独警其当路，亦用革其非心。"因为暮鼓对城市居民生活的严格约束性，唐诗中诗人吟咏最多的是暮鼓："洛阳钟鼓至，车马系回迟。"（杜审言《夏日过郑七山斋》）"投竿跨马蹋归路，才到城门打鼓声。"（韩愈《游城南·晚雨》）"可惜登临好光景，五门须听鼓声回。"（章碣《城南偶题》）文人们在登临流连之际，暮鼓声响起，也只能扫兴而归。

再次，是发扬远播的持续之声，"鼓之悬也，所以发扬声音""繁于手，盈于耳""候时而后动。声坎坎而旁殷遐迹，气雄雄而中遏烦恼。通涂广陌，万户千扉"。鼓声持久而震撼人心，以其威严和不可置辩的力度宣示城市管理者的权威。"日暮，鼓八百声而门闭……五更二点，鼓自内发，诸街鼓承振，坊市门皆启。鼓三千挝，辨色而止。"[①] 也就是说，暮鼓"八百声"并非一次性响彻，中间当有间隔。唐传奇《李娃传》中有"久之日暮，鼓声四动"，此时，"姥访其居远近。生绐之曰'在延平门外数里。'冀其远而见留也。姥曰'鼓已发矣，当速归，无犯禁'"，郑生以居所遥远为由希冀李姥留宿，李姥逐客让其速归，也就是说，鼓声四动后依然有时间让郑生赶至居所而不犯禁，可见暮鼓持续时间之长，"鼓声四动"之后依然会有不间断的鼓声催促行人尽快止行。长安如此，其他城市亦然，《游氏子》中所写为"许都城"日暮鼓声的时间提示："一鼓尽""再鼓将半""直至严鼓"[②]。《张直方》所写为洛阳，在"日将夕焉""隐隐闻洛城暮钟，但彷徨于樵径古陌之上。俄而山川暗然，若一鼓将半（至一宅投宿）"[③]。虽城市不同，但街鼓起落持续时间长度应该是有统一规定，而晓鼓"三千挝"则是持续时间当更长。

还有，街鼓也是盛世平安之声，在唐人看来，官街鼓声朝暮回荡在城市上空实属世道太平的喜乐之声，所以城市居民"每听喤喤之声，实乐平平之道"。

---

① （宋）欧阳修、（宋）宋祁：《新唐书》卷49《百官志》，第1286页。
② （宋）李昉等编著：《太平广记》卷352，第2785—2786页。
③ （宋）李昉等编著：《太平广记》卷455，第3714页。

第一章 唐宋城市转型的文学书写

晚唐五代以后，随着夜禁制度的松懈和崩溃，与之密切相关的街鼓制也随之式微，按照宋敏求记载，宋太宗时期要求"按唐时传统，置冬冬鼓"①。但唐代的街鼓制乃是建立在坊市制之上，而宋代坊市制崩毁后，街鼓制也就失去了对城市居民的约束力和震慑力，虽呼为街鼓，已是流于形式，城市的夜空中或许还会有咚咚的鼓声回荡，但仅剩下报时和报平安的功能，其对城市居民的警戒威慑作用已一去不复返，鼓声中夜市繁盛，人声嘈杂，充溢人间烟火气息，不再是六街茫茫空对月的荒凉空阔。所以陆游说："京都街鼓今尚废，后生读唐诗文及街鼓者，往往茫然不能知。"②南宋"后生"已经无法理会唐代诗文中"街鼓"的警示功效。

"二纪（宋仁宗庆历、皇祐年间），不闻街鼓之声，金吾之职废矣。"③宋仁宗中期以后再无街鼓之制，城市居民在城区活动时间也没有了限制。街鼓式微，市民冲破宵禁限制对城市生活方式变革、市民文化和文学的勃兴意义深远。

三 街市娱乐之声的兴盛

"一座城市，无论景象多么普通都可以给人带来欢乐"④，但是，在严格的坊市制和宵禁制度管控下，民间娱乐活动特别是夜晚活动严格限定在里坊内部，城市娱乐的歌管之声幽闭在深宅大院之内，成为上层社会的特权，全唐诗中此类抒写不胜枚举："南湖秋月白，王宰夜相邀。锦帐郎官醉，罗衣舞女娇。笛声喧沔鄂，歌曲上云霄。"（李白《寄王汉阳》）"东山夜宴酒成河，银烛荧煌照绮罗。四面雨声笼笑语，满堂香气泛笙歌。泠泠玉漏初三滴，滟滟金觥已半酡。"（李群玉《长沙陪裴大夫夜宴》）"琵琶弦促千般语，鹦鹉杯深四散飞。遍请玉容歌白雪，高烧红蜡照朱衣。"（方干《陪李郎中夜宴》）在这类夜宴中，

---

① （宋）宋敏求：《春明退朝录》卷上，《宋元笔记小说大观》，第965页。
② （宋）陆游：《老学庵笔记》卷10，《宋元小说笔记大观》，第3545页。
③ （宋）宋敏求：《春明退朝录》卷上，《宋元笔记小说大观》，第965页。
④ ［美］凯文·林奇：《城市意象》，方益萍、何晓军译，第1页。

在灯烛辉映的缤纷灿烂的视觉形象之外，更多的是听觉上的喧腾热闹：笛声、琵琶声的清扬错杂，玉容歌白雪，歌声直上云霄，笑语雨声相杂……但只要注意诗题就会发现，夜宴的主体是"大夫""郎中"一类的官员贵族及其宾客，一般的市井小民是无法涉足的。这类夜宴，多有歌妓舞女佐兴，气氛热烈，所以诗中多有"红袖""红裙"等意象："公门衙退掩，妓席客来铺……今夜还先醉，应烦红袖扶。"（白居易《对酒吟》）"楼中别曲催离酌，灯下红裙间绿袍。"（白居易《江楼宴别》）有时还有胡姬佐酒"胡姬春酒店，弦管夜锵锵。"（贺朝《赠酒店胡姬》）弦管之声在寂静的夜晚格外热烈张扬。

这类官员贵族的声色娱乐往往通宵达旦："席上未知帘幕晓，青娥低语指东方。"（曹松《夜饮》）"初筵方落日，醉止到鸣鸡。"（储光羲《留别安庆李太守》）"丝竹促飞觞，夜宴达晨星。"（韦应物《饯雍聿之潞州谒李中丞》）"月凝兰棹轻风起，妓劝金罍尽醉斟。剪尽蜡红人未觉，归时城郭晓烟深。"（蒋胖《永州陪郑太守登舟夜宴席上各赋诗》）"何事出长洲，连宵饮不休……灯火穿村市，笙歌上驿楼。"（白居易《望亭驿酬别周判官》）这样的情形也符合唐代宵禁制度的管制要求。

随着中晚唐坊市制、宵禁制度的松懈及其至北宋的完全崩溃，城市居民在夜晚行动的限制取消，街市娱乐随之兴盛起来，不分昏昼，街市回响着急管繁弦、欢声笑语，充分体现城市生活的喧哗与骚动："新声巧笑于柳陌花衢，按管调弦于茶坊酒肆"[1]，城市娱乐的歌管欢笑之声打破时空禁忌，溢出坊市、延展至夜晚，同时娱乐主体从王公贵族、官员士子扩展到普通市民，沿街歌楼酒馆新声竞奏，而且有明确的商业服务性质。

"古代社会早期的各种文化与娱乐活动，通常主要是作为特权享受，而不是通过市场来扩展的，一般不发生交易行为。"[2] 而在唐宋

---

[1] （宋）孟元老：《东京梦华录》，"序"第1页。
[2] 龙登高：《南宋临安的娱乐市场》，《历史研究》2002年第5期。

第一章 唐宋城市转型的文学书写

城市转型过程中，街市娱乐与商业交易结合，商业利润的追逐推进了街市娱乐的大众化、世俗化。到北宋汴京，"花光满路，何限春游，箫鼓喧空，几家夜宴"①，"箫鼓喧空"的城市娱乐已不再是贵族官员的特权，而是走入了寻常百姓家："是处楼台，朱门院落，弦管新声腾沸。"（柳永《长寿乐·繁红嫩翠》）南宋临安更是"歌管欢笑之声，每夕达旦，往往与朝天车马相接，虽风雨暑雪，不少减也"②。宋人怀着欣喜之情歌赞城市的繁华景象："笙歌富庶千门乐，市井喧哗百货通。"（朱淑真《游旷写亭有作》）"九土夜市彻天明，楼红陌紫喧箫笙。"（郑思肖《醉乡十二首》其十二）市井"歌管笑欢之声"不分寒暑昼夜回荡在城市上空，成为城市生活不可或缺的组成部分，让文人士子流连忘返："玉城金阶舞舜干。朝野多欢。九衢三市风光丽，正万家、急管繁弦。凤楼临绮陌，嘉气非烟。雅俗熙熙物态妍。忍负芳年。笑筵歌席连昏昼，任旗亭、斗酒十千。赏心何处好，惟有尊前。"（柳永《看花回·玉城金阶舞舜干》其二）让柳永迷恋的是京都万家"急管繁弦""笑筵歌席连昏昼"街市娱乐的热烈张扬。晏几道词虽不似柳永词的直露无忌，但在繁华梦断、儿女情销后以追忆笔调呈现出来的还是"舞低杨柳楼心月，歌尽桃花扇底风"的声色印象。

市井娱乐之声是繁复多姿的交响，从空间而言，有茶坊酒肆妓馆歌管之声，有勾栏瓦肆喧嚣娱乐之声；从时间而言，有不间断的节庆箫鼓之声。宋代茶坊酒肆妓馆遍布城市街巷，其中，酒肆也就是酒店，据《东京梦华录》记载，北宋汴梁有大酒店（"正店"）72个，中小酒店"不能遍数"，每一个酒店都有商业性娱乐歌管表演，歌妓"靓妆迎门，争妍卖笑，朝歌暮弦，摇荡心目"③。"凡京师酒店门首，皆缚彩楼欢门。唯任店入其门，一直主廊约百余步，南北天井两廊皆小阁子，向晚，灯烛荧煌，上下相照。浓妆妓女数百，

---

① （宋）孟元老：《东京梦华录》，"序"第1页。
② （宋）周密：《武林旧事》卷6，中华书局2007年版，第160页。
③ （宋）周密：《武林旧事》卷6，第162页。

53

聚于主廊檐面上，以待酒客呼唤，望之宛若神仙。"① "又有下等妓女，不呼自来筵前歌唱，临时以些小钱物赠之而去，谓之'札客'，亦谓之'打酒坐'。"② 南宋临安酒肆歌管娱乐更胜于汴京，形式更为多样："每处各有私名妓数十辈，皆时妆袨服，巧笑争妍。……有小鬟不呼自至，歌吟强聒，以求支分，谓之'擦坐'。又有吹箫、弹阮、息气、锣板、歌唱、散耍等人，谓之'赶趁'。"③ 总之，酒肆的经营充分利用各色艺人声色繁丽的展示以达到顾客在满足口腹之欲的同时得以享受精神愉悦，因为"商品经济的繁荣必然改变追求利润的原始积累方式，而涉入人们的情感，以增强顾客购买欲望，追求高级消费模式，促使消费者的消费心理走向成熟，其标志之一就是顾客在购买商品的同时，享受更多更好的文化艺术消费"④。宋代饮茶之风很盛，市井茶坊遍布，如汴京朱雀门外"以南东西两教坊，余皆居民或茶坊"⑤，茶坊的经营方式与酒肆相类，"按管调弦于茶坊酒肆"，茶坊与酒肆的歌管之声成为都城文化经济繁荣的重要表现，也是宋代城市生活的一抹亮色。

如果说茶坊酒肆妓馆歌管之声作为宋代城市日常生活艺术化的表征，勾栏瓦肆的喧嚣则更能表现这个时代城市的世俗格调。瓦肆，又称瓦舍、瓦市、瓦子、瓦，"瓦舍者，谓其来时瓦合去时瓦解之义，易聚易散也。"⑥ 瓦肆实为大市场："瓦中多有货药、卖卦、喝故衣、探博、饮食、剃剪、纸画、令曲之类"⑦，也是大型演出市场，也称勾栏，北宋汴京"街南桑家瓦子，近北则中瓦，次里瓦，其中大小勾栏五十余座。内中瓦子莲花棚、牡丹棚；里瓦子夜叉棚、

---

① （宋）孟元老：《东京梦华录》卷2，第174页。
② （宋）孟元老：《东京梦华录》卷2，第188页。
③ （宋）周密：《武林旧事》卷6，第160页。
④ 张楠：《从宋代"瓦肆"市场看我国古代商业音乐文化》，《中国音乐》2006年第4期。
⑤ （宋）孟元老：《东京梦华录》卷2，第100页。
⑥ （宋）吴自牧：《梦粱录》卷19，第180页。
⑦ （宋）孟元老：《东京梦华录》卷2，第145页。

第一章 唐宋城市转型的文学书写

象棚最大,可容数千人"①。南宋临安据《武林旧事》称有瓦子23处,而"北瓦内勾栏十三座最盛"②。勾栏成为市场中固定的大型演出场所,人数众多的民间职业艺人在此作场演出,吸引了大量的观众,人数"不可胜数,不以风雨寒暑,诸棚看人,日日如是"③。作为市井娱乐,士大夫文人一方面把这样的人声嘈杂的盛大场面作为盛世表征满怀深情地追忆,另一方面对其评价则多为负面道德批判:"但在京师时甚为士庶放荡不羁之所,亦为子弟流连破坏之门。"④"今贵家子弟郎君,因此荡游破坏,尤甚于汴都也。"⑤被勾栏里的商业性娱乐活动吸引而来的不仅仅有市井子弟,还有"贵家子弟郎君",所谓"破坏"应指"子弟郎君"偏离读书科举正途,浸染流连于勾栏瓦肆。有学者认为宋代在勾栏瓦舍兴盛起来的曲艺说唱等娱乐活动的积极因素是它所具有的大众性:"从两宋都城里勾栏瓦舍的规模,我们看到它不再是那种仅服务于少数人的地方,而是供大众享乐的地方;它们在城市里的数量及分布清楚地表现出大众的文化场所在一个城市空间里所占有的地位。从丰富的表演内容看,我们看到城市文化,尤其是都城文化里那种贵族气息逐渐淡化,市民精神开始上扬,那种代表市民贴近生活的、亲切自然的、自娱自乐的文化精神日益崛起。从参与的人群看,它不再仅仅局限于官贵、富户和经济条件较好的士人,还有广大的普通民众。在唐宋时期,一座城市中娱乐享受的大众化趋势代表着社会的进步。"⑥

如前所言,街市声音景观从时间维度看有不间断的节庆箫鼓之声,也就是线性时间声景,它们是具有城市历史和人文特征的声音节点,是在传统节庆、民俗活动、宗教仪式以及具历史意义、标志

---

① (宋)孟元老:《东京梦华录》卷2,第144页。
② (宋)周密:《武林旧事》卷6《瓦子勾栏》,第158页。
③ (宋)孟元老:《东京梦华录》卷5,第481页。
④ (宋)耐得翁:《都城纪胜》"瓦舍众伎",中国商业出版社1982年版,第8页。
⑤ (宋)吴自牧:《梦粱录》卷19,第180页。
⑥ 吴晓亮:《从城市生活变化看唐宋社会的消费变迁》,《中国经济史研究》2005年第4期。

55

性的重大事件等场景回响的声音景观。"爆竹声中一岁除"（王安石《元日》）是春节除岁震撼人心的爆竹声，"元夜笙歌满上都"（王仲修《宫词》其三）是元宵笙歌，"一川筱鼓任同民"（韩琦《壬子三月十八日游御河二首》其一）是寒食节郊游踏青的热闹场面，"玉管金筝入夜调"（宋白《宫词》第七十九首）是"七夕"歌吹之声，"嘈杂笙箫半天响"（周彦质《宫词》）是中秋佳节的笙箫齐奏，"清歌绕画梁"（寇准《重阳登高偶作》）是重阳节绕梁清歌，"欢传市井声"（王安石《冬至》）是冬至的市井欢声……这种节庆线性声音是市井民俗生活中跳跃的华彩乐段，与平日庸常的吟唱形成对比，使得生活音响有了跳跃起伏的节奏。

在众多的节庆中，元宵节尤为盛大热烈。在唐代是民众偶然开禁狂欢的喧闹歌管，对严格的宵禁制度突破有着深远意义，[①]至宋则是皇家与民同乐的盛大节日，"正月十五元宵，大内前自岁前冬至后，开封府绞缚山棚，立木正对宣德楼，游人已集御街，两廊下奇术异能，歌舞百戏，鳞鳞相切，乐声嘈杂十余里……更有猴呈百戏、鱼跳刀门、使唤蜂蝶、追呼蟋蚁。其余卖药、卖卦、沙书地谜，奇巧百端，日新耳目"[②]。在这个全民狂欢的节日里，"结山当衢面九门，华灯满国月半昏。春泥踏尽游人系，鸣蹄下天歌吹喧。深坊静曲走车辕，争前斗盛亡卑尊。靓妆丽服何柔温，交观互视各吐吞。磨肩一过难久存，眼尾获笑迷精魂。貂裘比比王侯孙，夜阑鞍马相驰奔"（梅尧臣《和宋中道元夕》）。因为元宵也是灯节，所以诗作的视觉形象是"月华灯影光相射"（杨无咎《人月圆》）的璀璨绚丽，是"华灯满国""靓妆丽服"夺人眼目。但倾城出游的盛况还需听觉歌管喧闹：城里歌吹喧天，就连深坊静曲都响彻车辕滚滚而过的隆隆声。宋代元宵诗词的声音景观呈现非常精彩："三千世界笙歌里，十二都城锦绣中。"（晏殊《扈从观灯》）"绮罗如画，笙歌递

---

① 参见曹胜高《论晚唐宵禁制度的松弛及其文化影响》，《学术研究》2007年第7期。
② （宋）孟元老：《东京梦华录》卷6，第540—541页。

第一章 唐宋城市转型的文学书写

响,无限风雅。"(杨无咎《人月圆》)"金鞍驰骋属儿曹,夜半喧阗意气豪。"(曾巩《上元》)"火树银花触目红,揭天鼓吹闹春风。"(朱淑真《元夜》)辛弃疾著名的元宵词《青玉案·元夕》虽然是"伤心人别有怀抱",但面对凤箫声动、盈盈笑语的喧腾热闹,词作有层次地展现出南宋元宵佳节绚烂的色彩、狂欢的声景。而姜白石的诗中别出心裁地以风雨夜深人散尽后孤灯下卖汤圆的吆喝声反衬前半夜人声鼎沸,宝马香车拥堵,人流摩肩接踵以致女子多有坠钿:"元宵争看采莲船,宝马香车拾坠钿。风雨夜深人散尽,孤灯犹唤卖汤元。"(姜夔《诗曰》)①

综上,由唐至宋,宵禁解除,坊墙倒塌,街市娱乐之声兴起,城市娱乐生活渐趋多元喧闹,市井、市民在城市文化生活中的分量逐渐增加,并成为新兴文学样式产生的驱动力量。

四　寺观清音的世俗化、娱乐化

佛教在两汉之际传入中国,经过魏晋南北朝至唐宋已经充分中土化,加之本土化的道教,城市寺观数量巨大,"南朝四百八十寺,多少楼台烟雨中"是杜牧对南朝佛寺数量众多的吟咏,而唐宋寺观的数量相较南朝而言有增无减。寺观大多建在城边或干脆就在城市中间,如沈佺期在《从幸香山寺应制》一诗中登临的是洛阳香山寺:"南山奕奕通丹禁,北阙峨峨连翠云。岭上楼台千地起,城中钟鼓四天闻。"城中钟鼓之声清晰可闻。而京城中建有大量的寺观,宏大壮丽的寺观建筑往往成为城市景观不可或缺的组成部分,有很多甚至成为城市地标性建筑。唐代长安著名寺院有大兴善寺、大慈恩寺、大荐福寺、青龙寺等,北宋东京著名寺院有相国寺、玉清宫、开宝寺等。

在唐宋众多寺观中,与其宗教仪轨相连的晨钟暮鼓也成为城市

---

① 据《武林旧事》卷2《元夕》记载:"至夜阑,则有持小灯照路拾遗者,谓之扫街,遗钿堕珥,往往得之,亦东都遗风也。"[(宋)周密:《武林旧事》,第55—56页]

声音景观的重要组成部分，渲染出浓厚的宗教氛围，把文人诗思引向方外的同时，也唤起城市民众对彼岸世界的向往。寺观清音是诗人钟爱的声音景观："姑苏城外寒山寺，夜半钟声到客船。"（张继《枫桥夜泊》）寒山寺夜半钟声对于漂泊的游子而言何尝不是一种心灵的慰藉？"清晨入古寺，初日照高林。竹径通幽处，禅房花木深。山光悦鸟性，潭影空人心。万籁此都寂，但余钟磬音。"（常建《题破山寺后禅院》）古寺万籁俱寂中的"钟磬"声余音缭绕，意在言外。"已从招提游，更宿招提境。阴壑生虚籁，月林散清影。天阙象纬逼，云卧衣裳冷。欲觉闻晨钟，令人发深省。"（杜甫《游龙门奉先寺》）诗人夜宿洛阳龙门奉先寺，睡意蒙眬中听闻寺里晨钟，"令人发深省"。这些诗中的钟磬声往往反衬出寺院的静穆庄严，与宗教场所的氛围是协和的。诗人往往怀着虔诚的心理来游览拜谒寺观："僧房来往久，露井每同观。白石抱新甃，苍苔依旧栏。空瓶宛转下，长绠辘轳盘。境界因心净，泉源见底寒。钟鸣时灌顶，对此日闲安。"（李颀《长寿寺粲公院新甃井》）在灌顶的钟鸣声中，诗人的目光停留在长寿寺熟悉的白石、苍苔、旧栏、辘轳盘、泉源上，"境界因心净"，内心也因境界空寂而得到净化。

但是，佛教在唐宋之际发生了重大变革，唐宋时期"以度生如度苦海为宗旨的佛教，并没有能够完全劝化民众去超越人生，反倒是民众的现世精神使佛教出现了入世的转向。佛教的节日成为人们游玩娱乐的时间，佛寺成为游艺商贸的场所……唐宋之际的社会变革，使佛教从高深的义理之学转而成为大众的实用之学，它广泛深入城市民众的生活当中，社会影响空前巨大"[1]。佛教的下移是其本土化的必然，这种下移与寺庙僧侣和信众两个层面互动密切相关。从寺庙僧侣层面来说是"悦俗邀布施"的功利色彩："释氏讲说，类谈空有，而俗讲者又不能演空有之义，徒以悦俗邀布施而已。"[2]

---

[1] 王涛：《唐宋之际城市民众的佛教信仰》，《山西师大学报》（社会科学版）2007年第1期。

[2] （宋）司马光：《资治通鉴》卷243《唐纪五十九》，中华书局1956年版，第7850页。

第一章　唐宋城市转型的文学书写

纯粹的宗教高深义理讲解"类谈空有",根本无法吸引信众,这样的"讲说"是无法为寺庙"邀布施"的,所以必须"悦俗",取悦信众,推广教义、寺庙的生存发展才有可能。文溆僧是晚唐非常有名的俗讲僧人,他的俗讲甚至让唐敬宗前往聆听:"宝历二年六月己卯,上幸兴福寺,观沙门文溆俗讲。"① 文溆僧的俗讲在当时吸引了大量民众:"有文溆僧者,公为聚众谭说,假托经论所言,无非淫秽鄙亵之事。不逞之徒,转相鼓扇扶树。愚夫冶妇,乐闻其说,听者填咽。寺舍瞻礼崇奉,呼为和尚。教坊效其声调,以为歌曲。其甿庶易诱,释徒苟知真理,及文义稍精,亦甚陆鄙之。"② 他的俗讲内容"无非淫秽鄙亵之事",但"愚夫冶妇乐闻其说",以至民众云集,"填咽寺舍"。从中可见宗教义理讲释世俗化已经到了什么程度。而道教作为中国本土信仰,又远比佛教入世,这一点从韩愈诗歌《华山女》中是不难看出的。

另外,城市民众信仰者的功利性和士大夫文人宗教信仰意识的淡薄、随意也是宗教世俗化的原因。城市民众(城市中小工商业者)的社会地位决定他们的未来充满风险,容易产生神佛信仰,但是也使他们的信仰有较强的功利色彩;而文人士大夫对宗教的心态以颜真卿为代表:"予不信佛法,而好居佛寺,喜与学佛者语。人视之,若酷信佛法者然,而实不然也。"③ 这里不排斥士人中有虔诚的信徒,但颜真卿对宗教的非宗教心态在士大夫文人中是很有典型性的。很多时候,文人士大夫进入寺观往往是因为环境的静穆幽僻,或为宗教方外之思所吸引,而并非因为虔诚的宗教情结驱使。这也是中国古典小说戏曲喜欢把缠绵的爱情故事置于寺观环境中展开的原因。

正是城市民众对宗教功利性和随意性心态的互动作用下,寺观一类宗教场所的世俗娱乐功能渐趋强化,逐渐成为商业交易和大众

---

① (宋)司马光:《资治通鉴》卷243,第7850页。
② (唐)赵璘《因话录》卷4"角部",《唐五代笔记小说大观》,第856页。
③ (唐)颜真卿:《泛爱寺重修记》,载(清)董诰等编《全唐文》卷337,第3419页。

59

娱乐的场地,"长安戏场多集于慈恩,小者在青龙,其次在荐福、永寿"①。唐代新型的艺术样式俗讲、变文、百戏等产生于寺院周边,宋代东京相国寺则成为综合的商业买卖、游艺娱乐场所:

> 相国寺,每月五次开放,万姓交易。大三门上皆是飞禽猫犬之类,珍禽奇兽,无所不有。第二、三门皆动用什物,庭中设彩幕、露屋、义铺、卖蒲合、簟席、屏帏、洗漱、鞍辔、弓剑、时果、腊脯之类。近佛殿,孟家道院王道人蜜煎、赵文秀笔及潘谷墨,占定两廊,皆诸寺师姑卖绣作、领抹、花朵、珠翠、头面、生色销金花样幞头、帽子、特髻冠子、绦线之类。殿后资圣门前,皆书籍、玩好、图画,及诸路散任官员土物、香药之类。后廊皆日者、货术、传神之类。②

这样,寺观的声音景观不再限于晨钟暮鼓的清寂而变得喧闹欢腾起来,买卖人的吆喝声、人群的嘈杂声、寺观俗讲的喧腾声、杂技百戏表演的喝彩声打破了寺观应有的肃穆庄严的宗教氛围,其中仅以俗讲来看,"百千民拥听经座"(贯休《蜀王入大慈寺听讲》)的盛大场面,给人的听觉印象必然是喧闹不绝的,许浑在《白马寺不出院僧》中直接用表声的"喧"字来形容俗讲:"寺喧听讲绝,厨远送斋迟。"韩愈在《华山女》一诗中涉及佛道两教争相"悦俗邀布施"热烈场面:

> 街东街西讲佛经,撞钟吹螺闹宫庭。广张罪福资诱胁,听众狎恰排浮萍。黄衣道士亦讲说,座下寥落如明星。华山女儿家奉道,欲驱异教归仙灵。洗妆拭面著冠帔,白咽红颊长眉青。遂来升座演真诀,观门不许人开扃。不知谁人暗相报,訇然振

---

① (宋)钱易:《南部新书》戊,中华书局2002年版,第67页。
② (宋)孟元老:《东京梦华录》卷3,第288页。

第一章 唐宋城市转型的文学书写

动如雷霆。扫除众寺人迹绝,骅骝塞路连辎辑。观中人满坐观外,后至无地无由听。抽簪脱钏解环佩,堆金叠玉光青荧。天门贵人传诏召,六宫愿识师颜形。玉皇颔首许归去,乘龙驾鹤去青冥。豪家少年岂知道,来绕百匝脚不停。云窗雾阁事恍惚,重重翠幕深金屏。仙梯难攀俗缘重,浪凭青鸟通丁宁。

该诗首四句极写寺庙"讲佛经"的盛况,撞钟吹螺的巨大声响回荡在城市上空以致深宫之中皆可听闻,闻声而来的信众如浮萍一般拥挤。"俗讲的程序,一般是先敲钟集众,众人依次进入讲堂,法师随入升座。然后大众合声唱佛名礼拜。又有一僧举声唱梵赞,大众唱和。"① 所以俗讲的场面异常喧闹。相形之下,道观里的"黄衣道士"讲说则门可罗雀,转机是女冠华山女儿"悦俗"手段高人一筹,以色相讲说"淫秽鄙亵之事",很快吸引了市井民众趋之若鹜,"扫除众寺人迹绝",其间不乏信徒,但也吸引了大批轻薄子。人潮涌动,"訇然振动如雷霆"的声响喻示着道观讲说的盛况空前,带来的是直接的经济收益:"抽簪脱钏解环佩,堆金叠玉光青荧"。

对于寺观讲经的盛况,文人多有记载:"无生深旨诚难解,唯有师言得正真,远近持斋来谛听,酒坊鱼市尽无人。"(姚合《听僧云端讲经》)而真正要找寻安闲的文人士大夫只能避开讲经日方可觅得一份安宁:"一住毗陵寺,师应祇信缘。院贫人施食,窗静鸟窥禅。古磬声难尽,秋灯色更鲜。仍闻开讲日,湖上少鱼船。"(姚合《赠常州院僧》)俗讲就已经喧闹如斯,其他的民间艺术形式如转变、百戏、游艺等就更为热闹喧腾。

"历史性与社会性不是游离于听觉之外的外壳,而是听觉变迁的内在原因,因为听觉本身就是不断被文化所建构的,包括声音意义的赋予、倾听的方式、声音的内容和听觉的主体。"② 从以上对市

---

① 吕建福:《俗讲:中国佛教的俗文学》,《世界宗教文化》2005 年第 2 期。
② 王敦:《流动在文化空间里的听觉:历史性和社会性》,《文艺研究》2011 年第 5 期。

61

声、鼓声、娱乐之声、寺观之声四种声音景观的分析中，我们看到随着唐宋时期城市管理由封闭到亚开放，聆听主体心态呈现出的世俗化、娱乐化色彩，城市声音景观商业色彩渐趋浓重，从一个独特的侧面反映出唐宋城市转型进程中的历史性、社会性内涵：商品经济发展和市民社会需求对城市集权管理的突破，使得城市空间、时间管理从封闭走向亚开放。

第三节　商贾：城市转型中的人物形象

"很长时间里，基于对商人阶层以及市井百姓的蔑视，谈论古代城市时，主要关注其政治和文化功能，而相对忽略了超越职业、地位乃至种族与性别的都市里的日常生活。历史上中国的诸多城市（如所谓'七大古都'，还有扬州、苏州等历史文化名城）都曾引领风骚，并留下数量相当可观的诗文笔记等。可惜文学史家很少从都市想象角度立论，而更多关注读书人的怀才不遇或仕途得志。"[①] 在士大夫文人这种带有遮蔽的观照视角下，商人形象的零落和单一也就在情理之中。但是中晚唐后，随着城市商业经济的繁荣，商人这一群体在国家政治、社会发展中的重要性凸显出来，在文学表现中也得到了较为充分展现。

唐宋时期是我国古代商品经济发展的第二个高峰时期，唐宋城市转型中的一个重要内涵就是城市商业功能的强化，或者说唐宋城市转型的原动力是商品经济的繁荣，这一点对身处其间的文人而言影响巨大，他们敏锐地感受到城市商品经济的脉动，在文学题材、商业观念、生活方式等多方面发生了潜移默化的改变，有些文人甚至以文为货，加入了城市商业大潮中，在这个观念、行为方式转变过程中，商人作为一股重要的社会力量受到了社会关注，也必然进

---

① 陈平原：《文学的都市与都市的文学——中国文学史有待彰显的另一面相》，《社会科学论坛》（学术评论卷）2009年第3期。

第一章 唐宋城市转型的文学书写

入文学表现的范畴，商贾形象逐渐呈现出立体化趋向，下面从四个方面来展开分析。

一 传统义利观念下的商人形象：求利无不营

儒家义利观最具代表性的是孟子的"仁义而已矣，何必曰利？"①但是，"分化性、流变性、竞争性、开放性是商品经济的特点"②，商品经济时代壮大起来的商人这个群体天然就对传统义利观形成挑战，唯利是图、见利忘义往往成为这一阶层形象标签，这种道德上的天生缺陷使得这个阶层在士农工商排序中处于底层，一旦出现在文学表现中大多具有负面色彩。当然，也有例外，商人形象在先秦历史叙事中就已出现，《左传·僖公三十三年》中记载，公元前628年，秦穆公东扩命令大将孟明视、西乞术、白乙丙带领400辆兵车偷袭郑国。公元前627年，秦军开赴到了滑国碰到郑国商人弦高：

> 及滑，郑商人弦高将市于周，遇之。以乘韦先牛十二犒师，曰："寡君闻吾子将步师出于敝邑，敢犒从者。不腆敝邑，为从者之淹，居则具一日之积，行则备一夕之卫。"且使遽告于郑。郑穆公使视客馆，则束载、厉兵、秣马矣。使皇武子辞焉，曰："吾子淹久于敝邑，唯是脯资饩牵竭矣。为吾子之将行也，郑之有原圃，犹秦之有具囿也。吾子取其麋鹿以闲敝邑，若何？"杞子奔齐，逢孙、扬孙奔宋。孟明曰："郑有备矣，不可冀也。攻之不克，围之不继，吾其还也。"灭滑而还。③

弦高了解秦军意图后，急忙派人回郑国禀告，同时来到秦军中自称

---

① （战国）孟轲：《孟子·梁惠王上》，（宋）朱熹集注，上海古籍出版社2013年版，第1页。
② 林文勋：《商品经济与唐宋社会变革》，《中国经济史研究》2004年第1期。
③ （战国）左丘明：《左传》，（晋）杜预集解，上海古籍出版社2015年版，第252页。

63

是郑国的使者，献上四张皮革和十二头牛犒劳秦师，并暗示郑国已知秦军来袭。秦军以为郑国早有准备，于是领兵灭掉滑国后班师回朝。弦高作为一介商人在国家危亡之时，置个人商业利益于度外，机智地周旋于虎狼一般的秦军之中，保护了国家利益，使郑国避免亡国。事后郑穆公想要犒赏弦高，弦高功成不受赏。在这段历史记载中，弦高是作为爱国商人形象才进入历史叙事，或者说是符合儒家义利观才青史留名。

到了唐代，商业经济的高度发展促使文学抒写中商业题材大量出现。《贾客乐》（也称《估客乐》，有时也作《贾客词》）是中唐后广为吟诵的乐府诗题，李白、元稹、刘禹锡、张籍等诗人都有抒写，反映了中唐以后文人对商业、商人题材的关注。较早的是李白的《估客行》中对海商的浪漫歌咏："海客乘天风，将船远行役。譬如云中鸟，一去无踪迹。"诗中尚未涉及对商人的道德评价。

在唐代众多的《贾客乐》中，元稹《估客乐》全面展示了商人商业活动的丰富内涵：

> 估客无住着，有利身则行。出门求火伴，入户辞父兄。父兄相教示："求利莫求名。求名莫所避，求利无不营。"火伴相勒缚："卖假莫卖诚。交关但交假，本生得失轻。"自兹相将去，誓死意不更。一解市头语，便无邻里情。鋀石打臂钏，糯米吹项璎。归来村中卖，敲作金石声。村中田舍娘，贵贱不敢争。所费百钱本，已得十倍赢。颜色转光静，饮食亦甘馨。子本频蕃息，货贩日兼并。求珠驾沧海，采玉上荆衡。北买党项马，西擒吐蕃鹦。炎洲布火浣，蜀地锦织成。越婢脂肉滑，奚僮眉眼明。通算衣食费，不计远近程。经游天下遍，却到长安城。城中东西市，闻客次第迎。迎客兼说客，多财为势倾。客心本明黠，闻语心已惊。先问十常侍，次求百公卿。侯家与主第，点缀无不精。归来始安坐，富与王者勍。市卒醉肉臭，县胥家舍成。岂唯绝言语，奔走极使令。大儿贩材木，巧识梁栋形。

第一章　唐宋城市转型的文学书写

小儿贩盐卤，不入州县征。一身偃市利，突若截海鲸。钩距不敢下，下则牙齿横。生为估客乐，判尔乐一生。尔又生两子，钱刀何岁平。①

诗中的"估客"是新兴商人中的成功者，诗人对商人态度较为复杂，既有对商人精明经商牟利的肯定，但更多的是对商人这一形象身上的负面因素的充分展示。首先是与传统义利观相悖的见利忘义。诗中表述为"求利无不营"，所谓"一解市头语，便无邻里情"，"市头语"是经商之道，与农耕社会宗法制度下温情脉脉的"邻里情"形成尖锐对立。很多商人起于乡村，但一旦投身商海便背信弃义，就如诗中"估客""鍮石打臂钏，糯米吹项璎"，以伪劣商品充当珠宝欺骗乡邻，"归来村中卖，敲作金石声。村中田舍娘，贵贱不敢争"，但估客却因此积累财富。刘禹锡在《贾客词》中也有类似的叙写："眩俗杂良苦，乘时取重轻。心计析秋毫，摇钩侔悬衡。锥刀既无弃，转化日已盈。"商人以次充好、短斤少两，唯利是图。而背信弃义的同时是财富的迅速积累："转化日已盈"，还有是生活的光鲜富足："颜色转光静，饮食亦甘馨。"

起于乡村的估客"经营天下遍"，已经成长为行商大贾，完全脱离了农村而从事长途转运的冒险交易，诗中地域上的沧海、荆衡、北方、西边、炎洲、蜀地、越地，商品上的珠玉、党项马、吐蕃鹦、火浣布、织锦、越婢、奚僮等令人眼花缭乱的罗列，说明的是"贾客无定游，所游唯利并"。（刘禹锡《贾客词》）也即"求利无不营"。在封建时代，商人要想获得更大的利润，少不了用金钱腐蚀收买权力资源为我所用："他们在经常性的商品交换经济生活中萌发出了一种以商品交换的平等眼光看待政治权力的钱权交易意识。这就是将王朝官府所垄断的权力资源作为一种可交换的等价物，用属于

---

① （唐）元稹：《元稹集》，中华书局1982年版，第268页。

自己的钱与之交换,然后通过交换来的权力获取更大利益。"① "明黠"的"估客"明白"多财为势倾",在长安奔走高门,逐渐获得权力资源:"先问十常侍,次求百公卿。侯家与主第,点缀无不精。归来始安坐,富与王者勍。"官商勾结的动力是"估客"的财富"点缀"。

当然,作为诗歌的叙写显然受到一定限制,温庭筠传奇作品《窦乂》对以财富谋得政治资源而又以政治资源牟取暴利这一过程展现得更为详尽:

> 又李晟太尉宅前,有一小宅,相传凶甚,直二百十千,乂买之,筑围打墙,拆其瓦木,各垛一处。就耕之术,太尉宅中傍其地,有小楼常下瞰焉。晟欲并之为击球之所。他日,乃使人向乂欲买之。乂确然不纳,云:"某自有所要。"候晟休沐日遂具宅契书,请见晟,语晟曰:"某本置此宅,欲与亲戚居之,恐俯逼太尉甲第,贫贱之人,固难安矣。某所见此地宽闲,其中可以为戏马,今献元契,伏惟俯赐照纳。"晟大悦,私谓乂:"不要某微力乎?"乂曰:"无敢望,犹恐后有缓急,再来投告令公。"晟益知重。乂遂搬移瓦木,平治其地如砥,献晟,晟戏马,荷乂之所惠。乂乃于两市,选大商产巨万者,得五六人,遂问之:"君岂不有子弟要诸道及在京职事否?"贾客因语乂曰:"大郎忽与某等致得子弟庇身之策,某等其率草粟之直二万贯文。"乂因怀诸宾客子弟名谒晟,皆认为亲故,晟忻然览之,各置诸道膏腴之地重职,乂又获钱数万。②

窦乂在京城本来就有家世背景,花低价在李晟太尉宅前买一凶宅,拆除房屋修整成平地送与李晟太尉作球场,此时,李窦二人对话精彩异常,李言:"不要某微力乎?"窦答:"无敢望,犹恐后有缓急,

---

① 徐勇:《古代市民政治文化的独特性与局限性分析》,《江汉论坛》1991年第8期。
② (唐)温庭筠:《窦乂》,《温庭筠全集校注》卷12,中华书局2007年版,第1258—1259页。

第一章 唐宋城市转型的文学书写

再来投告令公。"窦乂以一小宅获取的权力资源,岂容浪费。果然,窦乂在东西两市挑选了五六个富商子弟着重栽培,并从李晟太尉处求得"膏腴之地重职"加以委任。毕竟,"在'官本位'体系下,简单的钱权交易远不如直接进入王朝官僚体系获利更大"①,而窦乂自己则从五六富商处"获钱数万"。

商人的见利忘义在宋代文学中也多有表现:"总被利名役,机心欲算沙。"(戴复古《自和前诗邻舟皆盐商》)豪商大贾越是饥荒之时为牟取暴利越能见其铁石心肠:"乘时皆闭粜,有谷贵如金。寒士糟糠腹,豪民铁石心。"(戴复古《庚子荐饥》)更为恶劣的是米中掺沙:"乐平明口人许德和,闻城下米麦价高,令干仆董德押一船出粜。既至,而价复增,德用沙砾拌和以与人,每一石又赢五升。不数日货尽,载钱回。"在抬高价格的同时还"用沙砾拌和",可谓丧尽天良,所以"甫及家",天气忽变,许德和被雷震死。②"巧伪以为生,语无一可信。妇女狐媚繁,商贾狙诈竞。天下不皆然,杭城为特甚。"(方回《留杭近三年得去赋不可不出城》)方回诗中所说杭州商贾"狙诈",实为这一阶层通病。岳珂《桯史》有"富翁五贼"条:

> 东阳陈同父资高学奇,跌宕不羁。常与客言,昔有一士,邻于富家,贫而屡空,每羡其邻之乐。旦日,衣冠谒而请焉。富翁告之曰:"致富不易也。子归斋三日,而后予告子以其故。"如言复谒,乃命侍子屏间,设高几,纳师资之贽,揖而进之,曰:"大凡致富之道,当先去其五贼。五贼不除,富不可致。"请问其目,曰:"即世之所谓仁、义、礼、智、信是也。"士卢胡而退。同父每言及此,辄掀髯曰:"五儒不为五贼所制,当成何等人耶!"既魁癸丑多士,一命而足。③

---

① 徐勇:《古代市民政治文化的独特性与局限性分析》,《江汉论坛》1991年第8期。
② (宋)洪迈:《许德和麦》,《夷坚志》丁志卷19,中华书局1981年版,第700页。
③ (宋)岳珂:《桯史》,《宋元笔记小说大观》,第4343页。

67

唐宋城市转型与文学变革关系研究

也就是说,为商的首要功夫就是要摒除儒家仁、义、礼、智、信一整套教诲,想要为富就必然不仁。

综上可见,见利忘义、为富不仁,官商之间以富谋贵、以贵谋富的联动成为人们对商人的基本道德评价,商人这一群体对传统的义利观形成巨大冲击。

二 农耕意识下的商人形象：贾雄则农伤

"贾雄则农伤"出自刘禹锡《贾客词》题下之引："五方之贾,以财相雄,而盐贾尤炽。或曰：贾雄则农伤。予感之,作是词。"是典型的传统农耕重农抑商意识的体现。"贾雄"之雄应有以下三层含义。

第一层也就是引文中所言"以财相雄",也即商人的豪奢。刘禹锡《贾客词》有形象的表现："妻约雕金钏,女垂贯珠缨。……大舸浮通川,高楼次旗亭。"商人妻女装束华贵鲜丽,家里拥有巨大的货船、高耸的店铺。白居易《盐商妇》从盐商妇穿戴食用的生活细节来极写盐商的豪奢：

> 盐商妇,多金帛,不事田农与蚕绩。南北东西不失家,风水为乡船作宅。本是扬州小家女,嫁得西江大商客。绿鬟富去金钗多,皓腕肥来银钏窄。前呼苍头后叱婢,问尔因何得如此。婿作盐商十五年,不属州县属天子。每年盐利入官时,少入官家多入私。官家利薄私家厚,盐铁尚书远不知。何况江头鱼米贱,红脍黄橙香稻饭。饱食浓妆倚柁楼,两朵红腮花欲绽。盐商妇,有幸嫁盐商。终朝美饭食,终岁好衣裳。好衣美食来何处,亦须惭愧桑弘羊。桑弘羊,死已久,不独汉时今亦有。①

诗歌题下小序是"恶幸人也",所谓"幸人"也就是诗中的盐商,

---

① （唐）白居易：《白居易集》,顾学颉校点,中华书局1999年版,第84页。

68

即以不正当手段侥幸致富之人。诗中揭示盐商暴富的原因乃是食盐官营,由于主管盐政官员的昏庸,盐商投机取巧,中饱私囊:"每年盐利入官时,少入官家多入私。官家利薄私家厚,盐铁尚书远不知。"盐商以不法手段牟取暴利,盐商妇不事稼穑,养尊处优,"终朝美饭食,终岁好衣裳"。到了宋代,铺写商人豪奢的作品更多,富商们"肉常余,乘坚策肥,履丝曳采,馔具屋室,过于王侯"①。生活光鲜:"绣罗衣服生光辉"(范成大《夔州竹枝歌九首》),千金买醉,百万博笑:"倡楼呼卢掷百万,旗亭买酒价十千。"(陆游《估客乐》),挥霍无度,弃金玉如瓦砾:"富商豪吏多厚积,宜其弃金如瓦砾。"(陆游《僧庐》)。

第二层是商人以富易贵、以贵谋富的循环暴富以及这种行为对封建体制的锈蚀作用:"高赀比封君,奇货通幸卿。趋时鸷鸟思,藏锚盘龙形。"(刘禹锡《贾客词》)商人富比王侯,家中奇货满屋,贿赂皇帝重臣,以权谋私,获利丰厚,致金满屋。前面所论元稹《估客乐》和传奇《窦乂》中对此都有充分展示,此不赘述。

第三层是商人的自由无拘,"不属州县属天子""行止皆有乐""姓名不在县籍中",不像稼穑辛苦的农人被束缚在土地上。对这一点,在文人抒写中多有欣羡,前引李白《估客乐》就是典型例子,这类作品一般都融入文人的浪漫想象:"梦为估客扬州去,《水调》声中月满船。"(陆游《记梦》)繁华都会扬州的旖旎风光、月色笙歌都为估客生涯抹上了浪漫色彩。"路过邮亭知几处,身如估客不论年。"(陆游《夜闻雨声》)在文人的诗意想象中,估客不仅不受地域限制,甚至自由到"不论年",可以不受时间拘束,超越时空限制。

对"贾雄则农伤"的理解,以上仅涉及"贾雄"一面,更为重要的是"贾雄"与"农伤"之间的逻辑关系。唐宋文人在涉及商业、商人题材之时往往是农商并举,互为对照、互为因果,形成了

---

① (宋)张方平:《乐全集》卷14"食货论·畿赋",《景印文渊阁四库全书》第1104册,第117页。

一种对比模式，或者前商后农，或者前农后商。前者如刘禹锡《贾客词》，"贾客无定游，所游惟利并。眩俗杂良苦，乘时知重轻。心计析秋毫，摇钩侔悬衡。锥刀既无弃，转化日已盈。邀福祷波神，施财游化城。行止皆有乐，关梁似无征。农夫何为者，辛苦事寒耕"；后者如张籍的《野老歌》山农词："老农家贫在山住，耕种山田三四亩。苗疏税多不得食，输入官仓化为土。岁暮锄犁傍空室，呼儿登山收橡实。西江贾客珠百斛，船中养犬长食肉。"这种对比性结构中的道德批判在唐宋文学中较常见，后文中还会涉及。这是城市商业经济繁荣的表征，也意味着乡村的衰落，农民阶层更深层次的落败，这才是"贾雄"与"农伤"之间深层的逻辑关系。

三 悯商情怀下的商人形象：估客有时也不乐

在传统义利观与农耕意识双重夹击下，商人形象更多地被涂抹上了负面色彩，这样的表现视角是有遮蔽性的，刻意舍弃了商人现实生活中的奔波艰辛，但也有些诗作在整体的道德批判中部分呈现出商人从商的奔波与辛酸，如张籍的《贾客乐》：

> 金陵向西贾客多，船中生长乐风波。欲发移船近江口，船头祭神各浇酒。停杯共说远行期，入蜀经蛮谁别离。金多众中为上客，夜夜算缗眠独迟。秋江初月猩猩语，孤帆夜发潇湘渚。水工持楫防暗滩，直过山边及前侣。年年逐利西复东，姓名不在县籍中。农夫税多长辛苦，弃业长为贩宝翁。①

该诗的框架未脱农商苦乐对比的模式，但在抒写中更多地还原了商人的生活真实。首先是生活的奔波不定、变幻莫测："入蜀经蛮谁别离"，对未来吉凶难测使商人笃信鬼神，出发前都要在"船头祭神各

---

① （唐）张籍：《张籍集系年校注》，徐礼节、余恕诚校注，中华书局2011年版，第95页。

第一章 唐宋城市转型的文学书写

浇酒";其次是经商途中的孤苦艰险,"秋江初月猩猩语,孤帆夜发潇湘渚"。秋江初月的孤冷、猩猩语的凄厉、夜色中潇湘孤帆的前途未卜、险恶难防的暗滩都为商人行途抹上一种悲剧色彩;再有是商人内部等级森严,奉行的原则是"金多众中为上客",行商大贾与走街串巷的小贩之间的生活境遇有天壤之别。如宋话本《闹樊楼多情周胜仙》中周胜仙父亲周大郎是一个海商大贾,从海上贸易回来听闻妻子把女儿许配给开酒楼出身的范二郎便断然阻止,原因就是商人内部森严的等级。如果说前两点是外部的压力,这一点乃是商业内部的等级歧视。

晚唐诗人刘驾直接以《反贾客乐》为诗题,并在题下加注:"乐府有《贾客乐》,今反之。"诗人摒弃了传统文学作品对商人的道德批判,凸显经商生涯的险恶:"无言贾客乐,贾客多无墓。行舟触风浪,尽入鱼腹去。农夫更苦辛,所以羡尔身。"诗中说商人奔波劳碌,多死于非命。商人之所以为人羡慕,是因为农人更为"苦辛",回应了农商对比结构中对商人的道德批判。基于以上认识,刘驾的《贾客词》形象的叙写了一出商人奔波的悲剧:"贾客灯下起,犹言发已迟。高山有疾路,暗行终不疑。寇盗伏其路,猛兽来相追。金玉四散去,空囊委路岐。扬州有大宅,白骨无地归。少妇当此日,对镜弄花枝。"诗中贾客已然积累了丰厚的财富,在"扬一益二"的扬州拥有大宅,但依然奔波在商路上,为了抓住商机,夜间冒险抄近路山行,果然在寇盗与猛兽双重夹击下上演了"金玉四散去,空囊委路岐"的悲剧。而与此相反的另一幅绮丽的画面是在贾客扬州大宅中少妇"照花前后镜,花面交相映",诗中商人妇等待的落空与其不知情的痴望形成的巨大情感落差,让人久久难以释怀。

其实,中晚唐诗人对从商的险恶奔波是很清楚的:"莫作商人去,恓惶君未谙。雪霜行塞北,风水宿江南。藏镪百千万,沉舟十二三。"(白居易《劝酒十四首·不如来饮酒》)元稹则把自己的坎坷与商人的破产相类比:"自叹生涯看转烛,更悲商旅哭沉财。"(元稹《遭风二十韵》)宋人对经商风险概括得更为精当:"海贾冒风涛,蛮商经辇崔。厚利诱其前,颠沛不遑恤。"(度正《步自玉局会饮于判院涂丈廨舍正得日字》)不论是海商还是陆商都面临巨大的风险,只因"厚利诱其前",虽万死而不辞,其间的悲辛难为人知。"盐商茗贩白刃随,切与椎埋破渊薮"(强至《送关景芬秘书赴山阳尉》),人人皆知盐商利厚,殊不知也是利从险中求。所以方回在《估客乐》中说:"人言估客乐,估客有时也不乐。百年计较千年心,不禁一日风涛恶。""百年计较千年心"是说为商之人心机算尽,也即"心计析秋毫""夜夜算缗眠独迟",但最终"不禁一日风涛恶","风涛恶"是具有象征意蕴的,不仅仅是现实的风涛,还包括人事的翻覆,即使千思万虑,天时地利人和只要一个细节的改易就可能功亏一篑,血本无归。

雄商大贾尚不免悲辛,小商小贩处境就更为凄惨:"北风吹衣射我饼,不忧衣单忧饼冷。业无高卑志当坚,男儿有求安得闲。"(张耒《北邻卖饼儿,每五鼓未旦即绕街呼卖,虽大寒烈风不废,而时略不少差。因为作诗,且有所警,示秸秸》)寒风中的卖饼儿不忧衣单忧饼冷的反常心理凸显其处境的窘迫。"贩夫博口食,奈此不售何。无术慰啼号,汝今一身多。"(范成大《严子文以春雪数作用为瑞不宜多为韵赋诗见寄次韵》)贩夫的想法异常简单,不过就是搏一口饭食,但就是这样的最低要求也不免落空,忍饥挨饿成为生活的常态。南宋都市笔记也记录小商贩的生活情状:"凡买卖之物,多与作坊行贩已成之物,转求什一之利。或有贫而愿者,凡货物盘架之类,一切取办于作坊,至晚始以所值偿之。虽无分文之储,亦可糊口。"① 很多走街串巷的小商贩生活仅仅是"可糊口"而"无分文之储":"君不见城中小儿计不疏,卖浆卖饼活有余。夜归无事唤侪侣,醉倒往往眠街衢。"(陆游《书生叹》)诗中卖饼儿做一日生意活一日,根本无法成家立业。而会稽城南的卖花翁辛劳一生依然没有一个像样的庇身之所:"君不见会稽城南卖花翁,以花为粮如蜜蜂。朝

---

① (宋)周密:《武林旧事》卷6《作坊》,第164—165页。

卖一株紫，暮卖一枝红。屋破见青天，盎中米常空。卖花得钱送酒家，取酒尽时还卖花。春春花开岂有极，日日我醉终无涯。亦不知天子殿前宣白麻，亦不知相公门前筑堤沙。客来与语不能答，但见醉发覆面垂鬖鬖。"（陆游《城南上原陈翁以卖花为业得钱悉供酒资又不能独饮逢人辄强与共醉辛亥九月十二日偶过其门访之败屋一间妻子饥寒而此翁已大醉矣殆隐者也为赋一诗》）更为凄惨的是小生意人稍有不慎就引来杀身之祸，万劫不复。宋话本《错斩崔宁》中卖丝后生崔宁路遇陈二姐邀为同行被官兵追拿至官府冤枉处斩就是典型案例。

综上，中晚唐以后的一些文人打破传统的政治道德批判视角，在文学抒写中还原商人商业活动的艰辛，展现了商人形象的悲剧色彩。

四 多元并存的商业观念中商人形象的立体化

士农工商是职业分类，也是一种社会等级排序，在四民中，商人处于末端贱类，历代都有贱商政策，"高祖（刘邦）乃令贾人不得衣丝乘车，重租税以困辱之"①。隋文帝开皇十六年（596）明确规定"工商不得进仕"②，在严禁商贾入仕同时，延续前代以衣着颜色来区分职业等级的惯例，隋炀帝大业六年（610）规定："胥吏以青，庶人以白，屠商以皂，士卒以黄。"③ 唐初延续贱商政策，唐太宗对大臣房玄龄说："朕设此官员，以待贤士，工商杂色之流，假令术逾侪类，止可厚给财物，必不可超授官秩，与朝贤君子比肩而立，同坐而食。"④

历代贱商政策是抑制商业题材、商人形象进入文学表现领域的重要原因。在国家政策层面和文人观念中，重农抑商的传统思维惯性非常顽固。但是，在唐宋城市转型进程中发生的制度性变革，"伴

---

① （汉）司马迁：《史记》卷30《平准书》，中华书局1982年版，第1418页。
② （唐）魏征等：《隋书》卷2，中华书局1973年版，第41页。
③ （后晋）刘昫等：《旧唐书》卷45，第1952页。
④ （后晋）刘昫等：《旧唐书》卷177，第4607页。

随着这些变革而来的是：赋税和贸易日益钱币化了；商人的人数、财富和力量增长量；社会和官府轻视商业和商人阶级的态度缓和了"①。更何况"重农抑商是政策和传统观念，主要体现在朝廷与士大夫阶层，是宏观的。具体到城市之内，却根本无法落实，否则，商业都会就难以存在和发展"②。现实的状况是唐中叶以后，商业繁荣，商人众多，商业观念在一定程度上发生了变化。据宋敏求《长安志》记载，当时长安东西两市商铺林立，商业活动极为繁荣，东市"市内货财二百二十行，四面立邸"，西市"市内店肆，如东市之制"③，从中可以看出当时工商业行业划分非常细致，反映出商业经济的高度繁荣，在社会上形成了浓厚的从商风气，以至中晚唐有官员感慨当时社会"士亦为商，农亦为商，工亦为商，商之利兼四人矣"④。到了宋代，从商风气更为浓厚，有学者认为宋代的经商群体已"不再指单一的专职商人，而且，'全民经商'中的'民'不再是狭义上的下层民众或被统治阶级，而是包含了相当的上层社会的人群或说统治集团的成员"⑤。正如北宋蔡襄所言："臣自少入仕，于今三十年矣，当时仕宦之人粗有节行者，皆以营利为耻，虽有逐锥刀之资者，莫不避人而为之，犹知耻也。今乃不然，纡朱怀金，专为商旅之业者有之。兴贩禁物茶盐香草之类，动以舟车懋迁往来，日取富足。"⑥

商人群体的壮大富有，有着新兴阶层特有的强悍风貌，必然对旧有的等级制度形成巨大冲击，"富可敌贵"的观念在这时期开始形

---

① ［美］施坚雅主编：《中华帝国晚期的城市》，叶光庭等译，第24页。
② 程民生：《略论宋代市民文艺的特点》，《史学月刊》1998年第6期。
③ （宋）宋敏求：《长安志》卷8"次南东市"，《景印文渊阁四库全书》，第587册，第134页。
④ （唐）牛希济：《治论》，载（清）董诰等编《全唐文》卷845，中华书局1983年版，第8879页。
⑤ 吴晓亮：《试论宋代"全民经商"及经商群体构成变化的历史价值》，《思想战线》2003年第2期。
⑥ （宋）蔡襄：《废贪赃》，《蔡襄全集》卷18《国论要目》，陈庆元等校注，福建人民出版社1999年版，第428—429页。

第一章 唐宋城市转型的文学书写

成,"经济力量的增强自然会要求按照新的经济关系规范人们的社会地位。这就必然冲击原有的社会关系……士、农、工、商等级制在贵者贫和贱者富者的上下对立运动中被财富力量摧毁了"①。仅以日常衣食住行为例,在初唐高宗时期富有商人就已是"紫服赤衣,闾阎公然服用;兼商贾富人,厚葬越礼"②。文宗时期重申"商贾、庶人、僧、道士不乘马"③,但已无力约束。太和六年(832),宰相王涯上奏:"商人乘马,前代所禁,近日得以恣其乘骑,雕鞍银镫,装饰焕烂,从以童骑,骋以康庄,此最为僭越"④。可见商人凭借财富僭越封建礼制的现象已不是个案。

中晚唐以后社会上浓厚的商业氛围使得上层统治的政策作出相应调整,德宗诏书说:"通商惠人,国之令典。"⑤宪宗元和六年(811)诏书中也说:"官中不得辄有程限,逼迫商人,任其货易以求便利。"⑥到了宋代,欧阳修认为,国家对商人之利应"与商共之"方能利国利民,而不是谋夺殆尽:"夫兴利广则上难专,必与下而共之,然后通流而不滞。然为今议者,方欲夺商之利一归于公上而专之。故夺商之谋益深,则为国之利益损……夫欲十分之利皆归于公,至其亏少十不得三,不若与商共之,常得其五也。"⑦

对于文学而言,更为重要的是文人士大夫的商业观念随着商业在国家经济政治领域的重要性上升而逐渐发生变化。韩愈在《原道》中认为工商各有其用:"为之工以赡其器用,为之贾以通其有无",商贾的作用是"通其有无","有圣人者立,然后教之以相生养之道"⑧,圣明者慎对四民关系,乃教之相生相养。至北宋,范仲淹在

---

① 林文勋:《商品经济与唐宋社会变革》,《中国经济史研究》2004年第1期。
② (后晋)刘昫等:《旧唐书》卷5,第107页。
③ (宋)欧阳修、(宋)宋祁《新唐书》卷24,第532页。
④ (宋)王溥:《唐会要》卷31"杂录",第575页。
⑤ (宋)王钦若等编:《册府元龟》卷502,第6014页
⑥ (宋)王溥:《唐会要》卷89,第1629页。
⑦ (宋)欧阳修:《通进司上书》,《欧阳修全集》卷45,第642页。
⑧ (唐)韩愈:《原道》,载(清)董诰等编《全唐文》卷558,中华书局1983年版,第5649页。

其《四民诗》其四《商》中对商人的作用给予了充分肯定：

> 尝闻商者云，转货赖斯民。远近日中合，有无天下均。上以利吾国，下以藩吾身。周官有常籍，岂云逐末人。天意亦何事，狼虎生贪秦。经界变阡陌，吾商苦悲辛。四民无常籍，茫茫伪与真。游者窃吾利，堕者乱吾伦。淳源一以荡，颓波浩无津。可堪贵与富，侈态日日新。万里奉绮罗，九陌资埃尘。穷山无遗宝，竭海无遗珍。鬼神为之劳，天地为之贫。此弊已千载，千载犹因循。桑柘不成林，荆棘有余春。吾商则何罪，君子耻为邻。上有尧舜主，下有周召臣。琴瑟愿更张，使我歌良辰。何日用此言，皇天岂不仁。①

范仲淹从国家政治的高度认为商人转运货物均天下有无，是社会正常运转、百姓生活安居的重要保证，"上以利吾国，下以藩吾身"，从而发出了"吾商则何罪"的质问，对"君子耻为邻"的贱商观念给予痛斥。梅尧臣在《汴之水三章送淮南提刑李舍人》（其二）中也表达了类似的观点："汴之水，入于泗，黄流清淮为一致。上牵下橹日夜来，千人同济兮万人利。利何谓，国之漕，商之货，实所寄。"

宋人在很多时候认为商人只是与士农工一样的一种职业分类，并无高低贵贱的差异："估人耕货不耕田，也合供输饷万屯。"（杨万里《送幼舆子之官澧浦慈利监税二首》其一）估人转运货物（耕货）获利与农人耕田收获粮食是一样道理。"农歌田野士歌学，工歌市廛商歌路。"（陈淳《送赵守备解南漳赴湖北仓》）士农工商只是劳作场地不同而已，就像飞禽走兽草木各异，士农工商只是品类不同："飞走草木类既别，士农工商品自成。"（邵雍《乐物吟》）"农工商贾皆同气，草木虫鱼是一家。"（许景衡《送商霖兼简共叔》）

---

① （宋）范仲淹：《范仲淹全集》，（清）范能濬编集，薛正兴校点，凤凰出版社2004年版，第27页。

第一章 唐宋城市转型的文学书写

农商并不形成对立相害关系,而是同气一家。苏轼则直接说"庶将通有无,农末不相戾"(苏轼《问大冶长老乞桃花茶栽东坡》),突破传统贾雄伤农思想而认为农商交利。欧阳修认为:"治国如治身,四民犹四体。奈何窒其一,无异钦厥趾。工作而商行,本末相表里。臣请通其流,为国扫泥滓。金钱归府藏,滋味饱闾里。"(欧阳修《送朱职方表臣提举运盐》)明确反对重农抑商,认为抑商政策就像一个人的四体中一体被窒息,不利于社会健全发展,所以急切要求"为国扫泥滓",疏通四体,让"工作而商行,本末相表里",最终实现"民充国亦富,粲若有条理"。

"士大夫对于商业行为的认同,标志着商业意识已经进入到文化层面,影响着社会的基本风气,成为中晚唐诗文作者不可逃离的社会氛围。"① 所以,文学作品中的商人形象逐渐突破贱商观念的束缚而出现了诸多正面因素。柳宗元《宋清传》中的药商宋清已经是一个正面的商人形象,其为商不以贫富得失为准,广济所求之人,一时窘迫无法付酬之人,宋清依然给予好药疗救,这种情况不是一次两次,"居药四十年,所焚券者百数十人",而受惠之人他日发达或宽裕以后,往往厚报宋清。柳宗元因此感慨:"清之取利远,远故大,岂若小市人哉?一不得直,则怫然怒,再则骂而仇耳,彼之为利,不亦翦翦乎?吾见蚩之有在也。清诚以是得大利,又不为妄,执其道不废,卒以富。求者益众,其应益广。或斥弃沉废,亲与交;视之落然者,清不以怠,遇其人,必与善药如故。一旦复柄用,益厚报清。"宋清致富以义取,完全是一个义商形象。前所引传奇《窦乂》的叙写中也并不含批判之意,而是隐然包含作者对窦乂发家致富的欣羡之情,窦乂最起码是一个中性形象。随着商人正面形象的增加,民间女子婚姻观念也突破了"商人重利轻离别"的传统偏见,不入侯门而愿为商人妇:"裙腰绿如草,衫色石榴花,十二学弹筝,

---

① 曹胜高:《中晚唐商禁松弛与庶民文化的兴起》,《洛阳师范学院学报》2011年第4期。

十三学琵琶。宁嫁与商人,夫妇各天涯,朝朝问水神,夜夜梦三巴。聘金虽如山,不愿入侯家,鄣袖庭花下,东风吹鬓斜。"(陆游《长干行》)

宋代陆上商路因为北方大片土地失控而中断以后,海上商路、海外贸易得到大力开辟,海外贸易港口达二十多个,广州、明州、泉州等大港口都设有市舶司,[1] 文学作品中对海贾"大商航海蹈万死"(王十朋《提举延福祈风道中有作次韵》)的冒险精神的歌赞是值得注意的现象。"我贾贾日本,挂席穷南海。冰夷斗蛟龙,牙角吐光采……赤手拾明月,天幸独我在。归赴王侯需,价直十百倍。匹夫惜性命,贪冒以贾罪。歌笑履波涛,竟死复何悔。"(方夔《续感兴二十五首》其十六)诗写海贾远洋日本贸易,经历风涛险恶九死一生侥幸满载而归,王侯贵族争相抢购,获利丰厚。回首来路,"歌笑履波涛,竟死复何悔"歌笑艰险、万死不辞的英雄气概令人叹服。

当然,并不是说随着唐宋知识阶层商业观念的转变,商人形象也就完全转变为正面形象。即使是知识阶层商业观念中也依然存留着顽固的重农抑商的观念,刘克庄诗中对弃农从商现象依然持批判态度:"花篮果担更嗷呼,巾幪绚烂车骑都。民多逐末少重本,神岂护短仍凭愚"(《三和》)。所以商人形象也是多元复杂的,正面负面评价杂糅,即使时至今日,人们对商人这一群体的评价也是多元杂糅的,既有对其唯利是图的负面道德批判,也有对其冒险创新精神的肯定,更有对其富有豪奢的欣羡,不一而足。

---

[1] 参见黄纯艳《宋代海外贸易》,社会科学文献出版社2003年版。

第二章　唐宋城市转型与文人心态嬗变

在传统农耕社会，城市是政治失意者的梦魇："喧喧洛阳路，奔走争先步。唯恐著鞭迟，谁能更回顾。覆车虽在前，润屋何曾惧。贤哉只二疏，东门挂冠去"（王贞白《洛阳道》）。远离城市回归乡土成为失意者的归宿；同时，城市也是文人诗意审美的对立面："野人惯去山中住，自到城来闷不胜。宫树蝉声多却乐，侯门月色少于灯。饥来唯拟重餐药，归去还应只别僧。闻道旧溪茆屋畔，春风新上数枝藤"（姚合《将归山》）。城中"闷不胜"与乡村的春风拂面形成反差。这样的审美偏向顽强而持久，宋人张抡词中对城市的疏离意味更为明显："炎天何处可登临？须于物外寻，松风涧水杂清音，空山如弄琴，宜散发，称披襟。都无烦暑侵。莫将城市比山林，山林兴味深"（张抡《阮郎归·炎天何处可登临》）。末尾两句直接将城市与山林对举，乡土山林对于文人而言有着精神家园的意味。

在唐宋城市转型的过程中，随着城市在国家政治、经济、文化中地位的日趋重要，传统文人对乡土山林的依恋和对城市的疏离心态随之有一定的变化，在文学抒写中表现为反城市倾向与城市诗意的并存，下面从三位诗人的创作中来寻绎这种心态嬗变的痕迹。

第一节　王维诗歌对都市的投入与疏离

近年来，关于唐代诗人、诗歌与城市的关系越来越受到一些学者的关注，综观这些研究，有两种趋向，一种认为唐代文学中对城市的关注局限于政治性，如谢遂联在《唐代都市诗的演变及其文化意义》

一文中认为:"中国古代都市最迟以汉代起就已经十分繁荣,都市也一直没有脱离文人的审美视野,但是在文学研究中传统都市诗歌被忽视。以唐代都市诗歌为切入点,探究其演变特点及其中所体现出来的文人心理乃至传统文学积淀可以发现,初唐京城诗受汉代京都赋的影响表现出政治性夸饰和政治性讽刺,盛唐之后都市诗歌呈现出看似矛盾的两面:或为对都市的疏离冷淡,或为对都市繁荣不再的缅怀与感伤。矛盾的两面指向共同的内核——传统文化中没有为人类建立起除了政治性意义之外的都市生活意义体系。"① 其实,唐人对城市的接受有一个发展的过程,当城市功能渐趋多元化以后,必然会不同程度的进入文学书写,从而逐渐建立"除了政治性意义之外的都市生活意义体系",这一点从中晚唐文人的作品中是可以得到证明的。另一种趋向是过分强调城市对诗人及其作品的影响,如有学者指出:"从某种意义而言,长安不仅使王维日益都市化,而且使他成为都市诗人的典型。"② 这样的观点同样是有偏颇的,首先是遗忘了使王维声名远扬的山水田园诗中所蕴含的文化心理的把握,认为王维对城市的疏离体现在宗教的修持上,忽略了王维疏离城市的重要一端:浓厚的乡土情怀;另外,作者静态地谈论王维与长安的关系,得出的观点必然是有局限的。王维对长安的热烈礼赞大多出现在初为朝官热血激荡的前期,当其认为自己名节既亏、政治进取热情逐渐消退以后,诗歌就逐渐淡化了都市政治性的喧哗与骚动,而转向乡野构筑自己心灵的桃花源;还有,王维关注都市的视点主要是与政治有关而不及其他,因此,尚不能说是"都市诗人的典型"。

一 政治热望与都市想象

"都邑者,政治与文化之标征也。"③ 初盛唐时期的都市作为帝

---

① 谢遂联:《唐代都市诗的演变及其文化意义》,《唐都学刊》2006年第2期。
② 陆平:《王维诗歌中的长安及其文化意义》,《江西师范大学学报》(哲学社会科学版)2007年第5期。
③ 王国维:《殷商制度论》,《王国维遗书》,上海古籍书店1983年,第1页。

第二章 唐宋城市转型与文人心态嬗变

国政治、军事中心的性质,非常有效地吸纳了像王维这样志存高远的青年。都城长安的万千气象让他们如此流连沉醉,所以王维前期涉及都市的诗歌更多注目的是其作为政治中心性质的典型场景的再现,如上朝诗中盛大的朝会场景:"万国仰宗周,衣冠拜冕旒。"(《奉和圣制暮春送朝集使归郡应制》)还有臣子早朝的艰辛和恭谨:"皎洁明月高,苍茫远天曙。槐雾暗不开,城鸦鸣稍去。始闻高阁声,莫辨更衣处。银烛已成行,金门俨驺驭。"(《早朝》)安史之乱初平不久,贾至写了一首《早朝大明宫呈两省僚友》的朝会诗,很快就有了王维、岑参、杜甫的和诗,其中,王维的和诗气势最为宏阔:"九天阊阖开宫殿,万国衣冠拜冕旒。"(《和贾至舍人早朝大明宫之作》)这组诗虽写于安史之乱初平不久,但却充溢着缅怀盛世、渴望中兴的期待,所以保持了盛唐都市诗一贯风格:壮丽的天宫、万方来朝的浩荡队伍、盛大的场面,充满着对帝国声威气势的由衷骄傲,而且同题和诗这一现象也说明这种题材最能激起这一时代士人心理共鸣,不管是在朝还是在野,盛大的朝会都是诗人心目中长安帝都最令人心驰神往的场景,同时说明这一时期的长安在文人士子心目中仅仅与政治关涉而不及其他。

如果说以上所举是上朝诗,其关注重心自然如此,但在其他题材如登览游赏诗作中,表现都市的时候也多指向了对大唐帝国的热烈礼赞,这样的礼赞还是根源于诗人内心对政治的热望,如《奉和圣制从蓬莱向兴庆阁道中留春雨中春望之作应制》:"渭水自紫秦塞曲,黄山旧绕汉宫斜。銮舆迥出千门柳,阁道回看上苑花。云里帝城双凤阙,雨中春树万人家。为乘阳气行时令,不是宸游玩物华。"诗中虽然重叠着自然意象:渭水、黄山、柳、云、花、雨、春树,但却充溢着帝都雍容豪迈的气度,在从大明宫通往兴庆宫的阁道上展望春雨朦胧中帝都的万千气象,云遮雾绕中宫阙、生机盎然的春树和上万人家相映衬,更显出帝城的壮观、阔大、昌盛、祥瑞,诗人对京城的描摹自觉地纳入润色鸿业的政治需求。与此相类的诗作还有很多,如《三月三日勤政楼侍宴应制》《三月三日曲江侍宴应

81

制》两首都是诗人描写游赏侍宴中展望帝京长安的景象,居高临下的视点、躬逢盛世的幸运、身为朝官的自豪使得诗人笔下的帝京长安具有雍容祥和、开阔明朗的调子。同时代其他诗人也如此,如张九龄的《登乐游原春望抒怀》:"城隅有乐游,表里见皇州。……万甍清光满,千门喜气浮。花间直城路,草际曲江流。"据《长安志》记载,乐游原"其地居京城之最高,四望宽敞,京城之内,俯视指掌"①。当张九龄登上这个长安城的制高点展望四周时,内心油然涌起的依然是对皇恩和宫阙的礼赞。

王维这种源于政治热望的都市想象,有着热烈畅情的调子、雍容自信的气度、阳刚豪迈的风格,这样的情感特质在传统诗歌题材中还找到了游侠诗这一载体。王维的游侠诗生活场景是城市,"京华游侠窟,山林隐遁栖"(郭璞《游仙诗》其一)。城市是喧嚣、热烈、浪漫、华丽的,适合张扬了盛唐气象中"青春、浪漫"的一面。盛唐很多诗人都涉笔的一个诗题是《少年行》,而这些少年游侠是诗人理想人格的具象化。王维怀着激荡的政治热情创作了组诗《少年行》:"新丰美酒斗十千,咸阳游侠多少年。相逢意气为君饮,系马高楼垂柳边。"(《少年行》其二),这样的诗作与盛唐其他诗人的游侠诗一样都有着热烈畅情的调子,如:"五陵年少金市东,银鞍白马度春风;落花踏尽游何处,笑入胡姬酒肆中。"(李白《少年行》其二)"托交从剧孟,买醉入新丰。笑尽一杯酒,杀人都市中。"(李白《结客少年场行》)"千场纵博家仍富,几度报仇身不死。宅中歌笑日纷纷,门外车马常如云。"(高适《邯郸少年行》)这些少年游侠或在长安,或在咸阳,或在邯郸,他们或者纵酒赌博,或者行侠复仇,或者沉入声色,都是豪气干云,昭示的是脱略规矩法度、超乎世俗庸常的自由浪漫精神。还应提及的是王维的边塞诗大多不是写于边塞而是多写于长安,其虽然在开元二十五年(737)以监察御史身份奉使出塞,但这只是为其边塞功业想象提供了更为壮丽鲜活

---

① (宋)宋敏求:《长安志》卷8,《景印文渊阁四库全书》第587册,第134页。

的肌质,与其他边塞诗人一样,其大量的边塞诗还是写于京城送别,所以,保持了游侠诗畅情快意的情调而淡化了战争的残酷和边塞绝漠的荒寒:"熟知不向边庭苦,纵死犹闻侠骨香。"(王维《少年行》其二),向往的还是从边塞衣锦归来,在都市旧僚中的政治显耀:"丈夫赌命报天子,当斩胡头衣锦回。"(李白《送外孙郑灌从军》其一)"万里不惜死,一朝得成功。画图麒麟阁,入朝明光宫。"(高适《塞下曲》)

但是,王维诗中源于政治热望的都市想象正如源于道德批判的都市想象一样,呈现的都是都市平面剪影,舍弃了城市多元复杂矛盾以及由此衍生出来的丰富的美学特性,从而也带来了对城市文明的审美隔膜。所以,一旦诗人政治追求挫败以后,他们马上就会退守到传统农耕文明的道德立场和审美趣味上,淡出城市,渐行渐远。

二 都市政治性追求的挫败与乡村诗意的建构

当都市作为政治、军事中心而存在的时候,能够有效地吸纳文人士子四方辐辏,出现文化、文学的彬彬之盛。但是,当他们的政治追求被挫败后,作为政治幻影的都市往往成为罪恶的渊薮,与此相对的是以都市残缺的补偿性乡村诗意的建构成为文人士子的心灵家园。

王维虽然少年得志,但入仕后开元天宝年间政治形势(如张九龄罢相)的变化所隐含的政治危机,敏感的诗人是深有体察的,由此渐生退避之心。特别是安史乱中被迫接受伪职,乱平后被定罪下狱,虽旋即被赦免,官位逐步升迁至尚书右丞,但名节既亏的愧悔之心使他在心理上更为彻底的打消了早年的政治热望。在唐肃宗乾元元年(758)前后,其在《谢除太子中允表》中检讨这段经历:"当逆胡干纪,上皇出宫,臣进不得从行,退不能自杀,情虽可察,罪不容诛。""秽污残骸,死灭余气,伏谒明主,岂不自愧于心?仰厕群臣，亦复何施其面？"① 受伪职一事虽得圣上赦免，但群臣目光中的猜疑令人窒息，更何谈施展政治抱负。"君子的政治失意产生出诗人的诉歌，这正是儒家道德哲学赋予中国诗人的基本特色……诗的意义因而首先与现世政治相关，是政治的反面……一旦失志，君子意志就会走向非政治。"② 而既然都市仅只是政治机遇的追逐之所，此时也就无法安顿心灵，"面对不公、不义或者怀才不遇，转身归隐田园或者游历名山大川不约的成为许多作家共有的反抗姿态。乡村的山水和田园成为拒绝权力的象征……然而，这与其称之为逃跑主义，不如说是农业文明造就的想象。这种想象包含了一个秘密的转换：理想的生活就是将不平等的社会关系转换为人与自然的和谐关系"③。王维作为传统的士大夫阶层，并未发现或不愿去发现城市其他层面的功能和特色，对于他们而言，进入都市，就是进入政治中心，内心的政治热望能够有效地化解远离乡土的感伤情绪，盛唐送别诗那种超越传统感伤意绪的慷慨高旷的主调就是一个典型。但是，当他们的政治热望在斑斓壮丽的都市中步步溃败以后，城市作为政治幻影渐行渐远，这时，另一个古朴、单纯的地理空间、心理空间：乡村，逐渐作为城市补偿性诗意恒久的萦绕在政治失意的文人内心，于是，王维选择了"亦官亦隐"，身在朝市，心游江湖，而京官十日一休沐的唐制规定，也便于王维去做"衣冠鸿鹄""冠冕巢由"④。所以在中国古代便出现"满朝辞赋客，尽是入林人"（钱起《宴崔驸马玉山别业》）的奇观。

王维的田园诗是农耕文明造就的诗意想象，农耕民族特有的对土地自然的深厚感情使得"乡村的山水和田园成为拒绝权力的象征"，于是，乡村诗意被建构出来。正如钱穆先生所言，"那辈读书

---

① （唐）王维：《谢除太子中允表》，载（清）董诰等编《全唐文》卷324，第3286页。
② 刘小枫：《拯救与逍遥》，上海三联书店2001年版，第106页。
③ 南帆：《启蒙与大地崇拜：文学的乡村》，《文学评论》2005年第1期。
④ （唐）王维：《暮春太师左右丞相诸公于韦氏逍遥谷宴集序》，载（清）董诰等编《全唐文》卷325，第3295页。

第二章 唐宋城市转型与文人心态嬗变

人大体上全都拔起于农村。因为农村环境是最适合养育这一辈理想的才情兼茂、品学并秀的人才的。一到工商喧嚷的都市社会，便不是孵育那一种人才的好所在了。那些人由农村转到政府，再有政府退归农村。……即在城市住下的，也无形把城市农村化了，把城市山林化了"①。别业的建造置买就是把城市农村化、乡村化的一个途径，钱穆先生认为王维的辋川别业是最有代表性的。"园林本身是城市发展过程的产物与伴生物，是身处都市心存江湖的产物，是用物质条件技术手段对遥远自然的回忆与呼唤，用机械及人工对天然的一种物质模拟。城市化程度越高，人们的这种召唤越强烈。"② 有学者在对唐代园林别业考据的基础上得出这样的结论："唐代私园的分布既有围绕著名水系也有围绕著名山系的特点，但最突出的则是环绕长安、洛阳两京地区，麇集于、灞、伊、洛诸水之间。"③ 王维的辋川别业也就是基于这样的心理和地理建造的。

从城市发展史的角度来看，在初盛唐时期，城市功能相对比较单一，突现的是政治性、军事性，其相对于农村的经济、文化优势还未充分彰显。王维对城市疏离的文化心理其实也受制于隋代和唐初城乡差别尚未明确的历史现实，当时城郭民的生活水平、生活方式并不优于村民，并没有形成中晚唐时期乡村农户欣羡城市居民的心理。《隋书》中记载隋炀帝强迫村民迁居城郭的害民之举，引起老百姓极大怨愤，加速了危机四伏的隋政权覆亡的进程。④ 唐初高祖李渊吸取教训，采取以现所居事实为准的"村坊制"形式安顿百姓。但武则天时期曾强迫关西农户放弃田产住宅迁居长安，遭到了农户的抵制，当时官员徐坚上疏力劝武则天罢除此举，在《请停募关西户口疏》中说："然高户之位，田业已成，安土重迁，人之恒性。使

---

① 钱穆：《中国文化史导论》，商务印书馆2003年版，第161页。
② 李浩：《微型自然、私人天地与唐代文学诠释的空间》，《文学评论》2007年第6期。
③ 李浩：《唐代园林别业考录》，上海古籍出版社2005年版，第2页。
④ 参见（唐）魏征等《隋书》卷24《食货》及卷4《隋炀帝本纪下》。

者强送,绳勉进途。一人怨嗟,或伤和气,数千余户,深宜察之。"①从这则材料中可看出,村居富户对迁居京都毫无兴趣,更不用说其他城市。城市在这个时期并未对百姓产生中晚唐以后那种巨大的魅惑力。而作为读书仕进之士的王维,对都市的想象就始终与政治事件相连也就在所必然了,长安也就成为诗人寄托政治情怀的符号。

三 田园抒写中的都市参照与渗透

但是,王维前期诗歌对都市的热烈情感投入在其山水田园诗中并非了无痕迹,正如宇文所安所说"王维的朴素是一种抛弃的行为,产生自深刻的否定动力",但是"否定的诗人总是与他所反对的东西联系在一起。在否定修饰辞藻的外表之下,王维的风格不由自主地体现出宫廷诗人修养的控制力"②。

只要把王维田园诗与陶渊明田园诗稍做比较就会发现:以王维诗歌中那种经过都市文化精神陶冶的审美趣味去观照、把握、赏玩、呈现山水田园的时候,与陶渊明田园诗的古朴厚拙重写意不同,王维的田园诗更为精致华丽,他善于把色彩、线条、构图等绘画技巧融入诗歌创作,使诗歌获得了绘画般的色彩美和构图美,如《淇上即事田园》:"屏居淇水上,东野旷无山。日隐桑柘外,河明间井间。"在光色处理上"取得了一种近似油画和摄影用光的效果"③,而像"秋山敛余照,飞鸟逐前侣。彩翠时分明,夕岚无处所"(《木兰柴》)这样的诗句,与陶渊明的"山气日夕佳,飞鸟相与还"所绘为同一情景,但陶氏以"此中有真意,欲辨已忘言"为我们呈现一种无言之境,但王维面对这样一个光色跃动的世界,显然不满足于陶氏"启示性语言"的"写意",④ 诗人以彩绘的笔法为我们一一

---

① (唐)徐坚《请停募关西户口疏》,载(清)董诰等编《全唐文》卷272,第2765页。
② [美]宇文所安:《盛唐诗》,贾晋华译,生活·读书·新知三联书店2004年版,第94页。
③ 葛晓音:《汉唐文学嬗变》,北京大学出版社1990年版,第295页。
④ 袁行霈:《中国诗歌艺术研究》,北京大学出版社1996年版,第162页。

呈现落日、飞鸟、彩翠明灭、岚雾飘忽的绚烂色彩,所以苏雪林说王维诗"写光线变动与西洋画之印象主义相似,我们竟可以说他是中国诗里的印象派"①。

另外,与陶诗相比,王维田园诗更具精神象征意味:"斜阳照墟落,穷巷牛羊归。野老念牧童,倚杖候荆扉。雉雊麦苗秀,蚕眠桑叶稀。田夫荷锄至,相见语依依。即此羡闲逸,怅然吟式微。"(王维《渭川田家》)"新晴原野旷,极目无氛垢。郭门临渡头,村树连溪口。白水明田外,碧峰出山后。农月无闲人,倾家事南亩。"(王维《新晴野望》)"漠漠水田飞白鹭,阴阴夏木啭黄鹂。"(王维《积雨辋川庄作》)"山下孤烟远村,天边独树高原。"(王维《田园乐》)"寒山转苍翠,秋水日潺湲。倚杖柴门外,临风听暮蝉。渡头余落日,墟里上孤烟。"(《辋川闲居赠裴秀才迪》)在这些诗中,抒情主人公已不再是劳作的主体,而是保持了旁观者的审美距离,所以有学者认为唐代文学研究应该引入园林诗、园林散文的概念,因为"田园诗是写在田园中的劳作、经营的苦乐,真正的田园诗其抒情主人公应该是劳作的主角"②。以此来衡量,王维的田园诗就属于园林诗,其诗中不再有陶渊明田园诗中深切的劳作忧乐和醇厚的人情古风,乡村诗意是作为疏离城市的一种方式而被想象和建构出来的。换言之,城市在王维田园诗中已成为一个必要的参照系统,从而左右着诗人的田园抒写,是诗人基于城市的喧嚣、浮华、虚伪而心造的桃花源。像"田夫荷锄至,相见语依依"这样淡然和谐情景是作者基于宦途人情凉薄的切身体察而着意突显的人情之美,其在《酌酒与裴迪》一诗中曾沉痛地抒写道:"酌酒与君君自宽,人情翻覆似波澜。白首相知犹按剑,朱门先达笑弹冠。草色全经细雨湿,花枝欲动春风寒。世事浮云何足问,不如高卧且加餐。"在这样痛切的体验中,"野老念牧童,倚杖候荆扉",就愈发辉映出令人倾心的人性

---

① 苏雪林:《唐诗概论》,辽宁教育出版社1997年版,第44页。
② 李浩:《微型自然、私人天地与唐代文学诠释的空间》,《文学评论》2007年第6期。

光芒。

综上,王维诗歌对都市的投入源于对政治的热望,体现于朝会应制诗和游侠边塞诗中。这些诗充满了对大唐帝国的热烈礼赞,显现出豪迈明朗的格调。但随着诗人对朝政变幻的体察和自身沉浮的切身体验,政治热情逐渐消退,其对都市的关注也失却了内在的动力,逐渐形成对都市的疏离心态。其诗对都市的疏离除体现于宗教的修持以外,还主要体现在源于农耕民族对乡土深情依恋而产生的山水田园诗中。

中晚唐以后,当都市的其他功能(商业、文化娱乐等功能)较为充分地发展起来并为文人士子所接受以后,都市逐渐成为文人士子政治追求挫败以后安居放逸的居所,而不仅仅是乡村诗意的对立之所,这是中唐白居易等诗人在更为深入丰富的体验了城市多元色彩以后才具有的世俗化的心理素质,其《中隐》等诗中表现出中唐文人调适自身心理以俯就现实世俗的努力,而白行简的传奇《李娃传》中的荥阳郑生已具备了温庭筠、柳永等浪子文人的心理趋向,在政治追求挫败后依然能在市井优游杂处,陶然自乐,这样,城市的诗意逐渐显露并催生了一种新的诗体——词。

第二节 白居易诗歌中城市诗意的显现

中唐时期制度层面的变化促使商品经济发展并进而影响中晚唐城市性质功能发生变化,从单一的政治性、军事性专制城市发展成为集政治、文化、商业、娱乐等多功能聚合的城市。在中国古代城市发展的这一重要阶段,中唐文人城市观念在一定程度上超越传统文人单一的道德批判惯性,逐渐形成了肯定城市文化的价值取向,反映到诗歌创作中,就是关注视点下移,发现城市多元色彩以及由此衍生出来的丰富的美学特征,在审美趣味和创作风格上趋向世俗化,在文学传播过程中形成雅俗良性的互动格局。

第二章 唐宋城市转型与文人心态嬗变

一 商品经济的发展与城市功能的多元化

隋唐以前的城市与传统城市显现出发展的连续性,从唐代中后期开始,则是中国城市发展的变革期,首先是商品经济的发展促使中晚唐城市空间结构和时间结构发生变化。唐代前期在对城市管理过程中实行严格的坊市分离和宵禁制,这也说明唐继隋而立后其城市建立的军事专制性质。但中唐以后,商品经济的发展必然对原有的空间和时间的限制形成一股强大的冲击力量,虽还不足以完全推倒坊墙,打破宵禁,但是,初盛唐时期严格坊市分隔及宵禁制度的规定在"城"与"市"的拉锯较量中往往被跨越,实现了城与市的融合,如长安的商业活动在中唐以后便越出两市,渗入居民区中,而且打破宵禁出现了夜市,唐文宗开成年间下令:"京夜市宜令禁断"①,但却屡禁不止,崇仁坊"昼夜喧呼,灯火不绝"②,说明夜市在长安的存在。在管理严格的京城尚且如此逾制,其他城市就更不待言。在中晚唐,由于政治中心与经济中心的分离,南方城市发展很快,出现了四大都市:淮安、扬州、苏州、杭州,长安城的这种严格管制在这类城市有所松动,如东都洛阳置有丰都、大同、通远三市,扬州由于其特殊的交通位置,很快发展成可与长安媲美的城市。"十里长街市井连,月明桥上看神仙。"(张祜《纵游淮南》)"春风十里扬州路,卷上珠帘总不如。"(杜牧《赠别》)更为重要的是,扬州城"侨寄衣冠及工商等,多侵衢造宅,行旅拥弊"③,"侨寄衣冠及工商"人户有意突破严格坊市制度的限制,沿街开市,造成道路拥堵。而宵禁制度的打破就更为彻底:"夜市千灯着碧云,高楼红袖客纷纷。如今不似时平日,犹自笙歌彻晓闻。"(王建《夜看扬州市》)金陵、苏州、杭州等城市的发展也不输于扬州,韦庄描绘金陵的《陪金陵府相中堂夜宴》中的富贵繁华、万种风情充分展现

---

① (宋)王溥:《唐会要》卷86《市》,第1583页。
② (宋)宋敏求:《长安志》卷8,《景印文渊阁四库全书》第587册,第128页。
③ (后晋)刘昫等:《旧唐书》卷146《杜亚传》,第3963页。

了城市的经济实力:"满耳笙歌满眼花,满楼珠翠胜吴娃。因知海上神仙窟,只似人间富贵家"。白居易诗中的苏州则是:"人稠过杨府,坊闹半长安。"(白居易《齐云楼晚望偶题十韵》)

其次是社会各阶层与市场的联系逐渐加强。白居易的讽喻诗《卖炭翁》历来被人们认为是作者对宦官巧取豪夺恶劣行为的抨击,题下小序也标明"苦宫市",但有学者却从中看出"皇室需求逐渐从'供给制'转向市场采购制"①的信息,说明中晚唐时期皇室与市场的联系逐渐加强,只是这种制度还不够规范,所以宦官骄横跋扈、为所欲为。到北宋时期,东京汴梁大内的市场采购行为就比较规范了。皇室需求尚且逐渐走向市场化,其他阶层和群体与市场关系的渐趋密切自不待言。市场一经发展起来就会逐渐摆脱封建专制控制而更多朝着自己的规律运行,从而不断增强城市经济的辐射能力和吸纳力。城居各阶层人员对市场的仰赖自不用说,即使是城郊农民在生产结构、生活方式上也会围绕市场需求进行不断调整,贾思勰在《齐民要术》中就曾说:"如去城郭近,务须多种瓜菜、茄子等,且得供家有余出卖。"② 在唐代,由于城市各阶层对鲜花的钟爱,造成市场上鲜花热卖,于是,城郊农民就放弃了单一农产品种植方式,改种鲜花适应市场需求,郑谷在《感兴》诗中就描述了这一现象:"禾黍不阳艳,竞栽桃李春。翻令力耕者,半作卖花人。"花农的种植方式和生活方式与传统农民有了很大变化:"故城边有卖花翁,水曲舟轻去尽通。十亩芳菲为旧业,一家烟雨是元功。间添药品年年别,笑指生涯树树红。"(陆龟蒙《阖闾城北有卖花翁,讨春之士往往造焉,因招袭美》) 在普通鲜花种植之外,根据市场需求,又增添了药用花卉的栽培。市场像一只无形的手,勾连城乡。

社会各阶层和不同群体与市场的联系渐趋密切,反过来又极大地促进了商品经济的繁荣,并改变了城市人口的结构,促使城市手

---

① 宁欣:《内廷与市场:对唐朝"宫市"的重新审视》,《历史研究》2004年第6期。
② (北魏)贾思勰:《齐民要术》,《景印文渊阁四库全书》第730册,第7页。

第二章　唐宋城市转型与文人心态嬗变

工业者、商人、第三产业服务人员等群体数量的增长，并最终促使城市经济文化的全面繁荣。"城市可持续发展的支柱，在于内部的活力，城市内部的活力则取决于商品经济发展的程度以及社会各阶层和不同群体与市场的联系，从而使城市内部结构发生变化，这种变化比起城市外部空间的拓展以及城市人口规模的扩大，意义更为深刻。"①

商品经济的发展最终促使中晚唐城市的性质功能发生变化。唐宋时期作为中国古代商品经济发展史上的第二个高峰，② 制度层面的根本性变化是从中唐开始的：均田制的崩溃，土地私有制成为当时发展的主要趋势；两税法取代租庸调制成为主要税法，地租改以钱纳，其弊端在白居易诗中揭示得很充分："私家无钱炉，平地无铜山。胡为秋夏税，岁岁输铜钱？钱力日已重，农力日已殚。贱粜粟与麦，贱贸丝与棉。"（《赠友五首》其三）但是，两税法的实施也使老百姓居住权在制度上获得了自由，从而摆脱了奴隶佃农的地位。还有百姓被纳入市场商品交换机制中，被迫从自给性生产转入商品性生产。日本京都学派的著名学者内藤湖南早在1910年在日本《历史与地理》第9卷第5号发表的《概括的唐宋时代观》一文中对此非常重视，在综合其他方面（文化、政治等）变化的基础上得出了著名的结论："总而言之，中国中世和近世的大转变出现在唐宋之际。"③ 这一观点引起很大反响，争议也不少，但土地私有制和用钱代实物纳地租，促使生产朝着交换价值方向发展，这必然推动商品经济的发展。唐中叶以后商业的发展从很多史料中都可看出，据当时长安的日本和尚圆仁在《入唐求法巡礼行记》中记载，公元唐武宗会昌三年（843）七月"二十七日夜三更，东市失火，烧东市曹门

---

① 宁欣：《转型期的唐宋都城：城市经济社会空间之拓展》，《学术月刊》2006年第5期。
② 李埏：《经济史研究中的商品经济问题》，《不自小斋文存》，云南人民出版社2001年版，第126页。
③ ［日］内藤湖南：《概括的唐宋时代观》，载刘俊文主编《日本学者研究中国史论著选译》第　卷，黄约瑟译，中华书局1992年版，第18页。

已西十二行，四千余家"①。可见当时商业发展之繁荣。而繁荣的商业必然会丰富城市功能，美国学者包弼德就认为日益增长的私人财富和商业促进了前所未有的城市化，京城由一个人为的行政产物变成了集政治、文化、商业等多功能聚合体。②

从以上分析中可看出，唐中叶以后，制度层面的变革促进了商品经济发展，也引起了城市功能由军事性、政治性转向文化、商业等多元化发展，其中，商业功能的强化对政治、经济、文化和文学的影响是深刻而久远的。

二　中晚唐文人生活情趣世俗化及对城市文化的向往

盛唐文人尚军功、好游侠，喜言王霸大略，具有强烈的事功精神，所以落笔为诗为文，视点高远，风格自然也就高华绚烂，但从杜甫开始，文人心态渐次从外向事功转向内部收敛，其间原因是多方面的，但首先是客观上城市经济的繁荣，市民的生活情趣和生活观念对文人的冲击越来越明显；其次从主观上看，白居易借助对南禅宗"平常心是道"的参悟对传统文人出处矛盾进行了有效调适，《五灯会元》卷四把白居易列为佛光如满禅师的法嗣，他也自称香山居士，从中可见白氏与南禅宗之间的密切关系。从其诗歌创作中可看出白居易对初盛唐文人萦怀不下的穷通之忧实现了有效的消解："人言世事何时了，我是人间事了人"（《百日假满少傅官停自喜言怀》），"中心一调伏，外累尽空虚"（《岁暮》）。分司官的职位于汲汲功名的文人而言是一个被边缘化了的闲职，而白氏于此职位上却能知足保和，甚至暗自庆幸："承华东署三分务，履道西池七过春。歌酒优游聊卒岁，园林萧洒可终身。留侯爵秩诚虚贵，疏受生涯未苦贫。月俸百千官二品，朝廷雇我作闲人"（《从同州刺史改授太子少傅分司》）；另外，中唐文人的出身属于世俗地主阶层，在对君权依附性

---

① ［日］圆仁：《入唐求法巡礼行记》，广西师范大学出版社2007年版，第134页。
② ［美］包弼德：《唐宋转型的反思：以思想的变化为主》，《中国学术》第3辑，商务印书馆2000年版，第63页。

第二章 唐宋城市转型与文人心态嬗变

下降的同时，对市井民间的世俗生活却有着天然的亲和力，于是在观念上能够逐渐摒弃传统士大夫对城市抱有的先天警惕和批判态度，所以，他们在卸下政治功业的重负之后，能够于城市世俗生活中发现平淡诗意并陶然其间。长庆四年（824），白居易在东都洛阳城东南履道坊购得杨凭故宅，之后逐渐修葺成占地十七亩的一处庭院，"妻孥熙熙，鸡犬闲闲，优哉游哉"（《池上篇并序》）。在知识分子的城居和乡居的选择中，白居易为后人提供了一种新的模式，完全打破了仕隐、山林朝市的界限，士大夫自由的人格精神不一定仰赖山林田园，完全可以优游市井，在享受城市文化的同时，也可在自己的宅院享受林泉之致。分司东都时，白居易的《中隐》诗在山林与朝市之间折中出一条"中隐"之路：

> 大隐住朝市，小隐入丘樊。丘樊太冷落，朝市太嚣喧。不如作中隐，隐在留司官。似出复似处，非忙亦非闲。不劳心与力，又免饥与寒。终岁无公事，随月有俸钱。君若好登临，城南有秋山。君若爱游荡，城东有春园。君若欲一醉，时出赴宾筵。洛中多君子，可以恣欢言。君若欲高卧，但自深掩关。亦无车马客，造次到门前。人生处一世，其道难两全。贱即苦冻馁，贵则多忧患。唯此中隐士，致身吉且安。穷通与丰约，正在四者间。①

在看重物质生命需要的世俗知识分子这里，丘樊的冷落已无法安身，朝市的嚣喧险恶又难以让人安居，避开政治中心，外任地方闲差，可以"致身吉且安"，换一个角度而言，政治中心长安以外的城市是可以作为自己的安居之所的。如其在外任杭州刺史三年的时间里，已"无复长安心"（《食饱》），弃除功名重负后，从容平淡，对杭州生活处境心满意足。

---

① （唐）白居易：《白居易集》，顾学颉校点，中华书局1999年版，第490页。

93

 唐宋城市转型与文学变革关系研究

随着城市功能多元化发展，同时，也由于中晚唐文人在一定程度舍弃了政治追求，关注视点逐渐下移，城市逐渐脱却了传统知识分子眼中罪恶、奢侈的印象，这样，中晚唐文人能够在传统文人乡村诗意的慰藉之外找寻到前代诗人不屑的城市诗意并使之成为自己精神生活的重要组成部分，逐渐形成对城市难以割舍的依恋，形成肯定城市文化的价值取向。"散吏闲如客，贫州冷似村"（白居易《晚出西郊》）在这样的书写中，乡村不再是诗意浪漫、牧歌情调的代名词，而是任职"贫州"的冷落、寂寥、闭塞的类比。在《琵琶行》中，白居易对贬地江州文化生活的评价是："岂无山歌与村笛，呕哑嘲哳难为听。今夜闻君琵琶语，如听仙乐耳暂明。""山歌与村笛"代表的村野文化在白氏听来是如此粗鄙难以接受，而京城流落此地的琵琶女一曲琵琶乐让诗人感觉如听仙乐耳暂明，其中除了琵琶女高超的演奏技巧和"同是天涯沦落人"的身世共鸣之外，恐怕还因为琵琶女的演奏代表着都市艺术的尺度，映照着都市文化的光辉。李商隐在《正月十五夜闻京有灯恨不得观》一诗中也抒发了相似的观感："月色灯光满帝都，香车宝辇隘通衢。身闲不睹中兴盛，羞逐乡人赛紫姑。"诗人身处乡村赛紫姑神热闹场景，却向往上元节都城赏灯盛会，其对都市文化的追慕与对村野文化的难以认同是极为明显的。所以，太和二年（828）春，被远贬出京城二十多年的刘禹锡回到长安时不胜惊喜地说："二十余年别帝京，重闻天乐不胜情。"（《与歌者何戡》）相反，在京生活的寒凉冷落又可类比为村居的荒僻寂寞，寒士曹邺说自己在京城的苦读生活是"在城如在村"（曹邺《城南野居寄知己》），姚合在《亲仁里居》说自己京城生活的寂寞闭塞："三年赁舍亲仁里，寂寞何曾似在城。"这些诗句指向的是对城市文化生活的肯定性评价。

在中晚唐诗人作品中，繁华、流动、活跃、精致、奢侈等特点是城市的品格，而粗鄙、冷寂、闭塞、单调、停滞等特点则成为乡村的地域特征。中晚唐文人城市观念变化的深层根源是唐中叶以后商品经济的发展，因为"分化性、流变性、竞争性、开放性是商品

第二章 唐宋城市转型与文人心态嬗变

经济的特点。这与自然经济的凝固性、封闭性截然不同。在商品经济冲击下所引发的唐宋社会的变动，几乎在各个方面反映了商品经济的这些特性"①。唐初强调的是"士农工商，四人各业"②，当时的工商业者尚不属于自由民，颇受社会歧视，而"工"则属官户，被奴役的性质很明显。况且，商业活动大多限制在"市"内，这是中国古代"重农抑商"这一立国之本的反映。唐代城市工商业发展的一个突破是唐中后期两税法的颁布，使得政府改变了一味歧视工商业者的传统，逐渐形成对商业和商人的依赖。"随着政府工商业政策的逐渐宽松，工商业者的社会处境也不断得到改善，工商业队伍不断得到壮大，这有力的促进了城市经济方式迅速向工商业转化，从而使得城市与乡村在经济功能上逐渐发生分离，城市的政治优越性不断提升，相应的乡村经济环境日益窘迫，政治地位也随之下降。"③ 所以说，中唐文人肯定城市文化的价值取向并非空穴来风，这种观念层面的转变与城乡经济、政治地位悬殊有着密切关联。

三 中唐诗歌对市井民俗的诗意观照

如前所言，有学者认为中国古典诗歌有漠视城市人为工巧的趋向，④ 其实并不尽然，特别是中唐以后，世俗地主文人对市井社会生活与生俱来的亲和力使得中唐文人更多地去关注多元化的城市市井生活，关注点明显下移，与盛唐诗人对政治的执着而较为单一的追求相较，中唐以后，随着市井生活对专制管制的越界，随着文学观念上写实尚俗风尚的形成，诗人们在表现城市生活时便从"城"向"市"、从"天工"向"人巧"偏移，更多的具有世俗化、多元化色彩，生活上也更接近世俗潮流。虽然在都市生活中，也会油然涌起

---

① 林文勋：《唐宋历史观与唐宋史研究的开拓》，载中国史学会、云南大学编《21世纪中国历史学展望》，中国社会科学出版社 2003 年版，第 173 页。
② （后晋）刘昫等：《旧唐书》卷 48，第 2089 页。
③ 谷更有：《唐宋国家与乡村社会》，中国社会科学出版社 2006 年版，第 33 页。
④ 左衡：《都市中的街景感悟》，载高小康主编《城市文化评论》第一卷，第 116 页。

对帝都的热情礼赞："百千家似围棋局，十二街如种菜畦。"（白居易《登观音台望城》）但更多的是淡化了政治色彩、功业热情，而增加了世俗物质生活习俗和"歌酒家家花处处"的声色内涵。如长安辅兴坊的胡饼非常有名，白居易在忠州（今四川忠县）任刺史时，曾模仿辅兴坊自制胡饼送给邻县万州刺史杨归厚并为此赋诗《寄胡饼与杨万州》："胡麻饼样学京师，面脆油香新出炉。寄与饥馋杨大使，尝看得似辅兴无？"其心理动因还是在长安千里之外僻州对京师的深切忆念和急切向往，而牵动这种感情的并非是什么重大政治事件或地标性建筑，而仅只是市井名吃辅兴坊的胡饼，可见长安在诗人心目中已不仅仅是单一的政治符号，而是多元的生活层面的聚合，其中自然也包括市井生活中鲜活的感官层面。

中晚唐文人在一定程度上舍弃了政治追求以后，关注点逐渐下移，城市文化生活的多元色彩自然显现出来，使得他们的诗歌创作在题材、审美趣味等方面较前人有很大变化，在政治层面以外，深入商业娱乐、休闲游赏等城市生活层面，发现城市多元色彩以及由此衍生出来的丰富美学特征。有论者在考察了白居易、元稹、柳宗元、刘禹锡四位中唐文人与长安的关系后说："尽管政治的确是影响中唐文人官员都市生活的重要因素，但从他们大量描写日常生活的作品来看，生活的意义已开始相对独立的介入人与城市的关系，在传统的政治意义体系之外，影响着都市中的人群。这是否也构成中唐转折意义的重要方面，可以期待在更长的时段的城市史探讨之后作出结论。"[①] 正是因为中唐城市对文人意义的这种转折，使得城市诗意逐渐得到显露，而不仅仅"天地的大美掩盖了人类的工巧"。以下从三个方面来考察中唐文人关注视点的下移情况。

首先，诗人对城市女性服饰妆容的关注很能说明问题。女性服饰妆容与城市有天然的关系，正所谓"城中好高髻，四方高一尺。

---

① 林晓洁：《中唐文人官员的"长安印象"及其塑造——以元白刘柳为中心》，载荣新江主编《唐研究》（第15卷长安学研究专号），北京大学出版社2009年版，第358页。

第二章 唐宋城市转型与文人心态嬗变

城中好广眉,四方且半额。城中好大袖,四方全匹帛"①。城市是女性服饰妆容展示的舞台。元白诗人敏锐地把握住了城市生活中这一道靓丽的风景,虽然其中掺杂了政治忧患意识。白居易《新乐府·上阳白发人》就是从"小头鞋履窄衣裳,青黛点眉眉细长"这一过时的"天宝末年时世妆"中反映宫女被幽闭隔绝的悲惨遭遇。白居易对都市女性面妆时尚的关注集中体现在《时世妆》中:"时世妆,时世妆,出自城中传四方。时世流行无远近,腮不施朱面无粉。乌膏注唇唇似泥,双眉画作八字低。妍媸黑白失本态,妆成尽似含悲啼。圆鬟无鬓堆髻样,斜红不晕赭面状。"用乌膏点口红,画斜红,再配以浓厚的铅粉,可以增强面部的立体效果和戏剧效果,这是当时长安女子争相趋奉的面妆,并很快流播四方。虽然该诗的创作起源于对长安城市生活中胡风盛行的政治忧虑,但如此细腻的记述当时女性面妆的诗篇在此前却非常少见,是可以与史书参读的,据《新唐书》记载:"元和末,妇人为圆鬟椎髻,不设鬓饰,不施朱粉,惟以乌膏注唇,状似悲啼者。"② 在初盛唐城市生活中就广为流播的"胡风"在安史之乱后引起了具有高度政治责任意识的文人的警惕,因为安史之乱的肇始者是胡人,"胡风"也就被视为不祥之兆。但中唐胡服、胡妆依旧盛行,这不免引起了文人的深深忧虑,但忧虑归忧虑,在涉及这一类描写内容时,元白诗人更多是从审美角度着笔,其中充溢着赏玩意绪:"风流夸堕髻,时世斗啼眉。"(白居易《代书诗一百韵寄微之》),诗下自注:"贞元末,城中复为堕马髻、啼眉妆也。"元稹在《叙诗寄乐天书》中标榜其诗:"又有以干教化者,近世妇人,晕淡眉目,绾约头鬟,衣服修广之度及匹配色泽,尤剧怪艳,因为艳诗百余首。"③ 而从其仅存的几首"艳诗"来看,"干教化"这一批评意旨极为淡薄,反而是赏玩意绪更为明显:"晓日穿隙明,开帷理妆点。傅粉贵重重,施朱怜冉冉。柔鬟背额

---

① (南朝宋)范晔:《后汉书》卷24,中华书局1965年版,第853页。
② (宋)欧阳修、(宋)宋祁:《新唐书》卷34《五行志》,第879页。
③ (唐)元稹:《叙诗寄乐天书》,载(清)董诰等编《全唐文》卷653,第6635页。

垂，丛鬓随钗敛。凝翠晕蛾眉，轻红拂花脸。满头行小梳，当面施圆靥。最恨落花时，妆成独披掩。"(《恨妆成》)从其他艳诗中也能看到同样的意趣。

另外，从中唐文人对这一时期民俗追赏牡丹风习的描摹中也可看出文人关注视点的下移。牡丹在初唐就已出现于宫廷中，之后也得到诗人的吟咏，如王维的《红牡丹》："绿艳闲且静，红衣浅复深。花心愁欲断，春色岂知心。"但在王维这里，牡丹这一意象并不带民俗性质，只是文人抒发一己心绪的载体。中唐以降，牡丹这一意象映现出上层贵族与市井民众趋之若鹜的纷乱身影："庭前芍药妖无格，池上芙蕖净少情。唯有牡丹真国色，花开时节动京城。"（刘禹锡《赏牡丹》）"花开时节动京城"的盛况在白居易诗中有更详细的描写："……遂使王公与卿士，游花冠盖日相望。庳车软舆贵公主，香衫细马豪家郎……花开花落二十日，一城之人皆若狂。"（《新乐府·牡丹芳》）这样的描写在史书中也得到佐证，李肇《唐国史补》说"京城贵游尚牡丹三十余年矣，每春暮车马欲狂，以不耽玩为耻"[①]。李肇也记载了一个反例："元和末，韩令始至长安，居第有之（牡丹），遽命斫去，曰：吾岂效儿女子耶！"不过，如韩愈这样反流俗者毕竟极少，而且这也从反面说明市井追赏牡丹到了何等痴狂的地步。中唐追赏牡丹的市井风习最盛，大多数文人热情投入这种风习中，并以诗歌给予热情歌赞，白居易在《新乐府·牡丹芳》中赞美牡丹"秾姿贵彩信奇绝，杂卉乱花无比方"。还分析追赏牡丹风习的社会心理成因："三代以还文胜质，人心重华不重实。重华直至牡丹芳，其来有渐非今日。"与其他花卉相比，牡丹花香艳硕大张扬，契合唐人开放外倾、热情张扬的文化心理。而在贞元以后，红、紫、浅红、白四色牡丹中，人们追赏的目光渐渐集中于深色牡丹，白居易《秦中吟·买花》就有反映："帝城春欲暮，喧喧车马度。共道牡丹时，相随买花去……家家习为俗，人人迷不悟。有一

---

① （唐）李肇：《唐国史补》卷中，《唐五代笔记小说大观》，第185页。

第二章 唐宋城市转型与文人心态嬗变

田舍翁,偶来买花处。低头独长叹,此叹无人喻。一丛深色花,十户中人赋。"刘禹锡也记载了这一现象:"何处深春好,春深豪士家。多沽味浓酒,贵买色深花。"(《同乐天和微之深春二十首》其十二)白居易曾巧妙的绾合自己身世为白牡丹的遭遇深感不平"白花冷澹无人爱,亦占芳名道牡丹。应似东宫白赞善,被人还唤作朝官"(《白牡丹》),说明这种市井风习已渗入文人生活、心理层面。

还有,城市经济的繁荣也促使诗人更多地去关注商人行商,并在商业观念上有了一定的变化,从传统的"重农抑商"趋向农商并重,白居易主张"使百货通流,四人交利"①,所谓"四人"就是士、农、工、商四个阶层,"交利"就是相互依持。同时代的韩愈在《原道》一文中也明确阐述"四民""相生养之道",所以有学者说:"只有到中唐时期,'重农抑商'的思想才开始有所变化。"② 但是,观念上虽有所松动,但中唐诗歌在表现商人行商这一题材时还是有所滞后的,刘禹锡《贾客词引》中所说"贾雄则农伤"就很有代表性,所以反映这一题材的作品大多着眼于道德批判,最典型的是张籍的《野老歌》,白居易的《盐商妇》《效陶潜体诗十六首》等诗也与此旨趣相同。但是,商人形象及其经济活动终于冲破历史观念表现于精英文人的诗作中,《贾客乐》《估客乐》这类诗题大量出现在中晚唐文人诗歌创作中。而且白居易诗歌还反映商业经济的繁荣延伸到农村集市的情状,在《东南行一百韵寄通州元九侍御澧州李十一舍人果州崔二十二使君开州韦大员外庾三十二补阙杜十四拾遗李二十助教员外窦七校书》中描写乡镇"水市"活跃:"水市通阛阓,烟村混舳舻。吏征鱼户税,人纳火田租。亥日饶虾蟹,寅年足虎貙……楼暗攒倡妇,堤喧簇贩夫。夜船论铺赁,春酒断瓶沽。"而《放鱼》诗描绘了贬谪之地江州菜市:"晓日提竹篮,家僮买春蔬。青青芹蕨

---

① (唐)白居易:《策林》2,《白居易集》,顾学颉校点,中华书局 1999 年版,第 1311 页。
② 陈书录:《中唐至明中叶诗歌中农商观念的转变及其意义》,《南京师范大学文学院学报》2006 年第 1 期。

下，叠卧双白鱼。"白居易诗歌关注视点的下移使得城市诗意鲜活地呈现出来。

中唐诗人关注城市生活风习、生活方式有其观风俗、察得失、干教化、移风俗的政治意图，但当诗人的笔触伸向城市世俗生活的感性层面时，又往往冲破了自己理性的政治批判意识，而呈现了城市世俗生活的感性鲜活状态。这种创作观念与创作实践一定程度的悖反其实普遍存在于元白诗人的创作中，正如罗宗强先生所言元白新乐府创作更多地是在理智的指导下从事这些诗的写作①，在这样的政治观念与创作观念指导下广泛关注世俗社会生活，而当城市世俗生活风尚的感性鲜活深深吸引诗人们的时候，他们也就会暂时忘却政治批判目的，或者这种目的仅仅成为诗中的曲终奏雅。也可以说，诗人在根本上是认同市井审美趣味的，这也就是元白诗人的诗歌在世俗民间传播广泛的根本原因，而语言风格的浅切平易反倒在其次。

以上从三个方面考察中唐诗人文学创作对市井民俗的契入程度，但事实上，中晚唐文人诗歌涉及城市市井民俗的描写是非常丰富的，如城市声色享乐场景、流行音乐、民间演出场面等，这些内容在之前的王维、孟浩然等诗人作品中就很少出现，而作为"都市娱乐文学"的词这种源起于民间的文学体式为什么在中唐被文人普遍青睐也就并非偶然了。

四　文学雅俗互动的良性格局

当城市多元功能逐渐发展起来以后，它就成为异质因素的聚容体，精英与市井、主流与边缘、雅文学与俗文学等二元对立的元素在此都能找到适合自己的生存空间，而且更为重要的是这些对立的元素在城市这个聚容体中交融碰撞，很多时候已经难分彼此，正如陈平原所言："说到都市生活，有一点必须提醒，那就是贵族趣味与民间趣味的融合……在都市的日常生活里，二者无法截然分清，甚

---

① 罗宗强：《隋唐五代文学思想史》，中华书局1999年版，第250页。

第二章 唐宋城市转型与文人心态嬗变

至还有合流的倾向……就在'都市'这一生活空间里,我们原先设想的泾渭分明的贵族艺术与民间艺术的边界,某种程度被淡忘,被超越。"① 另外,中唐以后,"城市人口结构与主体人群"较之前有了很大变化,"唐朝中后期,随着城市发展重心向外郭城区的倾斜,随着普通居民和外来人口所占比重的增加,士人与普通市民在城市生活方面的取向逐渐交汇",这引起了社会性质"从官僚士大夫为主体的士人社会向普通居民为主体的市民社会过渡,是唐宋城市社会最重要的变化"。而且市民阶层"不仅包括商人、城市居民的中下阶层,并且逐渐将仍然占居社会主流的士人和官僚阶层的中下层人士吸纳进来,这些主流社会的人士,在城市变化的进程中,与普通居民有了更多的重叠和交叉点。在精神文化、日常娱乐、社会生活等方面也有了更多的交流和融汇"②。从民俗这一层面来看是非常明显的,市井的好尚很多时候也为上层贵族所喜爱,如唐时追赏牡丹,宋以后对西湖的游赏,这种不同阶层趣味合流的现象对文学的俗化以及雅俗互动的良性格局的形成影响至为深远。

城市作为异质因素聚容这一特点是白氏生活情趣世俗化和文学表现视点下移的重要原因,使其文学创作在精英文化和市井文化的勾连上起到了重要作用,在文学创作传播过程中形成雅俗良性互动的格局。孟棨在《本事诗》中曾记载过这样一段对话:

> 诗人张祜,未尝识白公。白公刺苏州,祜始来谒。才见白,白曰:"久钦籍,尝记得君款头诗。"祜愕然曰:"舍人何所谓?"白曰:"'鸳鸯钿带抛何处,孔雀罗衫付阿谁?'非款头何邪?"张顿首微笑,仰而答曰:"祜亦尝记得舍人《目连变》。"白曰:"何也?"祜曰:"'上穷碧落下黄泉,两处茫茫皆不见'

---

① 陈平原:《从文人之文到学者之文:明清散文研究》,生活·读书·新知三联书店2004年版,第103—104页。
② 宁欣:《从士人社会到市民社会——以都城社会的考察为中心》,《文史哲》2009第6期。

非《目连变》何邪?"遂与欢宴竟日。①

"款头诗""目连变"是民间问案诗和俗讲变文,说明两人并不忌讳对方把自己的诗歌与民间俗文学类比,雅与俗在这里并非水火难容。中晚唐文人对民间俗文学的描绘是此前文人很少涉笔的,如对民间娱乐方式之一的俗讲场面的关注。变文本源于宗教宣讲教义,但往往把深奥的佛家义理转换成具有浓郁生活气息的现实故事来演绎,所以在市井民间有很大市场:"远近持斋来谛听,酒坊鱼市尽无人"(姚合《听僧云端讲经》)。而后来一些变文内容逐渐偏离宗教内容,转而讲现实历史故事,吉师老的《看蜀女转昭君变》已融入俗文化的声色娱乐内涵:"妖姬未着石榴裙,自道家连锦水滨。檀口解知千载事,清词堪叹九秋文。翠眉颦处楚边月,画卷开时塞外云。说尽绮罗当日恨,昭君传意向文君。"王建《观蛮妓》也有同样格调:"欲说昭君敛翠蛾,清声委曲怨于歌。谁家年少春风里,抛与金钱唱好多。"在这些描绘民间女艺人演说王昭君、卓文君等故事情景的诗篇中,都少见拘于雅俗之辩的歧视。

文人观念上雅俗并举、通脱平易,也使得他们在创作实践上俯就市井民众,这样的俯就姿态当然是为其讽喻诗"易道易晓",但也延展到整体的诗歌创作中。传说,"白乐天每作诗,令一老妪解之,问曰'解否?'妪曰'解',则录之;不解,则易之"②。白居易诗歌创作与市井民众之间的这种良性互动关系使其诗歌在市井民间的流播广度、深度达到前所未有的情状,元稹说白居易的诗"禁省、观寺、邮侯墙壁之上无不书,王公妾妇、牛童马走之口无不道。至于缮写模勒,衒卖于市井,或持之以交酒茗者,处处皆是"③。甚至有长安"街子"浑身刺满白居易的诗,据《酉阳杂俎》记载:

---

① (唐)孟棨:《本事诗》,《唐五代笔记小说大观》,第1252页。
② (宋)惠洪等:《冷斋夜话》,中华书局1988年版,第16页。
③ (唐)元稹:《白氏长庆集序》,《元稹集》,中华书局1982年版,第555页。

第二章 唐宋城市转型与文人心态嬗变

荆州街子葛清,勇不肤挠,自颈以下,遍刺白居易舍人诗。成式尝与荆客陈至呼观之,令其自解,背上亦能暗记。反手指其札处,至"不是此花偏爱菊",则有一人持杯临菊丛。"黄夹缬林寒有叶",则指一树,树上挂缬,缬窠锁胜绝细。凡刻三十余首,体无完肤,陈至呼为"白舍人行诗图"也。①

所以,"元轻白俗"②几乎成为宋人对"元白"的定评,元白诗派轻浅、通俗的创作风格,是其创作与城市市井民众的文化娱乐需求良性互动的结果,自有一种单纯隽永的滋味,所以宋人说:"诗到香山老,方无斧凿痕。目前能转物,笔下尽逢源。学博才兼裕,心平气自温。随人称白俗,真是小儿言。"(张镃《读乐天诗》)

中唐以后文学渐趋俗化的倾向与城市多元聚容功能有密切的联系,文人诗歌这只"旧时王谢堂前燕",在城市功能多元发展的进程中逐渐"飞入寻常百姓家"。晚唐小李杜的诗歌创作虽然在一定程度上是对中唐文学俗化的反拨,但细致玩味他们的作品就会发现,商业经济、城市文化、俗文学的影响已渗透进诗歌的肌质中,所以,余恕诚先生在区别晚唐诗人的分野时才会说小李杜诗歌具有浓厚的"都市色彩"。③

第三节 从庙堂到街市:柳永文化身份的游移与词的俗化

北宋以东京为代表的都市随着封闭性坊市制解体,新型开放性街市空间形成对文人精神生活的影响是不容忽视的。唐代以前,正统文人的人生流向在儒道之间:从庙堂到山林田园,而唐宋以后,随着城市经济的繁荣,街市民间文化生活呈现出绚丽多姿的色彩,

---

① (唐)段成式:《酉阳杂俎》卷8《黥》,《唐五代小说笔记大观》,第613页。
② (宋)苏轼:《祭柳子玉文》,《苏轼文集》卷36,中华书局1986年版,第1938页。
③ 余恕诚:《唐诗风貌》,安徽大学出版社2000年版,第106页。

唐宋城市转型与文学变革关系研究

文人士子在功名冷落之时也就不必墨守隐逸一途,人生流向有了另一种可能:从庙堂到街市,其中的代表人物柳永,表现出这种走向对文学创作影响的重要层面:词学观念和创作姿态充分市井化、平民化,并进而影响他对词的传统题材变革和对词形式体制的选择,形成其词独特的美学趣味和语言风格。

一　北宋新型街市空间与文人身份的游移

北宋都市空间结构与时间结构较之唐代有了巨大的变化,空间结构上,打破坊市分离格局,形成民坊、店铺交错杂处的新型街市空间。另外,北宋以前,市场总是远离政治中心,面积也受到限制。以隋唐长安为例,东西两市分列于宫城南面的东西两侧,中间相隔很多里坊。但是,在北宋东京,市场的设置几乎没有禁忌,城市的政治中心也是繁华的街市,东京的四条御街都是街市;在时间结构上,宋太祖即位第六年就已准许开夜市:"太祖乾德三年(965)四月十三日,诏开封府令京城夜市至三鼓已来不得禁止。"① 到仁宗朝则里坊宵禁制度完全解除:"二纪以来(宋仁宗庆历、皇祐年间),不闻街鼓之声,金吾之职废矣。"② 总体而言,北宋以东京为代表的都市随着封闭性坊市制解体,新型开放性街市空间形成了,这在中国城市发展史上具有重大的历史意义。城市发展成熟的一个重要标志是功能的多样化,北宋以前城市坊市分离格局是政治性、军事性城市的代表,而民坊、店铺交错杂处的新型街市则是商业经济突破政治军事对城市的限制,使得城市功能朝着多样化方向发展的反映。如果没有北宋城市的变革转型,我们无法想象近现代意义上的城市将如何成型。

同时,北宋新型街市空间的形成对文人精神生活的影响也是不容忽视的,柳永就曾异常欣喜地宣称"金吾不禁六街游,狂杀云踪

---

① (清)徐松:《宋会要辑稿》食货67"置市",刘琳、刁忠民等校点,上海古籍出版社2014年版,第7941页。
② (宋)宋敏求:《春明退朝录》卷上,《宋元笔记小说大观》,第965页。

第二章 唐宋城市转型与文人心态嬗变

并雨迹"(《玉楼春·皇都今夕知何夕》)。从他们的作品中,我们能够清晰地看到北宋城市转型在文学世界刻镂下的轨迹。唐代以前,正统文人的人生流向在儒道之间:从庙堂到山林,在功名冷落绝望之后选择的往往是隐逸之途,在清高淡泊中求得心理安慰和人格完满。但是,唐宋以后,随着城市经济的繁荣,街市民间文化生活呈现出绚丽多姿的景象,对于正统文人、封建官员甚至皇家来说都具有独特的魅惑力量,这一点从唐传奇、宋话本以及宋代笔记散文中都可看出。这种魅惑力对儒家安贫固穷、独善其身和道家的道德原则无疑是极大的冲击,所以,文人士子在功名冷落之时也就不必墨守隐逸一途,人生流向有了另一种可能:从庙堂到街市。本节以柳永作为这种人生流向中的一个典型个案,力图揭示北宋新型街市对文人创作影响的一些层面。

柳永常被人冠以浪子之名,在中国古代文学史上,浪子文人是一个特殊的群体,在人格构成上较之传统士人出现了很多异质因素。浪子文人就是"士"的传统在特定历史时期流变的特殊形态,他们的出现与城市经济的发展、与市民社会的形成和市民文化的需求密切相关,从这个意义上来看,浪子文人应该产生于唐宋以后。而从浪子人格的实践形态看,最为典型的代表无疑是唐宋元三代出现的温庭筠、柳永、关汉卿等人,他们个性狂放,自觉与市井文化结缘,以自己良好的文化修养和艺术创造不断丰富、发展、提高市井文化品质,在这种双边互动的文化活动中,凸显出浪子文人的人格精神:政治的边缘化和创作姿态上的市井化,使得个体生命意识的张扬和叛逆精神被强化。

柳永的浪子人格精神的实践空间是北宋新型街市,柳永是这样眷恋不舍都市街市巷陌:"画鼓喧街,兰灯满市,皎月初照严城。……巷陌纵横。过平康款辔,缓听歌声。"(《长相思·画鼓喧天》)"是处小街斜巷,烂游花馆,连醉瑶卮。"(《玉蝴蝶·是处小街斜巷》)"柳街灯市好花多,尽让美琼娥。"(《西施·柳街灯市好花多》)"太平时、朝野多欢。遍锦街香陌,钧天歌吹,阆苑神仙。"(《透碧霄·

月华边》)"朝野多欢。九衢三市风光丽,正万家、急管繁弦。"(《看花回·玉城金阶舞舜干》) "平康巷陌,触处繁华,连日疏狂。"(《凤归云·恋帝里》)同时,其文化自信也来源于街市。在《鹤冲天·黄金榜上》中他自诩为"才子词人""白衣卿相",表现出柳永陶醉于街市市井阶层给予他的文化自信,据载柳永居京时,"暇日遍游妓馆。所至,妓者爱其有词名,能移宫换羽,一经品题,声价十倍"[1]。《避暑录话》也载"凡有井水饮处,即能歌柳词"[2]。

但是,当柳永陶醉于街市的香艳旖旎、陶醉于市井小民给予他的文化自信时,其文化身份也就变得模糊而暧昧了。在柳永生活的北宋时期,读书仕进是知识分子的正途,柳永其实并不能完全超拔出来,纠缠于他内心深处的强烈的功名意识一直未能平息。柳永生长于一个崇尚儒学、科第的传统家庭,据载其祖柳崇虽自称处士,却以儒学知名乡里;其父柳宜,曾登进士第,官至工部侍郎,以孝行闻名;柳永五个叔父以及两个哥哥,都有科第功名,而柳永自己少有才名,并自期有"龙头之望"。[3]他在《劝学文》中说"学,则庶人之子为公卿,不学,则公卿之子为庶人",其实他就是怀着致身公卿的理想来到汴京的,但是其对街市的热情投入及其词中对浪漫情事的大胆铺陈渲染和自由意志的公开表达,使自己文化身份偏离了传统轨道,也大大地偏离了自己的初衷。

柳永的身份在当时环境中显得尴尬且暧昧,这可以从两则材料中看出,一则是宋人严有翼所撰《艺苑雌黄》记载:"柳三变字景庄,一名永,字耆卿,喜作小词,然薄于操行。当时有荐其才者,上曰:'得非填词柳三变乎?'曰:'然。'上曰:'且去填词。'由是不得志,日与儇子纵游娼馆酒楼间,无复检约,自称云:'奉旨填词

---

[1] (宋)罗烨:《醉翁谈录》丙集卷2,古典文学出版社1957年版,第32页。
[2] (宋)叶梦得:《避暑录话》卷下,《丛书集成初编》第2787册,中华书局1985年版,第49页。
[3] (明)夏玉麟、(明)汪佃:《建宁府志》卷15"选举"上,厦门大学出版社2009年版,第331—356页。

第二章 唐宋城市转型与文人心态嬗变

柳三变。"① 另一则如下："柳三变既以词忤仁庙，吏部不放改官，三变不能堪。诣政府。晏公曰：'贤俊作曲子么？'三变曰'只如相公亦作曲子。'公曰：'殊虽作曲子，不曾道'彩线慵拈伴伊坐'。'柳遂退。"② 居庙堂之高的仁宗皇帝与宰相晏殊作为政治权力中心、文化中心的具象化力量对柳永的排斥是不约而同的，但仁宗皇帝着力于对浪子身上政治离心力和叛逆精神的打压，晏殊则着力于柳永创作姿态的市井化讥讽。其实，作为才子型的知识分子，只要在思想和文学创作上保持贵族化、精英化的姿态，生活上放纵于男女情事原本也是不伤大雅的，有如晏殊自己，这类文人在宋代可以列出很多。所以柳永真正有违正统的是在其词中表现出政治上的边缘化、创作姿态上的平民化和市井化，文化身份游移，从庙堂走向了街市。

二 爱情题材与城市题材的俗化

浪子文人在功名冷落绝望之际，背离政统，在政治上逐渐走向边缘化，表现出文人士子对封建政治的离心力。他们在背离政统的同时，也背离了儒教，背离了道统，对儒家重道义、重操持、自强不息的人格理想也是一种嘲弄；与上述两个方面密切相关的是在文学创作上对儒家诗教中的风天下、正人伦的创作原则的背离，表现出明显的市井化、平民化倾向，放弃传统士人为王者师、为天下师的精英意识。他们在脱弃（或部分的脱弃）了正统文人趋近权力中心、思想中心、文化中心的企图之后，表现出一种风流自弃式的颓放，沉入市井，流连于秦楼楚馆，生存、活动、交往的空间较之传统士人有意无意地下移，混迹市井街市，柳永居京时"遍游妓馆"，并以此为乐："平生自负，风流才调。口儿里、道知张陈赵。唱新词，改难令，总知颠倒。解刷扮，能唹嗽，表里都峭。每遇着、饮席歌筵，人人尽道。可惜许老了。　　阎罗大伯曾教来，道人生、

---

① （宋）严有翼：《艺苑雌黄》，载唐圭璋编《词话丛编》，第 171 页。
② （宋）张舜民：《画墁录》，《宋元笔记小说大观》，第 1553 页。

但不须烦恼。遇良辰，当美景，追欢买笑。剩活取百十年，只恁厮好。若限满、鬼使来追，待倩个、掩通着到"（《传花枝·平生自负》）。该词已很接近元代关汉卿著名的散套［南吕一枝花］《不伏老》，表现出从正统的社会政治结构中解放出来后强悍的生命力，虽然这种生命力带着市井浓厚的享乐色彩，但作为与正统价值体系的抗衡方式，自有其独特的存在价值，正如马尔库塞指出的那样，艺术是一股异端力量，① 正是这种异端力量有助于创作主体突破意识形态的羁绊，从而获得心灵的解放，达到创作的自由之境，实现艺术上的新变与创造。

从《敦煌曲子词集》中发掘的唐五代词来看，词源自民间，到了文人手中以后，便有意弱化词文学的娱乐功能，日益离开世俗生活。而柳永从庙堂走向街市，形成其市井化的创作姿态，题材选择的视点下移，在一些传统题材的创作上进行了反经典、反正统的尝试，取得了突出的成就，其中以爱情题材和城市题材的创获最大。

艳情相思的抒写是词的传统领地，但是，与传统士大夫在处理这一题材时的诗化倾向不同，柳永偏重于世俗风情享乐的抒写，在功名与爱情冲突中越出传统的价值取向，以爱情否定功名，张扬爱情的缠绵狂热，在王昌龄的《闺怨》中一闪而过的念头在此被放大、具体化了，着力抒写的是"市民阶层所焕发出的爱情意识"②。在《鹤冲天·黄金榜上》中洋溢着反抗的激情和叛逆的气势，不再把求取功名从政作为自己的人生归宿，而是流连于烟花巷陌，陶醉于恁偎红翠、浅斟低唱，决心以男女风情抵抗封建政统与儒教，表现出"向市民意识、市井文化认同的新型人格"③。如那首为宰相晏殊所嫌恶的《定风波·自春来》，其理想不过是"针线闲拈伴伊坐"，表现的是"美人才子，合是相知"（《玉蝴蝶·是处小街斜巷》）的惺

---

① ［美］赫伯特·马尔库塞：《审美之维》，李小兵译，广西师范大学出版社2001年版，第196页。
② 杨海明：《唐宋词史》，天津古籍出版社1998年版，第302页。
③ 袁行霈：《中国文学史》，高等教育出版社1999年版，第358页。

第二章 唐宋城市转型与文人心态嬗变

惺相惜。

在这样的词作中，对爱情的叙写完全偏离了古代诗歌香草美人的托喻象征系统，缺乏超越性的阐释空间。叶嘉莹在论及柳永词中所写的美女与爱情时，说他的这些内容极少有"托喻和理想色彩"，这种写法"是一种极为大胆的叛离"[①]，背离了屈宋以来中国诗歌中香草美人的象征体系，显示出市井本色的生活理想，表现出市民阶层对爱情的耽溺。对这类词，后人是颇多微词的，如王灼就说柳词"浅近卑俗，自成一体，不知书者犹好之。余尝以比都下富儿，虽脱村野，而生态可憎"[②]。日本学者宇野直人也指出："柳永的艳词在其后经常受到'俗'的非难，其背景当与士大夫社会与市民社会之间价值观念的违悖有关。"[③] 但是，从另一个角度而言，柳词中的爱情抒写在脱弃了额外的托喻象征重负之后，显现出本色的热烈张扬、轻快活泼，他所做的这种还原自有独特的价值，这样的格调只有在元散曲、明代山歌中才能看到，这更充分地说明柳永爱情抒写视点的下移、创作姿态的平民化和市井化特点对宋元以后的文学走向的影响巨大。

都市风光是传统诗歌的表现题材，但更注重都市的政治和军事性内涵，到了柳永那里才真正从一个市井俗人的功名富贵之想来观照都市，这是脱却村野色彩的"都下富儿"的眼光，这样的眼光当然源于北宋城市由"以城廓为象征的政治都市"变成"商业都市"[④]。但更为重要的是柳永文化身份的游移，视点下移，视景也随之转向街市，转向俗世俗人俗景，如其写杭州的《望海潮·东南形胜》，从创作动机看，该词为干谒之作，是投献给孙何的，意图很明显充满着对功名富贵的渴望；从抒写重心看，着重写杭州的富贵温

---

① 叶嘉莹：《唐宋词名家论稿》，河北教育出版社 2001 年版，第 75 页。
② （宋）王灼：《碧鸡漫志》卷 2，载唐圭璋编《词话丛编》，第 84 页。
③ [日] 宇野直人：《柳永论稿》，张海鸥、羊昭红译，上海古籍出版社 1998 年版，第 133 页。
④ [日] 斯波义信：《宋代商业史研究》，转引自 [日] 宇野直人《柳永论稿》，张海鸥、羊昭红译，第 123 页。

柔，虽有壮伟自然景观转换视角，但作者心向往之的还是街市珠玑罗绮、羌管弄晴的豪奢风流，神醉目迷的是杭州的承平气象与富贵温柔。罗大经在《鹤林玉露》中记载"此词流播，金主亮闻歌，欣然有慕于'三秋桂子，十里荷花'，遂起投鞭渡江之志"①。其实，金主投鞭渡江之志不仅起于自然风物的三秋桂子、十里荷花，更起于对该词描绘的北宋城市商业性和娱乐性所构成的富贵温柔场景醉心向往，这种只有都市才特有的豪奢风流是北方塞漠小镇所无法想象的，所以具有吸引人心的力量。

除《望海潮》外，柳永还有多篇表现城市生活的词作："雅俗多游赏，轻裘俊，靓妆艳冶。"（《一寸金·井络天开》）是成都的绮丽景致；"万井千闾富庶，雄压十三州。触处青蛾画舸，红粉朱楼。"（《瑞鹧鸪·吴会风流》）是苏州的富足与香艳；"扬州曾是追游地，酒台花径仍存。凤萧依旧月中闻。"（《临江仙·鸣珂碎撼都门晓》）是扬州的歌吹之乐。对于帝都汴京，柳永有歌咏元宵节的《倾杯乐·禁漏花深》，有咏清明节的《木兰花慢·拆桐花烂漫》，有咏"竞龙舟"的《破阵乐·露花倒影》，选取这样一些带有节庆狂欢色彩的时刻来写京城，更能显出城市生活的绚丽。值得注意的是在这些词中，虽也涉及了皇居的壮丽、皇家的出游，但这些已都融入了丰富的帝都城市生活的画卷中，与"盈盈游女""彩舫龙舟""繁弦脆管"、雕车宝马等成为城市生活中的一个片段，突出的是其世俗享乐的色调。

三 市井化、平民化的创作姿态与词体的革新

柳永市井化、平民化的创作姿态对其词的创作影响是非常深刻的，首先是创作态度上，柳永是北宋专心致力于词章创作的第一人，词之外，诗文创作则较少。在宋代，词仅是聊佐清欢的薄技，在文

---

① （宋）罗大经：《鹤林玉露》丙编卷1"十里荷花"，《宋元笔记小说大观》，第5314页。

体排序中处于底层,柳永却把自己的生命才情专注于词这种艺术形式的创作与改革。

其次,这种创作姿态对柳词创作中形式体制的选择和艺术手法的创新有着决定性的作用。柳词在体制创新上是大量创制慢词,扩大了词体的容量和空间。在晚唐至五代的 100 多年间,词的体式一直以小令为主,这种情形一直延续到宋朝初期。与柳永同时的晏殊、张先,和稍后的欧阳修等作品较多的词人,所写长调不过 30 余首,而柳永创作的慢词就多达 87 种 125 首。柳永对慢词长调的大量书写,从根本上改变了小令一统词坛的格局。篇幅体制的扩大,有效增加了词的内容,增强了词的表现力。宋人所用的 800 多种词调中,有 100 多种是柳永新创或首次使用的。因此前人都认为,词至柳永而"体制始备",这为词文学的繁荣和辉煌,从形式体制方面创造了必要的条件,奠定了良好的基础。其实,慢词创作并不始于宋代,在敦煌发现的《云谣集》中就已有一些慢词歌曲,王灼在《碧鸡漫志》中也说"唐中叶渐有今体慢词"[1],但一般都流行于市井民间,一直未得到士大夫词人的重视,其原因正如叶嘉莹先生所指出的那样"是观念的问题,慢词既是仅流行于市井间的俗曲,因此便不免受到士大夫的鄙薄轻视,而对之不屑一为"[2],所以必须有待如柳永这样在身份和创作姿态都下移以接近市井的新兴浪子词人的出现,方能把长调慢词这种艺术体制大胆引入词坛,为苏辛词的革新提供了可供驰骋的广阔空间。

与大量创制慢词联动的是艺术手法的新变,柳永转变了小令创作中以比兴为主的方法,而以铺叙见长。"雅文学往往喜欢简古,而俗文学倒往往喜欢铺叙而倾向于长篇……柳永喜欢将小令改造为慢词,正表明其入俗的倾向"[3],正是这种"入俗的倾向"成为柳词体制改革中重要的心理动力。为了充分满足慢词长调的表现空间和思

---

[1] (宋)王灼:《碧鸡漫志》卷 2,载唐圭璋编《词话丛编》,第 82 页。
[2] 叶嘉莹:《唐宋词名家论稿》,第 74 页。
[3] 林继中:《文化建构文学史纲》,北京大学出版社 2005 年版,第 187 页。

想容量,柳永将汉大赋和唐代叙事长诗中铺叙和白描等技法引入词章创作,既可展示风雨无际、起伏无边的壮阔画面,又让人历历在目,如游画中。有效扩展了词作的景深,丰富了作品的诗情画意。

还有,在语言上柳词有着俚俗化倾向,柳永用字构词很少使用典故,不避浅俗,有些词以市井俚语入词,促进了词文学的口语化和通俗化,这一点与其创作姿态上市井化、平民化的倾向密切相关,如"系我一生心,负你千行泪"(《忆帝京·薄衾小枕凉天气》)"假使重相见,还得似、旧时么"(《鹤冲天·闲窗漏永》)等,几乎尽为口语,却句句明白如话,以市井俚语入词,激活了语言的生命力,形成浅近质朴的口语化特征。柳永词作语言上反经典化的努力,使词文学重新回归民间,成为市民喜闻乐见的文学形式。而正是这种由雅趋俗的审美趣味使得"柳永词上承敦煌曲,下开金元曲子,在其间起着桥梁和中介的作用"[①]。

柳永从庙堂走向街市,选择了政治上、文化上的边缘身份,而"'边缘'是一种自我放逐和心灵流亡……这种对习以为常的规范的逃离,对主导意识话语严密网络的总体拒绝,对自我个性独特性的维护,使'边缘'决非是轻松游戏的'话语'"[②]。这是导致柳永悲剧性的政治和生活境遇的根源,并受到其隶属或渴望进入的阶层的拒斥,但却成就了他在词文学上独特而卓著的贡献,并预示着中国古代文学的发展与街市文化的关系渐趋紧密。

[①] 吴熊和:《唐宋词通论》,浙江古籍出版社1985年版,第200页。
[②] 王岳川:《二十世纪西方哲性诗学》,北京大学出版社2000年版,第565页。

第三章　唐宋城市转型中文学题材新变

在唐宋城市转型中，城市突破传统政治、军事功能，商业、文化娱乐的功能渐趋强化，城市生活更加斑斓多彩，这对文人生活和思想观念的影响是全方位的，其中重要的是文人关注视野从社会政治功业层面拓展至城市平常人生活层面，关注视点下移。而文人关注视点的下移必然带来文学题材的新变，这种新变有两个层面内涵，一是旧有题材的创新，如爱情、山水题材的新变；二是新题材的出现（或者是以往特点不够鲜明的题材在这一时期渐成气候），如讽喻诗和园林文学。

第一节　城市商业功能的发展与诗词爱情抒写新变

在古代漫长的农业文明社会中，城市是实施封建统治的中心环节，城市经济生活自然置于封建制度的控制之下。但是，城市一经形成，就有了自身发展的需求，也就是城市化的发展要求。而城市发展的关键是商业功能渐趋强化，这一趋势逐渐引领着文学走向世俗化和大众化，爱情抒写作为诗歌的重要题材也随之发生了多层面的新变。

一　商业文明对古典爱情的冲击

商业的繁荣必然助长享乐之风，卢照邻的《长安古意》和初唐四杰的其他诗章中虽也有都市繁荣景象的铺排、市井倡家旖旎享乐的张扬，但由于初盛唐商业发展仍被限制在"市"这一固定空间，商业气息还未能普遍浸入市井生活肌质中,诗人尚能以传统儒家安贫乐道的傲骨去抵御繁华艳冶的市井诱惑,安于"寂寂寥寥扬子居,年年岁岁一床书"的清寂。但在中晚唐,商业发展已突破坊市隔离的格局,伴随商业文明而来的是生活观念和生活方式上对物质享受的耽溺,文人大多难以抗拒商业享乐的魅惑,"恃才喜酒色"的杜牧的风流绝句总是与大运河边的繁华城市扬州紧紧相连,他的风流韵事也总与扬州这个商业都会"厥性轻扬"的地域文化有关,"扬州者以其风俗轻扬,故号其州"①。"风俗轻扬"与其商业氛围浓厚有关:"江都俗好商贾,不事农桑。"② 清代学者钱泳在《履园丛话》中也说:"人情势利,自古有之……余谓天下之势利,莫过于扬州;扬州之势利,莫过于商人。"③ 正是在这样一个商业发达的"轻扬"城市里,杜牧脱略法度的放纵冶游方能成为风流佳话,"十年飘然绳检外,樽前自献自为酬"(《念昔游三首》其一)。"忽发狂言惊四座,两行红粉一时回"(《兵部尚书席上作》)。而当他回望扬州十年的放浪形骸的冶游生活时,既有自叹自嘲,也有自矜自夸的成分:"十年一觉扬州梦,赢得青楼薄幸名。"(《遣怀》)

两宋时期,逐渐形成全民经商态势,商业经济对各阶层的冲击影响巨大:"官大者,往往交赂遗、营赀产,以负贪污之毁;官小者,贩鬻乞丐,无所不为。"④ 就连封建体制内官员都经不住商业利润的诱惑,纷纷以权谋私,经商获利,广大民众就更是无所顾忌追逐商业利益:"人人争欲采山煮海,执技列肆,以邀美利。怠弃垄亩,未始禁之。"⑤ 城市浓厚的商业氛围必然刺激人们的各种欲望,

---

① (唐)李匡乂:《资暇集》卷中,《景印文渊阁四库全书》第850册,第153页。
② (后晋)刘昫等:《旧唐书》卷59,第2332页。
③ (清)钱泳:《履园丛话》卷21《势利》,孟斐校点,上海古籍出版社2012年版,第376页。
④ (宋)王安石《上仁宗皇帝言事书》,载曾枣庄、刘琳主编《全宋文》第63册,卷1380,第335页。
⑤ (宋)夏竦:《文庄集》卷13"议国用册",载曾枣庄、刘琳主编《全宋文》第17册,卷345,第46页。

"当时（宋代）都市制度上的种种限制已经除掉，居民的生活已经颇为自由、放纵，过着享乐的日子。不用说，这种变化，是由于都市人口的增加，它的交通商业的繁盛，它的财富的增大，居民的种种欲望强烈起来的缘故"①。在两宋浓厚的商业氛围中，传统爱情抒写不可避免地受到商业气息的侵蚀，商业交换原则对古典爱情的锈蚀表现得非常明显，那种"曾经沧海难为水，除却巫山不是云"（元稹《离思》）的坚贞品格在情色娱乐的商业化潮流浸染下蜕变成"见了千花万柳"的无检束男性欲望放浪："师师生得艳冶，香香于我情多。安安那更久比和？四个打成一个。"（柳永《西江月·师师生得艳冶》）古典爱情理想光辉在商业化酒宴歌楼觥筹交错的声色调笑中逐渐黯淡。

"农业文明的爱情是精神含量很高的'神交'或'精神恋爱'……在这种超越了直接的生理需要与肉身欲望的古典爱情中，人的本能冲动化为优雅的礼仪，人的动物性情欲升华为美丽的爱情，人本身也具有了越来越丰富的人性内涵。"② "春心莫共花争发，一寸相思一寸灰。"（李商隐《无题》）式的精神苦恋无疑是悲剧性的，是以牺牲个体心灵自由为代价的。但是，这种牺牲并不是毫无价值的，爱因为不能自由实现、获取反而显示出自身的价值和意义，这就是爱的辩证法，人类心灵的价值进而得以彰显，这就是"超越了直接的生理需要与肉身欲望的古典爱情"在今天依然能够得到人们尊崇的原因。弗洛伊德曾非常精辟地说过："对于爱的需要一旦易于得到满足，它的精神价值立刻就会下降……例如在古文明衰落时期，爱就变得一文不值，生命变得空虚，而这就需要有更强的反作用形成来重建不可或缺的情感价值。在这种关系方面，人们可以断言基督教的苦行潮流为爱创造了精神价值，而这是奉行享乐主义的古人从

---

① ［日］加藤繁：《中国经济史考证》，吴杰译，中华书局 2012 年版，第 287 页。
② 刘士林：《都市文化研究的马克思主义理论基础》，《文学评论》2007 年第 3 期。

未能赋予它的。"① 在商业文明的冲击下，人类一旦摆脱道德律令的束缚，两性关系越趋向开放，爱情就越容易陷入世俗感官的泥淖，从而带来两性关系的无意义，自然也就破坏和消解了爱的心灵价值。

唐宋城市商业功能的强化对古典爱情抒写的影响可以从温庭筠和柳永的创作中看到演进轨迹，同为浪子文人，如果说温庭筠行为方式已跨入浪子行列，而文学实践尚保留贵族化、精英化的审美趣味，那么柳永则从行为方式到文学实践都充分浪子化、市井化。一些花间词人在情色享乐方面已开柳词先河，如欧阳炯《浣溪沙·落絮残莺半日天》中的"兰麝细香闻喘息，绮罗纤缕见肌肤，此时还恨薄情无"等句被况周颐在《蕙风词话》中评为"自有艳词来，殆莫艳于此"②。而五代词人孙光宪的《风流子·金络玉衔嘶马》则直接描述一次冶游经历："金络玉衔嘶马，系向绿杨阴下。朱户掩，绣帘垂，曲院水流花谢。欢罢，归也，犹在九衢深夜。"字词间充溢着风流自赏的炫耀之情。到了北宋柳永词中，这种男性欲望在商业氛围下无检束的放浪更为明显："柳永的狎客话语，以对情色感官刺激和放浪无度的诉求，以及周旋于无数歌妓之间的艳遇炫耀，在满足男性中心的虚荣和欲望的同时，凸现狎客赤裸裸的消费狎戏女性身体的粗鄙、世俗的言说方式。"③柳永"算等闲，酬一笑，便千金慵觑"（《迷仙引·才过笄年》）等词句已把男女交往中露骨的商业交换关系暴露无遗，《金瓶梅》中散发铜臭的两性交往方式已是呼之欲出，商业时代的"肉身欲望"放浪出场，男女交往中"精神含量"渐趋淡化。而因为诗词体制局限，宋代以后，男性欲望的无检束的放浪便转场至戏曲小说这类更适宜商业文明展现的文体中。

---

① ［奥］西格蒙德·弗洛伊德：《论爱情生活最普遍的降格》，卢毅译，载《弗洛伊德爱情心理学文选》，华东师范大学出版社2017年版，第40—41页。
② （清）况周颐：《蕙风词话》卷2"欧阳炯艳词"，载唐圭璋编《词话丛编》，第4424页。
③ 王筱芸：《"变旧声作新声"——柳永歌词的都市叙述与北宋中叶都市文化建构》，《文学评论》2007年第3期。

二 审美趣味以富艳为美

中唐以降,随着城市商业功能的发展,大量财富流向城市并且集中于少部分人手中,这部分人的生活方式在金钱的刺激下突破农耕社会勤俭内敛的传统风尚,奢靡之风渐炽,"长安风俗,自贞元侈于游宴"①。杜牧也说"至于贞元末,风流恣绮靡"(《感怀》)。章太炎还特别指出,南朝奢靡之风仅限于宫廷,而唐代则流播市井:"唐代荒淫,累代独绝。播在记载,文不可诬。又其浮竞慕势,又南朝所未有。南朝疵点,专在帝室,唐乃延及士民。"② 这与城市商业繁荣催生坊郭大户有关,这一群体在市井有着极大的感染力和号召力,因为其中一部分并非依靠强权致富,与南朝由特权维持的奢靡生活仅限于皇家贵族之列不同。所以,在政教型的韩孟诗派诗人之外,俊才达士型的元白诗人行为相当浪漫,接近世俗潮流,③ 对世俗物质生活的看重、对冶游享乐的沉溺,在元白诗中都有充分的抒写。自然,与物质享乐相伴的富艳审美趣味也就流为时尚,至晚唐五代杜牧、李商隐、温庭筠等人的诗词中表现得更为明显。

宋代城市的数量、规模、人口是中国古代城市发展史上的一个高峰时期,"建制城镇(包括县城和镇市)总计在 3000 个以上。城镇总人口当有数百万户,即千万人以上,显然超过人口总数的 10%。在南方经济较发达的地区,城镇人口所占的比重更高,有的地方超过 20%"④。这就极大地促进了城市经济的繁荣,北宋都城汴京"举目则青楼画阁,绣户珠帘。雕车竞驻于天街,宝马争驰于御路。金翠耀目,罗绮飘香"⑤。南宋都城临安虽然偏安江南,但人口不减北宋,"柳永咏钱塘词云,参差一万人家,此元丰以前语也。今中兴行

---

① (唐)李肇《唐国史补》卷下,《唐五代笔记小说大观》,第 197 页。
② 章太炎:《五朝学》,《章太炎全集》第 4 卷,上海人民出版社 1985 年版,第 76 页。
③ 余恕诚:《唐诗风貌》,第 86 页。
④ 鲁亦冬:《中国宋辽金夏经济史》,人民出版社 1994 年版,第 49—50 页。
⑤ (宋)孟元老:《东京梦华录》,"序"第 1 页。

都已百余年，其户口蕃息……人烟生聚"①，而且繁华程度超过了北宋汴京："杭山水明秀，民物康阜，视京师其过十倍矣"②。繁荣的城市经济促进了商品消费，极大地刺激了人们物质消费的欲望，并逐渐形成市井之间的奢靡之风。柳永《望海潮》对自古繁华的杭州描写既涉及它的规模："烟柳画桥，风帘翠幕，参差十万人家。"更准确地抓住了这座城市富足奢靡的内质："市列珠玑，户盈罗绮，竞豪奢。"其实，不独杭州，"辇毂之下，奔竞侈靡"③"竞豪奢"不仅仅是人与人之间的攀比夸赞，也是宋代城市竞相标榜的一面，只要看看柳永等人涉及成都、苏州、扬州等城市风情的词作是不难发现这一点的。

当然，有人会说，宋代奢靡之风与宋太祖集权思想有关，早在建隆二年（961）七月，宋太祖对石守信等人杯酒释兵权时就说："人生如白驹之过隙，所以好富贵者，不过多积金钱，厚自娱乐，使子孙无贫乏耳。尔曹何不释去兵权，出守大藩，择便好田宅市之，为子孙立永远不可动之业，多置歌儿舞女，日饮酒相欢，以终其天年。我且与尔曹约为婚姻，君臣之间两无猜疑，上下相安，不亦善乎！"④两宋世风浮靡的确与此有关，但更为重要的是宋以来城市商业经济的繁荣，财富向城市集中："八荒争凑，万国咸通。集四海之珍奇，皆归市易。会寰区之异味，悉在庖厨。花光满路，何限春游。箫鼓喧空，几家夜宴。伎巧则惊人耳目，侈奢则长人精神。"⑤另外，财富向城市的聚集催生了坊郭大户，他们"不知稼穑之艰难而梁肉常余，乘坚策肥，履丝曳采，羞具、居室过于王侯"⑥。这样的物质和文化消费方式引领和刺激了整个社会的消费风尚，于是"士

---

① （宋）耐得翁：《都城纪胜》，中国商业出版社1982年版，第15页。
② （宋）耐得翁：《都城纪胜》，"序"第1页。
③ （元）脱脱等：《宋史》卷153，第3577页。
④ （宋）李焘：《续资治通鉴长编》卷2，中华书局2004版，第50页。
⑤ （宋）孟元老：《东京梦华录》，"序"第1页。
⑥ （宋）张方平：《乐全集》卷14"食货论·畿赋"，《景印文渊阁四库全书》第1104册，第117页。

第三章 唐宋城市转型中文学题材新变

庶之家侈靡相尚，居第服玩僭拟公侯，珠玑金翠照耀衢路，约一袭衣千万钱不能充给"①。大臣深以为忧并要求朝廷"议定制度，以分等威"，但流风所向，难以改易："士庶之间，侈靡之风曾未少革……雕文纂组之日新，金珠奇巧之相胜。富者既以自夸，贫者耻其不若。"② 贫者也歆慕富贵，这种"奔竞侈靡"的世风必然浸染生活在其中的文人，这就不难理解柳永虽然一生落魄，死无余资下葬，但词中却好言金玉富贵、锦幄绣衾，审美趣味仍是以富艳为宗。

唐诗自杜甫诗歌开抒写穷愁之风以来，韩孟诗派继承杜诗穷且弥坚式的以穷愁反衬铮铮傲骨的路子。但中唐以降，在城市奢靡之风浸染下，诗歌爱情抒写中审美趣味已逐渐转向富艳华美，或者说在铺叙富艳华美的城市风情时已渐渐淡化了初唐四杰等诗人的道德批判色彩而转为欣羡沉醉。所以，中晚唐以后，爱情抒写中的场景多为酒宴歌楼、贵主府邸居室等，与《诗经·蒹葭》等诗作以自然风物抒情的传统不同，转向屋宇居室的华丽铺陈。即使是长期漂转地方幕府的李商隐，他的诗歌的爱情抒写也表现了富艳精美的审美趣味，如："昨夜星辰昨夜风，画堂西畔桂堂东。"（《无题》）"蜡照半笼金翡翠，麝熏微度绣芙蓉。"（《无题四首》其一）"凤尾香罗薄几重，碧文圆顶夜深缝。"（《无题二首》其一），随处可见贵主府邸的华美、深闺绣户的软媚奢华，其他如《燕台》四首、《碧城》三首等诗中意象优美、辞采华美艳丽、声律对仗工整，以绮美、艳丽、工整乃至雕琢的形式表达爱情感伤幻灭的悲哀，③ 其实都是这种崇尚富艳审美主潮的反映。

当然，这种审美趣味最典型的莫过于温庭筠，如其《菩萨蛮·小山重叠金明灭》："小山重叠金明灭，鬓云欲度香腮雪。懒起画蛾眉，弄妆梳洗迟。照花前后镜，花面交相映。新帖绣罗襦，双双金

---

① （清）徐松：《宋会要辑稿》刑法二，第 8294 页。
② （清）徐松：《宋会要辑稿》刑法二，第 8312 页。
③ 王蒙：《对李商隐及其诗作的一些理解》，《文学遗产》1991 年第 1 期。

鹧鸪。"袁行霈先生说,"温词的美是一种装饰美、图案美、装潢美"①,色彩的金碧辉煌、氛围的暖香软媚、构图的装饰性的确成为其词的特点,从《花间集》所收六十六首温词来统计,色彩上"红"字出现多达十六次,"香"字多达二十次,相关字词的重复渲染出"熏香掬艳、炫目醉心"的都市商业文明富艳之美。李冰若在《栩庄漫记》中评其《菩萨蛮》说:"飞卿惯用金鹧鸪、金鹨鹕、金凤凰、金翡翠诸字以表富丽,其实无非绣金耳……正如小家碧玉,初入绮罗丛中,只能识此数事,便矜羡不已也。"② 这与王灼视柳永为"都下富儿"何其相似?他们都有着在城市灯红酒绿的商业物质享受面前不能自持的沉醉。晏殊对此极为厌恶,提出了所谓的"富贵气象",而他对"富贵气象"的解释与自矜不过是要在这种富艳的审美追求中固守一份文人士大夫的清雅,本质上也并不反对这种审美趣味,所以宋词是强化或深化了这种审美趣味,晏欧自不必说,即如苏辛词中虽引入田园词题材,其他题材中也多保持富艳审美趣味。这样的审美追求使得古典诗词越发趋于精致唯美,但也渐失生气。

综上,晚唐五代至宋,李商隐、温庭筠至花间词派再到北宋晏欧、柳永,诗词爱情抒写中以富艳为美的审美旨趣非常明显呈现出一脉相承的渊源关系。

三 托喻色彩渐趋淡化

中国古典诗歌爱情抒写从诗经、屈骚开始就有浓厚的托喻色彩,而这种托喻色彩与诗词中女性的伦理身份有着密切关系。在屈宋以来的美人香草之喻传统中的女性是一种"性别错指",女性形象只是"空洞的能指",她们徒具女性外壳,是男性政治追求挫败的性别类比,两性关系也就成为君臣关系或其他人际利益关系的隐喻,如

---

① 袁行霈:《中国诗歌艺术研究》,第229页。
② (清)李冰若:《栩庄漫记》,载史双元编著《唐五代词纪事会评》,黄山书社1995年版,第264页。

第三章　唐宋城市转型中文学题材新变

"盛年处房室,中夜起长叹。"(曹植《美女篇》)这一类作品中的女性大多是思妇与怨妇的形象,有着明确的伦理身份,她们的诗意在无望的等待中,在怨而不怒、温柔敦厚的风情中,缺乏自主行动的能力,也缺乏生命的活力。

但是,唐宋以后,在城市的商业氛围中,女性、女性美往往被物化、商品化,而在商品交换关系中的女性必然要超越传统伦理关系,脱离现实人伦的束缚,成为"被看"的对象。在以往爱情抒写中的女性,也曾有男性欲望视阈中的形象,如汉乐府《陌上桑》中的秦罗敷、宫体诗中的美人,但作者总要曲终奏雅,给她们冠以明确的伦理身份:"夫婿恒相伴,莫误是倡家。"(萧纲《咏内人昼眠》)而中唐以后,文人诗词中的女性人伦背景越来越模糊,其中一种方式是沿袭高唐神女人仙遇合路线,实现女性形象非伦理化,以缓解男性知识分子冶游享乐与严格的道德律令之间的紧张冲突,所以张鷟在传奇《游仙窟》中把士人浮浪冶游生活纳入游仙的形式中。中唐元白诗中仙妓合一现象已较为普遍,如白居易《醉后题李马二妓》:"行摇云髻花钿节,应似霓裳趁管弦。艳动舞裙浑是火,愁凝歌黛欲生烟。有风纵道能回雪,无水何由忽吐莲。疑是两般心未决,雨中神女月中仙。"如果不看诗题,我们定会误以为诗人在歌咏天使圣女。有些诗直接把歌妓称为"神仙":"十里长街市井连,月明桥上看神仙。"(张祜《纵游淮南》)这与唐代道教的兴盛有关,也与唐代士大夫独特的性爱文化心理有关。"唐代以前的大部分仙女、神女,几乎都是以一种冷美人的面目出现在诗文小说中的。尤其是当她们从天上降临人间时,则较世人更显得矜持又冷漠。"[1] 而中唐以后仙妓合一中的女仙形象却被注入了浓厚的男性世俗欲望,所以这一类作品的托喻往往处于有无之间。

李商隐的爱情抒写就是一个典型,李商隐爱情诗中,诗人恋慕对象伦理身份暧昧不明,使得他的爱情抒写托喻在有无之间。当其

---

[1] 孙逊:《中国古代小说与宗教》,复旦大学出版社2000年版,第83页。

121

诗拘执于"间阻之慨"的抒写时就具有一种超越性的象征意味，由于难以弥合的距离，其爱情追求被定格于"追求美而不亵渎美"的高度，这已不仅仅是爱情的品质而可以上升为整个人类对美对终极境界追求的象征性结构模式。因此，在李商隐的爱情诗中，"春心"指爱情，而又不仅仅限于爱情。但是，在晚唐城市浮靡世风中，"时代精神已不在马上，而在闺房"，爱情享乐、欲望的抒写必然冲淡爱情诗的托喻色彩，李商隐的爱情诗也不例外，虽然诗人极力弱化与现实世界的关系，爱情产生的背景被虚化淡化，代之而起的是诗人以情驭象，精心构筑的扑朔迷离的意象世界，我们还是能够感受到其间隐藏了一段现实凄艳欲绝的爱情经历，一种欲望纠结压抑的伤痛。在他的一些无题诗中，隐约的情节片段、意味深长的场景总是引导读者去还原一段完整的情梦，如："来是空言去绝踪，月斜楼上五更钟。梦为远别啼难唤，书被催成墨未浓。蜡照半笼金翡翠，麝熏微度绣芙蓉。刘郎已恨蓬山远，更隔蓬山一万重。"（《无题四首》其一）这就是为什么有那么多诗评家千百年来锲而不舍地考据爬梳李商隐爱情诗背后本事的原因。而之后温庭筠诗词的爱情抒写进一步淡化托喻色彩，所以，清代常州词派张惠言力图从温庭筠词抉发微言大义的尝试常常被后人诟病。

实现女性形象非伦理化的另一种方式是挣脱道德律令束缚，直接张扬大众化的男性声色享乐欲望，这类诗作中的女性形象脱离了现实人伦的束缚，成为男性声色欲望的商业交换物化的对象。在唐代，是因为进士举子"重词赋而不重经学，尚才华而不尚礼法"[①]的时代风尚造就浮浪冶游的士风，而在晚唐至北宋中叶，爱情抒写中女性形象由仙妓合一走向现实感性化，更便于张扬大众化的男性声色享乐欲望，爱情抒写模式从人仙遇合、巫山云雨转向俗世歌楼酒宴男欢女爱的商业场景。如花间词中"二八花钿，胸前如雪脸如莲。耳坠金环穿瑟瑟。霞衣窄，笑倚江头招远客"（欧阳炯《南乡

---

① 陈寅恪：《元白诗笺证稿》，生活·读书·新知三联书店2001年版，第86页。

第三章 唐宋城市转型中文学题材新变

子·二八花钿》)。这类女性一般都缺乏明确的伦理身份而成为男性欲望的对象。

　　大量出现非伦理身份的女性，打破诗词香草美人托喻传统的是柳永的爱情抒写。"柳永的出现，标志着当时官僚知识分子与歌楼妓院的精神联系已经远远超过了他们与皇权政治的精神联系"，所以说，"柳永的标志意义比他个人创作在当时文坛上的实际地位要巨大得多"[①]。爱情抒写是词的主要题材，但是，与其他词人的爱情抒写偏于诗化倾向不同，柳永的词偏重于世俗风情享乐的抒写，这一点当然与柳永常年流连于烟花巷陌与歌妓的深入交往有关。这类词作的女性形象与传统词作中的诗化女性形象不同，呈现出非理性、非伦理的特点，在功名与爱情冲突中越出传统的价值取向，张扬爱情的缠绵狂热，以爱情否定功名，"悔教夫婿觅封侯"在王昌龄的《闺怨》中只是一闪而过的念头，在柳词中却被放大了、具体化了，所表现的是"市民阶层所焕发出的爱情意识"[②]。如那首为宰相晏殊所嫌恶的《定风波·自春来》："自春来、惨绿愁红，芳心是事可可。日上花梢，莺穿柳带，犹压香衾卧。暖酥消，腻云亸。终日厌厌倦梳裹。无那。恨薄情一去，音书无个。　　早知恁么，悔当初、不把雕鞍锁。向鸡窗、只与蛮笺象管，拘束教吟课。镇相随、莫抛躲。针线闲拈伴伊坐。和我。免使年少，光阴虚过。"词中女性形象的伦理身份是模糊的，这样的爱情抒写偏离了屈宋以来中国诗歌中香草美人的象征体系，缺乏超越性的阐释空间，这样的爱情抒写必然是市俗化的。所以叶嘉莹在谈到柳永词中所写的美女与爱情时，就说这些内容极少"托喻和理想色彩"，这种写法"是一种极为大胆的叛离"[③]，背离了古代诗歌香草美人的托喻象征系统，抒写的是市井本色的生活理想，显示出市民阶层对爱情的耽溺。对柳词爱情抒写的这种变化，评家多有微词，如王灼就说柳词"浅近卑俗，自

---

① 王富仁：《悲剧意识与悲剧精神（上篇）》，《江苏社会科学》2001 年第 1 期。
② 杨海明：《唐宋词史》，第 302 页。
③ 叶嘉莹：《唐宋词名家论稿》，第 74—75 页。

123

成一体，不知书者尤好之。余尝以比都下富儿，虽脱村野，而声态可憎"①。日本学者也指出："柳永的艳词在其后经常受到'俗'的非难，其背景当与士大夫社会与市民社会之间价值观念的违悖有关。"②"都下富儿""市民社会"的评价对柳永文化身份作出了定位：市井俗人，其词的爱情抒写自然也就是商业时代市井阶层的本色抒写。

但是，从另一个角度而言，柳词中的爱情抒写在脱弃了额外的托喻象征重负之后，显现出本色的热烈张扬、轻快活泼，他所做的这种还原自有独特的价值，这样的格调只有在元散曲、明代山歌中才能看到，这更充分说明柳永爱情抒写视点的下移、创作姿态的平民化和市井化特点对宋元以后文学走向的巨大影响。

总之，中晚唐以后，城市结构、功能的变化，特别是商业功能的渐趋强化，非常深刻地影响着唐宋文人的生活方式、人际关系、社会组织等，从而潜移默化地改变了他们的文化观念、文学观念、审美趣尚，在这种变化过程中，传统诗词中的爱情抒写也相应地出现了新变，古典爱情理想光辉在商业化的酒宴歌楼觥筹交错的声色调笑中逐渐黯淡，审美趣味以富艳为美，文学中女性形象非伦理化，脱离了现实人伦的束缚，成为"被看"对象，爱情抒写的托喻色彩渐趋淡化。

第二节　城市商业功能的发展与山水抒写新变

初盛唐时，城市（特别是都城）功能更多的偏向政治、军事功能，所以，此一时期的山水抒写更多的与政治相关，呈现出崇高悲壮或脱俗高蹈的审美风格。而中晚唐以后，随着城市文化、商业、娱乐等功能的强化，随着城市经济的辐射能力和吸纳力的强化，刺激了生产力的提高，自然在人类的开发利用过程中，逐渐失却了古

---

① （宋）王灼：《碧鸡漫志》卷2，载唐圭璋编《词话丛编》，第84页。
② ［日］宇野直人：《柳永论稿》，张海鸥、羊昭红译，第133页。

代准宗教的神秘色彩,山水抒写从神化自然到人化自然,审美形态从崇高到谐趣,从脱俗到从俗,审美趣味上清雅与富艳联袂而行。

自然山水历来是中国古代诗人所钟爱的对象,而且这一题材一贯排斥朝市俗气,清人吴雷发在《说诗菅蒯》中说:"诗以山林气为上。若台阁气者,务使清新拔俗。"① 山林气为自然意象,台阁气为城市意象,类似的议论还有很多:晚唐郑綮说"诗思在灞桥风雪中,驴背上"②,陆游也说:"挥毫当得江山助,不到潇湘岂有诗。"(《予使江西时以诗投政府丐湖湘一麾会召还不果偶读旧稿有感》)南宋张抡在《阮郎归·炎天何处可登临》中感慨道:"莫将城市比山林,山林兴味深。"相关的语句中都刻意把"城市"与"山林"对立起来,力图把与"城市"相关的意象从诗歌中剥离出来。但是,当我们细致考察下来就会发现,古代诗人的山水抒写虽然有意无意间排斥城市意象,而城市,作为人类文明发展的推进器,其对文人创作的影响是细致入微的。在唐宋时期,中国古代城市的发展处于转型期,其自身功能的渐次完善在深层次上左右着文人的山水抒写,城市文化的商业、娱乐色彩不可避免地浸入山水抒写的肌质中,成为作家描写山水的参照,并促成了山水抒写的新变。

一 崇高与谐趣

在中国古典诗歌中,山水审美起源很早,《诗经》中已有山水描写的诗篇,在这些诗篇中,一方面呈现了山水的崇高情调,充满了对雄壮山水的敬畏之心。"《诗经》时期人们对于山的关照,大致侧重于两个方面:高大与险峻。对于山体的高大沉稳,人们多持肯定态度,把它与具有高尚品行的高贵君子相沟通。"而"对山的险峻、高耸持否定态度,那是基于社会实践而产生的审美体验……在这种情

---

① (清)吴雷发:《说诗菅蒯》,载丁福保辑《清诗话》,上海古籍出版社2015年版,第939页。
② (五代)孙光宪:《北梦琐言》卷7《郑綮相诗》,《景印文渊阁四库全书》第1036册,第48页。

况下，高山虽然是自然物，却经常作为社会暴力的象征出现"[1]。在这种险山恶水的描写中内蕴着一个历险主题，这一主题在中国古代诗歌史上不如隐逸主题那样显赫，但也有迹可寻。在汉魏时期的征行赋中，路途的险恶、山水的奇崛实则是社会人事艰险的象喻。而另一方面，《诗经》的山水抒写也呈现出自然的可悦性，但大量出现是在魏晋南北朝时期二谢的山水诗中。

　　唐宋时期的山水抒写呈现出与传统的继承性，但在城市转型进程中也呈现出明显的变化轨迹。盛唐诗人强烈的事功精神、昂扬奋进的人生意气，使他们的诗歌闪耀着拒绝庸常的理想主义光辉，由此产生了大量的雄奇壮阔的山水篇章，而且多与长安有关，如王维的《终南山》和孟浩然的《临洞庭湖赠张丞相》，孟浩然的诗写于进京求仕路途中，通过对壮阔山水境界的描绘，张扬了奋进、敢于以道配天的主体意识，同时，也表达了儒家"天行健，君子当自强不息"的精神，在追求自然中表现出追求崇高理想的生命情调，激发人的昂扬奋发精神、飞扬跋扈的意气。

　　但是，政治追求的热望受挫（或在想象中被挫）则产生了大量有关险山恶水的铺写，这样就形成了唐代山水诗中崇高悲壮一类审美风格，带有浓厚的悲剧意味。盛唐雄奇壮阔的山水诗基本保持先秦文学山水传统中的崇高风格，这类山水诗传达出来的审美经验与边塞诗有一致性，"与趋于优美、柔美的盛唐山水田园诗的总体特征恰恰相反，表现了一种崇高或恐惧的审美经验……是对一种具体的社会历险的改写，将边塞诗中有明确功利目的的冒险和恐惧经验转移到无切实社会意义的山川游历活动中"[2]。而因为功名的热情和幻想，这类诗歌充满担当的激情、历险的豪迈。杜甫的《自京赴奉先县咏怀五百字》《北征》都继承了这种写法，而最为典型的莫过于李白的《蜀道难》《梦游天姥吟留别》等作品。李白《蜀道难》的

---

[1] 侯文学：《先秦两汉文学对山的审美观照》，《山西师大学报》（社会科学版）2006年第1期。

[2] 谢思炜：《唐宋诗学论集》，商务印书馆2003年版，第158、169页。

第三章 唐宋城市转型中文学题材新变

典型性在于其凸显人类行进于高山险川时恐惧、悲壮的审美经验,其中的山水客体使主体感觉和想象都难以把握,激起了人的本质力量,正如康德所言:"那对于自然界里的崇高的感觉就是对于自己本身的使命的崇敬,而经由某一种暗换付予了一自然界的对象。"① 所以这类诗歌意味更为丰厚隽永,具有一种复合情调:可歌可泣与可惊可怖、崇高与苦难、残酷与奇丽、功名热望与毁灭撕裂等不同的心理体验与审美感受杂糅在一起,"向外发散要求自我实现"的快感与恐惧毁灭的感受杂糅在一起。在这类作品中,充满着历险的激情,有着对自身所处险境决不妥协的抗争,激情飞扬,显现了情感的刚性力度,这种情感内核构成了诗的内在骨力,所以呈现出阳刚之美。这类山水诗以艰险、灾难、死亡等这类负面的力量打破人的心理平衡,唤醒人内心应对艰险苦难的激情,提升、净化着人的心灵品质,表现出追求崇高理想的生命情调。

这种山水审美范式在中唐韩愈那里被发挥到极致,胡震亨说韩愈"多悲诗"②,的确,韩愈一生诗文多有穷途之哭,着力表现的是其对悲剧性政治境遇极限式的承受,韩愈擅长描写奇崛山水,这其实是对险恶政治处境的一种象征,山水以一种动荡狰狞、令人窒息气势呈现出来,与人构成紧张对立的关系,带着他身上那种躁进易怒的个性特征,审美风貌也就趋于"奇怪",如《谒衡岳庙遂宿岳寺题门楼》:

> 五岳祭秩皆三公,四方环镇嵩当中。火维地荒足妖怪,天假神柄专其雄。喷云泄雾藏半腹,虽有绝顶谁能穷。我来正逢秋雨节,阴气晦昧无清风。潜心默祷若有应,岂非正直能感通。须臾静扫众峰出,仰见突兀撑青空。紫盖连延接天柱,石廪腾掷堆祝融。森然魄动下马拜,松柏一径趋灵宫。粉墙丹柱动光

---

① [德]康德:《判断力批判》上卷,宗白华译,商务印书馆1964年版,第97页。
② (明)胡震亨:《唐诗谈丛》卷2,商务印书馆1936年版,第27页。

彩，鬼物图画填青红。升阶伛偻荐脯酒，欲以菲薄明其衷。庙令老人识神意，睢盱侦伺能鞠躬。手持杯珓导我掷，云此最吉余难同。窜逐蛮荒幸不死，衣食才足甘长终。侯王将相望久绝，神纵欲福难为功。夜投佛寺上高阁，星月掩映云朣胧。猿鸣钟动不知曙，杲杲寒日生于东。

该诗的山水描写，一反传统山水诗宁静淡泊、超逸闲雅的审美风貌，主体情绪骚动激荡，功名绝望的牢骚与求神赐福的希望纠缠在一起，所以外在的山水景象也呈现出与之相适应的阴气晦昧、突兀森耸之貌，是"是对一种具体的社会历险的改写"，内蕴着"一种怒张的力感"，表现出一种"光怪震荡的美"，具有崇高悲壮格调。其他如《岳阳楼别窦司直》《陆浑山火和皇甫湜用其韵》等诗也有类似的特点。

而中晚唐以后，随着城市文化、商业、娱乐等功能的强化，随着城市经济的辐射力和吸纳力的增强，自然在人类的开发利用过程中，逐渐失却了古代准宗教的神秘色彩，山水抒写从神化自然到人化自然，人与山水的关系从紧张对立到松弛和谐，审美形态从崇高到谐趣。宋代（特别是南宋）以后，人与山水的关系明显的具有喜剧色彩，一改传统的庄严肃穆、崇高悲壮之美而转向轻松活泼、热闹诙谐。南宋杨万里的山水诗，在幽默诙谐的喜剧性情调中透出理趣。① 诚斋体的题材兴趣主要在自然山水，以至姜夔有"处处山川怕见君"（《送朝天续集归诚斋时在金陵》）的戏言，但杨万里的趣味有别于王维、孟浩然山水诗传统，在其笔下，山水从神性自然转向了人化自然，诗歌情调也从宁静典雅肃穆一变而为热闹活泼欢快，有一种幽默诙谐的意趣，如："莫言下岭便无难，赚得行人错喜欢。正入万山圈子里，一山放出一山拦。"（《过松源晨炊漆公店》）"前山欺我船兀兀，结约江妃行小谲。乘我船摇忽远逃，见我船定还孤

---

① 参见程杰《宋诗学导论》，天津人民出版社1999年版，第342页。

第三章 唐宋城市转型中文学题材新变

出！老夫敢与山争强，受侮不可更禁当。醉立船头看到夕，不知山于何许藏？"(《夜宿东渚放歌三首》其一) 在这里，山已不再具有传统山水诗博大永恒的神性，而是拟人化的自然外物，在人与山形成的喜剧性关系中，透露出诗人对人类认识水平的怀疑和反思，于幽默诙谐中寓含了理趣，对自然山水的态度从敬畏转向了游戏赏玩。

辛弃疾词中人与山水关系也同样充满喜剧调侃色彩："我见青山多妩媚，料青山见我应如是，情与貌，略相似。"(《贺新郎·甚矣吾衰矣》)"青山欲共高人语，联翩万马来无数。"(《菩萨蛮·金陵赏心亭为叶丞相赋》)"青山意气峥嵘，似为我归来妩媚生。"(《沁园春·再到期思卜筑》) 在此，青山成为人格化的自我形象，物我之间心有灵犀一点通，其乐融融。人与山水外物之间甚至能够演化出一种轻松的喜剧性情节，如《西江月·遣兴》："昨夜松边醉倒，问松我醉何如。只疑松动要来扶，以手推松曰去。"我与松之间的对话、动作自有一种诙谐意趣。再如《水调歌头·盟鸥》："带湖吾甚爱，千丈翠奁开。先生杖屦无事，一日走千回。凡我同盟鸥鸟，今日既盟之后，来往莫相猜。白鹤在何处？尝试与偕来。"词人已不再满足于欣赏带湖明镜一般的水色，而是要与水上鸥鸟永结同盟，并进一步要求鸥鸟偕白鹤同来，词作下片则写鸥鸟反应，面对词人这番殷殷情意，鸥鹭"破青萍，排翠藻，立苍苔"，只解"窥鱼"捕食，却"不解举吾杯"，人与鸥鹭之间心意巨大反差构成的戏剧冲突的确让人忍俊不禁。而《沁园春·灵山齐庵赋，时筑偃湖未成》一词中人与山水的戏剧场面则更为宏大：

叠嶂西驰，万马回旋，众山欲东。正惊湍直下，跳珠倒溅，小桥横截，缺月初弓。老合投闲，天教多事，检校长身十万松。吾庐小，在龙蛇影外，风雨声中。　　争先见面重重，看爽气朝来三数峰。似谢家子弟，衣冠磊落，相如庭户，车骑雍容。我觉其间，雄深雅健，如对文章太史公。新堤路，问偃湖何日，烟水濛濛。

这是辛弃疾第二次被弹劾罢官后在铅山闲居时所作,虽然身处山水之间,却把自己军人、文人的双重个性气质投注在外在山水之上,为我们上演了两幕短剧,上片是一场武戏,把山水物象军事化,将群山拟为回旋奔驰的战马,将松林拟为等待检阅的兵阵,重现了早年"沙场秋点兵"的雄姿英发。而"惊湍直下,跳珠倒溅"则似战事之激烈,甚至自己的闲居之屋也处于一种风雨动荡、龙蛇飞腾的气氛中。外在景物,无论动静,都是词人豪情壮怀盘旋郁结的力量凝铸而成的雕塑一般的形象,虎虎有生气。下片是一场文戏,以古代骚人的风神韵味写群山,自己身处其间竟觉"雄深雅健,如对文章太史公"。

南宋山水抒写风格的变化有其深刻的社会政治经济原因,1127年的靖康之难,伴随着大量人口南下和经济重心南移,城市经济发展,极大地促进了南方土地的开发与利用:"耕遍沿堤锄遍岭。"(杨万里《过白沙竹枝歌六首其三》)即使是山林田园也更多地渗入俗人俗事,超逸宁静的情调转向世俗喧闹:"日日黄尘路,喧阗涨市声。"(许尚《华亭百咏·赵店》)"十里山行杂市声。"(范成大《题宝林寺可赋轩》)"山水形态本身也处处充满了人化的痕迹",自然也就失去了博大静默庄严的意义。市井文化和村社文化在向山水渗透,而"市井文化和村社文化具有丰富的世俗生态,它们构成了一个洋溢着近世人文气息的感性新内容。诗人把它作为艺术感知的对象,必然同时把世俗的喧嚣带入诗歌从而导致了诗歌情调从宁静向热闹的转变"①。

二 脱俗与从俗

中国古代城市由城和市两个部分组成,城是指帝王和王公贵族们居住的有城墙防御措施的中心部分,市则指进行商品交换的场所。对于上一部分中所说的具有崇高审美格调的山水抒写而言,它并不

---

① 程杰:《宋诗学导论》,第343页。

第三章 唐宋城市转型中文学题材新变

排斥城市的"城"这一部分的政治因素，甚至就是因为这种政治元素的渗透，才使唐代山水诗呈现出雄奇悲壮的艺术风貌，但它排斥"市"这一部分的市井享乐颓靡之风，排斥市井之俗。如初唐四杰的《长安古意》等诗篇在涉及这一内容时就表现出强烈的批判精神。"俗"有多重含义，对于山水抒写而言，盛唐王孟一派山水诗中的脱俗有双重含义：对"城"的政治功利因素和对"市"的市井享乐颓靡之风的弃绝，总而言之，是对城市文明的逃离。

在盛唐山水抒写中，除了李白《蜀道难》一类具有崇高悲壮情调的诗篇外，另一类是在释道思想影响下，政治激情消退、忘怀当下的功利得失，实现生命范式的转换后投身山水田园，山水抒写呈现幽静恬适之美。"面对不公、不义或者怀才不遇，转身归隐田园或者游历名山大川不约的成为许多作家共有的反抗姿态。乡村的山水和田园成为拒绝权利的象征……然而，这与其称之为逃跑主义，不如说是农业文明造就的想象。这种想象包含了一个秘密的转换：理想的生活就是将不平等的社会关系转换为人与自然的和谐关系。"[①] 实现这种转化之后，人与审美对象之间的关系是松弛和谐的，在审美主体闲适赏玩的意绪中，明秀通透的山水境界大量涌现。如王维的《酬张少府》："晚年惟好静，万事不关心。自顾无长策，空知返旧林。松风吹解带，山月照弹琴。君问穷通理，渔歌入浦深。"一切人事的纷争已如过眼烟云，仕途的穷通之理已恍若隔世。当人世的纷扰最终归于静寂之时，山水田园风光的可悦性也就自然呈现出来了："明月松间照，清泉石上流。"（王维《山居秋暝》）"荷风送香气，竹露滴清响。"（孟浩然《夏日南亭怀辛大》）"空山不见人，但闻人语响。返景入深林，复照青苔上。"（王维《鹿柴》）"人闲桂花落，夜静春山空。月出惊山鸟，时鸣春涧中。"（王维《鸟鸣涧》）"野花丛发好，谷鸟一声幽。"（王维《过感化寺昙兴上人山院》）这种表现了作者超逸高蹈的人生情怀的山水清景成为诗人心灵的桃花

---

① 南帆：《启蒙与大地崇拜：文学的乡村》，《文学评论》2005年第1期。

源。这类山水抒写淡化和疏离了人的社会伦理价值，表现出忘怀现实得失的超脱通透。所以，"王维及其同派山水诗、画的纯美境界，成为封建社会中知识分子个性自我协调和寻求妥协的最佳方式，并成为代表此社会文明面的最无可挑剔、最具普遍和永久魅力的象征……极易变成一种精神抚慰，因而能够迅速普及于所有人家的中堂之上"①。

这种超逸高蹈的人生情怀弃绝俗世的声色享乐，甚至是超越生死牵绊，如王维的《辛夷坞》："木末芙蓉花，山中发红萼。涧户寂无人，纷纷开且落。"在空寂的山中，莘荑花"纷纷开且落"，生生不息，盎然天成，前仆后继，义无反顾，不管是生还是死都欣欣然有如赤子。既有生命终结的落英缤纷，又有生命绽放的鲜华灿烂，生死、荣枯、盛衰等二元对立的关系在此被完全消解，它们都是生命流程之中必不可少的构成，生死交替，无始无终，绵延不绝，生死在此被点化为一种生生不息的流动过程，生命的开始与完结始终相衔相伴，没有生的眷恋，也没有死的悲哀，从而超越了世俗乐生厌死的思维向度，使诗歌呈现出禅悦之境。

而中晚唐以后，随着城市经济的发展，城市文化的商业、娱乐色彩不可避免地渗透进山水抒写的肌质中。柳宗元《钴姆潭西小丘记》中为小丘空有美质却远置荒僻之地扼腕叹息："噫，以兹丘之胜，致之沣、镐、鄠、杜，则贵游之士争买者，日增千金而愈不可得。今弃是州也，农夫渔父过而陋之。"沣、镐、鄠、杜都是唐代长安近郊豪门贵族居住的地方，也就是说，山水胜景只有临近都市才能充分彰显自己的美质，只有城市能够赋予山水以社会和美学价值。这一点从西湖山水被追捧过程来看是很明显的："山阴显于六朝，至唐以后渐减；西湖显于唐，至近代益盛，然则山水亦有命运耶？"②隋炀帝开凿运河，起于余杭，所以隋代以后，杭州的地理和经济位

---

① 谢思炜：《唐宋诗学论集》，第169页。
② （明）袁宏道：《禹穴》，载钱伯城笺校《袁宏道集笺校》卷10，上海古籍出版社2008年版，第441页。

132

第三章　唐宋城市转型中文学题材新变

置越来越重要，城市经济渐趋繁荣，对周边辐射力加强。而宋室南渡以后，杭州更是成为"东南第一州"，城市经济发展很快，这个繁华的"三吴都会"是西湖成为"甲天下"风景的条件，与传统文人欣赏的"山阴"自然风光不同，因受到了繁华、奢侈、喧闹、新巧、精致等城市文化的濡染而变得绚丽多彩。《武林旧事》记录南宋西湖游幸盛况："都人凡缔姻、赛社、会亲、送葬、经会、献神，仕宦恩赏之经营，禁省台府之嘱托，贵珰要地，大贾豪民，卖笑千金，呼卢百万，以至痴儿騃子，密约幽期，无不在焉"①。所以，中晚唐以后，王、孟笔下那种阒寂无人、超逸出尘的山水风景逐渐减少，而喧哗热闹的市井风情逐渐浸入山光水色中。

由此看来，中晚唐以后，山水抒写"从俗"的含义应是不避俗世声色享乐。与传统山水抒写习惯点缀樵夫舟子不同，杜牧的山水绝句总是浸染着城市旖旎风情："青山隐隐水迢迢，秋尽江南草未凋。二十四桥明月夜，玉人何处教吹箫？"（《寄扬州韩绰判官》）"娉娉袅袅十三余，豆蔻梢头二月初。春风十里扬州路，卷上珠帘总不如。"（《赠别二首》其一）"千里莺啼绿映红，水村山郭酒旗风。南朝四百八十寺，多少楼台烟雨中。"（《江南春》）"烟笼寒水月笼沙，夜泊秦淮近酒家。商女不知亡国恨，隔江犹唱后庭花。"（《泊秦淮》）城市人文景观直接进入文人的山水描写中，成为山水构成中不可或缺的一部分。到了宋代，由于城市经济的进一步发展，商业文化的强化，山水抒写与城市风情的融合更为明显，所以有学者就指出宋代山水词具有城市化倾向："都市风情不但成为宋词的专门题材，甚至进一步向以清雅出尘为审美追求的山水题材渗透，这也从另一个侧面向我们展示了城市商业文化的强大力量。"② 在这方面，柳永词的创作可谓典型，如其代表作《望海潮·东南形胜》等。

宋代文人较之唐代文人更进一步地把士大夫声色享乐的生活风

---

① （宋）周密：《武林旧事》卷3"西湖游幸"条，第71页。
② 王晓骊：《宋代山水词中的城市风情》，《古典文学知识》2007年第2期。

 唐宋城市转型与文学变革关系研究

习、心态融进山水抒写中,在城市商业娱乐氛围中,宋代士大夫文人生活态度更为世俗化,既要"出看西山碧"的林泉之乐,更不舍"入拥坐间红"的香艳浪漫,声色与山水之间也就有了沟通的可能,以女性姿容写山水的方法逐渐显露,王观《卜算子·送鲍浩然之浙东》开启了以女色写山水先河:"水是眼波横,山是眉峰聚。欲问行人去那边?眉眼盈盈处。"所以王灼说该词"新丽处与轻狂处皆足惊人"①。《西京杂记》中记载:"文君姣好,眉色如望远山……时人效画远山眉"②,此处则反用其意。即使是在辛弃疾铁血阳刚的英雄词中也有糅合风光女色的抒写:"昨日春如,十三女儿学绣。"(《粉蝶儿·和晋臣赋落花》)"春已归来,看美人头上,袅袅春幡。"(《汉宫春·立春日》)而在《满江红·赣州席上呈陈季陵太守》中辛弃疾把江西的"水光山色"比做美人的"眉来眼去"。苏东坡《饮湖上初晴雨后》中有"欲把西湖比西子,浓妆淡抹总相宜"的诗句,美人、水色交错的印象成为吟咏西湖的绝唱。流风所及,影响到晚明山水小品以美人写山水成为一时风尚,如袁宏道在《西湖》中写道:"山色如娥,花光如颊,温风如酒,波纹如绫,才一举头,一不觉目酣神醉。此时欲下一语描写不得,大约如东阿王梦中初遇洛神也。"③ 传统天人合一的超逸精神满足转化为男女遇合的心旌摇荡、目醉神迷。这样的心态极易与隐逸风尚结盟,本来隐逸就是要放弃知识分子的社会理想和政治担当,其核心就是放弃激情,在这样的放弃中,弥漫的是一种无奈的情绪和挫败感,是生命激情的消退,作为心理补偿而出现的山水田园诗所呈现的情感趋向自然是一种弱化趋势,从而呈现出阴柔之美,开启了调适心性一端。但是,在生命极度放松状态下,在城市经济繁荣之后,隐逸如果失却对佛禅精神超越性的追求后便极易从俗,在山水抒写中揽入声色,呈现出"乱花渐欲迷人眼"的城市喧哗奢靡,毕竟宋代以后能够像林逋隐居

---

① (宋)王灼:《碧鸡漫志》卷2,载唐圭璋编《词话丛编》,第83页。
② (汉)刘歆:《西京杂记》卷2,《景印文渊阁四库全书》第1035册,第8页。
③ (明)袁宏道:《西湖》,载钱伯城笺校《袁宏道集笺校》卷10,第422页。

134

西湖孤山妻梅子鹤二十多年行迹不近城市的高蹈者是少数,这种倾向发展到极致就是隐逸精神的衰落,所以在晚明,隐于山水的林泉高致蜕化为"色隐"①的滥情宣淫。

三　清雅与富艳

中国古代文人大多有超尘出世之想,隐逸文化一直占有重要位置,这与古代儒道释文化思想有关,此不赘述,但细察下来,究竟有几人真正如陶渊明、林逋那样弃绝城市虔心归隐?毕竟,如林逋那样满足于"疏影横斜水清浅,暗香浮动月黄昏"(《山园小梅》)的清雅出尘的审美趣味,而"不须檀板共金樽"的声色享乐还是曲高和寡。特别是唐宋城市经济文化发展较为充分以后,文人士大夫对城市的物质生活条件恋恋不舍,同时,又总是想借助山水去寻求精神上超越性的享受,形成身在朝市心怀山林的特殊心态,创造了一种以消闲遣兴、修心养性为目的的艺术化生活方式,既世俗又雅致,生活情趣与艺术诗情结合,特别是通过白居易、苏东坡等人把这种艺术化生活方式发展到一种趋于完满的境地,体现出一种享受人生的文化气质和处世态度。这样的创作心态在审美趣味上就不再把城市的富艳与山林的清雅过分对立,文人的雅俗观念极为通脱,正如黄庭坚所言:"若以法眼观,无俗不真。"②从而在山水抒写中呈现出雅俗兼容态势,都市的五音繁会与人迹罕至的山水清音常常是和谐交融,自然天工与城市人巧联袂而出,奢华喧闹流动精致的城市意象与清丽的山水意象不再势如水火。

即便如王维,其山水抒写也有都市文化的渗透,其山水诗可谓山水清音中的绝品,但是只要把王维诗与陶渊明诗稍做比较就会发现:以王维诗歌中那种经过都市文化精神陶冶的审美趣味去观照、

---

①　(明)卫泳:《招隐》,载刘大杰编选《明人小品选》,上海古籍出版社 1995 年版,第 7 页。

②　(宋)黄庭坚:《题意可诗后》,载郑永晓整理《黄庭坚全集辑校编年》,江西人民出版社 2008 年版,第 1529 页。

把握、赏玩、呈现山水的时候，与陶渊明诗的古朴厚拙重写意不同，王维的诗更为精致华丽，清雅中有一种富丽的色彩，这一点在本书第二章第一节中已有分析。

时至中晚唐，随着城市商业文化对社会生活的渗透越发深入，山水抒写的清雅与城市风情的富艳往往交融互渗："锦江近西烟水绿，新雨山头荔枝熟。万里桥边多酒家，游人爱向谁家宿？"（张籍《成都曲》）锦江的烟水迷离、沐浴新雨的山头荔枝是成都特有的山容水色，而桥边酒家的游人如织则是这个城市富足消闲的风情写照。"水面细风生，菱歌慢慢声。客亭临小市，灯火夜妆明。"（王建《江馆》）即便是临江小镇上的夜市也是灯火辉映江水，艳妆女子的菱歌清唱缭绕不绝。"君到姑苏见，人家尽枕河。古宫闲地少，水港小桥多。夜市卖菱藕，春船载绮罗。遥知未眠月，乡思在渔歌。"（杜荀鹤《送人游吴》）作为商业重镇的苏州就更是一番富饶繁荣景象，同时又不失山水风月的清雅。到北宋柳永词中，这种兼容山水清雅与城市富艳的审美情趣更为明显，如其写杭州的《望海潮》，本是投献给孙何的，意图明显的充满着对功名富贵的渴望，所以笔墨着重写杭州的富贵温柔，作者心向往之的还是珠玑罗绮、羌管弄晴的豪奢风流，神醉目迷的是杭州的承平气象与富贵温柔，但其间依然有山水的清雅情致，既有"云树绕堤沙，天堑无涯"壮伟雄奇，也有"重湖叠巘清嘉，有三秋桂子，十里荷花"的旖旎清丽。

综上所述，唐宋以后山水抒写具有城市化倾向，而反过来说，城市抒写也有山水化（乡村化）倾向。究其原因，一方面是中国古代城市建设园林化，以不破坏自然天机为旨归；另一方面，中国古代毕竟是农耕社会，城市发展对乡村的仰赖使得自然山水田园意象在城市抒写中占有重要的位置。

第三节 城乡失衡的补偿：农事讽喻的抒写

对于唐宋文人而言，在城市转型过程中，城市对其生活、心理

第三章 唐宋城市转型中文学题材新变

的影响无所不在、无法抗拒，城市生活方式不断消解、解构传统文化，也在改变传统文人的城乡观念，不管是乡居还是城居，城市生活都在其心理上刻镂下鲜明的痕迹。

中晚唐之后，城市因经济功能的强化，特别是货币的大量使用而具有了向外生长的有机形态，"铜钱的盛行也就是意味商业活动的活跃，交换经济浸透至农村"①。城市向乡村开放，对乡村具有辐射性、吸纳力，并形成共生互动的关系。农村因此进入交换经济，与城市商业紧密结合。但是，在城乡互动关系中，双方是不平等的，更多的是城市对乡村的剥夺，这是城乡实际差异的开始，具体体现在农民、农村经济和文化地位的步步败落上，进而开启了城乡失衡的格局。乡村的衰落是全面的，政治上，魏晋南北朝时期乡村作为世家大族权力的盘踞之地尚有一定的政治地位，而中唐以后，随着士族向城市迁徙，乡村在政治上完全失去话语权；经济上，乡村成为城市的供养者；文化上，乡村的主体农民在历史上是无声的，"农民是没有历史的，乡村处在世界历史之外"②，人类历史的演化过程，就是城市战胜乡村的过程。

面对这种城乡失衡的趋势，中唐元白诗派文人向外担负政治责任，写下了大量的农事讽喻诗，向内则为了调适城乡失衡的焦灼，产生了数量众多的园林诗，并成为后世文学传统中的重要题材。

一方面，具有高度社会责任感的唐宋文人出于"为君、为民、为事"的家国情怀，文学书写中出现大量"为民"呼吁的请命作品，白居易是一个典型，与市民文艺中对农人的嘲笑形成鲜明对比。由于先秦"民本"思想的影响（如孟子民贵君轻的相关论述），更由于古代知识分子作为社会良心、良知的担负者，他们心怀悲悯的感慨"嗷嗷万族中，唯农最辛苦"（白居易《夏旱》）。另一方面，长期居留于城市的士大夫文人内心有一种隐秘的愧疚和亏负感，这种微

---

① ［日］宫崎市定：《东洋的近世》，载刘俊文主编《日本学者研究中国史论著选译》第一卷，黄约瑟译，中华书局1992年版，第172页。
② ［德］奥斯瓦尔德·斯宾格勒：《西方的没落》第二卷，吴琼译，第84页。

妙的心理"可能要一直追溯到耕学分离，士以'学'、以求仕为事的时期。或许在当时，'不耕而食'、居住城镇以至高居庙堂，在潜意识中就仿佛遗弃。事实上，士在其自身漫长的历史上，一直在寻求补赎：由发愿解民倒悬、救民水火，到诉诸文学的悯农、伤农"①。

基于文人"寻求补赎"的心理动因，在城市经济繁荣发展的中唐，元白诗派这个群体写下了大量的农事讽喻诗，并作为一种传统绵延不绝。而在这些诗作背后都有着一个城乡二元结构，那就是城市对乡村的主导和剥夺，其外在的表现方式有以下几个方面。

一 强权下的盘剥与被盘剥

城市对乡村的剥夺最直接的方式是国家通过政府机构中的下级官员以赋税的方式对农村进行层层盘剥，这是中唐讽喻诗集中书写的内容并一直延续至后世。这种财富由乡村向城市聚集方式在杜甫诗歌《自京赴奉先县咏怀五百字》中有生动呈现："彤庭所分帛，本自寒女出。鞭挞其夫家，聚敛贡城阙。"其手段之残酷可谓敲骨吸髓，而且无孔不入。杜荀鹤在《山中寡妇》中极写寡妇的困窘，但官府并不因其惨景丝毫放松横征暴敛："夫因兵死守蓬茅，麻苎衣衫鬓发焦。桑柘废来犹纳税，田园荒后尚征苗。时挑野菜和根煮，旋斫生柴带叶烧。任是深山更深处，也应无计避征徭"。范成大诗作书写更为触目惊心："采菱辛苦废犁锄，血指流丹鬼质枯。无力买田聊种水，近来湖面亦收租。"（《夏日田园杂兴》）

在大量的讽喻诗中，呈现出来的大多是被盘剥者的惨状，盘剥者的内心揭示相较之下并不起眼，但却更有意味，因为讽喻诗作者本身就是官员，有些就直接承担了盘剥的职责。当白居易作为国家政府机构下层官员执行公务时，在其诗歌中透露出来的心理可谓典型。《观刈麦》是其元和二年（807）任周至县尉时创作较早的一首讽喻诗，其讽喻诗的创作集中在元和元年（806）至元和九年（814），

---

① 赵园：《地之子》，北京十月文艺出版社1993年版，第17页。

第三章　唐宋城市转型中文学题材新变

对其后来讽喻诗的创作有很大影响,全诗如下:

> 田家少闲月,五月人倍忙。夜来南风起,小麦覆陇黄。妇姑荷箪食,童稚携壶浆。相随饷田去,丁壮在南冈。足蒸暑土气,背灼炎天光。力尽不知热,但惜夏日长。复有贫妇人,抱子在其旁。右手秉遗穗,左臂悬敝筐。听其相顾言,闻者为悲伤。家田输税尽,拾此充饥肠。今我何功德,曾不事农桑。吏禄三百石,岁晏有余粮。念此私自愧,尽日不能忘。

作为一个古老的农耕文明社会,农民是弱势群体,对农人生存状态关注的程度,成为检验这个社会基本正义的重要标识,所以农民问题是中国古代讽谏诗的最重要的一个内容。但是,这首诗值得注意的是其结构匠心,特别是最后一小节的反躬自责。诗歌为我们呈现了三类人的生存状况:暑气蒸腾中的割麦者、"家田输税尽"的拾麦者、"不事农桑"的旁观者。三种人的生存状况展现了内在的逻辑关系,今天的拾麦者曾是昨天的割麦者,今天的割麦者在繁重的赋税下也会成为明天的拾麦者,凌驾于这两类人之上的是"不事农桑"但"岁晏有余粮"的旁观者,和前两类人构成了因果逻辑关系:正是这些无功无德而又"不事农桑"的寄生者的巧取豪夺才造成了农人的相继破产。这种深刻内涵得力于以物观我的独特视角,得力于最后一部分的反躬自责。一般的讽喻诗中出现的只是农人和剥削者的形象。在这种关系中,创作主体往往以同情者、拯救者或者是民众代言人的身份隐然存在于诗外,从而获得了一种道德的崇高感,而对自身所享受的显赫地位和优厚俸禄泰然处之。但作者作为既存官僚体制中的一员,面对民众的苦难,自己就能脱逃干净?白居易的可贵之处就在于他把创作主体置于被审视的位置,使自身丧失了道德的崇高感而成为被揭露批判的对象,从诗中彰显了自己所享受的地位与民众苦难之间的逻辑关系,当诗人把前两类人的悲惨处境展现出来以后,突然把诗笔拉向自身,赤裸裸地把自己与这些艰难稼穑而仍然面临破产或已经破产的农人并置在一个平面上,除却了救民于危难的英雄主义光彩,甚至与韦应物的"邑有流亡愧俸钱"(《寄李儋元锡》)有别,不再是高高在上的父母官的良心发现,不再是愧对其外在的职位、俸钱所要求担负的责任,而是从第三者的反观视角,出于一种内在的反躬自省,对自己发出了质问。在这样冷峻客观的视角中,自己享有的职位特权,自身幽雅闲适的士大夫生活方式突然丧失了它一贯的合理性而成为凌驾于农人生活方式之上的寄生方式,成为导致农人生存陷入绝境的根源,正因为意识到这一点,出于一种内在的震撼冲动,白居易才"尽日不能忘",被一种深深的负罪感纠缠,难以安然接受现有的生活馈赠。

白居易《观刈麦》诗中面对苦难民众的负罪感和赎罪的冲动伴随其讽喻诗创作的始终。元和元年(806),白居易与元稹,闭户累月,居华阳观揣摩时事,写成《策林》七十五篇,其中提出了"以心度心,以身观身,推其所为以及天下"①的主张是这种负罪感产生的心理基础。元和元年所作《新制布裘》中已有"安得万里裘,盖裹周四垠?稳暖皆如我,天下无寒人"的句子,表现出强烈的人道主义同情心,顺接而下就是元和二年(807)《观刈麦》中表现出来反躬自责的负罪情绪,直至元和八年(813)写下《村居苦寒》:"回观村闾间,十室八九贫。北风利如剑,布絮不蔽身。唯烧蒿棘火,愁坐夜待晨。乃知大寒岁,农者尤苦辛。顾我当此日,草堂深掩门。褐裘覆絁被,坐卧有余温。幸免饥冻苦,又无垄亩勤。念彼深可愧,自问是何人?"该诗在精神内核和外在技巧上与《观刈麦》都非常相像,自己在"北风利如剑"的寒冬幸运的"褐裘覆絁被,坐卧有余温。幸免饥冻苦,又无垄亩勤",而村民却"布絮不蔽身",诗人"念彼深可愧,自问是何人?"甚至在其晚年的诗作中也有这样的余绪,如大和七年(833)冬末写下的《岁暮》一诗中,在"霜风裂人面,冰雪摧车轮"的隆冬酷寒中,感慨"如我饱暖

---

① (唐)白居易:《策林》一,载(清)董诰等编《全唐文》卷670,第6816页。

第三章 唐宋城市转型中文学题材新变

者,百人无一人!安得不惭愧?"这样的反躬自责使得白居易每当自己丰足安逸之时,愧对民众的负罪感就油然而生。在这一点上,聊可引为知音的是宋初王禹偁的《对雪》一诗,诗人在自己温饱之余,联想到苦寒中挽车供边的"河朔民"、荷戈御敌的"边塞兵",从而触发了深切的愧疚之情:"自念亦何人,偷安得如是?"但负罪情感的强度远不及白居易《观刈麦》等诗中身在现场的震撼力。

二 市场交换中的贾客乐与农家叹

城市商品经济的繁荣为周边农人提供了一定的经济利益,如城市周边农民可以根据城市需要调整生产结构获得较为丰厚的经济回报。"一丛深色花,十户中人赋"(白居易《买花》),所写就是花农获利的丰厚,但如此幸运的农民毕竟太少,所以诗中还写了一位啼饥号寒的"田舍翁",从农村"偶来买花处"见此情景长叹不已,意味着买花所费依然来自对农民的盘剥。

官府的权力盘剥是显见的,而农民在中唐"两税法"实施后被迫卷入市场交换中以后,其被剥夺的地位依然没有改变还需深入分析,典型如白居易《卖炭翁》中的烧炭老翁在冰天雪地的酷寒时节满怀期待来到长安"市南门外泥中歇",希望以自己辛劳所得的一车炭换回生活所需,岂料却遇到"黄衣使者白衫儿。手把文书口称敕,回车叱牛牵向北。一车炭,千余斤,宫使驱将惜不得。半匹红纱一丈绫,系向牛头充炭直"。诗作的目的是"苦宫市",揭示强权对农人的掠夺,但何尝不是城市对乡村的掠夺?

如果说《卖炭翁》中的市场交换尚属特例,毕竟所写为"宫市",在普通的市场交易中,农民依然处于利益链的低端,辛苦稼穑,依然困顿不堪。中唐以后,两税法取代租庸调制成为主要税法,地租改以钱纳,农民被动卷入商品交换大潮,其弊端白居易诗中亦揭示得很充分:"私家无钱炉,平地无铜山。胡为秋夏税,岁岁输铜钱?钱力日已重,农力日已殚。贱粜粟与麦,贱贸丝与绵。"(《赠友》)农民一旦进入市场经济交换领域,其农产品只能是"贱粜"

141

 唐宋城市转型与文学变革关系研究

与"贱贸",依然避免不了城市的掠夺,只要你不脱离土地,"农家叹"的处境就依然如旧。更有甚者,为繁重的赋敛所迫,农家被逼至"卖青":"二月卖新丝,五月粜新谷。医得眼前疮,剜却心头肉。我愿君王心,化作光明烛。不照绮罗筵,只照逃亡屋。"(聂夷中《伤田家》),农人忍痛将还未产出的农产品贱卖,"挖肉补疮"的无奈之举意味着这一年的境况更是雪上加霜了。所以,市场依然是城市向农村盘剥的帮凶。

农不如商现象在中唐以后已成共识,所以,讽喻诗中多有农商对举的书写模式:"老农家贫在山住,耕种山田三四亩。苗疏税多不得食,输入官仓化为土。岁暮锄犁傍空室,呼儿登山收橡实。西江贾客珠百斛,船中养犬长食肉。"(张籍《野老歌》)该诗警策之语在末句,以贾客的豪奢靡费反衬农民的窘迫心酸。在中唐讽喻诗中,贾客乐与农家叹已然成为讽喻诗抒写中难以分割的两维:"贾客无定游,所游惟利并。眩俗杂良苦,乘时知重轻。心计析秋毫,摇钩侔悬衡。锥刀既无弃,转化日已盈。邀福祷波神,施财游化城。妻约雕金钏,女垂贯珠缨。高赀比封君,奇货通幸卿。趋时鸷鸟思,藏镪盘龙形。大艑浮通川,高楼次旗亭。行止皆有乐,关梁似无征。农夫何为者,辛苦事寒耕。"(刘禹锡《贾客词》)与《野老歌》不同,这首诗以贾客乐为主体,诗中写贾客的精明算计,也写其"奇货通幸卿",喻示中国古代商人商业活动成功之路的权钱交易特点,丰厚的商业利润源于官商勾结,诗最后以农夫的"辛苦事寒耕"反衬贾客生活的豪奢自由。

张籍的《贾客乐》与刘禹锡的《贾客词》相类,也是以"贾客乐"为主体:"金陵向西贾客多,船中生长乐风波。欲发移船近江口,船头祭神各浇酒。停杯共说远行期,入蜀经蛮谁别离。金多众中为上客,夜夜算缗眠独迟。秋江初月猩猩语,孤帆夜发潇湘渚。水工持楫防暗滩,直过山边及前侣。年年逐利西复东,姓名不在县籍中。农夫税多长辛苦,弃业长为贩宝翁。"(张籍《贾客乐》)诗中也极写贾客的精明算计以及这一阶层的终极目的乃是"逐利",阶

层特有的等级原则是"金多众中为上客"。诗末以农夫的辛苦稼穑却依然困窘不堪为对照,"弃业宁为贩宝翁"与其说是农夫的呼声,不如说是诗人由衷的感慨。

正因为农商之间的苦乐悬殊之巨,农村弃农从商现象大量出现也就见怪不惊了:"客行野田间,比屋皆闭户。借问屋中人,尽去作商贾。官家不税商,税农服作苦。居人尽东西,道路侵垄亩。采玉上山颠,探珠入水府。边兵索衣食,此物同泥土。古来一人耕,三人食犹饥。如今千万家,无一把锄犁。我仓常空虚,我田生蒺藜。"(姚合《庄居野行》)面对千万家"无一把锄犁"的现状及"我仓常空虚,我田生蒺藜"的后果,诗人忧心忡忡,但"官家不税商,税农服作苦"的制度是农人纷纷离开土地"尽去作商贾"的原因。其实,司马迁早已敏锐地发现了商业利于摆脱贫困的积极意义:"夫用贫求富,农不如工,工不如商,刺绣文不如倚市门,此言末业,贫者之资也。"①

弃农从商现象的大量出现带来的农村凋敝、民风浮滑使居上位者深为忧虑:"京兆王都所在,俗具五方,人物混淆,华戎杂错。去农从商,争朝夕之利,游手为事,竞锥刀之末。贵者崇侈靡,贱者薄仁义,豪强者纵横,贫窭者窘蹙。桴鼓屡惊,盗贼不禁,此乃古今之所同焉。自京城至于外郡,得冯翊、扶风,是汉之三辅。其风大抵与京师不异。"② 但忧虑归忧虑,终究阻挡不了商品经济的侵蚀,追逐商业利益乃人心所向,这样的现象可谓社会的进步,是城市商业经济繁荣的表征,而另一方面也意味着乡村的衰落,农民阶层更深层次的落败。而商业逐利过程中民风、士风发生的嬗变也对社会文化、文学的影响更为深远。

三 城乡差异格局下的占有者与劳动者

唐宋文人出于现实功利的需求选择城市作为居住之地,而在精

---

① (汉)司马迁:《史记》卷129《货殖列传》,第3274页。
② (唐)魏征等:《隋书》卷29,第817页。

唐宋城市转型与文学变革关系研究

神归依和价值取向上依然选择乡村,一方面是农耕文明乡土诗意审美的强大惯性,另一方面则是出于传统士人作为社会良心的责任感,使得士大夫文人的文学抒写与城市市民文学对农人的嘲弄不同,着力表现的是城市对乡村的剥夺和乡人的困顿窘迫,刻意把城市生活的奢华与乡村劳作的艰辛进行对比,形成触目惊心的反差:"但恐城市欢,不知田野怆。"(苏轼《许州西湖》)城市之欢与田野之怆之间的逻辑关联是占有者之欢与劳动者之悲的关系。

中国古代城市具有很强的消费性质,其所需物质资源包括农产品和大量的手工业产品都仰赖广大乡村供给,其中丝织品尤为城市人青睐,所以采桑纺织的内容是文学表现中的常见题材,在众多的此类题材作品中,宋代张俞的诗作之所以能够流传广远就是因为它把这种城乡关系表现得触目惊心:"昨日入城市,归来泪满巾。遍身罗绮者,不是养蚕人。"(《蚕妇》)诗歌聚焦蚕妇入城归来的巨大心理落差:"遍身罗绮者"不需付出采桑缫丝纺织的辛苦,付出辛苦之人却无法享受自己的劳动成果,城与乡之间占有与付出的逻辑荒谬引人深思。其实,这种现实的荒谬在中晚唐诗人作品中已经呈现出来,只不过并未明确这是城市对乡村的剥夺这一重大的社会问题。白居易讽喻诗对缫丝纺织题材多有涉及,如《缭绫》《红线毯》等。在《缭绫》诗中作者极写缭绫的华美:"异彩奇文相隐映,转侧看花花不定。"而在"织者何人衣者谁?越溪寒女汉宫姬"的问答中包含的城乡地域价值对立是明显的,"缭绫织成费功绩,莫比寻常缯与帛。丝细缲多女手疼,扎扎千声不盈尺"。"越溪寒女"纺织缭绫的艰辛劳苦与缭绫占有者"汉宫姬"对缭绫的轻慢形成鲜明对比:"昭阳舞人恩正深,春衣一对值千金。汗沾粉污不再著,曳土踏泥无惜心。"晚唐诗人对这一题材也多有吟咏:"晓夕采桑多苦辛,好花时节不闲身。若教解爱繁华事,冻杀黄金屋里人。"(来鹄《蚕妇》)"粉色全无饥色加,岂知人世有荣华。年年道我蚕辛苦,底事浑身着苎麻。"(杜荀鹤《蚕妇》)两诗着眼于蚕妇与"黄金屋里人"的对比,却也未能上升至揭示城乡关系。

第三章 唐宋城市转型中文学题材新变

在乡农民的命运如此悲惨,进城农民的命运又如何呢?"今之农与古之农异。秋成之时,百逋丛身,解偿之余,储积无几,往往负贩佣工以谋朝夕之赢者,比比皆是也。"① 从宋人王柏的记述看,当时农民进城务工"比比皆是也",所以城市对乡村的剥夺还表现在对乡下进城贫苦劳力者的剥削。梅尧臣的诗说尽了乡下进城贫苦劳力者的辛酸:"陶尽门前土,屋上无片瓦。十指不沾泥,鳞鳞居大厦。"(《陶者》)农民进城成为小手工业者,命运同样令人哀痛,宋元话本《碾玉观音》中女主人公璩秀秀就出身于城市小手工业者家庭,其父是一个裱褙匠,秀秀已到婚嫁之龄,可父母因为家贫无力为女儿置办嫁妆,只有一纸献状把秀秀卖进郡王府中做工奴,由此开启了秀秀的悲剧人生。

综上,农人不管是在乡还是在城,只要卷入商业经济的大潮中就无法避免被剥夺、被歧视的遭遇,而农人被卷入商品经济大潮是中唐"两税法"实施后无法避免的趋势,农村的败落、农人辛苦稼穑却窘困不堪是中唐以后讽喻诗反复呈现的内容,而乡村的诗意只有仰赖政治失意者的农耕乌托邦想象来建构了。中唐元白诗派诗人们显然不满足于乡土农耕诗意的建构,面对唐宋城市转型过程中城乡关系失衡的现状,以讽喻诗的创作进行了鞭辟入微的揭示,其形成文学传统绵延不绝。

第四节 城与乡的平衡:园林文学的成熟

如前所言,唐代中叶以后,随着城市商业、文化功能的强化,城市对乡村的优势逐步显现,对乡村吸纳力增强,与城市商业紧密结合。同时,城乡分离失衡的格局初步形成,具体体现在乡村与农民的经济和文化地位步步败落。这种格局对长育于农耕文化背景下

---

① (宋)王柏:《鲁斋集》卷7,载曾枣庄、刘琳主编《全宋文》第338册,卷7789,第88—89页。

145

的传统文人心理形成冲击,身在城市而心怀乡土耕稼的心理状态必然会在文学创作中得到映现。如果说讽喻诗是中唐元白诗派文人在城市转型过程中向外担负政治责任的产物,那么园林文学就是他们向内调适城乡分离的焦灼而形成的艺术结晶。

私家园林对于士大夫文人不仅仅是物理空间,而是具有文化精神空间的性质,是"微型自然""壶中天地""咫尺山林",于此可以在游赏山水、物我交融中重温农耕文明造就的隐梦,让他们在城市中无处安放的灵魂得到诗意的慰藉。正是在这种心理动因下,产生了园林文学,这一题材相较于传统的山水田园诗有诸多差异,所以李浩先生认为"唐代文学的研究应该引入园林诗、园林散文的概念",因为"无论是从逻辑分类还是历史演变来看,山水、田园、园林都不是一回事,不能混为一谈",园林文学"是多写欣赏者、休闲者、旅游者、度假者的生活及感受,涉及园林卜筑营建亦是表现建筑设计者、劳动指挥者的感受"①。

中国园林文学并非起源于唐代,但在唐代(特别是中唐以后)园林文学从隐逸观念到实践形态所发生的变化对宋以后的文人士大夫影响深远。换一种说法,园林文学的成熟要待古代城市功能发展到一定规模和层次,创作主体心理具备"城市心灵"的性质后才可能发生。下面从三个方面探求中唐以后园林文学的发展趋向。

一 城市与山林

在人类社会发展初期,"景观形象独自统治着人类的眼睛,然后出现了村落,村落实与自然融为一体的景观,乡村的小镇,证实了乡村的存在,是乡村图像的一种强化。是晚期的城市首先挑战了土地,以其轮廓的线条与自然相冲突,否定着全部的自然,它想要成为一种不同于自然且高于自然地东西……作为世界的城市,它不能容忍其他任何的东西存在于自己的近旁,故而着手灭绝了乡村的图

---

① 李浩:《微型自然、私人天地与唐代文学诠释的空间》,《文学评论》2007年第6期。

第三章 唐宋城市转型中文学题材新变

像，完全隔离了土地"①。在唐宋城市转型过程中，城市发展虽不可能是终极形态的世界城市，但城市的发展已经步入远离土地、乡村的趋势中，对于长期居留于城市的士大夫文人而言，在乡村的衰落过程中，漫长的传统农耕文明铭刻在文人心灵上的自然山水、田园影像却越来越强烈地召唤身处城市的他们回归自然田园，与城市发展趋向逆向而行。

正如钱穆先生所言："那辈读书人大体上全都拔起于农村。因为农村环境是最适合养育这一辈理想的才情兼茂、品学并秀的人才的。一到工商喧嚷的都市社会，便不是孵育那一种人才的好所在了。那些人由农村转到政府，再由政府退归农村。……即在城市住下的，也无形中把城市农村化了，把城市山林化了。"② 别业园林的建造置买就是把城市农村化、乡村化的一个途径。所以"园林本身是城市发展过程的产物与伴生物，是身处都市心存江湖的产物，是用物质条件技术手段对遥远自然的回忆与呼唤，用机械及人工对天然的一种物质模拟。城市化程度越高，人们的这种召唤越强烈"③。

在传统的隐逸观念中，城市与山林是完全相对的两个文化精神空间，"莫将城市比山林，山林兴味深"（张抡《阮郎归·炎天何处可登临》），但是，中唐以后，随着士大夫文人基于政治性、文化性、生活性的考虑更多地居留于城市，传统的隐逸观念面临新的文化整合。中唐以降，士大夫文人对于城居生活方式已难以舍弃，而内心深处的乡野山水图景又牵绕难舍，在"适郊惮勤远，近市厌喧踏"（韩维《伏日同当事诸君饮延祥观》）的矛盾中，城市私家园林的置买建构无疑是平衡两者矛盾的最好途径。所以，私家园林选址不再青睐于郊野，而是钟情于城市，这样的考虑是基于城市所提供的物质、精神享受。这样，私家园林的价值是以城市中心为半径而逐层衰减的。白居易曾经动念购买洛阳郊野薛家雪堆庄园林："香火多相

---

① [德] 奥斯瓦尔德·斯宾格勒：《西方的没落》第二卷，吴琼译，第83页。
② 钱穆：《中国文化史导论》，第161页。
③ 李浩：《微型自然、私人天地与唐代文学诠释的空间》，《文学评论》2007年第6期。

147

对,荤腥久不尝。黄耆数匙粥,赤箭一瓯汤。厚俸将何用,闲居不可忘。明年官满后,拟买雪堆庄。"(《斋居》)白居易之所以钟情于雪堆庄是因为其中的山石奇异,灵泉蜿蜒溅珠如雪堆:"怪石千年应自结,灵泉一带是谁开。蹙为宛转青蛇项,喷作玲珑白雪堆。赤日旱天长看雨,玄阴腊月亦闻雷。所嗟地去都门远,不得肩舁每日来。"(《题平泉薛家雪堆庄》)如此切合白氏审美趣味的一块宝地最终却被无奈放弃了,根本原因是"所嗟地去都门远",选择这样的偏远之地作为居家,参与不了城市文化的交游互动,享受不了城市经济的种种便利。出于同样的原因,柳宗元于两京千里之外的永州陶醉于钴鉧潭西小丘超群的姿容之余,不免扼腕叹息在永州这样的荒僻贬所,小丘价格只售四百却依然无人问津。抛开作者的身世之喻,说明的还是这样的道理:中唐以后,再秀美的山水风景,如果没有城市赋予的价值是不会被文人士大夫追捧的。李浩先生在对唐代园林别业考据的基础上得出这样的结论:"唐代私园的分布既有围绕著名水系也有围绕著名山系的特点,但最突出的则是环绕长安、洛阳两京地区,麇集于灞、伊、洛诸水之间。"①

洛阳作为大唐的东都,一方面正如陈子昂所赞"景山崇丽,秀冠群峰"②,水木清华,山峰秀丽,有着良好的地理优势;另一方面是洛阳在唐宋两代特殊的政治地位。唐代和北宋,洛阳都是作为长安、开封的陪都而存在的,其在政治上的显赫位置带来了文化、经济上的昌荣。但是,洛阳与真正的政治中心长安、开封庙堂之上激烈的权力角逐的浮躁残酷不同,它更多了一份文化上的清雅和生活上的闲适,所以说"闲地在东都,东都少名利"(白居易《咏怀》)。正是洛阳特殊的文化氛围,唐宋两代,洛阳园林一直为文人士大夫青睐,裴度的集贤林亭和午桥庄园、李德裕的平泉庄、牛僧孺的归仁池馆、白居易的履道池馆、元稹的履兴池馆、邵雍的"安乐窝"、

---

① 李浩:《唐代园林别业考录》,第2页。
② (后晋)刘昫等:《旧唐书》卷190《文苑中》,第5020页。

第三章 唐宋城市转型中文学题材新变

司马光的独乐园等私园都在洛阳,所以说"天下名园重洛阳"(邵雍《春游五首》之四),"洛阳衣冠之渊薮,王公将相之圃第鳞次而栉比"①。

至宋,私家园林筑造更为风行,"两宋各地造园活动的兴盛情况,见诸文献记载的不胜枚举。以北宋东京为例。有关文献所登录的私家、皇家园林的名字就有一百五十余个,名不见经传的想来也不少"②。宋代文人多以自己的园林、寓所、斋室名作为别号,苏舜钦自号"沧浪翁",取于寓居苏州筑造的沧浪亭,辛弃疾自号"稼轩居士",取于江西上饶筑造的稼轩。从中可看出宋人私家园林筑造之普遍,也可看出士大夫文人对私园的钟爱,是自己生活理想的空间具象化、人格化。而在选址上大多是依城而建,王安石的半山园是个典型:"半山园不偏不倚,恰好处在山林与城市的中间地带,既在山中,又在山外,妙在若即若离。'半'是王安石精心选择的字眼也是他晚年心理的一个象征……'割我钟山一半青',只要一半,便显得谦抑冲退,绰有余地,在昔时的城市和今日的山林之间,便有了回旋进退的余地。"③

综上,唐宋文人士大夫对城市私家园林选址所追求的境界,可用晚明董其昌的一句话概括就是:"虽在城市,有山林之致。"④

二 "中隐"与"微型自然"

如果我们明晰古代士大夫为何执念于归隐山水田园的原因,就不难理解白居易提出的"中隐"为何在中唐以后广为人们所接受了。"面对不公、不义或者怀才不遇,转身归隐田园或者游历名山大川不

---

① (宋)周师厚:《洛阳花木记》,载曾枣庄、刘琳主编《全宋文》第69册,卷1514,第348页。
② 周维权:《中国古典园林史》,清华大学出版社1990年版,第96页。(根据《东京梦华录》《东都志略》《枫窗小牍》《汴京遗迹志》《宋书·地理志》《玉海》诸书及散见于宋人文集、笔记中所记园林名字的粗略统计)
③ 程章灿:《半山夕照——王安石与南京(下)》,《古典文学知识》2005年第2期。
④ (明)董其昌:《骨董十三说》"八说",金城出版社2012年版,第20页。

149

约地成为许多作家共有的反抗姿态。乡村的山水和田园成为拒绝权利的象征……然而,这与其称之为逃跑主义,不如说是农业文明造就的想象。这种想象包含了一个秘密的转换:理想的生活就是将不平等的社会关系转换为人与自然的和谐关系。"① 白居易的"中隐"也同样是为了实现这种"秘密的转换",只是把隐居之地从传统的自然乡野山水田园移至城市园林,从而实现了对传统的隐逸观念的文化整合并为后人所赞赏遵循,明代城市私家园林筑造依然盛行,因为"尘土亦自有迥绝之场,正不必侈口白云乡也"②。城市私家园林"让明代精英的最上流阶层享受到了'市隐'两全其美的好处,在享受隐士美名的同时,又不摒弃居住于城市中心或边缘所带来的文化、社会和安全利益"③。

白居易宣称:"大隐住朝市,小隐入丘樊;丘樊太冷落,朝市太嚣喧。不如作中隐,隐在留司官。似出复似处,非忙亦非闲。不劳心与力,又免饥与寒。终岁无公事,随月有俸钱。君若好登临,城南有秋山。君若爱游荡,城东有春园。君若欲一醉,时出赴宾筵。洛中多君子,可以恣欢言。君若欲高卧,但自深掩关。亦无车马客,造次到门前。人生处一世,其道难两全:贱即苦冻馁,贵则多忧患。唯此中隐士,致身吉且安;穷通与丰约,正在四者间。"(《中隐》)首先,诗中"丘樊"与"朝市"、出处、忙闲、贵贱等本是相对的地理空间、精神空间和生活状态,在前代文人那里往往是冲突尖锐而不可调和的,白居易的"中隐"观念创造性地找到调和两者的中间地带,满足"政治、经济、风景、交游"④ 四个生活要求就可以实现城市隐逸的逍遥之游。白氏的考虑很实际,其《闲题家池,寄

---

① 南帆:《启蒙与大地崇拜:文学的乡村》,《文学评论》2005 年第 1 期。
② (明)程羽文:《清闲供》,载周光培编《明代笔记小说》第 13 册,河北教育出版社 1995 年版,第 419 页。
③ [英]柯律格:《蕴秀之域:中国明代园林文化》,孔涛译,河南大学出版社 2019 年版,第 75 页。
④ [美]杨晓山:《私人领域的变形:唐宋诗歌中的园林与玩好》,文韬译,江苏人民出版社 2009 年版,第 33 页。

第三章 唐宋城市转型中文学题材新变

王屋张道士》一诗更清晰表现了"中隐"的具体内涵,首先,所谓政治考虑即"进不趋要路",因为"要路多险艰",避开政治旋涡,才能做到"富者我不顾,贵者我不攀"的精神自由;其次,"隐在留司官""随月有俸钱"是出于经济上的考虑,只有这样,才能保证"有食适吾口,有酒酡吾颜";再次,说到风景,城南秋山、城东春园是城市公共风景,白石磷磷、清水潺潺是家池景观;还有,文人士大夫的同趣交游对于"中隐"生活至为重要,"君若欲一醉,时出赴宾筵。洛中多君子,可以恣欢言",这是其"退不入深山,深山太濩落"的原因。

而从"中隐"观念到文化、生活实践,城市私家园林无疑是最好的载体。① 的确,"城市私家园林平衡了物质与精神,成为荒凉的'深山'和险峻的'要路'之间的理想选择"②。但是,城市私家园林要真正成为士大夫文人体合自然宇宙、游赏乡土野趣的精神空间,园林拥有者的空间筑造、意义建构是不可或缺的重要一环,经由这一环,城市私家园林才能成为"微型自然""壶中天地""咫尺山林"。所以,明代张萱明确说"谁谓园居非事业耶?"③ 园林的空间筑造应该当作一种事业来经营。下面以白居易洛阳履道池馆的建构进行分析。

白居易对于自己的"退老之地"的挑选可谓精心,他在长安也有过园宅:新昌宅,可惜地方狭窄,完全无法实现主人的审美理想:"宅小人烦闷,泥深马钝顽。街东闲处住,日午热时还。院窄难栽竹,墙高不见山。唯应方寸内,此地觅宽闲。"(《题新昌所居》)再者,新昌宅在长安地处偏远:"地偏坊远巷仍斜,最近东头是白家。"(《自题新昌居止因招杨郎中小饮》)在洛阳也曾想购平泉薛家雪堆

---

① 参见陈燕妮《居住的诗篇——论唐诗中的洛阳城市建筑景观》,人民出版社2011年版,第218—249页。
② [美]杨晓山:《私人领域的变形:唐宋诗歌中的园林与玩好》,文韬译,第38页。
③ (明)张萱《题迩遐园居序》,载施蛰存编《晚明二十家小品》,上海书店1984年版,第173—174页。

庄园宅，而最终选定履道池馆："初，居易罢杭州，归洛阳。于履道里得故散骑常侍杨凭宅，竹木池馆，有林泉之致。"① 从白诗《泛春池》看，白居易是履道池馆的第三任主人，"谁知始疏凿，几主相传受。杨家去云远，田氏将非久。天与爱水人，终焉落吾手"（《泛春池》），也就是说，池馆之前经过两任主人的营建，已具"林泉之致"，所以白居易对履道池馆钟情有加，在买卖过程中，因为"价不足，因以两马偿之"②，在倾囊之余尚舍弃两匹宝马。

作为园林主人的白居易不厌其烦地用众多诗文歌咏洛阳履道里园宅，其间最为详尽的是《池上篇并序》，从中我们可以窥见当时私家园林空间筑造的审美理想：

> 都城风土水木之胜，在东南隅。东南之胜在履道里。里之胜，在西北隅。西北垣第一第，即白氏叟乐天退老之地。地方十七亩，屋室三之一，水五之一，竹九之一，而岛树桥道间之。初，乐天既为主，喜且曰：虽有台池，无粟不能守也，乃作池东粟廪。又曰：虽有子弟，无书不能训也，乃作池北书库。又曰：虽有宾朋，无琴酒不能娱也，乃作池西琴亭，加石樽焉。
>
> 乐天罢杭州刺史时，得天竺石一，华亭鹤二以归；始作西平桥，开环池路。罢苏州刺史时，得太湖石、白莲、折腰菱、青板舫以归；又作中高桥，通三岛径。罢刑部侍郎时，有粟千斛、书一车，洎臧获之习笙、磬、弦歌者指百以归。先是颍川陈孝山与酿法酒，味甚佳。博陵崔晦叔与琴，韵甚清。蜀客姜发授《秋思》，声甚淡。弘农杨贞一与青石三，方长平滑，可以坐卧。
>
> 大和三年夏，乐天始得请为太子宾客，分秩于洛下，息躬于池上。凡三任所得，四人所与，洎吾不才身，今率为池中物

---

① （后晋）刘昫等：《旧唐书》卷166，第4354页。
② （唐）白居易：《洛下卜居》诗注，《白居易集》，顾学颉校点，中华书局1999年版，第162页。

第三章 唐宋城市转型中文学题材新变

矣。每至池风春，池月秋，水香莲开之旦，露清鹤唳之夕：拂杨石，举陈酒，援崔琴，弹姜《秋思》，颓然自适，不知其他。酒酣琴罢，又命乐童登中岛亭，合奏《霓裳散序》，声随风飘，或凝或散，悠扬于竹烟波月之际者久之。曲未竟，而乐天陶然已醉，睡于石上矣。睡起偶咏，非诗非赋。阿龟握笔，因题石间。视其粗成韵章，命为《池上篇》云尔：十亩之宅，五亩之园：有水一池，有竹千竿。勿谓土狭，勿谓地偏；足以容膝，足以息肩。有堂有庭，有桥有船；有书有酒，有歌有弦。有叟在中，白须飘然；识分知足，外无求焉。如鸟择木，姑务巢安；如龟居坎，不知海宽。灵鹤怪石，紫菱白莲：皆吾所好，尽在吾前。时饮一杯，或吟一篇。妻孥熙熙，鸡犬闲闲。优哉游哉！吾将终老乎其间。①

从序和诗中可看出白氏钟情于履道池馆的原因，也是池馆能够成为"微缩自然"的原因，具体分析如下。

履道池馆的位置本来就在洛阳风景佳胜之地，序开头像电影镜头一样从洛阳大全景开始推至水木之胜的东南之隅，再推至东南之胜的履道里，再特写定格于履道里西北第一宅白氏宅院，开头的结构充分显示了"水木之胜"的特点。在《履道新居二十韵》开头诗人也说"履道坊西角，官河曲北头。林园四邻好，风景一家秋"。因为伊水流经坊西角，所以山水地貌自然素朴，达到园林艺术的最高境界："虽由人作，宛自天开"②，虽然占地不甚广阔，却可以在城市有限的空间里复活自然、乡野景观。履道池馆占地十七亩，"土狭""地偏"是白氏自谦之词，比起裴度、牛僧孺、李德裕这样宰辅要员的庞大园宅而言也是实情，这是履道池馆"微型""咫尺"的性质特点。但在这有限的空间里布局却异常精心，白氏力求由此

---

① （唐）白居易：《池上篇并序》，《白居易集》，顾学颉校点，第1450—1451页。
② （明）计成：《园冶注释》，陈植注释，中国建筑工业出版社1988年版，第51页。

唐宋城市转型与文学变革关系研究

实现小景蔚为大观的园林效果。

"堆土渐高山意出，终南移入户庭间。玉峰蓝水应惆怅，恐见新山望旧山。"(《和元八侍御升平新居四绝句·累土山》)这是白居易为朋友元简宗新购长安园宅所作的诗歌，元简宗的旧宅在蓝田名"玉峰"，新宅由于帝都空间限制不可能拥有气魄宏大的自然山水，但依然可以堆土成山，凿池成水，形成咫尺山岩、杯水成湖的园林意境，虽然规模无法与旧宅媲美，但这个"微型自然"的好处是可以时时流连其间竟至"忘旧山"。白居易写朋友园林筑造过程中透露出作者的经营理念在履道池台营造中则可付诸实践，为了达到自己理想的审美效果，白居易不辞辛劳"行寻甃石引新泉，坐看修桥补钓船"(《池上即事》)。"平旦领仆使，乘春亲指挥。移花夹暖室，洗竹覆寒池。池水变绿色，池芳动清辉。寻芳弄水坐，尽日心熙熙。"(《春葺新居》)作者看着池台景观一点一点接近自己意念中的"壶中天地"，"尽日心熙熙"。经过一番规划营造，履道池馆水竹相错，池水开阔，可以泛舟畅游。池中有三岛，岛上建亭，"又作中高桥，通三岛径"，野趣盎然。

在自然形胜、因地造景之外，白居易把自己江南为官的园林审美经验移植到池馆营造的实践中，水竹交错的自然景观经"三任所得、四人所与"的天竺石、华亭鹤、太湖石、白莲、折腰菱、青板舫、琴、青石等的点缀活动，呈现出南北交融的园林风格。对此，白氏不无得意之情："洛下林园好自知，江南境物暗相随。净淘红粒窖香饭，薄切紫鳞烹水葵。雨滴蓬声青雀舫，浪摇花影白莲池。停杯一问苏州客，何似吴松江上时。"(《池上小宴，问程秀才》)在履道池馆宴请苏州来客的宴席上，白公不无自豪的夸耀自家私园"江南景物暗相随"的特点。同时，精神自足以物质为基础，"池东粟廪""池北书库"的建造显示耕读传家的小农自足意识。

履道池馆水景尤胜，其屋室仅占三分之一，"水五之一，竹九之一"，所以白氏吟咏履道池馆的文学作品往往由此兴发(从其众多以"池上"名篇的诗作可以看出)，其中有实景摹写，也有寓兴抒怀之

第三章 唐宋城市转型中文学题材新变

作。如:"西溪风生竹森森,南潭萍开水沉沉。丛翠万竿湘岸色,空碧一泊松江心。浦派萦回误远近,桥岛向背迷窥临。澄澜方丈若万顷,倒影咫尺如千寻。泛然独游邈然坐,坐念行心思古今。菀荽不闻有泉沼,西河亦恐无云林。岂如白翁退老地,树高竹密池塘深。华亭双鹤白矫矫,太湖四石青岑岑。"(《池上作·西溪、南潭,皆池中胜处也》)从诗题便可看出是实写池景。而《池上寓兴二绝》其一中作者超然物外,穿越时空沉入濠梁庄惠相争的思辨中:"濠梁庄惠漫相争,未必人情知物情。獭捕鱼来鱼跃出,此非鱼乐是鱼惊。"其间的人情与物情、鱼乐与鱼惊,孰是孰非?在《池上寓兴》其二中,作者神与物游,化身饥饿白鹭"水浅鱼稀白鹭饥,劳心瞪目待鱼时",而在"外容闲暇中心苦,似是而非谁得知"的书写中,何尝没有作者超逸高蹈的表白与现实践行矛盾的投影。

但是,在中隐观念的影响下,中唐以后的文人士大夫在私家园林微型自然建构中产生的园林文学,相较于盛唐山水诗和边塞诗中展现的大山大水大风景大情怀而言,只是小山小水小风景小情趣,显示了在中唐以后社会变迁背景下文人士大夫心态上的变化,用李泽厚先生的话来说就是"时代精神已不在马上,而在闺房;不在世间,而在心境"[①]。

三 占有与展示

占有与展示[②]是文人士大夫城市私家园林"中隐"生活中不可或缺的两面性的反映:私密性与文人交游酬答。唐宋两代,长安、汴京、临安、洛阳并不缺少城市公共园林,还有皇家园林、宗教园林、衙署园林等都是文人士大夫可以涉足游赏的,例如唐代长安城的曲江风景区由芙蓉园、曲江池、杏园、乐游原等组成,这个大型风景园林区除了芙蓉园是皇家禁苑外,其他部分都带有公共园林性

---

① 李泽厚:《美的历程》,中国社会科学出版社1984年版,第193页。
② [美]杨晓山:《私人领域的变形:唐宋诗歌中的园林与玩好》,文韬译,第214页。

155

质。而北宋东京以"四苑"为著：琼林苑、金明池、宜春苑、玉津园，其余尚有几十处公共园林。从唐代歌咏长安曲江等地的诗作和宋代都市笔记对金明池等地的描述中是不难看出它们的公共园林性质。"曲江初碧草初青，万毂千蹄匝岸行。倾国妖姬云鬓重，薄徒公子雪衫轻。琼镳狒狖绕觚舞，金蹙辟邪弩拨鸣。柳絮杏花留不得，随风处处逐歌声"（林宽《曲江》），这是曲江春天倾城出游的热烈场面；"万花争出，粉墙细柳斜笼，绮陌香轮暖辗，芳草如茵，骏骑骄嘶，香花如绣，莺啼芳树，燕舞晴空"①。这是花团锦簇的东京园林景观。

但唐宋两代士大夫文人依然不惜千金买园，购买、拥有的目的是满足为我所有的私密性，在《春葺新居》中，白居易说自己"江州司马日，忠州刺史时。栽松满后院，种柳荫前墀"。在官舍兴致勃勃的构筑自然景观，但"彼皆非吾土"，"白蘋湘渚曲，绿筱剡溪口。各在天一涯，信美非吾有"（《泛春池》）。"湘渚曲""剡溪口"再美也不为自己所拥有，而只有购置后才真正"是我宅"，为我所有，具有了"私人领域"性质，方才具有精神空间性质，才能抵御红尘纷扰，做到"不闻世上风波险，但见壶中日月长"（邵雍《后园即事》其二）。"家与园是可以控制的封闭空间，与镜框或者艺术作品构成文化性类同，外面的世界只有作为映照或再现才能越界进入它的疆域"②。所以，"唐、宋时期是园林发展的一个重要时期。从中唐开始，自然山水大园开始向文人写意小园转型"③。

有学者特别关注园林文学中"门"的功能："关门是一种象征性的行为，象征把自己关进隐居者的空间里，这种象征是由来已久的。"④在王维亦官亦隐的尴尬经历中最为心仪的一个细节是"闭

---

① （宋）孟元老：《东京梦华录》卷6，第613页。
② ［美］宇文所安：《中国"中世纪"的终结——中唐文学文化论集》，陈引驰、陈磊译，生活·读书·新知三联书店2014年版，第83页。
③ 李小奇：《唐宋园林散文研究》，博士学位论文，西北大学，2016年。
④ ［美］宇文所安：《中国"中世纪"的终结——中唐文学文化论集》，陈引驰、陈磊译，第44页。

第三章 唐宋城市转型中文学题材新变

门""掩柴扉","寂寞掩柴扉,苍茫对落晖"(《山居即事》),"东皋春草色,惆怅掩柴扉"(《归辋川作》),"静者亦何事,荆扉乘昼关"(《淇上田园即事》),这些诗句喻示着诗人向世俗的纷扰喧哗关闭了自己的心扉,而另外一扇窗向诗人敞开了:自然山水田园在其眼中生机跃动。虽心若止水,却全然捕捉到了自然生命之律动,于是,王维笔下的自然是一个静寂中鸢飞鱼跃、草长花飞的世界,一抹夕阳余晖、一缕明月清辉、一声虫鸣鸟啼、一片落花流泉都是自然生命辉光的吐露:"返景入深林,复照起青苔上。"(《鹿柴》)"明月松间照,清泉石上流。"(《山居秋暝》)"人闲桂花落,夜静春山空。"(《鸟鸣涧》)"雨中山果落,灯下草虫鸣。"(《秋夜独坐》)

相较王维辋川别业的郊野性质,白氏的履道池馆居于城市红尘之中,"门"的隔断功能显得更为重要:"何言中门前,便是深山里。"(白居易《七月一日作》)"一物苟可适,万缘都若遗。设如宅门前,有事吾不知。"(《春葺新居》)"佐邑意不适,闭门秋草生。何以娱野性,种竹百余茎。见此溪上色,忆得山中情。"(《新栽竹》),私家园林的门一关,它就具有超越名利红尘纷扰的性质,甚至暂时超越政治集权的威压,所以,"它既处于'王土'疆域之内,同时又不是'王土'的一部分。这个空间,首先就是园林"①。园中的一枝一节、一石一水都将诗人引向"深山"境界。

在这样的私人空间中,审美体验完全是个体性的,不受外界俗务的牵绕:

> 白蘋湘渚曲,绿筱剡溪口。各在天一涯,信美非吾有。何如此庭内,水竹交左右。霜筠百千竿,烟波六七亩。泓澄动阶砌,澹泞映户牖。蛇皮细有纹,镜面清无垢。主人过桥来,双童扶一叟。恐污清泠波,尘缨先抖擞。波上一叶舟,舟中一尊

---

① [美]宇文所安:《中国"中世纪"的终结——中唐文学文化论集》,陈引驰、陈磊译,第75页。

酒。酒开舟不系，去去随所偶。或绕蒲浦前，或泊桃岛后。未拨落杯花，低冲拂面柳。半酣迷所在，倚榜兀回首。不知此何处，复是人寰否……（《泛春池》）

流连于春池波光树影之间，超然物外的体验使诗人竟至怀疑"不知此何处，复是人寰否"。这种私人化的体验往往是孤独的，诗中活动的主体形只影单："萧条梧竹下，秋物映园庐。宿雨方然桂，朝饥更摘蔬。阴苔生白石，时菊覆清渠。"（羊士谔《永宁小园即事》）就如白居易这样家仆不少（白居易《出府归吾庐》："家僮十余人，枥马三四匹。"）诗人的作品中也同样钟爱"独行"："穿篱绕舍碧逶迤，十亩闲居半是池。食饱窗间新睡后，脚轻林下独行时。水能性淡为吾友，竹解心虚即我师。何必悠悠人世上，劳心费目觅亲知"（白居易《池上竹下作》）。穿篱绕舍、水竹相亲的乡野景观正是诗人要还原的城市隐梦，哪还需要"劳心费目觅亲知"。

"私人领域乃是个人独有的，但是私人领域的价值只有通过张扬才能得到完全的兑现。这种张扬可以是一种实实在在的展览，也可以是一种文字上的称赞"①，也即"体验的私人化与展示的公众化"②。私人园林体验的公众展示不外乎两种途径，一种方式是现实展示：文人士大夫的私家园林雅集；另一种方式是文学展示：诗文吟咏。两种方式总是相辅相生，私园雅集必然会产生园林文学，而在这种雅集场景下的诗文吟咏也会或隐或现地记录雅集过程的情状。中唐时期东都洛阳多有文人雅集，其中以裴度、牛僧孺为中心的私园雅集最为著名；其次，白居易履道池馆的"七老会""九老会"一直影响到宋代洛阳司马光、文彦博、邵雍、程颢、程颐等人的私园雅集，在这些私园雅集中产生了大量的园林文学作品，其既是

---

① ［美］杨晓山：《私人领域的变形：唐宋诗歌中的园林与玩好》，文韬译，第215页。
② ［美］宇文所安：《中国"中世纪"的终结——中唐文学文化论集》，陈引驰、陈磊译，第118页。

第三章 唐宋城市转型中文学题材新变

"私人领域的张扬",也是私人体验的公众展示。其间产生的轶事佳话所包蕴的权力等级、政治体验、文化意义今人多有分析,其中裴度索要白居易的一双华亭鹤以及白居易以奴换裴度宝马的始末①,在裴度、白居易、刘禹锡等人的园林诗中得到了充分展示。

当然,还有很大一部分的园林文学往往产生于个人私园审美体验的过程中,这一点前文已有分析,在此不再赘述。但这种形只影单的个人体验摹写的终极目的还是为了公开地展示,"这种展示看上去常常像以一种轻松愉快的方式与大众文化和流俗之见作对,尤其是涉及审美趣味时。私人领域所珍视的乃是大众文化和流俗之见不屑一顾的东西,反之亦然"②。但是,在城市这个巨大聚容体中,士大夫文人审美趣味与"大众文化和流俗之见"处于交融互动之中,甚至可以说,士大夫文人审美趣味引领"大众文化和流俗之见",因为雅俗标准一旦确立,谁也不甘沦为俗物,到晚明城市中演化为文人士大夫的崇雅焦虑。③ 这是园林文学能够雅俗共赏的城市社会心理基础。

唐宋时期的私家园林景观往往因诗文而为后人了解追慕,就如对李德裕的"平泉庄"有双碧潭、花药栏、重台芙蓉、书楼晴望等几十景的认知是源于其平泉组诗,了解司马光于洛阳"独乐园"中七景(读书堂、弄水轩、钓鱼庵、种竹斋、采药圃、浇花亭、见山台)及其最钟爱的采药圃,也源于司马光为之写下系列园林诗。所以"中国园林与中国文学,盘根错节,难分难离。我认为研究中国园林,应先从中国诗文入手。则必求其本,先究其源,然后有许多问题可迎刃而解,如果就园论园,则所解不深"④。同理,就园林文学论园林文学,则所解不深,而从园林入手,求其

---

① [美]杨晓山:《私人领域的变形:唐宋诗歌中的园林与玩好》,文韬译,第215页;陈燕妮:《居住的诗篇——论唐诗中的洛阳城市建筑景观》,第218—249页。
② [美]杨晓山:《私人领域的变形:唐宋诗歌中的园林与玩好》,文韬译,第215页。
③ 参见葛飞《山水、雅俗和身份》,《文史知识》2001年第11期。
④ 陈从周:《中国诗文与中国园林艺术》,《扬州师院学报》(社会科学版)1985年第3期。

本、究其源不失为一种方法。在从园林入手求本究源的过程中我们会发现，自中唐以降，文人士大夫私家园林营造的心理动因中映现出的文人在城乡失衡进程中的调适方式，对中唐园林文学转型的影响不可小觑。

第四章　唐宋城市转型中文学风格的嬗变

早在清代，叶燮在《百家唐诗序》中就指出："贞元、元和时，韩、柳、刘、钱、元、白凿险出奇，为古今诗运关键。后人称诗，胸无成识，谓为中唐，不知此中也者，乃古今百代之中，而非有唐之所独，后此千百年，无不从是以为断。"[1] 所谓中唐之"中"，乃古今百代之"中"。的确，从中唐至北宋，雅与俗、奇与常、文言与白话、抒情与叙事等影响文学风格的诸多关联要素发生了量与质的消长变化，从文学内部来考察这种变化轨迹和原因的研究成果已经很丰硕，但是，从唐宋变革过程中城市转型促使城市文化兴起、文学商业化等角度来研究还有可开拓的广阔空间。

第一节　城市文化兴起与文学雅俗互动

如绪论所言，唐宋文化转型是学界热议的话题，对转型原因的探讨也很深入，但是文化转型与城市发展之间的密切联系还有待深入。在唐宋城市转型过程中传统世家大族的城市化，使文化的重心从乡村转移到城市，加之市民阶层人数的增加，城市文化的勃兴，为此间文化、文学上的雅俗互动带来了前所未有的发展契机。

---

[1] （清）叶燮：《百家唐诗序》，转引自孟二冬《中唐诗歌之开拓与新变》，北京大学出版社1998年版，第8页。

一　世族的城市化与文化主体的嬗变

魏晋南北朝是以世族为主体的文化,这种文化因为强大的宗族势力和广泛的社会基础,得以稳定传承,不因政权更替而发生变异。在这样的文化背景下,文学抒写精英化、贵族化。所以,"东汉以后的学术文化,其重心不在政治中心之首都,而分散于各地之名都大邑。是以地方大族盛门乃学术文化之所寄托。……而汉族之学术文化变为地方化及家门化矣。故论学术,只有家学可言,而学术与大族盛门常不可分离也"[①]。而唐代建立大一统政权后,帝国一统的要求对传统世族必然会进行变革,所以唐初就开始实行削弱世族的政策。被史家反复提及的两则史料很能说明问题,一则是太宗时编撰《氏族志》,太宗对编撰者沿用旧有姓氏等级极为不满:"我今特定族姓者,欲崇重今朝冠冕,何因崔干犹为第一等?……不须论数世以前,止取今日官爵高下作等级。"[②]并下令要求按照当前的居官品第来确定姓氏的等级。到武则天时代,变《氏族志》为《姓氏录》,这很明显就是为了进一步打击削弱世族的力量。

在高度的中央集权背景下,朝廷除了以强权变更旧有的社会阶层等级结构外,还需要用制度性的怀柔手段来瓦解旧有的社会秩序和格局,其中,通过科举和其他选拔制度有效吸纳世家大族子弟服务新朝政权是一项非常重要的措施。传统士族是汉末及宋代之前处于皇帝与百姓之间的重要社会力量,经过隋唐的科举考试选人制度的调整,被中央政权有效吸纳整合为集权统治力量,削弱甚或斩断了传统士族与地方休戚与共的关系,地方权威性、代表性的降低,使他们无法与中央分权从而被纳入国家体制,毛汉光称这一现象为士族的中央化、官僚化。[③] 韩昇在《南北朝隋唐士族向城市的迁徙

[①] 陈寅恪:《崔浩与寇谦之》,《陈寅恪史学论文选集》,上海古籍出版社 1992 年版,第 214 页。
[②] (后晋)刘昫等:《旧唐书》卷 65,第 2444 页。
[③] 毛汉光:《中国中古社会史论》,上海书店出版社 2002 年版,第 32、333、364 页。

第四章 唐宋城市转型中文学风格的嬗变

与社会变迁》一文中则认为与其把这一过程称为中央化、官僚化，倒不如说是士族从乡村向城市迁徙。在这一进程中，既有科举和其他选官制度的政治性迁徙，也有文化性、生活性的迁徙，这种迁徙就不仅仅是流向京城，还有向地方性城市特别是经济文化发达的南方城市的迁徙，总的来说是从乡村向城市的移动。[①] 世族向城市迁徙不仅有科举和官僚化的推动，也有经济发展和城市繁荣的吸引，既有政治性迁徙，也有文化性、经济性和生活性迁徙，正如洪迈所说"士大夫发迹垄亩，贵为公卿，谓父祖旧庐为不可居，而更新其宅者多矣，复以医药弗便，饮膳难得，自村疃而迁于邑，自邑而迁于郡者亦多矣"[②]。这个迁徙的过程既是士族城市化的过程，同时影响更为深远的，也是士族政治社会基础渐次瓦解的过程，到宋代，士族政治社会力量完全被消解，形成了官僚政治。

也就是说，文化主体嬗变的重要原因与士人从乡土流向城市密切相关。当传统世家大族出于政治性或者文化性、生活性迁徙到城市，逐渐失去了乡土权力根系，其命运浮沉系于中央政权，从而文化传承稳定持续的根基也就随之瓦解，由此改变了魏晋南北朝以世族为主体的文化格局，继之以国家为主体的文化。盛唐文化就是以国家为主体的文化，是"中央集权下士人文化膨胀的文化"[③]，这一时期，文学抒写达到"神来、气来、情来"[④]的卓尔不群、睥睨古今的超凡境界。

但是，安史之乱后，随着中央集权的衰落，国家对文化的主导地位下降。中晚唐以后，国家、世族对文化的约束力式微，随着士人对帝国向心力的减弱，个人从国家的宏大群体中离析出来，文化的主体成为个体，而此时的个体已然不同于魏晋南北朝时期的士人个体，在失去国家文化约束以外，也失却了家族文化的约束。这样，

---

① 韩昇：《南北朝隋唐士族向城市的迁徙与社会变迁》，《历史研究》2003 年第 4 期。
② （宋）洪迈：《容斋随笔》"续笔"卷 16《思颖诗》，中华书局 2005 年版，第 415 页。
③ 蒋晓光：《唐文化发展进程与唐宋文化转型的必然性》，《兰州学刊》2009 年第 11 期。
④ （唐）殷璠著，王克让注：《河岳英灵集注》，巴蜀书社 2006 年版，第 1 页。

在城市这个巨大的异质聚容体中，士人、文人的世俗化也就不可避免，同时，文化转型水到渠成。这也是盛唐诗歌或者大部分唐诗在后代文学史上成为不可企及、不可复返的文学典范的重要原因，虽然复兴盛唐诗歌呼声（如"诗必盛唐"）不绝如缕，但唐代之后文学的世俗化不可逆转的事实使得这种呼声仅仅成为美好愿望，盛唐那种高华绚烂的理想主义光华逐渐让位于随缘任运的现实应对。

二 城市文化的兴起与传统文化格局的变化

西方学界有一种观点认为在传统中国社会，城市与乡村在文化上是一体的，并未形成独立的城市文化，这种源于牟复礼的观点，在西方得到广泛认可。"但在中国，巨大的城乡差别却是近代化带来的后果"，"中国历史上从未出现过一个城市代表一种文明的现象。即使盛唐时代的长安，以其世界级的超级都市地位也远不足以代表当时整个中华文明。城市在中国历史上也没有明显的绝对优势……对以农立国的中国一般平民百姓而言，城市往往与一些消极的事物连在一起……现在有建立'城乡一体化'之说，其实在近代以前中国城乡倒是相当一体化的。这一观点在西方学术界广为人知，几成常识，至今未见对此作重大修正或挑战者，但这一观点在中国国内学界似乎并没有受到很多注意"[①]。这样的观点隐含了一种逻辑，城市化的驱动力是工业化，前工业化时代谈不上城市化，中国古代封建社会工业的不发达造成其城市化进程滞后。其实，工业化并不是城市化的唯一动力，"前工业化时代的城市，已经产生了独立的区别于乡村的经济，这就是第三产业……这一时期城市化的推动力量是城市第三产业，由此主导的农业革命进一步为城市增长提供了可能性"[②]。城市一旦产生了区别于乡村经济的产业，就走上了与乡村分离的道路，也就逐渐形成了区别于乡村的城市文化。

---

① ［美］卢汉超：《美国的中国城市史研究》，《清华大学学报》（哲学社会科学版）2008年第1期。
② 王颖：《城市社会学》，第111—113页。

第四章 唐宋城市转型中文学风格的嬗变

所以，在近年的研究中也有另外一种观点认为不应该过分强调中国古代城市的乡土性，①"随着中国传统城市的发展，日渐呈现它自己一定的文化特性，是很自然的，虽然这种特性还不足以如同在现代社会，使它与乡村社会分道扬镳"②。其实，城市一经出现就会逐渐朝着自己的方向演进，只是这种过程有显隐之分，唐宋被称为中国古代经济发展史上的第二个高峰时期，经济繁荣往往与城市发展联袂而行，唐宋时期的城市转型为史家所公认，争议只是表现在对转型程度深浅的认识上。唐宋城市转型过程中，商品经济的繁荣促使城乡分离是其中的重要内容，城市由此强化其不同于乡村的政治、经济、文化等方面的特点。正如有学者所说"中国的封建社会自唐代中叶以后政治经济结构发生了变化，到了北宋时期渐渐趋于定型……北宋时期已初步具有了资本主义萌芽的物质条件，或者说具有了资本主义的若干因素。这促使劳动分工的新变化：城市与农村分离"③。

中晚唐以后，随着城市转型的进程，世族政治、文化力量消隐，城市工商市井文化崛起打破传统的农耕文化、贵族精英文化的二元结构，体现城市新兴阶层市民的道德观念和价值观念，以及审美趣味的城市文化也逐渐形成。所以，唐宋以前，中国传统文化是稳定的二元结构：以贵族精英为代表的精英文化和农民文化，但传统的农民因为处于"被教化"位置，无力与精英文化抗衡，基本处于"失语"状态，而以市民为主体的城市文化，一登上历史舞台便显现出巨大的生命活力，形成与精英文化对抗、互动交融的关系，并由此改变了中国传统文化的二元格局而朝着多元化方向发展。④

这种社会力量的嬗变与文化格局的变化深刻地影响着文人精神

---

① 王正华：《过眼繁华：晚明城市图、城市观与文化消费的研究》，载李孝悌编《中国的城市生活》，新星出版社2006年，第1—52页。
② 包伟民：《宋代城市研究》，第330页。
③ 谢桃坊：《中国市民文学史》，四川人民出版社2015年版，第2页。
④ 宋淑芳：《白居易在唐宋文化转型中的典型意义》，《南都学坛》2009年第5期。

空间,"在传统文人的空间意识中,世界就是由'庙堂'和'江湖'——更简洁的用语是'朝'与野——这两极构成的"①。随着城市转型兴起的城市文化,极大地拓展了士人的精神空间,在传统的朝廷(庙堂)、乡野二维空间之外出现新的空间维度:城市空间,这一地域空间在政治、文化上越来越显现出巨大的能量。在中唐以后文学的城市书写中不难看到典型作家如温庭筠、柳永等人,与传统文人功名热望幻灭后回归乡野林泉不一样,他们更多选择城居"中隐"方式或流连市井巷陌。

正如刘易斯·芒福德所说:"城市诚然有其消极方面,但城市毕竟产生了一种有丰富意义的生活,这种生活在许多方面都极大地超过了促使城市诞生的那些原来目的……因而不论任何特定文化背景上的城市,其实质在一定程度上都代表着当地的以及更大范围内的良好生活条件的性质。"② 唐宋以后,更多的文人出于仕进需要或者出于追求更高品质的生活条件而选择城居而不是回归原籍乡土,这一点在宋人言辞间明确表露出来:"国朝承平之时,四方之人,以趋京邑为喜。盖士大夫则用功名进取系心,商贾则贪舟车南北之利,后生嬉戏则以纷华盛丽而悦。"③ 其实,士大夫文人系心的不仅仅是"功名进取","舟车南北之利"、生活"纷华盛丽"也同样为士大夫文人所"贪"所"悦"。

当城居成为士人生活常态以后,城市对生活其中的人们具有政治、生活、文化等多层次的意义,宁欣在《从士人社会到市民社会——以都城社会的考察为中心》一文中指出唐以后,街坊的名称甚至代替籍里成为仕宦官员的标志性称谓,④ "元和后,大臣有德望者,以居里显"⑤,《唐国史补》也记载:"近俗以权臣所居坊呼之,李安邑最

---

① 高小康:《中国古代叙事观念与意识形态》,北京大学出版社2005年版,第95页。
② [美] 刘易斯·芒福德:《城市发展史:起源、演变和前景》,第118页。
③ (宋)洪迈:《容斋随笔》卷9,第934页。
④ 宁欣:《从士人社会到市民社会——以都城社会的考察为中心》,《文史哲》2009年第6期。
⑤ (宋)欧阳修、(宋)宋祁:《新唐书》卷177《历经让传》,第5291页。

第四章 唐宋城市转型中文学风格的嬗变

著,如爵邑焉。"① 韩昇在《南北朝隋唐士族向城市的迁徙与社会变迁》一文中列举多例官员去世后不再归葬籍里,而是葬于其所生活的城市附近。也就是说士大夫文人在世在官,世人以所居街坊名称"呼之",去世后不再扶灵归葬籍里而是依城而葬,这种反以他乡为故乡的现象说明城市已然成为文人士大夫人生和精神归宿。说明"士族中央化的过程,也是士族认同城居背景的过程,是中国中古时期城市化进程的重要特征"②。

当然,城市文化是以市民为主体的文化。中唐实行赋税制度改革,废除租庸调制,实行货币赋税制两税法,其意义非常深远。一方面,强化了农民与市场的关系;另一方面,农民与地主的人身依附关系变成了以契约为基础的货币关系,农奴成为佃农,在一定程度上获得超越此前的人身自由度,形成了农村人口流向城市的可能性。还有,货币赋税制两税法的实行,推动了社会商品货币经济的发展,从而促进了城市经济的发展。同时,商品货币关系在一定程度上弱化了城市居民等级身份关系。所以,市民这一阶层在唐宋之际逐渐壮大,而更为重要的是市民产生了区别于乡村农民的身份意识和优越感。《梦粱录》和《都城纪胜》都记载宋代市民文艺中的杂扮专门取笑农人呆滞愚钝:

> 顷在汴京时,村落野夫,罕得入城,遂撰此端,多是备装为山东河北村叟,以资笑端,今士庶多以从省。③
>
> 在京师时,村人罕得入城,遂撰此端,多是借装为山东河北村人,以资笑。今之打和鼓、捻梢子、散要皆是也。④

---

① (唐)李肇:《唐国史补》卷中,《唐五代笔记小说大观》,第184页。
② 宁欣:《从士人社会到市民社会——以都城社会的考察为中心》,《文史哲》2009年第6期。
③ (宋)吴自牧:《梦粱录》卷20《妓乐》,第189页。
④ (宋)耐得翁:《都城纪胜》"瓦舍众伎"条,第10页。

杂扮这种艺术形式通过模仿山东、河北村人进城后的呆钝博人一笑，都市笔记中反复记述，说明这样的内容在当时颇为流行并得到市民喜爱。司马光无比沉痛地感慨道："窃惟四民之中，惟农最苦。农夫寒耕热耘，霑体涂足，戴星而作，戴星而息……故其子弟游市井者，食甘服美，目睹盛丽，则不复肯归南亩矣。至使世俗俳谐共以农为嗤鄙。诚可哀也！"① 但从另一方面也说明市民这个群体的文化已经与乡土文化分离而自成一体，在繁华的城市里，"市民将自己与农民彻底割裂开来。他们竭力贬低农民以炫耀自己的优越感，不但表明市民已失去了农民那种朴鲁质厚，而且这也正是最初的市民意识，使市民从农民中蜕脱而出的必然否定过程。正是这一否定，标志着市民从思想意识上形成与独立"②。另外，宋代市民文艺中嘲谑的对象有两极化趋向，一极是农人，另外一极是官员："至今优诨之言，多以长官为笑。"③ 宋初优人装扮为衣衫褴褛的李商隐嘲笑西昆诸公就是一例。这同样也是市民意识的觉醒，或者说是他们身份意识独立的表现，也是市民文化兴起的表现。

所以有学者把中国传统文化分为帝王文化、士人文化、市民文化三段，认为市民文化从两宋开始萌芽发展。④ 其实，市民文化的萌芽是从中唐随着城市转型进程开始而非宋代突兀而至的。

三 城市文化的雅俗互动

城市文化是以市民为主体的文化的论断并不影响士大夫文人参与城市文化的建构，城市一经产生就是异质因素的聚容体，在这个多元空间中，精英与市井、主流与边缘、雅与俗等二元对立的元素在此都能找到适合自己生存的空间，更为重要的是，这些对立的元

---

① （宋）司马光：《乞省览农民封事札子》，载曾枣庄、刘琳主编《全宋文》第55册，卷1203，第231页。
② 程民生：《略论宋代市民文艺的特点》，《史学月刊》1998年第6期。
③ （宋）江少虞：《宋朝事实类苑》卷66《以长官为笑》，上海古籍出版社1981年版，第873页。
④ 宁稼雨：《中国传统文化"三段说"刍论》，《求索》2017年第3期。

第四章 唐宋城市转型中文学风格的嬗变

素在城市这个聚容体中交融碰撞,有时其实已经难分彼此,所以陈平原先生说:"说到都市生活,有一点必须提醒,那就是贵族趣味与民间趣味的融合……在都市的日常生活里,二者无法截然分清,甚至还有合流的倾向……就在'都市'这一生活空间里,我们原先设想的泾渭分明的贵族艺术与民间艺术的边界,某种程度被淡忘,被超越。"①

在城市里,传统士人文化与市井文化之间呈现出双向交融循环状态。一方面,士大夫们极力标榜自身高雅的文化趣味,这样的文化姿态往往靠鄙视市井俗趣来建立,甚至在日常行为规范中明确告诫士人经由市井需谨慎回避以免沾染俗气:"市井街巷茶坊酒肆皆小人杂处之地,吾辈或有经由,须当严重其辞貌,则远轻侮之患。或有狂醉之人,宜即回避,不必与之较可也。"② 但是,问题的复杂性是,士大夫所确立的雅俗标准一旦被士人、市井民众所认可,那结果是谁也不甘被视为俗人,特别是一些商贾追逐风雅还不仅仅是个人品位问题,还有逐利之目的,所以包伟民先生说两宋"得市井商贾经营之道之要者,往往并非在于媚俗,而是在于媚雅"③,北宋开封商人孙赐号,"本行酒家博士,诚实不欺,主人爱之,假以百千,使为脚店",待其逐渐做大以后,"乃置图画于壁间,列书史于几案,为雅戏之具,皆不凡。"此等典雅不凡之酒楼,很快就吸引了众多顾客:"人竞趋之"。不久发家致富,"遂开正店,建楼,渐倾中都"④。《都城纪胜》也说"大茶坊张挂名人书画,在京师只熟食店挂画,所以消遣久待也。今茶坊皆然"⑤。可见,不管是"熟食店"还是"茶坊"皆以名人书画"媚雅"。

在上位者与下位者之间的文化互动中,我们容易关注的是以上

---

① 陈平原:《从文人之文到学者之文:明清散文研究》,第103—104页。
② (宋)袁采:《袁氏世范》卷中《处己·言貌重则有威》,第94页。
③ 包伟民:《宋代城市研究》,第351页。
④ (宋)苏象先:《丞相魏公谭训》卷10,《全宋笔记》第三编第3册,大象出版社2008年版,第95—96页。
⑤ (宋)耐得翁《都城纪胜》"茶坊"条,第6页。

169

化下。岳珂在《桯史》里记载北宋末期汴京的服装风气:"宣和之季,京师士庶竞以鹅黄为腹围,谓之腰上黄;妇人便服不施衿纽,束身短制,谓之不制衿。始自宫掖,未几而通国皆服之。"① 这是服饰风尚以上化下的例子。

但是,在城市各阶层的文化互动中,以下染上往往容易被忽略。唐玄宗钟情于世俗音乐歌舞,在太常寺之外,专设管理俗乐的教坊机构,"玄宗在位多年,善音乐,'若宴设酺会,即御勤政楼。……太常卿引雅乐,每色数十人,自南鱼贯而进,列于楼下。鼓笛鸡娄,充庭考击。太常乐立部伎、坐部伎依点鼓舞,间以胡夷之伎'"②。不仅"胡夷之伎"进入宫廷娱乐,市井里巷民间艺人也频繁出入宫廷:"优孟师曾见于史传,是知伶伦优笑,其来尚矣。开元中黄幡绰,玄宗如一日不见,则龙颜为之不舒。而幡绰往往能以倡戏匡谏者,漆城荡荡,寇不能上,信斯人之流也。咸通中,优人李可及者,滑稽谐戏,独出辈流,虽不能托讽匡正,然巧智敏捷,亦不可多得。"③ 明皇对俚俗俳谐艺人的爱好到了"一日不见,则龙颜为之不舒"的地步。李可及戏三教,玄宗龙颜大悦,对其"宠锡甚厚。翌日,授环卫之员外职"。

到了中晚唐时期,穆宗时期,宫廷娱乐一改传统肃穆高雅的状态而与民间类似,穆宗长庆元年(821)正月,"丙子,上观杂伎乐于麟德殿,欢甚,顾谓给事中丁公著曰:'比闻外间公卿士庶时为欢宴,盖时和民安,甚慰予心'。"丁公著劝谕穆宗:"前代名士,良辰宴聚,或清谈赋诗,投壶雅歌,以杯酌献酬,不至于乱。国家自天宝已后,风俗奢靡,宴席以喧哗沉湎为乐。而居重位、秉大权者,优杂倡肆于公吏之间,曾无愧耻。公私相效,渐以成俗。"④ 穆宗观

---

① (宋)岳珂:《桯史》卷5,《宋元笔记小说大观》,第4370页。
② (后晋)刘昫等:《旧唐书》卷28,第1051页。
③ (唐)高彦休:《唐阙史》卷下《李可及戏三教》,《唐五代笔记小说大观》,第1350—1351页。
④ (后晋)刘昫等:《旧唐书》卷16,第485—486页。

看民间"杂伎"高兴异常,反而是臣子忧惧"居重位、秉大权者,优杂倨肆于公吏之间",喧哗嘈杂且无愧耻,且"渐以成俗",与前代宫廷娱乐品味大异。

在服饰领域,江复休记载京城风气"又说妇人不服宽裤与襜,制旋裙必前后开胯以便乘驴。其风闻于都下妓女,而士人家反慕效之,曾不知耻辱如此"①。女装旋裙前后开胯,始于娼妓乘驴外出需要,但却风行于上层女性群体。

总之,在城市这个巨大的异质因素的聚容体中,雅与俗已经很难阵营分明,特别在一些民俗节庆时间节点,雅俗共赏成为时代繁荣的标志。城市文化雅俗交融互动特点对文学的影响是意义深远的,以下仅从传统的诗词领域来分析城市文化与文学雅俗互动情况而没有涉及传奇、话本和其他俗文学样式,原因是它们与城市市井俗文化的紧密关系,待第五章集中论述。

四 城市文化与诗歌雅俗互动

"雅与俗既是深藏在中国人特别是中国知识分子心底的最为稳定的价值尺度和审美标准,又是影响中国文化进程和文学发展走向的两股巨大力量。"② 随着唐宋城市转型而兴起的城市文化为文学的雅俗互动带来了前所未有的契机。

隋唐以来的科举制度打破世家大族占据高位的格局,中唐以后的士人亦非传统世家大族子弟,多为中下层世俗地主知识分子,其文化身份的下移,天然的与市井文化有着一种亲和力,李泽厚曾经对这一阶层知识分子有过精彩的描述:"与高、玄之间即初盛唐时那种冲破传统的反叛氛围和开拓者们的高傲骨气大不一样,这些人数日多的书生进士带着他们所擅长的华美文词、聪明机对,已日益沉浸在繁华都市的声色歌乐、舞文弄墨之中。这里已没有边塞军功的

---

① (宋)江休复:《江邻幾杂志》,《宋元笔记小说大观》,第579页。
② 王齐洲:《雅俗观念的演进与文学形态的发展》,《中国社会科学》2005年第3期。

向往，而只有仆马词章的较量；这里已没有'大道如青天，我独不得出'的纵声怒吼，而只有'至于贞元末，风流态绮靡'的华丽舒适。然而，也正是在这一时期，出现了文坛艺苑的百花齐放。它不像盛唐之音那么雄豪刚健，光芒耀眼，却更为五颜六色，多彩多姿。"[1] 到了宋代"凡今农工商贾之家，未有不舍其旧而为士者日多"[2]，"农工商贾之家"子弟通过科举选拔成为文人士大夫以后，文坛沾染了更多的市井俗气。但是，"处于较下层的世俗地主将'俗气'带进文坛，使士族文化也染上'俗气'，这是个同化过程；同时由于进士科举要求参与的世俗地主必然学会写诗作赋贴经，面对原有的氏族文化使自己'雅'起来，这又是个顺化的过程。由此推转了中唐至北宋文学'由雅入俗'又'化雅为俗'的双向回旋运动"[3]。正是在雅俗"双向回旋运动"中，迎来了中唐至北宋文学的繁荣。

中唐诗歌处于变革转折时期，身处其间的白居易不禁感慨"诗到元和体变新"（白居易《余思未尽加为六韵重寄微之》）。其中，元白诗派朝着"尚实、尚俗、务尽"方向发展，韩孟诗派朝着"尚怪奇、重主观"方向发展[4]，虽然中唐两大诗派"变新"方向有所差异，但是"在'入俗'这一点上，元白与韩孟二派诗人殊途同归，打了个照面"[5]。白居易诗歌创作的入俗倾向，论者关注较多，本书第二章已有所涉及。其实韩孟诗派诗歌的入俗倾向也同样明显，韩愈诗歌抒写接近日常生活状态，一反古典诗歌理想主义的唯美倾向，充溢着大量的俗情、俗态、俗事，在《赠刘师服》中韩愈对自己落齿不能充分享受口福之欲深感烦恼无奈："羡君齿牙牢且洁，大肉硬饼如刀截。我今呀豁落者多，所存十余皆兀臲。匙抄烂饭稳送

---

[1] 李泽厚：《美的历程》，第184页。
[2] （宋）苏辙：《请去三冗疏》，载（明）黄淮、（明）杨士奇编《历代名臣奏议》卷267，第3488页。
[3] 林继中：《文化转型与宋代文学》，《长江学术》2006年第1期。
[4] 罗宗强：《隋唐五代文学思想史》，第238页。
[5] 林继中：《文化建构文学史纲》，第174页。

第四章 唐宋城市转型中文学风格的嬗变

之,合口软嚼如牛呞。妻儿恐我生怅望,盘中不钉栗与梨。只今年才四十五,后日悬知渐莽卤。朱颜皓颈讶莫亲,此外诸余谁更数。忆昔太公仕进初,口含两齿无赢余。虞翻十三比岂少,遂自惋恨形于书。丈夫命存百无害,谁能点检形骸外。巨缗东钓倘可期,与子共饱鲸鱼脍。"这样的抒写显得絮絮叨叨,松弛凡庸,缺乏盛唐诗歌的理想主义光辉。韩愈写拉肚子、写如雷的鼾声等,都可看作其诗入俗的表现。另外,这种入俗的趋向表现在语体风格上就是散文化,即后人所谓"以文为诗",以一种松弛的接近生活常态的散文式语言代替了过去超越生活常态的、高度凝练的诗性语言,这一点最容易引起后人对他的非议。

这种"入俗"的趋向再往前发展,便是"以丑为美"[①],这是清代刘熙载在《艺概·诗概》中对韩诗的评价,其实这是韩孟诗派的一个共同特点,也是中唐社会审美思潮激变的反映。如"粉墙丹柱动光彩,鬼物图画填青红"(《谒衡岳庙遂宿岳寺题门楼》)就有这种趋向。再如《射训狐》:"有鸟夜飞名训狐,矜凶挟狡夸自呼。乘时阴黑止我屋,声势慷慨非常粗。安然大唤谁畏忌,造作百怪非无须。聚鬼征妖自朋扇,罢掉栱桷颓墍涂。慈母抱儿怕入席,那暇更护鸡窠雏……"这里我们不管诗有无影射,应该关注的是从其中透露出来的狰狞的意味是此前诗歌美学中罕见的。许莱格尔将"丑"界定为"恶的令人不愉快的表现"[②],从这样的界定出发,韩愈该诗真可算是"丑"的体现了。韩愈写蛤蟆、写病鸥等这类丑怪形象,写泥潭、写瘴气等这类污浊的环境,表面看来好像是其美丑不辨,其实,丑的形象的形成和创造同样离不开人们的审美尺度,正如葛洪所言:"不睹琼琨之熠烁,则不觉瓦砾之可贱;不觌虎豹之或蔚,则不知犬羊之质漫;聆《白雪》之九成,然后悟《巴人》之极鄙。"[③]

---

① (清)刘熙载:《艺概》卷2《诗概》,上海古籍出版社1978年版,第66页。
② [英]鲍桑葵:《美学史》,张今译,商务印书馆1985年版,第390页。
③ (晋)葛洪:《抱朴子》卷39《广譬》,上海古籍出版社1990年版,第288—289页。

韩愈作为一个杰出的文学家，对美丑有着超凡的辨识能力，他之所以把诗笔指向了丑怪，最根本的原因当然是壅塞于内心的巨大怨愤悲慨与传统的唯美型的意象并不协调，而只有在丑怪意象的创造中，激烈的内心冲突、难言的龌龊心理才能得到一种疏泄。此外，这样的书写又何尝不是世俗地主阶层"俗气"的体现，身份、视点下移包容了更为广阔的审美视域，对诗歌表现领域的拓展意义在宋诗中不难看到。

宋诗取法元白、韩孟几成定论。叶燮在《原诗》中说："韩愈为唐诗之一大变。其力大，其思雄，崛起特为鼻祖，宋之苏、梅、欧、苏、王、黄，皆愈为之发其端，可谓极盛。"① 苏轼也说："诗之美者，莫如韩退之，然诗格之变，自退之始。"② 陈寅恪先生在《论韩愈》中说："退之者，唐代文化学术史上承先启后转旧为新关捩点之人物也。"③ 元白诗歌与宋诗的关系研究创获最大的莫过于刘宁的《唐宋之际诗歌演变研究：以元白之"元和体"的创作影响为中心》一书，作者把晚唐到宋初的众多诗人作品及活动包容进元白"元和体"创作影响之下，从中彰显唐宋诗转型的诸多丰富内涵。其中作者从士人的"文官化"这个核心概念出发对中唐以降门阀势力的衰落、士大夫文官政治的兴起以及身处其间的士人精神面貌作了精彩分析。

北宋初期白体、晚唐体、西昆体皆从唐诗取法，但西昆体追摹"义山体"终告失败，在真宗天禧年间就被人嘲笑，并由伶人扮演李商隐身着褴褛告白"吾为诸馆职挦扯至此"④。西昆体取法"义山体"失败转而偏向"白体"的事实，说明宋代诗歌所处的文化氛围已不再是典型唐音世族文化的天地，所以"'西昆体'的出现，只

---

① （清）叶燮：《原诗笺注》，蒋寅笺注，上海古籍出版社2014年版，第69页。
② （宋）胡仔：《苕溪渔隐丛话》前集卷17"韩吏部"（中），《文渊阁四库全书》第1480册，第136页。
③ 陈寅恪：《论韩愈》，《金明馆丛稿初编》，第332页。
④ （宋）刘攽：《中山诗话》，载（清）何文焕辑《历代诗话》，中华书局1982年版，第287页。

第四章　唐宋城市转型中文学风格的嬗变

仿佛是历史给了诗史一次'重演'的机会，它以这种极尽宽容的方式来彻底证明天水一朝'义山体'已经无法'昨日重现'，并以'白体'诗风不露声色的胜利宣告了古典诗歌之一脉从此由'神话兴象境界'堕入'现实理性境界'，呈现出思想上理性而有逻辑的、行为上积极入世的、日常生活中休闲享乐而富于趣味的总体风貌。这个'绝地天通'的诗史转折，正不妨看作中国古典诗歌中象征唐音、宋调分野的一个标志"[1]。的确，晚唐小李杜的诗歌创作对中唐诗歌俗化进行了反拨，特别是李商隐诗中那种以绮美、艳丽、工整的唯美形式呈现出伤心欲绝而又缠绵如歌的情调、朦胧迷幻的诗歌境界无疑是对中唐诗歌俗化倾向的反动，因为李商隐"内心仍然保持着一份执着的理想，他仍然对美好的感情、历史的正义有执着的信任"[2]。这种理想主义、浪漫情怀是盛唐精神在晚唐的回光返照，但在北宋初年"文官化"背景下已经失却了生存的土壤，所以西昆体虽然追摹李商隐，而实际创作只是"元和体的雅化"[3]。

总之，在唐宋诗转关的过程中，宋初诗人所继承的是中唐元白、韩孟"俗"的底子，同时在因袭中进行雅化提升，特别是欧阳修对"入实趣味""理性趣味"的提升奠定了宋诗的面目。[4]

五　城市文化与词的雅俗嬗变

词作为典型的城市文学，袁行霈先生称之为"都市娱乐文学"[5]。词在唐五代从民间形态进入文人手中逐渐定型成熟的过程中，南唐词人雅化的实践使宋代词人面临的雅俗之辨是多元的：从

---

[1] 曾祥波：《从唐音到宋调——以北宋前期诗歌为中心》，昆仑出版社2006年版，第208页。
[2] 刘宁：《唐宋之际诗歌演变研究：以元白之"元和体"的创作影响为中心》，第83页。
[3] 刘宁：《唐宋之际诗歌演变研究：以元白之"元和体"的创作影响为中心》，第366页。
[4] 刘宁：《唐宋之际诗歌演变研究：以元白之"元和体"的创作影响为中心》，第381—386页。
[5] 袁行霈：《中国诗歌艺术研究》，第278页。

艺术形式上看，文人词相对于民间词而言更加典雅精致，但是文人词特别是花间词，相对于儒家言志载道的诗学观而言又是俗的，所以，"作为唐宋词学中的一个重要论题，雅俗之辩的侧重点不尽相同，因而其内涵也随之有异。综观当时的雅俗之辩，最突出的有两类：一类则重于词的艺术风格；一类侧重于传统儒学中的诗乐观"①。也就是说衡量词雅俗的标准是双重的，一个是道德标准，一个是艺术标准。但是，除了这两类评价标准制约词的雅俗流变之外，还应注意的一个问题是宋词的消费市场和消费主体的变化也制约着宋人审美趣味的雅俗之变。

文学的生产和消费从来就有社会层次的划分。词在其形成之初，赖以繁荣的是其形而下的功能，其消费市场和消费主体是市井民间的市民，自温庭筠大开文人词风气之后，文人士大夫甚至朝官皇帝形成的巨大的消费群体在部分接纳民间趣味的同时，作为一种强势文化群体，必然要在词这一领域建构与之适合的审美形态，这种更为精致典雅的贵族化的审美形态与词初期民间形态有意拉开距离显现自己合理合法的姿态。这种倾向在南唐时期冯延巳、李璟、李煜君臣创作中就已开始，宋初晏殊、欧阳修、范仲淹与王安石，由于他们高贵的社会地位、士大夫阶层深厚的学养才识等因素，词的创作呈现出雍容和雅的气度。而此时，在雅与俗的冲撞对立中尚为俗词容留一席之地，雅与俗的嬗变还处在较为平衡的状态。欧阳修在其词中除了士大夫情怀吟咏之外，还有民歌风味的十首《采桑子》，更有背离传统儒学诗乐观的市井风情享乐的艳词的创作。柳永则以其浪子作风为词注入了声色市井俗趣，使词的创作相对于士大夫词而言由雅入俗，后世词人从中不同程度的吸收养分，如苏轼与辛弃疾虽为正统士大夫，在语言上也如柳永以俗语入词，在词创作的观念和审美趣味雅化的同时在语言上保留了民间创作的活力，所以生气活灵活现。北宋后期的周邦彦的地位相当于唐诗中的杜甫，把宋

---

① 沈松勤：《唐宋词社会文化学研究》，浙江大学出版社2000年版，第287页。

第四章　唐宋城市转型中文学风格的嬗变

词富贵华艳的审美取向转变为瘦劲典雅。其实，周邦彦早年与柳永的放浪并无太大差异，而后期由于身份的御用化，在词的创作中，审美趣味和创作旨趣都有意典雅化，其词"富艳精工""缜密典丽"，被人评为"无一点市井气"，成为南宋雅词写作的楷模。南宋词坛上，词的创作观念和实践中复雅的趋势得到进一步的强化，其中，姜夔的词堪称典范，张炎在《词源》中就反复以"骚雅""古雅"①等词盛赞之，而清代浙派词人也说其词"句琢字练，归于醇雅"②。

从以上的分析中可看出，宋词发展中的雅俗嬗变其实是雅化潮流成为一种强势往前推进的，但是，雅与俗是一对相互依持转化的矛盾，当雅俗嬗变发展失衡的时候，词这一源于民间的抒情文体的活力也被逐渐耗尽。在宋词的雅化过程中，周邦彦是一个结南开北的重要人物，从他开始，词的创作中作意加深，表现手法从天工转向人巧，正如叶嘉莹先生所说的那样，周词"已经以思力之安排为主了"，缺乏自然感发的力量，而"南宋诸家之所以被讥为隔膜晦涩者，则一则以其缺少直接感发，再则以其结构之过于曲折复杂，而此二者作风，则皆始于北宋后期的周邦彦"③，也就是说，从周邦彦开始，宋词创作中由于过分的雕饰，丧失天真，已经有潜在的对雅的否定因素，所以潘得舆说："词滥觞于唐，畅于五代，而意格之闳深曲挚，则莫盛于北宋。词之有北宋，犹诗之有盛唐。至南宋则是稍衰矣。"④可以说，从周邦彦开始，词的创作由于过分强调技巧而逐渐丧失俗词的真趣和活力而使这一曾经辉煌的文体逐渐衰落。在元代终于被"曲"这一新兴文体所取代，正所谓诗余为词、词余为曲，这样的过程在某种程度上说明雅俗嬗变转化与文体兴衰的紧密关系。

其实，在宋词雅化潮流中，俗化作为一种潜流从未停歇，有学者认为，士大夫文人词的俗化包括题材的适俗化、技法的通俗化、

---

① （宋）张炎：《词源》卷下，载唐圭璋编《词话丛编》，第266页。
② （清）汪森：《词宗序》，载张璋等《历代词话》，第923页。
③ 叶嘉莹：《唐宋词名家论稿》，第199页。
④ （清）潘得舆：《养一斋诗话》，中华书局2010年版，第267页。

情趣的平俗化、语言的浅俗化,"使宋词具有向唐五代曲子词回归的趋势,并可与元曲通俗化的发展潮流相对应"①。这种俗化倾向应该是在城市这个聚容中与市井民间词互动的结果。市民这个庞大的消费市场和消费主体一直存在,吴自牧《梦粱录》记载宋代城市酒店"诸店肆俱有厅院廊庑,排列小小稳便阁儿,吊窗之外花竹掩映,垂帘下幕,随意命妓歌唱,虽饮宴至达旦,亦无厌怠也"②。周密《武林旧事》也说像这类酒楼"各有私名妓数十辈,皆时妆袨服,巧笑争妍……歌管欢笑之声,每夕达旦"③。在这些场合所唱的词一般不会是文人雅词,流连于秦楼楚馆的柳永就曾写道:"画楼昼寂,兰堂夜静,舞艳歌姝,渐任罗绮。讼闲时泰足风情,便争奈、雅歌都废。"(《玉山枕·骤雨新霁》)但是,问题的关键是,随着文人词创作的兴盛,文人士大夫消费市场和消费主体的形成,虽然在数量上无法与庞大的民间消费市场相比,但由于他们在政治上、文化上的中心主流地位,使得他们雅化的审美趣味能够有效地遮蔽民间大众的审美趣味。正如沈义父所说"如秦楼楚馆所歌之词,多是教坊乐工及市井做赚人所作,只缘音律不差,故多唱之"④。言辞间对"秦楼楚馆所歌之词"多有不屑,而张炎就说得更为明确:"附之歌喉者,类是率俗,不过为应时纳祜之声耳……岂如美成《解语花》(赋元夕)……如此等妙词颇多,不独措辞精粹,又且见时序风物之盛,人家宴乐之同。则绝无歌者……而以俚词歌于坐花醉月之际,似乎击缶韶外,良可叹也。"⑤ 其间对周邦彦等人的雅词在秦楼楚馆"绝无歌者"痛心疾首,对"歌于坐花醉月之际"的市井俚词却不以为然,但又无可奈何,所以在选词之时,便充分张扬士大夫词人

---

① 曹胜高:《论宋词的俗化》,《贵州师范大学学报》(社会科学版)2009 年第 1 期。
② (宋)吴自牧:《梦粱录》卷 16《分茶酒店》,第 147 页。
③ (宋)周密:《武林旧事》卷 6《酒楼》,第 160 页。
④ (宋)沈义父:《乐府指迷》"坊间歌词之病"条,载唐圭璋编《词话丛编》,第 281 页。
⑤ (宋)张炎:《词源》卷下,载唐圭璋编《词话丛编》,第 262—263 页。

第四章 唐宋城市转型中文学风格的嬗变

的雅化标准,正如朱彝尊所说,"北宋人选词,多以雅为目"①。其实这样的选词标准在南宋被进一步强化,"以雅为目"的词集辈出。在士大夫词创作和选评的雅化趋向中,俗词、俚词便只能在市井文化消费中处于自生自灭的状态而无法得到彰显,这也就是今天流传下来的大部分是文人创作的雅词的原因。

以上是从艺术风格角度分析词的创作实践中的雅俗交融,而如果从"传统儒学中的诗乐观"角度来分析,词在宋代文体排序中注定其"俗"的定位,但宋代文人对词的创作实践却欲罢不能,形成了观念上拒斥与实践上热衷的创作心理,当是宋词创作中雅俗互动最为生动的现象。

在宋代,由于对各种文体的衡量标准更多的偏向于文化判断和政治判断,它们所受到的待遇是不平等的,从儒家社会教化功能角度进行的文体排序是文(载道)、赋(体物)、诗(言志)、词(主情),后起的、从民间俗曲中变化而出的词处在这种文类等级的底层,所以,形成了宋人在文化和政治上对词的认同障碍,在文学观念上认为词是"诗余""郑声""小词",不同程度地流露出对词体的轻视。魏泰在《东轩笔录》中记载:"王荆公初为参知政事,闲日因阅读元献公小词而笑曰:'为宰相而作小词,可乎?'平甫(王安国)曰:'彼亦偶然自喜而为尔,顾其事业岂止如是耶!'时吕惠卿为馆职,亦在坐,遽曰:'为政必先放郑声,况自为之乎!'平甫正色曰:'放郑声不若远佞人也!'"② 从"为政"的标准来看,词就等同于滥情宣淫的"郑声"。所以,宋代文人士大夫在染指词体创作时,总要表白自己仅是游戏而为,以作诗文之余力为之,正如胡寅在《酒边词序》中说:"文章豪放之士,鲜不寄意于此者。随亦自扫其迹,曰谑浪游戏而已也。"③ 欧阳修在为自己的组词《采桑子》

---

① (清)朱彝尊:《词综·发凡》,载张璋等《历代词话》,第919页。
② (宋)魏泰:《东轩笔录》卷5,《宋元小说笔记大观》,第2711页。
③ (宋)胡寅:《酒边词序》,载吴熊和主编《唐宋词汇评》(两宋卷),浙江教育出版社2004年版,第1467页。

179

所作的序《西湖念语》中说"因翻旧阕之辞，写以新声之调，敢陈薄伎，聊佐清欢"①。叶梦得也是"以经术文章为世宗儒，翰墨之余，作为歌词，亦妙天下"②。苏轼在词学观念上虽然把词看作"长短句诗"，但目的是打通诗词疆域，并未实际改变对词的小视，如其在《题张子野诗集后》中说"张子野诗笔老妙，歌词乃其余技耳"③。这样的表述中透出的仍是词为"余技"的观念，王灼是深明于此的，所以在评价苏轼对不同文体创作的用心时也说他"以文章余事作诗，溢而作词曲"④。这样的观念在南宋也得到延续，陆游就深怀愧疚地说："予少时汩于世俗，颇有所为，晚而悔之。然渔歌菱唱，犹不能止，今绝笔已数年，念旧作终不可掩，因书其首以识吾过。"⑤ 所以说，"宋人有词，宋人自小之"⑥。

但是，观念上的认同障碍并不意味着实践层面的拒斥，恰恰相反，宋人在词的创作实践心理和阅读实践心理上都表现出极大的热情，晏殊写词并非"偶然自喜而为"，否则何以留存下一百多首词。而陆游一旦写起"渔歌菱唱"之词，也是"犹不能止"的。欧阳修等人又何尝不是如此呢？在阅读心理上，北宋钱惟演自言："平生惟好读书，坐则读经史，卧则读小说，上厕则阅小辞（词）。"⑦ 从这段表白中，当然可以看出钱惟演在文学观念上对词的贱视，但也能看出其对小词的私心所好，与需要正襟危坐阅读的经史不同，小词更适合人们在解除社会功利重负后的自然心性，所以词的创作和阅读成为士大夫文人调适心性保持平衡的一种方式，是他们追求道德的自我完善和事功的辉煌之余自我放松的一种方式。

---

① （宋）欧阳修《西湖念语》，《欧阳修全集》卷133，中华书局2001年版，第2056页。
② （宋）关注：《石林词跋》，载吴熊和主编《唐宋词汇评》（两宋卷），第1206页。
③ （宋）苏轼：《苏轼文集》卷68，第2146页。
④ （宋）王灼：《碧鸡漫志》卷2，载唐圭璋编《词话丛编》，第83页。
⑤ （宋）陆游：《长短句序》，载曾枣庄、刘琳主编《全宋文》第222册，卷4933，第338页。
⑥ （明）胡震亨：《胡震亨词话》，载郑子勉《明词话全编》，凤凰出版社2012年版，第2623页。
⑦ （宋）欧阳修：《归田录》卷2，《宋元小说笔记大观》，第620页。

第四章 唐宋城市转型中文学风格的嬗变

宋词的创作就是在这种观念与实践、理性与感性的心理矛盾中进行的，这一点对宋词发展的影响是深刻的。因为理性观念上视之为俗，词的创作也就能够从宋人高扬的理性精神中逃逸出来，不必承载过多的政治教化重负，从而能够更好地承传"诗缘情"传统，摆脱宋诗"渐老渐熟"的命运，保持一种感性鲜活的审美品质。后人极喜从宋代诗词的横向比较中来显出词这种审美品质，王国维在《人间词话》中说："五代北宋之诗，佳者绝少。而词则为其极盛时代，即诗词兼擅如永叔、少游者，词胜于诗远甚。以其写之于诗者，不若写之于词者之真也。"[①] 其间认为词胜于诗之处在于有真趣。清人毛先舒的比较就更为全面："宋人词才，若天纵之，诗才若天绌之。宋人作词多绵婉，作诗便硬；作词多蕴，作诗便露；作词颇能用虚，作诗便实；作词颇能尽变，作诗便板。"[②] 从才情、风格、虚实显隐等多方面的比较中显出宋词之长。陈庭焯把词放在更为广阔的文体背景中来比较时说："后人之感，感于文不若感于诗，感于诗不若感于词。"[③] 此处突出的是词的感人魅力。正因为这样，在后世评家的眼中，宋词逐渐改变宋人自己的文体排序等级的低下，逐节攀升成代表有宋一代文学之胜的崇高地位。

一代文学之胜的宋词，其发展流变的渊源和驱动力是丰富复杂的。在中国古代文学文体发展的历史中，宋词的发展流变是一个充满了矛盾但也充满了活力的进程，雅俗矛盾从不同的层面影响制约着宋词美学体征的变化，构成了宋词发展的张力空间。

综上，唐代士族在向城市的迁徙过程中，地方乡土权势根系逐渐枯萎。在士族政治、文化衰微的同时，城市市民文化兴起，带来传统文化格局的变化。在城市这个巨大的异质聚容体中，精英与市民、高雅与世俗等对立元素形成交融互动态势。这种雅俗互动的文化态势对文学影响至为深远，权且不论话本、戏曲一类与市民文化

[①] 王国维：《人间词话》，载唐圭璋编《词话丛编》，第4256页。
[②] （清）王又华：《古今词论》，载唐圭璋编《词话丛编》，第609页。
[③] （清）陈庭焯：《白雨斋词话自序》，载唐圭璋编《词话丛编》，第3750页。

关系紧密的新兴文体，从传统诗词变革中也能窥见这种文化发展态势的影响之巨。

第二节　唐宋文学商业化与语言白话趋向的关系

唐宋时期处于汉语发展史的重要时期，文学语言的白话趋向引人关注，其原因是多层面的，但唐宋城市转型过程中商品经济的触角深入文学领域，文学商业化带来的向大众普及的需求无疑是文学语言白话趋向最有力的驱动力量。

一　近代汉语缘何肇端于晚唐五代

汉语史的分期与中国近代史和中国文学史的分期不是同步进行的，王力把汉语史分为上古（3世纪以前）、中古（4—12世纪）、近代（13—19世纪）、现代（五四运动以后）四期，① 宋代被称为"近代汉语"的肇端。吕叔湘认为语言演变只有通过书面语的记录才能观察出来，"汉语是用汉字记录的，汉字不是拼音文字，难以如实反映口语"，所以吕叔湘以"最接近口语的文献为依据"划分汉语发展史，以此将汉语史分为两段，晚唐五代之前为古代汉语时代，之后（包括晚唐五代）为近代汉语时代。② 蒋绍愚虽然主张"三分法"，但以晚唐五代这个节点区分古代汉语和近代汉语的观点与吕叔湘一致，分歧在于要不要把现代汉语看作在汉语史上与古代汉语和近代汉语鼎足而三的一个时期。

口语形式记录的白话篇章出现是在晚唐五代以后，这是一个重要的时间节点。但是语言学家认为书面文学的口语化起源较早，汉魏是近代汉语的萌芽时期，"短书杂记大量产生，佛经译本也不避俗语，那里面常常可以遇到当时的口语词和口语词义"③。中国古代白

---

①　王力：《汉语史稿》，中华书局1980年版，第35页。
②　参见吕叔湘《近代汉语指代词》，商务印书馆2017年版，"序言"。
③　江蓝生：《魏晋南北朝小说词语汇释》，语文出版社1988年版，"序"第1页。

第四章 唐宋城市转型中文学风格的嬗变

话经过长期的历史积累"至宋代有了质的飞跃。主要有两个表现：其一，口语向书面语领域的'渗透'加速，同时代的口语（如复音词、方言、俗语等）大量出现在书面语中；其二，口语进入书面语涉及的文体进一步扩展，文学作品之外，以文言为主要载体的儒学及史学著作中也出现了白话。由此而始，古白话突破了文言的樊篱，渐渐登上大雅之堂"①。孟昭连认为在宋代大量的口语词、方言词进入诗词类文学作品、宋儒语录、史学著作之中，而且在语言观念上为白话发展提供了理论依据。

综上所述，从中唐到宋代是汉语发展史上文白消长的重要时段，唐宋时期是中国古代汉语发展史上的重要时期。但为什么一直到北宋才出现白话兴盛之势并出现白话语体小说？从汉末至魏晋南北朝在抒情类作品中就一直有口语化传统（如《古诗十九首》），为什么在唐宋之交才发生书面语言文白融合突变？如果仅从文学内部审美趣味变化来探究汉语出现突变的原因恐怕难得其要，而唐宋社会变革过程中城市这个文明推进器的作用不容小觑，从文学商业化分析这个问题或许更能切中肯綮。

在唐宋城市转型过程中，商品经济的快速发展，其作用已远远超出经济范畴而延展至文化领域，消费市场的好尚从深层次上改变文学的生产和传播方式，当然也会带来文学语言风格的转化。"古代社会早期的各种文化与娱乐活动，通常主要是作为特权享受，而不是通过市场来扩展的，一般不发生交易行为。"② 但在唐宋城市转型发展过程中，文化消费市场形成，这个消费市场由几个消费群体构成：传统士大夫文人群体、寓居城市的下层广大文人士子群体、在城市商业繁荣下崛起的新兴的市民群体，最后这个群体更为庞大，其中还蕴含着"潜力巨大的消费市场，而这个市场也是新型的"③。中唐以后，城市市民数量快速增长使文化消费市场受众的文化层次更加多元，

---

① 孟昭连：《宋代文白消长与小说语体之变》，《中国社会科学》2011 年第 3 期。
② 龙登高：《南宋临安的娱乐市场》，《历史研究》2002 年第 5 期。
③ 刘方：《唐宋变革与宋代审美文化转型》，学林出版社 2009 年版，第 300 页。

这就决定了文学创作者不可能仅以符合自身趣味的雅文学的文言方式面向大众传播，而是只能根据不同的消费场域选择相应的语言风格，其中面向市井大众的传播场域只能是接近当时口语的白话。

另外，文学创作者的构成在城市这个异质聚容体中也是多元化的，这种多元化的含义是多层次的，就传统文人身份而言，中唐元白诗人以后，他们既是士人官僚，也是通过科举进入国家体制的世俗地主阶级，文学关注视野和生活情趣下移，使他们的语言风格具有双重性，文言白话成分在不同文体中的构成差异性较大；另外，此时期文人身份构成的多元性，既有传统意义上官僚士大夫文人，也有沉沦民间以文为货的专业写手，如俗讲、变文、话本的作者，这个群体不在少数，但因为不受重视而无法留名后世；还有介于两者之间如温庭筠、柳永、南宋江湖诗人中的一部分游离在政统之外的浪子才人，这种不同的身份构成极大影响了白话进入文学创作的比例。总的来看，在城市雅俗交融的文化背景下，加之文学创作者身份的多元构成，相比于前代，他们在文学创作中更容易接纳白话对文学肌体的浸透。

在近代汉语文白消长的变化过程中，城市商品经济作为幕后推手是有迹可循的，文学经由市场选择使其受众面扩大，同时就要求语言更适合于大众传播的风格，从而加速书面文言与生活口语的融合，形成了文学作品中白话的大量出现，促成白话体小说的成熟、白话诗派的形成和传统文人抒情文学中白话成分的增加，下面就从这三个方面来寻绎文学语言白化趋向和城市商业之间的关系。

二　市井说话伎艺与白话体小说成熟

说话伎艺起源甚早，隋代就有记载，杨素的儿子杨玄感对杨素手下"能剧谈"的散官侯白说"侯秀才，可以（与）玄感说一个好话"①，所谓"说一个好话"就是讲一个好听的故事。肃宗时期"太

---

① （宋）李昉等编著：《太平广记》卷248《侯白》，第1920页。

第四章 唐宋城市转型中文学风格的嬗变

上皇移仗西内安置。每日上皇与高公亲看扫除庭院,芟薙草木;或讲经、论议、转变、说话,虽不近文律,终冀悦圣情"①。玄宗所听的"说话"乃是"不近文律"而悦人性情的街坊艺人所传的故事。说话至晚唐在民间已很盛行,李商隐《骄儿诗》中提到"骄儿""归来学客面,闹败秉爷笏。或谑张飞胡,或笑邓艾吃",家中小儿都被说话艺人的故事吸引,回来后意犹未尽跟父母模仿评点话中人物。

在唐代已流行的说话伎艺与唐传奇有关系吗?有学者认为"说话与唐传奇有着藕断丝连的关系,如《任氏传》有'昼宴夜话'、《庐江冯媪传》言'宵话征异'、《长恨传》的'话及此事'等痕迹,或者是说话改变而成文言小说,或者为说话的创作底本"②。元稹在《酬翰林白学士代书一百韵》诗中说"翰墨题名尽,光阴听话移"。并自注说:"乐天每与予游从,无不书名屋壁,又尝于新昌宅说《一枝花话》,自寅至巳,犹未毕词也。"③ 元稹所听《一枝花话》应该是民间说话伎艺,历时四个时辰还未讲完,元稹由此创作诗歌《李娃行》,而白行简创作的《李娃传》乃是文言传奇。但为什么源于民间说话而创作的唐传奇却未能保留说话原生态的白话形态而依然以传统文言形式叙说故事?原因是传奇创作虽然是中唐文人身份下移亲近市井俗文学的产物,但其功能却并不是满足市井娱乐需求,而是为了满足文人行卷、温卷之需,或为文人之间"剧谈"之需,阅读对象乃手握权柄的官僚士大夫或应试举子,所以,"盖此等文备众体,可以见史才、诗笔、议论"④ 的传奇,以文言间杂诗词逞才使气更能为这一群体所认可。

---

① (唐)郭湜:《高力士外传》,载(五代)王仁裕等《开元天宝遗事十种》,丁如明辑校,上海古籍出版社1985年版,第120页。
② 曹胜高:《中晚唐商禁松弛与庶民文化的兴起》,《洛阳师范学院学报》2011年第4期。
③ (唐)元稹:《酬翰林白学士代书一百韵》,《元稹集》卷10,中华书局1982年版,第116—117页。
④ (宋)赵彦卫:《云麓漫钞》卷8,古典文学出版社1957年版,第111页。

到了宋代，说话是在勾栏瓦舍经营性质的市井民间娱乐，说话艺术职业化，产生一批以此为生的说话人群体。话本就是在民间说话的基础上产生的白话体小说。关于话本的解释，通行的说法是说话人所用的底本，但也有学者认为现今流传下来的几十篇宋话本是"在宋代说话艺术强烈影响下出现的。作者变身为'纸上说话人'，将说话艺术的叙事方法全面移植到书面语创作中来，从而产生了说书体的白话小说"①。也就是说话本从一开始就是文人拟话本，而并非说话人所用的底本，是通过结构、修辞上模仿民间说话而建构的一个"纸上说书场"，为了还原说话艺术的现场感，话本形成了与口述表演的特点相适应的特有的体制结构：题目、入话、正话、煞尾四个部分。入话部分与正文有相似或相反的意义关联，是说话人在正文开讲前候客、垫场、吸引听众用的，一般用诗文或小故事；正话也就是故事的主体，有韵文穿插，说话人在话本中穿插诗词或骈文，目的是渲染故事场景或人物风貌；煞尾是在正话之后，用一首诗总结全篇，作用是劝诫听众。

与唐传奇的行卷、温卷功能不同，话本创作乃是为了盈利，书肆也称书坊、书铺、书堂等，"是我国民间专门从事刻书、售书的机构"②，由书坊刊刻的书籍称为坊刻，此外还有官刻、家刻（也称私刻），相比之下，坊刻数量巨大，传播范围更广，但纸张、印刷质量比不上官刻、家刻，因为对于以盈利为目的的书坊来说，"易成而速售"是他们所追求的经营效果。③ 宋代刻书业的发达，与晚唐五代至宋雕版印刷技术的发明成熟关系密切，而"雕版印刷之术的勃兴，尤于文化有大关系。故自唐室中晚以降，为吾国中世纪变化最大之时期。前此犹多古风，后则别成一种社会"④。雕版印刷的兴起不仅

---

① 孟昭连：《宋代文白消长与小说语体之变》，《中国社会科学》2011年第3期。
② 刘方：《唐宋变革与宋代审美文化转型》，第275页。
③ 叶梦得《石林燕语》卷8记载："京师比岁印板，殆不减杭州，但纸不佳；蜀与福建多以柔木刻之，取其易成而速售，故不能工。福建本几遍天下，正以其易成故也。"（中华书局1984年版，第116页）
④ 柳诒徵：《中国文化史》，东方出版中心1996年版，第488页。

第四章 唐宋城市转型中文学风格的嬗变

仅是技术革命,其对文化转型影响至巨,主要原因是城市庞大的文化消费市场的好尚左右着坊刻的文化审美趣尚。坊刻与官刻、家刻宣扬官方意识形态、满足士大夫私人雅尚流芳后世的目的不同,其以迎合城市最大消费群体——市民群体的娱乐需求以快速获利成为书坊的目的,这是白话体小说成熟的深层动因。

所以,"都市文化的发展与繁荣,新兴市民阶层的出现及其新的文化需求,才促使了书坊业的繁荣与发展,也才刺激和激发了他们为满足公众的文化娱乐、消费需求而萌生的新型文学生产方式与文化产品出现"①。话本就是在这种"新型文学生产方式"中产生的文化产品。为了迎合城市最大消费群体市民群体的娱乐需求采用了他们喜闻乐见的程式结构外,语言上的口语化成为创作者和书坊的必然选择,由此产生了中国文学史、语言史上意义重大的白话体小说,实现了从书面语与口语从分离到融合的历史性变革。

三 俗讲与诗僧白话诗

唐代是佛教发展的繁荣时期,寺院经常举行讲经说法活动,"佛教经典及其有关内容的通俗化演讲,是唐代寺院中普遍流行的一种特别的讲经说法形式"②。这种活动根据对象的差异分为"僧讲"和"俗讲","僧讲"面对的是僧众,"俗讲"面对的主要是普通民众。

俗讲的目的,一方面当然是弘扬佛法,教化众生,但另一方面也有其功利目的,唐代寺院经济极为发达,"十分天下之财而佛有其七八"③,佛寺之"财"的来源之一是魏晋六朝以来统治阶级对寺院的支持,还有就是来自佛寺的经营活动,通过俗讲活动吸引民众,让其心悦诚服地布施财物是佛寺经济重要的来源,正如胡三省在《资治通鉴》"宝历二年六月乙卯,上幸兴福寺,观沙门文溆俗讲"条所注:"释氏讲说,类谈空有,而俗讲者又不能演空有之义,徒以

---

① 刘方:《唐宋变革与宋代审美文化转型》,第 305 页。
② 吕建福:《俗讲:中国佛教的俗文学》,《世界宗教文化》2005 年第 2 期。
③ (后晋)刘昫等:《旧唐书》卷 101《辛替否传》,第 3158 页。

187

悦俗邀布施而已。"① 从中可看出,"邀布施"是俗讲的重要目的,为了达到这一目的,从讲说内容到形式都要贴合民众,也即"悦俗"。

寺庙俗讲在唐代极为盛行,流行地域很广,"根据考定,大致可以推知,它肇始于开元初年,历久不衰,以迄五代末际,犹在举行。爱好之者,上至帝王卿相,下至一般庶民,都乐于聆听,可以说是一种极为普遍的娱乐。至于流行之广,从现在敦煌石窟所发现的卷子来说,必然在河西一带也极流行,所以会在那里保存下那么许多俗讲经文卷子。因之我们可以肯定,俗讲之流行,遍及中原以及边远地区,可以说在唐代一切民间娱乐中,是没法与它相比拟的"②。说明俗讲流行之广已不限于中原,而是深入河西一带的边远地区。为了更好地吸引民众崇信佛教,这类讲经说法使用的语言是以当时的民间口语为主的,因为俗讲对象多是文化水平很低的俗处大众,其语言就不可能是文言而必然是民间白话口语。这种语言形式对于佛徒或崇信佛教的寺庙之外的修行者而言影响巨大且孕育出一批杰出的诗僧,他们创作了大量的白话诗。

诗僧辈出是唐代文坛上的一个奇观,王梵志、寒山、拾得、皎然、贯休等人的创作贯穿了整个唐代,项楚把他们称之为白话诗派,"唐代诗坛上存在着一个游离于主流诗歌之外的白话诗派,与佛教的深刻联系形成了这个诗派的基本特征"③。这些诗僧的创作虽然存在风格差异,但一个共同特征就是用当时流行的口语、俚俗语也就是白话进行诗歌创作,虽然在当时不被主流诗人和评家关注,但在民间影响极大,以至在民间流传过程中把其他人创作的白话诗也附会在他们身上而成为白话诗派"箭垛式"诗人,"王梵志诗"就是一个典型。"实际上王梵志诗并非一人一时之作,而是从初唐(以及更早)直至宋初的很长的历史时期内,许多无名白话诗人作品的总和。由于王梵志已经成为白话诗人的杰出代表,这些不同来源的白话诗

---

① (宋)司马光:《资治通鉴》卷243,第7850页。
② 周绍良:《五代俗讲僧圆鉴大师》,《佛教文化》1989年第6期。
③ 项楚:《唐代的白话诗派》,《江西社会科学》2004年第2期。

第四章 唐宋城市转型中文学风格的嬗变

便如同江河汇入大海一样,纷纷归入了王梵志的名下"①,所以"王梵志诗"是"民间众多无名白话诗人作品的总和"②。

项楚根据敦煌藏经洞发现的王梵志写诗本及唐宋诗话笔记等整理王梵志诗一共三百九十首,辑校成《王梵志诗校注》,是目前辑录、校注王梵志诗最多的一部著作。其中较为人熟悉的《吾富有钱时》诗云:"吾富有钱时,妇儿看我好。吾若脱衣裳,与吾叠袍袄。吾出经求去,送吾即上道。将钱入舍来,见吾满面笑。绕吾白鸽旋,恰似鹦鹉调。邂逅暂时贫,看吾即貌哨。"写世情的嫌贫爱富,即使是至亲"妇儿"尚不能免,更遑论他人。全诗纯用白话,末尾"貌哨"是唐代口语,是脸色难看之意。另一首广为传诵的"他人骑大马,我独跨驴子。回顾担柴汉,心下较些子"(《他人骑大马》),也属于世情诗,通过出行方式划分社会上三个等级身份的人,阐释的不过是世俗百姓比上不足比下有余的安分知足心理,诗作同样用"民众的鲜活口语"写成,"较些子"是唐人俗语,指"好受些之意"。③

与王梵志诗不同,寒山诗歌"具备了民间诗歌、文人诗歌和佛教诗歌的多重性格"④,毕竟其早年参加科举,屡试不中,加之生活中经历了百般打击后隐居天台山寒岩,自名"寒山"。寒山诗较王梵志诗多了一些文人气质,但从项楚《寒山诗注》中的诗作来看,虽然间或用典,但诗歌语言仍是白话口语。如:"少小带经锄,本将兄其居。缘遭他辈责,剩被自妻疏。抛绝红尘境,常游好阅书。谁能借斗水,活取辙中鱼"。(《少小带经锄》)诗开头忆早年兄弟和睦共居的美好,但世事无常,兄弟、夫妻之情的翻覆冷漠让诗人有了"抛绝红尘境"的念头,但生活的困顿又使他渴望有人能施以斗水活鱼之恩。诗末用典出自《庄子·外物》中庄周给监河侯所讲的寓言:

---

① 项楚:《唐代的白话诗派》,《江西社会科学》2004年第2期。
② 项楚:《唐代的白话诗派》,《江西社会科学》2004年第2期。
③ (唐)王梵志:《王梵志诗校注》,项楚校注,上海古籍出版社2010年版,第648页。
④ 项楚:《唐代的白话诗派》,《江西社会科学》2004年第2期。

周昨来，有中道而呼者。周顾视车辙中，有鲋鱼焉。周问之曰："鲋鱼来！子何为者邪？"对曰："我，东海之波臣也。君岂有斗升之水而活我哉？"周曰："诺。我且南游吴越之土，激西江之水而迎子，可乎？"鲋鱼忿然作色曰："吾失我常与，我无所处。吾得斗升之水然活耳，君乃言此，曾不如早索我于枯鱼之肆！"[1]

同样写世情，因为出于自身痛切感受，虽然纯用口语，却真切感人："个是何措大，时来省南院。年可三十余，曾经四五选。囊里无青蚨，筐中有黄卷。行到食店前，不敢暂回面"。（《个是何措大》）"措大"是唐人俗语，指贫寒失意的读书人，这是诗人自指，三十几岁参加科考"四五选"而依然一无所获，来到放榜的南院，心绪寥落。加之囊中羞涩，路过食店，"强为躲避食店之诱惑也"[2]，个中的落魄辛酸难与人说。

最能表现寒山文人气质的当是其山水诗，但与唐代主流山水诗不同的是其诗孤寂凄寒的氛围、枯淡素净的色彩、口语化的诗歌语言："层层山水秀，烟霞锁翠微。岚拂纱巾湿，露沾蓑草衣。足蹑游方履，手执古藤枝。更观尘世外，梦境复何为"（《层层山水秀》）。"寒山唯白云，寂寂绝埃尘。草座山家有，孤灯明月轮。石床临碧沼，虎鹿每为邻。自羡幽居乐，长为象外人。"（《寒山唯白云》）"杳杳寒山道，落落冷涧滨。啾啾常有鸟，寂寂更无人。淅淅风吹面，纷纷雪积身。朝朝不见日，岁岁不知春。"（《杳杳寒山道》）在宋代，寒山诗得到文人的喜爱和模仿，称为"寒山体"。20世纪，寒山诗因其包含的深刻的生活哲理、禅机以及通俗晓畅的语言风格迎来了海外译介传播的黄金时代，相继被日本、美国文化所推崇。

"唐代白话诗派不仅开创了我国大规模的佛教文学运动，而且极

---

[1] （战国）庄周：《庄子今注今译》，陈鼓应注译，中华书局2009年版，第751页。
[2] （唐）寒山：《寒山诗注》，项楚注，中华书局2000年版，第318页。

第四章 唐宋城市转型中文学风格的嬗变

大地推动了我国白话通俗文学的演进。"① 但是项楚也指出在北宋中叶以后，虽然当时出现大量的禅宗诗偈，而与佛教关系紧密的白话诗派却无可挽回地走向了衰落，项楚认为其原因是禅宗走向衰落后，这些禅宗诗偈"不再有创造热情和蓬勃的生命力……使用的语言多半是历史上的口语，而不是现实中的口语，他们已经不是真正意义上的白话诗了"②。其实，唐代白话诗派在北宋衰落有一个重要的原因是俗讲在北宋寺庙被禁止，但由于俗讲深受民众喜爱，到宋代转场至勾栏瓦舍，成为说话伎艺中一类：说经。这样，寺院失去了面向广大民众俗讲的鲜活土壤，僧人的诗偈创作也就不可能从"现实中的口语"吸取养分，便只能"满足于咀嚼和模仿前辈的成就"，白话诗派的衰落也就在所难免。这也说明"白话诗派"与文学商业化之间的紧密关联。

四 文人"以文为货"与传统诗词语言的口语化

中唐以后，随着城市的商业功能强化，城市生活的物质所需进入商业领域已成常态，而精神文化需求也难免部分进入商业领域，最早是墓志碑碣文的商业交易："长安中，争为碑志，若市贾然，大官薨卒，造其门如市，至有喧竞构致，不由丧家。"③ 在这类商业交易中产生的碑铭大家如李邕、韩愈、白居易等人，润笔收入颇为可观，所以宋人洪迈说："作文受谢，自晋、宋以来有之，至唐始盛。"④ 文人面对丰厚润笔收入，不能不为之动心，随之被动或主动地投入"以文为货"商业潮流中。

文人士大夫"以文为货"的现象不足为怪，关键是在这个现象中文人观念的变化。李邕卖文以至家有"巨万"："邕早擅才名，尤长碑颂。虽贬职在外，中朝衣冠及天下寺观，多赍持金帛，往求其

---

① 项楚：《唐代的白话诗派》，《江西社会科学》2004 年第 2 期。
② 项楚：《唐代的白话诗派》，《江西社会科学》2004 年第 2 期。
③ （唐）李肇：《唐国史补》卷中，《唐五代笔记小说大观》，第 182 页。
④ （宋）洪迈：《容斋随笔》"续笔"卷 6《文字润笔》，第 286 页。

文。前后所制，凡数百首，受纳馈遗，亦至巨万。时议以为自古鬻文获财，未有如邕者。"① 杜甫"干谒走其门，碑版照四裔……丰屋珊瑚钩，麒麟织成罽。紫骝随剑几，义取无虚岁"(《八哀诗·赠秘书监江夏李公邕》)。在杜甫看来卖文收取润笔，实为"义取"，理所当然，不足为怪。在另一首诗中杜甫说好友为人作碑文未能如期收到报酬而至家境困窘："故人南郡去，去索作碑钱。本卖文为活，翻令室倒悬"(杜甫《闻斛斯六官诗》)。其中，"本卖文为活"说明这位朋友已是碑铭文的职业写手了，并以此作为养家糊口的手段。说明杜甫对文人"以文为货"行为已经习以为常。当然，也有人对此深恶痛绝，"是时裴均之子，将图不朽，积缣帛万匹，请于韦相贯之，举手曰：'宁饿死，不苟为此也'"②。韦贯之语气之决绝正说明当时鬻文获财现象之盛行，也说明文人对"以文为货"的评价标准多元并存。

韩愈是中唐当之无愧的碑铭大家，所谓"碑铭独唱，润笔之货盈缶"③，润笔收入之巨以至"盈缶"。查阅相关记载可知韩愈卖文收入甚是丰厚："韩愈撰《平淮西碑》，宪宗以石本赐韩宏，宏寄绢五百匹；作《王用碑》，用男寄鞍马并白玉带。"④ 刘禹锡对韩愈"以文为货"所获至巨也有涉笔："公鼎侯碑，志隧表阡，一字之价，辇金如山。"⑤ 白居易也是一位碑铭大家，他自己虽然说："铭勋悉太公，叙德皆仲尼……岂独贤者嗤，乃传后代疑。"(白居易《秦中吟·立碑》)认为碑铭文写得太多，且粉饰过度，必为"贤者嗤"和"后代疑"。但从现存的白居易文集看，其中碑碣墓志文有几十篇，其润笔收入应该颇丰。下面仅就其中一篇来看其润笔收入，《唐故武昌军节度处置等使正议大夫检校户部尚书鄂州刺史兼御史大

---

① （后晋）刘昫等：《旧唐书》卷190《李邕传》，第5043页。
② （唐）李肇：《唐国史补》卷中，《唐五代笔记小说大观》，第182页。
③ 孙映逵校注：《唐才子传校注》卷5 "刘叉"，中国社会科学出版社2013年版，第298页。
④ （宋）洪迈：《容斋随笔》"续笔"卷6《文字润笔》，第286页。
⑤ （唐）刘禹锡：《祭韩吏部文》，载（清）董诰等编《全唐文》卷610，第6169页。

第四章 唐宋城市转型中文学风格的嬗变

夫赐紫金鱼袋赠尚书右仆射河南元公墓志铭并序》①是白居易为元稹所作的墓志铭，按白居易年谱：六十一岁时，"为河南尹……七月，元稹葬于咸阳。为元稹撰墓志，其家馈润笔六七十万钱"，居易不受，"悉布施修香山寺"②。白居易与元稹是志趣相投的患难之交，元稹弥留之际嘱托白居易为自己撰写墓志铭："予早与故元相国微之定交于生死之间，冥心于因果之际。去年秋，微之将薨，以墓志文见托。既而元氏之老状其臧获舆马绫帛泊银鞍玉带之物，价当六七十万，为谢文之贽，来致于予。予念平生分，文不当辞，贽不当纳。自秦抵洛，往返再三，讫不得已，回施兹寺。"③从中可以看出，即使关系如元白至交，托为碑铭也需价值不菲的润笔费，"价当六七十万"。如果以白氏当时俸禄来计算，这篇为元稹所撰墓志铭的收入相当于他半年多的俸禄，④从中可见白氏俸禄之外润笔收入非常可观。

正因为碑文的商业化运作，很多作家自矜身份，异常计较文章价格，《新唐书·皇甫湜传》中记载：

> 度修福先寺，将立碑，求文于白居易。湜怒曰："近舍湜而远取居易，请从此辞。"度谢之。湜即请斗酒，饮酣，援笔立就。度赠以车马缯彩甚厚，湜大怒曰："自吾为顾况集序，未常许人。今碑字三千，字三缣，何遇我薄邪？"度笑曰："不羁之才也。"从而酬之。⑤

皇甫湜一"怒"裴度舍近求远请白居易写碑文，二"怒"润笔不够

---

① （唐）白居易：《唐故武昌军节度处置等使正议大夫检校户部尚书鄂州刺史兼御史大夫赐紫金鱼袋赠尚书右仆射河南元公墓志铭并序》，载（清）董诰等编《全唐文》卷679，第6945页。
② 朱金城：《白居易年谱》，上海古籍出版社1982年版，第221页。
③ （唐）白居易：《修香山寺记》，载（清）董诰等编《全唐文》卷676，第6906页。
④ 白居易为元稹写墓志铭的第二年，分司东都授太子宾客时有诗言"俸钱八九万，给授无虚月"（《再授宾客分司》）。
⑤ （宋）欧阳修、（宋）宋祁：《新唐书》卷176，第5267页。

丰厚，朋友之间尚且如此斤斤计较，遑论其他。

当然，碑铭之文的交易范围毕竟有限，而更多"以文为货"的交易经由市场进行，一种方式是由书坊刻印传卖，① 元稹就说："扬、越间多作书模勒乐天及余杂诗，卖于市肆之中也。"② 王建也说："自知名出休呈卷，爱去人家远处居。时复打门无别事，铺头来索买残书。"（王建《题崔秀才里居》）诗人有了诗名，诗作就会在书坊快速传卖，自会有"铺头"上门求买诗作，"铺头"就是书坊老板。到了宋代，雕版印刷的发达，书坊经营更为普遍，文人鬻文获财就更为常见，戴复古年至七十，诗册仍在江湖传卖："七十老翁头雪白，落在江湖卖诗册。"（戴复古《市舶提举管仲登饮于万贡堂有诗》）但并不是每个是人都有如此好运，陆龟蒙就感慨自己"有文无卖处"："童初真府召为郎，君与抽毫刻便房。亦谓神仙同许郭，不妨才力似班扬。比于黄绢词尤妙，酬以霜缣价未当。唯我有文无卖处，笔锋销尽墨池荒"（陆龟蒙《顾道士亡弟子奉束帛乞铭于袭美因赋戏赠》）。姚合在《送费骧》中也说："兄寒弟亦饥，力学少闲时。何路免为客，无门卖得诗。"另一种方式是市井艺人求取交易，李益"每作一篇，为教坊乐人以赂求取，唱为供奉歌词"③。这种方式在柳永身上表现得最为充分，据《醉翁谈录》记载："耆卿（柳永）居京华，暇日遍游妓馆。所至，妓者爱其有词名，能移宫换羽；一经品题，声价十倍。妓者多以金物资给之。"④

在文人以文为货潮流中，文学作品进入市场，作家"面对的不再是自己、不再仅仅是投卷的对象，也不再仅仅是自己的朋友和熟人，而是远方的、陌生的甚至是异时空间的读者而写作，潜在读者的根本改变。文学创作变为文学生产，成为满足消费群体而进行的

---

① 吴淑玲、张岚：《唐代书肆与唐诗的发展》，《河北学刊》2012年第5期。
② （唐）元稹：《白氏长庆集序》，《元稹集》卷51，第555页。
③ （后晋）刘昫等：《旧唐书》卷137，第3771页。
④ （宋）罗烨：《醉翁谈录》丙集卷2，古典文学出版社1957年版，第32页。

第四章　唐宋城市转型中文学风格的嬗变

文学生产活动"①。市场接受与作家主观期待出现效果的反差也就再正常不过了："拙赋偏闻镌印卖，恶诗亲见画图呈。"（徐夤《自咏十韵》）这就是作家主观好尚与市场接受之间的矛盾。后世诗评家认为这是风雅之厄运："恶诗相传，流为里谚，此真风雅之厄也。如'世乱怒欺主，时衰鬼弄人'，唐杜荀鹤诗也。'今朝有酒今朝醉，明日愁来明日当'，罗隐诗也。'但知行好事，莫要问前程'，五代冯道诗也。"② 而韩愈说自己："时时应事作俗下文字，下笔令人惭。及示人，则人以为好矣。小惭者，亦蒙谓之小好；大惭者，即必以为大好矣。"③ 创作碑铭的时候"下笔令人惭"，作品得到买家评价大好的时候是自己内心最惭愧的时候，因为这样的作品往往是作者放弃自己文学趣尚和道德坚守的产物。但诗人和诗评家们没有意识到这是文学下移、文学语言走向近代的重要环节。

文学作品的市场化、商业化对中唐以后诗文语言的影响极为深远，当然，这种影响不是说唐宋作家大量创作白话诗、白话文，而是很多文学名家如白居易、苏轼、李清照、辛弃疾等往往兼具文言、白话两副笔墨，在诗文作品中保持传统文言庄重雅驯地位的同时，也擅长以口语、俗语入诗。如苏轼的《猪肉颂》可谓意俗语浅的实践之作："净洗铛，少著水，柴头罨烟焰不起。待他自熟莫催他，火候足时他自美。黄州好猪肉，价贱如泥土。贵者不肯吃，贫者不解煮，早晨起来打两碗，饱得自家君莫管。"这是苏轼主张的"街谈市语，皆可入诗"④ 的语言实践。李清照追求典雅的词品，批评柳永"词语尘下"，但在自己词中大量用口语、俗语，如"不如向帘儿底下，听人笑语"（《永遇乐·落日熔金》），"守着窗儿，独自怎生得黑"（《声声慢·寻寻觅觅》），"一枝折得，人间天上，没个人堪寄"（《孤雁儿·藤床纸帐朝眠起》），"甚霎儿晴，霎儿雨，霎儿风"

---

① 刘方：《唐宋变革与宋代审美文化转型》，第 55 页。
② （清）王士禛：《带经堂诗话》卷 2，人民文学出版社 1963 年版，第 56 页。
③ （唐）韩愈：《与冯宿论文书》，载（清）董诰等编《全唐文》卷 553，第 6597 页。
④ （宋）周紫芝：《竹坡诗话》，载（清）何文焕辑《历代诗话》，第 354 页。

 唐宋城市转型与文学变革关系研究

(《行香子·七夕》),都带有女性口语的流利轻悄的特点。所以,王灼批评李清照词"闾巷荒淫之语,肆意落笔"①,而"词语尘下"的柳永却又有"对潇潇暮雨洒江天,一番洗清秋。渐霜风凄紧,关河冷落,残照当楼。是处红衰翠减,苒苒物华休。惟有长江水,无语东流"(《八声甘州·对潇潇暮雨洒江天》)这样"不减唐人高处"的作品,正是文言与白话消长中出现的正常现象。

辛弃疾以文为词,以散意、散语入词,并大量用典,不避经史子集,语言上有较浓厚的文言色彩,如《贺新郎·甚矣吾衰矣》:

> 甚矣吾衰矣。怅平生、交游零落,只今余几!白发空垂三千丈,一笑人间万事。问何物能令公喜?我见青山多妩媚,料青山见我应如是,情与貌,略相似。
>
> 一尊搔首东窗里。想渊明、《停云》诗就,此时风味。江左沉酣求名者,岂识浊醪妙理?回首叫,云飞风起。不恨古人吾不见,恨古人、不见吾狂耳。知我者,二三子。

开头、结尾就是文言"标志性词汇","所谓'标志性词汇'是指在文言语体中使用频率高,且一直相当稳定的词汇。比如'之乎者也'一类语助词,它们在文言语体中往往具有指标性意义,甚至在很大程度上成了文言的外在标志"②。加之用典,词作文言色彩浓厚。但也应看到,其中也有口语入词并成名句的"问何物能令公喜?我见青山多妩媚,料青山见我应如是,情与貌,略相似"。而在带有谐谑性词篇中,更是多以口语写就:"刚者不坚牢,柔底难摧挫。不信张开口角看,舌在牙先堕。已阙两边厢,又豁中间个。说与儿曹莫笑翁,狗窦从君过"(《卜算子·齿落》)"醉里且贪欢笑,要愁那得工夫。近来始觉古人书。信著全无是处。昨夜松边醉倒,问松我醉何

---

① (宋)王灼:《碧鸡漫志》卷2,载唐圭璋编《词话丛编》,第88页。
② 孟昭连:《宋代文白消长与小说语体之变》,《中国社会科学》2011年第3期。

第四章 唐宋城市转型中文学风格的嬗变

如。只疑松动要来扶。以手推松曰去"(《西江月·遣兴》)。

总之，在文学商业化、市场化过程中，诗文语言俗化、口语化是一个很重要内容，很多学者对唐宋诗词口语化现象做过深入分析，如孟昭连的《唐诗的口语化倾向》一文认为唐宋诗转型中的重要内涵"以文为诗"就是口语入诗，并引用胡适所言"由唐诗变到宋诗，无甚玄妙，只是作诗更近于作文！更近于说话"，说明宋诗"更多地使用口语词汇及口语的表达方式"①。但是，一般学者更多是从文学语言内部发展来探讨唐宋文学文白消长变化的原因而未及城市文化及市场在这一演变过程中的巨大影响力。

第三节 唐宋文学叙事性转向之成因与表现

有学者认为长期以来，"中国文学仅存在一个抒情传统"的观念与中国文学发展的状况不符，实际的情况是在中国文学史上，抒情、叙事处于博弈消长的态势。在魏晋至隋代，"抒情与抒情传统地位高于叙事和叙事传统，这一观念在文学界中逐步形成……唐宋两代六百多年，是抒情传统达到高峰、叙事传统深入文学领域的阶段……元明清三代的六七百年为叙事移向文坛中心、抒情传统沉潜变易的阶段"②。在这个过程中，唐宋处于一个转折阶段，之后"叙事移向文坛中心"，所以唐宋时期特别是中唐以后抒情、叙事的"博弈消长"是一个值得深究的问题。

为什么中唐以后抒情、叙事两大传统会出现质和量上的转化？原因是多元的，但不外乎外部原因和内部原因。内部原因是在中国文学传统中，从先秦神话、《诗经》和史传文学以来的叙事传统的积累；外部原因中，最重要的是随着文学市场化、商业化兴盛起来的

---

① 孟昭连：《唐诗的口语化倾向》，《徐州工程学院学报》（社会科学版）2011 年第 6 期。

② 董乃斌：《"唯一"传统还是两大传统贯穿？——从"抒情"与"叙事"论中国文学史》，《南国学术》2016 年第 2 期。

市民文学的叙事性对雅文学的影响。

一 市民文学的叙事性何以影响雅文学

何谓市民文学？谢桃坊在《中国市民文学史》中把市民文学与俗文学、白话文学、平民文学、民间文学作了细致辨析，认为市民文学是中国市民社会形成、市民阶层兴起后"以文化服务的方式向普通消费者提供娱乐和消遣的"新兴文学，"基本特点是商业性和娱乐性"①，包括了话本、俗讲、小唱、诸宫调、杂剧、戏文等都市通俗文学样式。市民文学为了更好地吸引观众、听众都追求故事性，这是市民文学经过市场化选择的结果。林继中也认为中唐以后市民文学在题材形式上虽有差别，"但重视故事性却颇为一致"②，所以市民文学对雅文学内在而深刻影响表现在重叙事、重感官两点上。就其重叙事来看，不管是中唐以后逐渐流行的说话伎艺中出现的"一枝花话"，还是李商隐《骄儿诗》中"骄儿"所听的"三国话"都具有很强的故事性。俗讲的情况亦然，晚唐最出色的俗讲僧人文溆僧，连敬宗皇帝都前往聆听："宝历二年六月乙卯，上幸兴福寺，观沙门文溆俗讲"③，而文溆僧所讲内容"无非淫秽鄙亵之事"，但因为故事性很强，"愚夫冶妇乐闻其说，听者填咽寺舍"④。而诸宫调、杂剧、戏文等市民文艺因为用表演的方式演说故事，对观众的吸引力就更强。

唐宋时期，从文体而言，诗词的发达标志着"抒情传统达到高峰"，但是小说（传奇、话本）的成熟、戏曲的萌芽发展标志着文坛叙事成分的增加；另外，中唐以后，文学发展中还有一个值得注意的现象是文体互动、雅俗交融活跃，除了市民文学中以叙事为主以外，雅文学中诗文作品受市民文学影响，叙事成分在逐渐增加，

---

① 谢桃坊：《中国市民文学史》，四川人民出版社2015年版，第19页。
② 林继中：《文化建构文学史纲》，第178页。
③ （宋）司马光：《资治通鉴》卷243《唐敬宗纪》，第7850页。
④ （唐）赵璘：《因话录》卷4"角部"，《唐五代笔记小说大观》，第856页。

第四章 唐宋城市转型中文学风格的嬗变

宋诗相较唐诗的一个特点是以议论为诗，另一个特点就是以赋为诗，也就是叙事成分增加，而这一特点的孕育是从中唐开始的。

文体互动、雅俗交融致使传统诗文叙事成分增加的判断有无依据？在中唐并不乏相关材料的支撑，孟棨在《本事诗》嘲戏类中记载：

> 诗人张祜，未尝识白公。白公刺苏州，祜始来谒。才见白，白曰："久钦籍，尝记得君款头诗。"祜愕然曰："舍人何所谓？"白曰："'鸳鸯钿带抛何处，孔雀罗衫付阿谁？'非款头何邪？"张顿首微笑，仰而答曰："祜亦尝记得舍人《目连变》。"白曰："何也？"祜曰："'上穷碧落下黄泉，两处茫茫皆不见，'非《目连变》何邪？"遂与欢宴竟日。①

从中可看出白居易与张祜对市井文学的熟悉程度已是信手拈来。张祜谒见白居易，心态可谓崇仰敬重，不意白公突兀问张祜"久钦籍，尝记得君款头诗"，"款头诗"当为市井俗文学样式，张祜不禁愕然，宾主气氛变得活泼欢快，张祜随之调侃白诗为《目连变》，《目连变》乃俗讲变文，可见两人常涉足市井文学娱乐场所。前文所引元稹在《酬翰林白学士代书一百韵》诗中自注说："尝于新昌宅，说《一枝花》话，自寅至巳，犹未毕词也。"元稹所听"《一枝花》话"应该是民间说话伎艺，历时四个时辰还未讲完，可见元白对"听话"娱乐之沉醉。元白诗人与市民文学的亲近带来中晚唐叙事诗的繁荣，《长恨歌》《连昌宫词》《秦妇吟》等长篇叙事诗自不用说，短篇如白居易讽喻诗中《卖炭翁》《井底引银瓶》等叙事诗也大量涌现，这些诗作与民间叙事文学的关系论者多有涉及："元微之之连昌宫词实深受白乐天陈鸿长恨歌及传之影响，合并融化唐代小说之

---

① （唐）孟棨：《本事诗》，《唐五代笔记小说大观》，第1252页。

史才诗笔议论为一体而成。"[①] 所以，这些作品在市井民间得到民众追捧，特别是白居易作品"至于缮写模勒，炫卖于市井，或持之以交酒茗者，处处皆是"[②]。白居易自己也说："日者闻亲友间说，礼、吏部举选人，多以仆私试赋判为准的。其余诗句，亦往往在人口中。仆恶然自愧，不之信也。及再来长安，又闻有军使高霞寓者，欲聘倡妓，妓大夸曰：'我诵得白学士《长恨歌》，岂同他哉？'由是增价。"[③] 在市井民间广泛流传的白居易作品中，一类是具有明确功利目的的"私试赋判"，作为举子研练赴考的范文售卖倍受欢迎，另一类就是如《长恨歌》一样的叙事类作品，说明中唐作家与市井民众雅俗互动中叙事类作品的繁荣状况。

虽然没有关于韩柳与市井文学关联的直接记载，但据张籍《上韩昌黎书》中所说韩愈"尚驳杂无实之说"[④]，陈寅恪先生推演说"设韩愈所好'驳杂无实之说'，非如'幽怪录''传奇'之类，此外亦更无可指实"[⑤]。另外，从《华山女》诗中开头两句"街东街西讲佛经，撞钟吹螺闹宫庭"中可看出韩愈对俗讲也很熟悉，这与中晚唐诗人对俗讲场面的熟悉是一致的："仍闻开讲日，湖上少鱼船。"（姚合《赠常州院僧》）"远近持斋来谛听，酒坊鱼市尽无人。"（姚合《听僧云端讲经》）"百千民拥听经座。"（贯休《蜀王入大慈寺听讲》），在这些诗作中，俗讲场面的盛况空前的确令人惊叹，可以想见在寺院涌动的听众中不乏文人士子。

所以，"俗讲加上当时盛行的傀儡戏、参军戏、俗文艺风靡一时，已从市井漫向朱门，漫向宫廷。俗文艺已不是什么街头流浪汉，它是一股新浪潮，文艺的新浪潮！在它的冲击下，传统文学也不得不偏离原来惯性的轨道，从传统清空的抒情笔调摆脱出来，转向较

---

① 陈寅恪：《元白诗笺证稿》，第63页。
② （唐）元稹：《白氏长庆集序》，《元稹集》卷51，第555页。
③ （后晋）刘昫等：《旧唐书》卷166，第4350页。
④ （唐）张籍：《上韩昌黎书》，载（清）董诰等编《全唐文》卷684，第7008页。
⑤ 陈寅恪《韩愈与唐代小说》，程会昌译，转引自汕头大学中文系编《韩愈研究资料汇编》，汕头大学出版社1986年版，第506页。

第四章　唐宋城市转型中文学风格的嬗变

为写实的叙事笔调,以适应当时读者的期待视野"[①]。下面从古文"传奇化"、宋词的叙事性、宋诗的叙事性三个方面来寻绎唐宋文学受市民文艺影响而发生叙事性转向的轨迹。

二　韩柳古文"传奇化"

葛晓音说韩愈传记文"善于在人物事迹中提炼饶有兴味的细节,使平凡生活传奇化"[②],并以《张中丞传后叙》中南霁云一段做了精彩分析。这一特点在柳宗元的传记文如《段太尉逸事状》等文中也有体现。

其实,韩柳传记文传奇化不足为怪,但韩愈在抒情性、论说性散文中往往也能翻空出奇,融入叙事性,其中《送穷文》堪称典型。该文写于宪宗元和六年(811)春,此时韩愈在河南令任上。回溯其经历,可看出他政治上的坎坷蹉跎:贞元八年(792)中进士,贞元十九年(803)任监察御史,不久被贬阳山令。元和三年(808)被召还任国子博士,元和四年(809)改官为都官员外郎,后又改官为河南(今河南洛阳)令。所以《送穷文》本是一篇抒发内心牢骚的忧愤之文,但构思不拘常法,出人意表,借"送穷"民俗搭建主人与"五鬼"(智穷、学穷、文穷、命穷、交穷)辩驳的戏台,传奇式的以"逐穷"为始,"留穷"作结,整个过程跌宕起伏,妙趣横生,富于戏剧色彩。人称穷子的高辛氏之子一生穷苦,正月晦日(农历每月最后一天)死,后来,民俗中就把这天定为"送穷"日,以稀饭、破衣祭祀送走穷子,祈求来年好运。文章开头说自己"窃具船与车,备载糗粮",希望穷鬼"去故就新,驾尘彍风,与电争先",尽快离开,最后却"垂头丧气,上手称谢,烧车与船,延之上座",在这个过程中,五鬼披肝沥胆的陈述实际上是把韩愈置于一个被嘲弄的位置上,深刻体现了一个封建时代知识分子对自己身份地

[①]　林继中:《文化建构文学史纲》,第178页。
[②]　葛晓音:《汉唐文学的嬗变》,北京大学出版社1995年版,第186页。

位确认时的尴尬、无奈、不平。其间的幽默意趣是通过自嘲来实现的，表现出韩愈勇于正视自身处境的勇气和心力，心中最痛的那一部分通过嬉笑怒骂甚至荒诞不经的外在形式托出，因而也自有一番痛快淋漓。在这一类文章中，自嘲与自傲、孤芳自赏与顾影自怜等多对矛盾融合一体。

周作人说："讲到韩文，我压根不能懂得它的好处，……总是有旧戏似的印象……但见其装腔作势，搔首弄姿而已。"① 虽为批评，但直击韩文要害。《送穷文》中借用赋体主客问答设置对话是写意性虚设，是作者"我与我周旋"的多个面相，所以同时之人裴度就说韩愈"恃其绝足，往往奔放，不以文立制，而以文为戏"②，《进学解》也有异曲同工之妙。

所以，陈寅恪先生说："退之之古文乃用先秦、两汉之文体，改作唐代当时民间流行之小说，欲藉之一扫腐化僵化不适用于人生之骈体文，作此尝试而能成功者，故名虽复古，实则通今，在当时为最便宣传，甚合实际之文体也。"③ 而中唐为古文、传奇的鼎盛时期并非偶然，两种文体交融互动乃是其中至为关键的因素："贞元、元和为古文之黄金时代，亦为小说之黄金时代，韩集中颇多类似小说之作，《石鼎联句诗并序》及《毛颖传》皆其最佳例证。"④ 如前所言，中唐以后文坛上的破体互动是一个很值得关注的现象。这个现象在宋代非常突出："在两宋文坛上，'破体为文'的种种尝试，如以文为诗、以赋为诗、以古入律、以诗为词、以文为词、以赋为文、以文为赋、以文为四六等，令人目不暇接，其风气日益炽盛。"⑤ 但是，破体互动在中唐已是非常突出现象，贞元、元和之间古文与小说之间的破体互动应该是双重的，一方面，没有古文对文体改革的

---

① 周作人：《谈韩退之与桐城派》，《人间世》1935年第21期。
② （唐）裴度：《寄李翱书》，载（清）董诰等编《全唐文》卷538，第5462页。
③ 陈寅恪：《论韩愈》，《金明馆丛稿初编》，第329页。
④ 陈寅恪：《韩愈与唐代小说》，程会昌译，转引自汕头大学中文系编《韩愈研究资料汇编》，第506页。
⑤ 王水照主编：《宋代文学通论·文体篇》，河南大学出版社1997年版，第67页。

第四章 唐宋城市转型中文学风格的嬗变

突破,很难想象传奇作家如何用骈四俪六的文体去讲述婉曲的故事,所以唐传奇的黄金时代出现在中唐而非盛唐也就顺理成章;另一方面,古文渗入传奇笔法甚或在中唐已流行的说话笔法致使古文传奇化也就不足为怪了。

在古文传奇化趋向上,柳宗元与韩愈意趣相投。"中唐文人本嗜小说,韩柳革新文章,尤重小说讽谕之功、语言之妙。退之《毛颖》,体近小说,《石鼎》直是传奇,而子厚之寓言、传记皆有稗意,取其资而用其法,《河间》《李赤》乃纯为小说。观子厚《读毛颖传后题》,颇赞《毛颖》之怪之俳,以为有益于世,知于稗说固有偏好。子厚谪永时,愤懑难抑,直借小说以泄之,故有《河间》《李赤》之作。"① 前面已论及柳宗元的《宋清传》中叙写"义商"宋清的传奇经历,《种树郭橐驼传》《捕蛇者说》等篇的人物传奇化叙写带有寓言性质。也就是说,柳宗元的这类作品本来是抒写内心忧愤的,但与韩愈一样,构思不拘常法,出人意表,以世间传奇故事寄托自己孤愤。《李赤传》有如一篇带有志怪色彩的小说,"江湖浪人"李赤自视甚高,自诩诗才堪比李白,其传奇经历从浪游宣州受厕鬼蛊惑不能自拔开始,厕鬼化身美妇诱惑追杀李赤,致使其视人世"犹溷厕也",视溷厕犹"帝居钧天、清都无以异",对友人的规劝、看护、医治、救援不但不领情,反而恼恨友人阻遏自己好事。李赤最终投身溷厕:"见其足于厕外,赤死久矣"。文末"柳先生曰"部分用以表达刺世、劝诫之意:"今世皆知笑赤之惑也,及至是非、取与、向背决不为赤者,几何人耶?反修而身,无以欲利好恶迁其神而不返,则幸矣,又何暇赤之笑哉?"

柳宗元作品一般不涉男女之情,而《河间传》则以写实笔调叙说了一个良家女子蜕变为十恶不赦的淫妇的传奇故事,在《柳河东集》中实属特例,从文末感慨"朋友之恩难恃,君臣之际可畏"中可看出本篇也是作者愤世嫉俗之作,是有所寄托的,但如抛却文末

---

① 李剑国:《唐五代志怪传奇叙录》,南开大学出版社1993年版,第499页。

"柳先生曰"部分的"曲终奏雅",忽略文白差异,把该文杂入"三言二拍"中也难分伯仲。从这些作品中不难看出柳宗元也同样是"用先秦、两汉之文体,改作唐代当时民间流行之小说",表层是复古,实则是从市井文学中吸取叙事技巧的通今之作。

三 宋词的叙事性

词虽被后人称为有宋一代之文学,但在宋代文体排序中处于较低地位,所以更容易接纳其他文体因素的侵袭,宋词发展史上的以赋为词、以诗为词、以文为词,新变不断,在这样的破体互动中,赋、文的叙事因素也就进入词体;另外,词起于民间的背景也使其更容易容纳事的过程叙写,"唐代民间词写景极少,叙事特多,许多词的意境创造都是通过叙事抒情来完成的,这和后来文人词强调'即景抒情''情景交融'有很大的不同,而且往往是情节曲折,有首有尾"①。所以,词虽为抒情文学,但词人在创作实践中往往有机融入叙事成分,原汁原味地呈现情感生发的场景。

词作中的叙事特点引发了研究者的极大兴趣。21世纪以来,关于词的叙事性、戏剧化的研究取得了丰富的成果,其中有宏观研究,以西方叙事学文本结构分析的理念和方法对词的叙事性从词题、词序、正文的叙事功能作了精彩的分析。② 陶文鹏、赵雪沛则对唐宋词中包含的代言体、个性化抒情唱词及词中戏剧冲突、动作、情境等因素进行阐释,并用戏剧中的正剧、喜剧、悲剧等概念分析唐宋词的多重风格形式。③ 在对词的叙事性、戏剧化进行宏观研究的同时还涌现了大量的中观、微观的研究成果,中观的如对花间词、唐五代联章词的叙事性研究,微观的如对柳永、苏轼、周邦彦等词作的叙事性研究。

唐宋时期,作为抒情文体的词在创作实践中词人的叙事冲动冲决

---

① 黄拔荆:《中国词史》,福建人民出版社2003年版,第40页。
② 张海鸥:《论词的叙事性》,《中国社会科学》2004年第2期。
③ 陶文鹏、赵雪沛:《论唐宋词的戏剧性》,《文学评论》2008年第1期。

第四章 唐宋城市转型中文学风格的嬗变

文体限制，使词具有了隐约的故事性，甚至通过人物冲突、对话的戏剧化色彩充分展现出叙事文学与抒情文学文体交融的多样性特点。

首先来看词隐约的情节性和故事性。唐宋词中有一部分词着意于动态过程的叙写，虽然不如小说、戏曲长篇结撰以曲折情节、复杂事件、人物形象再现社会生活，但往往通过意味隽永的动态过程叙写让读者去想象再现故事情境，如李清照的一些词作以极短的篇幅诗意呈现事情的动态："蹴罢秋千，起来慵整纤纤手，露浓花瘦，薄汗轻衣透。见客入来，袜刬金钗溜。和羞走，倚门回首，却把青梅嗅。"（《点绛唇·蹴罢秋千》）词作就像一出花园短剧，展现了一人物动态：妙龄少女清晨"蹴罢秋千"，尽兴之后"慵整纤纤手"并环顾花园景色和自己略显凌乱的形象，突然外客闯入，少女穿着袜子和羞奔逃，固定头发的金钗滑落也顾不上，但好奇心又牵引着少女倚门回首探望来客，为掩饰自己好奇而假装嗅青梅。这是一个较为完整的动态过程呈现，写出少女青春浪漫、娇羞好奇的生动形象。

苏轼词《蝶恋花·春景》让人过目难忘的是下片叙事片段中隐含的故事性："墙里秋千墙外道。墙外行人，墙里佳人笑。笑渐不闻声渐悄。多情却被无情恼。"一墙之隔，墙里佳人荡秋千的笑声，墙外行人为笑声着迷而驻足倾听，惜"笑渐不闻声渐悄"，墙外行人多情，墙内佳人无意间成为无情之人，两个本不相干的世界一瞬间在词作中交集碰撞产生的戏剧性蕴含了超越现实之上的哲思，在笑渐不闻声后的寂静中意犹未尽，余音袅袅。

人物对话入词是宋词词境和语言的创变，问答句式是散文或小说、戏曲的典型结构方式，唐宋词中有些词作隐含了人物对话："卖花担上，买得一枝春欲放。泪染轻匀，犹带彤霞晓露痕。　怕郎猜道，奴面不如花面好。云鬓斜簪，徒要教郎比并看。"（李清照《减字木兰花·卖花担上》）词中虽然没有直写人物对话，但下片少妇心理的微妙变化外化为人物行为时隐含了人物对话。有些词作则直接呈现人物对话，如李清照的《如梦令·昨夜雨疏风骤》："昨夜

205

雨疏风骤,浓睡不消残酒。试问卷帘人,却道海棠依旧。知否,知否?应是绿肥红瘦。"词中写清晨主人和"卷帘人"婢女对答,表现卷帘人的粗放和主人伤春悲秋的敏感,使得一首平常的伤春词生气活泼。再如周邦彦《少年游·并刀如水》:"并刀如水,吴盐胜雪,纤手破新橙。锦幄初温,兽烟不断,相对坐调笙。低声问向谁行宿,城上已三更。马滑霜浓,不如休去,直是少人行。"词作开头是特写镜头:锋利的并刀泛着秋水一般的冷光,吴盐晶莹胜雪,在这冷色的背景下,美人纤柔双手和橘色橙子的温润色彩以及"锦幄初温,兽烟不断"的居室环境渲染出温馨柔情的氛围,"相对坐调笙"表现了两人的默契情致,词作书写才子佳人柔情蜜意的恋情至此已是情致毕现,不意下片纯为佳人低声探问,说时间三更、路上马滑霜浓行人少,在小心翼翼地试探中透出深情留客的心意,"不如休去",婉曲深折。有评家说该词"即事直书,何必益毛添足"[①],所谓"直书"也即直叙佳人问话,这样的"直书"叙事令人回味无穷。

人物对话入词至辛弃疾词中翻出新意,辛词以文为词,以主客问答结构词章,形成戏剧冲突,实则为词人内心冲突的形象化,这一点与韩愈《送穷文》相类,典型如其《沁园春·将止酒,戒酒杯使勿近》:

> 杯,汝来前!老子今朝,点检形骸。甚长年抱渴,咽如焦釜;于今喜睡,气似奔雷。漫说刘伶,古今达者,醉后何妨死便埋。浑如此,叹汝于知己,真少恩哉! 更凭歌舞为媒,算合作平居鸩毒猜。况怨无大小,生于所爱;物无美恶,过则为灾。与汝成言,勿留亟退,吾力犹能肆汝杯。杯再拜,道麾之即去,招则须来。

词作通篇以"老子"与杯的对话贯穿,其间"老子"对杯子气势汹

---

① (明)徐士俊:《古今词统》卷6,载张璋等《历代词话》,第413页。

第四章　唐宋城市转型中文学风格的嬗变

汹的声讨中爱恨交加的复杂心绪、杯子唯唯诺诺表象之下的机灵狡黠都从对话中透出，戏谑幽默中蕴含作者一腔孤愤。辛词中与此相类的还有《西江月·遣兴》等。

综上，词这一体裁由于其起于民间的背景，使其在发展进程中能更为充分地展现叙事因素，这是唐宋词发展中值得关注的现象。

四　诗歌的"叙事性转向"

"对叙事的注重又是宋诗摆脱唐诗套路、另辟蹊径的策略之一。宋诗之所以形成与唐诗不同的风貌，与宋代诗学的叙事性转向有密切的关联。"① 但是，宋诗的"叙事性转向"并非空穴来风，中唐以后，受市民文学叙事性影响，传统诗文的叙事成分增加无疑是宋诗"叙事性转向"的必要铺垫。

在贞元、元和年间作家创作中有一个现象是"同题异体"，同样的情事，既有诗歌吟咏，也有传奇委婉叙说，有时集中于一个作家身上，如元稹关于张生和崔莺莺凄婉的爱情抒写，既有诗歌《莺莺诗》《会真诗三十韵》等，又有叙事婉转的传奇《莺莺传》（也称《会真记》），引发了文学史上近千年叙事传承的佳话。正如鲁迅所言："元稹以张生自寓，述其亲历之境，虽文章尚非上乘，而时有情致，固亦可观。唯篇末文过饰非，遂堕恶趣。而李绅、杨巨源辈既各赋诗以张之，稹又早有诗名，后秉节钺，故世人仍多乐道，宋赵德麟按即赵令畤已取其事作《商调蝶恋花》十阕，金则有董解元《弦索西厢》，元则有王实甫《西厢记》、关汉卿《续西厢记》，明则有李日华《南西厢记》、陆采《南西厢记》等，其他曰《竟》曰《翻》曰《后》曰《续》者尤繁，至今尚或称道其事。唐人传奇留遗不少，而后来灯赫如是者，唯此篇及李朝威《柳毅传》而已。"② 也就是说，在漫长的传承过程中，崔、张情事在不同文体（诗、词、

---

① 周剑之：《宋诗纪事的发达与宋代诗学的叙事性转向》，《文学遗产》2012年第5期。
② 鲁迅：《中国小说史略》，中华书局2010年版，第67页。

小说、诸宫调、戏曲)中找寻最为合适的样式,终于在戏曲《西厢记》中大放异彩。诗人兼作传奇,元稹堪为典型,惜量不多,而温庭筠作为诗人、词人兼作传奇,传奇作品量多且质高。

"同题异体"现象有时分属不同作家,如元稹与白居易等人"于新昌宅说'一枝花话'",元稹由此创作诗歌《李娃行》,而白行简却创作传奇《李娃传》。对玄宗与杨贵妃的爱情吟咏既有白居易诗歌名篇《长恨歌》,也有陈鸿的《长恨歌传》。这种"同题异体"现象说明此一时期作家较为普遍的有一种叙事冲动,以诗歌抒叙一个完整的情节事件而仍觉不尽兴转而以传奇的方式更为充分地展示自己的叙事能力。有人可能会说唐人传奇创作有其功利目的,是用于行卷、温卷,但白行简创作传奇《李娃传》的时间是在大中九年(855),他早在贞元末年已登进士第,说明他的传奇创作是本于内心的叙事冲动。中唐"同题异体"的现象说明,在唐宋抒情叙事转向中作家尝试找寻更为适合叙事的文体的努力。

从唐诗到宋诗的转型研究是唐宋文学研究中的热门话题,近年来产生了丰富的研究成果,其中周剑之对宋诗叙事性的研究值得关注,她认为唐诗的重要特色是"感觉架构取代逻辑架构","而宋诗的新变,则在于以叙事的要素重建历时性、逻辑性的架构,诗人追求诗歌内在意思的曲折,倾向于通过相关事件的具体情境来传达内在的复杂体验。通过对视角的精心选择,借助于虚词、用事等手法,在诗歌中营造出一个具体可感可想的事境"①。"事境""事象"近年来成为周剑之研究宋诗的核心概念。的确,宋人对自己的诗歌创作的优势和特点是有自觉意识的,欧阳修对自己诗作《戏答元珍》开头两句"春风疑不到天涯,二月山城未见花"很欣赏:"若无下句,则上句直不见佳处。并读之,便觉精神顿出。"② 其实,这两句的好处是以叙事的要素重建逻辑性架构,上下两句形成因果关联。

---

① 周剑之:《从"意象"到"事象":叙事视野中的唐宋诗转型》,《复旦学报》(社会科学版)2015年第3期。
② (宋)蔡絛:《蔡絛诗话》卷中,载吴文治主编《宋诗话全编》,第2498页。

第四章 唐宋城市转型中文学风格的嬗变

对于宋诗的叙事性特点，首先从文本角度而言是诗作叙事成分的增加，从《诗经》的赋比兴而言是赋笔的增加。"'赋'笔的增多，是中唐诗歌新变中呈现的普遍现象。"① 陈沆说诗歌"中唐以下纯乎赋体者"② 是很有见地的。元白诗人作品中《长恨歌》《琵琶行》《连昌宫词》等长篇叙事诗的出现是明显的例子，而即使是不太适合用赋法结撰的山水诗也一反盛唐"兴象玲珑"的韵致而着意于游踪过程的展示，如韩愈的《山行》《谒衡岳庙遂宿寺题门楼》等诗以文为诗，就像一篇篇小型游记记叙了自己游览行踪。到了宋代杨万里诗中，人与山水的关系演化为戏剧关系："前山欺我船兀兀，结约江妃行小谲。乘我船摇忽远逃，见我船定还孤出！老夫敢与山争强，受侮不可更禁当。醉立船头看到夕，不知山于何许藏？"（《夜宿东渚放歌》其一）诗中"我"与山形成竞争冲突的关系，展现了"我"从受欺侮的地位到醉立船头看山"何许藏"的过程，就像一出小型戏剧。

其次从文体结构而言，宋诗叙事性主要表现在诗题、诗注、诗序加长篇幅，增加写实叙事成分，与诗作互为补充呼应，表明诗作在抒情之外叙事功能的加强。宋诗诗题之长在唐诗中不多见，如陆游《五月十一日夜且半，梦从大驾亲征，尽复汉唐故地，见城邑人物繁丽，云西凉府也，甚喜。马上作长句，未终篇而觉，乃足成之》诗云：

> 天宝胡兵陷两京，北庭安西无汉营。五百年间置不问，圣主下诏初亲征。熊罴百万从銮驾，故地不劳传檄下。筑城绝塞进新图，排仗行宫宣大赦。冈峦极目汉山川，文书初用淳熙年。驾前六军错锦绣，秋风鼓角声满天。首蓿峰前尽亭障，平安火在交河上。凉州女儿满高楼，梳头已学京都样。③

---

① 刘宁：《唐宋之际诗歌演变研究：以元白之"元和体"的创作影响为中心》，第5页。
② （清）陈沆：《诗比兴笺》，上海古籍出版社1981年版，"序"第1页。
③ （宋）陆游：《剑南诗稿》，钱仲联点校，岳麓书社1998年版，第295页。

诗题长达48个字，在宋诗中并不算长，其功能是叙说了梦境，交代了梦境所涉时、地、人，并点明了写作缘由和背景，若无诗题铺垫，诗作抒写就显得突兀而难解。所以严羽在《沧浪诗话》中说："唐人命题，言语亦自不同。杂古人之集而观之，不必见诗，望其题引而知其为唐人、今人矣。"①

唐人诗中也有诗序，元白诗人的讽喻诗中往往用题下小序点明诗作主旨，如白居易《上阳白发人》下小序是"愍怨旷也"，《井底引银瓶》下小序是"止淫奔也"，这样的小序简洁明了，并不承担叙事功能。但宋代诗歌的题下序则往往篇幅较长并具有了较强的叙事功能，如苏轼的记梦诗《石芝》：

> 空堂明月清且新，幽人睡息来初匀。了然非梦亦非觉，有人夜呼祁孔宾。披衣相从到何许，朱栏碧井开琼户。忽惊石上堆龙蛇，玉芝紫笋生无数。锵然敲折青珊瑚，味如蜜藕和鸡苏。主人相顾一抚掌，满堂坐客皆卢胡。亦知洞府嘲轻脱，终胜嵇康羡王烈。神山一合五百年，风吹石髓坚如铁。

诗作题下有序："元丰三年五月十一日癸酉，夜梦游何人家。开堂西门，有小园、古井。井上皆苍石，石上生紫藤如龙蛇，枝叶如赤箭。主人言，此石芝也。余率尔折食一枝，众皆惊笑。其味如鸡苏而甘，明日作此诗。"同样，若无诗序叙说梦境，交代写作缘由，诗意就变得突兀而不可解。

诗题和诗序都是可以贯通全篇的写作缘由或背景，但是诗注可能只关涉了诗中的某个史实细节，但若无这些诗注又会影响到诗意的理解，如苏轼的《荔支叹》诗中有四处自注，每一处都在说明诗中的事实，有助于读者深入正确的把握诗意：

---

① （宋）严羽：《沧浪诗话·诗评》，载（清）何文焕辑《历代诗话》，第695页。

210

第四章 唐宋城市转型中文学风格的嬗变

　　十里一置飞尘灰，五里一堠兵火催。颠坑仆谷相枕藉，知是荔支龙眼来。飞车跨山鹘横海，风枝露叶如新采。宫中美人一破颜，惊尘溅血流千载。永元荔支来交州，天宝岁贡取之涪。至今欲食林甫肉，无人举觞酹伯游。（自注汉永元中交州进荔支龙眼，十里一置，五里一堠，奔腾死亡，罹猛兽毒虫之害者无数。唐羌，字伯游，为临武长，上书言状，和帝罢之。唐天宝中，盖取涪州荔支，自子午谷路进入。）我愿天公怜赤子，莫生尤物为疮痏。雨顺风调百谷登，民不饥寒为上瑞。君不见武夷溪边粟粒芽，前丁后蔡相笼加。（自注大小龙茶，始于丁晋公，而成于蔡君谟。欧阳永叔闻君谟进小龙团，惊叹曰：君谟士人也，何至作此事！）争新买宠各出意，今年斗品充官茶。（自注今年闽中监司，乞进斗茶，许之。）吾君所乏岂此物，致养口体何陋耶。洛阳相君忠孝家，可怜亦进姚黄花。（自注洛阳贡花，自钱惟演始。）

　　如诗中第二处自注就是针对"前丁后蔡"时事的解释，"前丁"指丁谓，"后蔡"指蔡襄，丁谓曾封晋国公，所以注中称丁晋公，蔡襄字君谟，注中称君谟，两人并提是因为他们都做过福建路转运使，都向朝中进贡过龙团茶。"武夷溪边粟粒芽"指的是宋代名茶福建建溪茶叶。注中还以欧阳修对蔡襄进贡龙团茶行为的不耻委婉表达自己的批判之意。所以，诗注大大加深拓宽了诗歌的内涵和容量。

　　宋诗的叙事性不仅表现在文本上，而且渗透进"副文本"的诗题、序、注中，与此前诗歌相较，加长、加重了"副文本"叙述分量，构成诗作不可或缺的组成部分，与文本相得益彰。这就从外在结构形式上区别于唐诗。

　　另外，宋诗中还有用组诗联章吟咏以突破单篇诗歌容量的限制，拓展诗歌的叙事性的实践，如范成大使金绝句七十二首、刘子翚《汴京纪事》诗二十首、文天祥《集杜诗》二百首、汪元量《湖州歌》九十八首等，记录和见证了宋王朝的重大历史事件，堪称"诗史"。以诗记史是中国诗歌的一个传统，重大政治事件激发诗人史家意识，当一首诗不足以承载厚重的历史及诗人复杂感怀时，往往以组诗联章吟咏记录历史，这一传统可上溯至杜甫"三吏""三别"等，宋人更为自觉地担负起以诗存史的责任，拓展了诗歌的叙事功能。

  总之，中唐以后，市井民众喜好故事的审美趣味通过雅俗互动、文体破体互融等方式影响文坛风尚，在"诗到元和体变新"的元白诗歌、"文起八代之衰"的韩柳散文变革诸端中，"叙事性转向"是一个重要内容并直接影响到宋人的文学风尚。

第五章　唐宋城市转型中新兴文体的萌芽与发展

在唐宋城市转型进程中，传统文人对乡土山林的依恋和对城市的疏离心态发生了一定的变化，在文学抒写中一定程度显现出城市诗意。文人关注视点的下移带来文学题材新变，文学风格的诸多因素也发生了变化。同时，随着城市经济、文化功能的强化，市民阶层的壮大，传统的诗词歌赋等雅文学显然无法满足这个新兴阶层文化娱乐的需求。于是，叙事性、娱乐性更强的文体应运而生。所以，城市转型从一个特殊的角度催化了新兴文体的产生发展，以更好地适应市井民众的文化娱乐需求，另外也潜移默化地影响了文人士大夫的审美趣味和文学创作。

第一节　唐诗宋词中城市功能的演变与文体转换

城市作为人类文明发展的产物，人们对其感情是复杂的，特别是有着浓厚的乡土情结的中国古代文人，他们的精神文化、价值观念都是在乡村的背景与土壤中发展形成，因此，乡村是他们文学想象的中心，山水田园是他们永恒的精神家园，并在中国古代文学中占尽风光，而城市生活风物、风情特别是城市商业娱乐因素的表现则居于一个较为次要的压抑状态。虽然这样，城市文明却也在艰难而顽强地表达着自己，而且每一个时代的文人的城市观念也不是一成不变的，总的来说，唐宋以前（包括唐宋），文人对城市的态度往往是爱恨交加的，他们身上由道家的思想哲学传统所孕育出来的高蹈超逸的生活趣味和审美趣味都使得他们有意无意地疏离和对抗城市文明。在唐宋城市转型进程中，由于文人身份地位的下移，加之文体更替，叙事文学的发展成熟等，文人城市观念发生一定变化，文学创作主体对城市的态度从疏离对抗到应变创造。这一点从宋元话本、戏曲中不难发现，而即使从正统的诗文作品中也能看到这种变化轨迹，与传统诗文对山林田园那份清寂超逸格调的沉醉不同，他们更愿意表现熙来攘往的人世风光。

中国古代城市功能的演变从一个特殊角度影响着中国古代文学文体的转换，在这一演进中，唐宋文学是一个转型时期。从城市象征功能来说，从政治化的内涵转向世俗性内涵；从雅俗观念来说，从雅趋向于俗；从文体角度来说，从诗转向了词。本节拟从唐诗宋词这一角度来探寻这一转型时期的一些特征。

一 初盛唐都市诗：帝国气势的象征与自由精神的张扬

从社会学的角度来看，城市是"指在一定地域范围内，大多数从事工商业或其他非农业产业的、一定规模的人口组成的人类生活共同体"[①]。在西方，文明（civilization）一词的拉丁词源（civis）的含义是市民和城市居住者，说明人类文明与城市的出现关系密切。"在传统上，城市是政治权利的中心，商品交换是它的附属功能。"[②]城市特别是都市所表征的是帝国历史、政治、军事、外交等，而市井、世俗类内涵则被有效遮蔽了。所以康震在分析唐长安城建筑与唐诗的审美文化内涵时，着力的是"秦中自古帝王州"（杜甫《秋兴》之六）的历史荣耀，是"秦川雄帝宅，函谷壮皇居"（唐太宗《帝京篇》）的险峻雄强形制，是"百千家似围棋局，十二街如种菜畦"（白居易《登观音台望城》）的严整城市空间布局，是"万国衣冠拜冕旒"（王维《和贾舍人早朝大明宫之作》）的帝国霸主气势，

[①] 王思斌主编：《社会学教程》，北京大学出版社2003年版，第201页。
[②] 王思斌主编：《社会学教程》，第202页。

第五章　唐宋城市转型中新兴文体的萌芽与发展

是"北阙""南山"的"大长安城"的审美想象……而缺少世俗人家的烟火气息,缺少市井腾跃的活力。①

中国古代的城市功能主要是政治性和军事性,而生产性、商业性和服务性、娱乐性则往往具有衍生性质,城市的兴衰与帝国的兴衰血肉相连,帝国的衰落会给城市带来毁灭性打击,如姜夔《扬州慢》中描绘扬州在金人铁蹄践踏后的残破萧瑟景象。在帝国强盛之时会催生一些这样的城市,如唐代的长安和宋代的汴京,这些城市如同漂浮在农业文明海洋里的明珠,熠熠生辉,其政治性和军事性作为帝国声威气势的象征有效地吸纳士人效忠王朝而形成对王朝的向心力;其商业性和服务性则有效地聚集大量的商人和手工业劳动者以及其他非农业劳动者,形成城市多元斑斓的色彩。

唐诗中有很多表现都市建筑格局、民俗风物的诗篇,但是从初唐到晚唐,这些表现城市的诗篇的内容取向以及从其中透露出来的城市观念并不一致,总的来说,初盛唐诗人更多着意于城市的政治性和军事性,而中晚唐时期,随着士人对王朝向心力的逐渐减弱,诗人们的歌咏更多着意于城市的商业性和服务性、娱乐性。也就是说,城市的象征性内涵在唐代有一个逐渐下移的过程,表现内容从"城"向"市"转化。

长安作为大唐帝国专制制度的神经中枢,是帝国声威气势的象征,初唐宫廷诗中有很多篇章铺陈描写这座辉煌的城市,这主要是源于唐太宗润色鸿业的需求,正所谓"不睹皇居壮,安知天子尊"(骆宾王《帝京篇》)。唐太宗自己就带头写这样铺排帝京气势的诗,其《帝京篇》:"秦川雄帝宅,函谷壮皇居。绮殿千寻起,离宫百雉余。连甍遥接汉,飞观迥凌虚。云日隐层阙,风烟出绮疏。"全诗共十首,是唐代最早描绘皇都帝京的诗,内容上歌颂海内清一,皇庭声威远被,文辞上镂金错彩、富丽堂皇固然是典型的宫廷诗的面貌,

---

① 康震:《文化地理视野中的诗美境界——唐长安城建筑与唐诗的审美文化内涵》,《文艺研究》2007年第9期。

但其中透露出来的一种昂然向上的精神、宏大的气势、超凡的自信都是齐梁诗风无法比肩的，而这些无疑为初盛唐表现城市的诗篇奠定了宏阔雄健的格调，这样的歌咏更多的是关乎政治，透露的是帝国初兴的时代气息，这样的城市抒写格调很快就得到了诗人们的热烈回应，初盛唐诗人们热衷于表现象征皇权的宫殿楼台及盛大的朝会场面，如"万瓦宵光曙，重檐夕雾收。玉花停夜烛，金壶送晓筹。日晖青琐殿，霞生结绮楼。重门应启路，通籍引王侯。"（虞世南《凌晨早朝》）"百灵侍轩后，万国会涂山。……声教溢四海，朝宗引百川。"（魏征《奉和正日临朝应诏》）这些诗歌洋溢着对大唐帝国百川归流的强盛国力的自豪感和向心力。贾至的一首《早朝大明宫呈两省僚友》的朝会诗，很快就有了王维、岑参、杜甫的和诗："九天阊阖开宫殿，万国衣冠拜冕旒。"（王维《和贾舍人早朝大明宫之作》）"金阙晓钟开万户，玉阶仙仗拥千官。"（岑参《奉和中书舍人贾至早朝大明宫》）这组诗虽写于安史之乱初平不久，但却充溢着缅怀盛世、渴望中兴的期待，所以保持了盛唐都市诗一贯风格：壮丽的天宫、万方来朝的浩荡队伍、盛大的场面，充满着对帝国声威气势的由衷骄傲，而且同题和诗这一现象也说明这种题材最能激起这一时代士人共鸣。

如果说以上所举都是朝会诗，其关注重心自然如此，但在其他场合如登览游赏的诗作中，表现城市的时候也多指向了对大唐帝国的热烈礼赞，如张九龄《登乐游原春望书怀》"城隅有乐游，表里见皇州。……万甍清光满，千门喜气浮，花间直城路，草际曲江流"。据《长安志·唐京城》记载"乐游原居京城之最高，四望宽敞，京城之内，俯视指掌"①，当张九龄登上这个长安城的制高点展望四周时，内心油然涌起的依然是对皇恩和宫阙的礼赞。再如王维的《奉和圣制从蓬莱向兴庆阁道中留春雨中春望之作应制》："渭水自萦秦塞曲，黄山旧绕汉宫斜。銮舆迥出千门柳，阁道回看上苑花。

---

① （宋）宋敏求：《长安志》卷8，《景印文渊阁四库全书》第587册，第134页。

第五章　唐宋城市转型中新兴文体的萌芽与发展

云里帝城双凤阙，雨中春树万人家。为乘阳气行时令，不是宸游重物华。"在从大明宫通往兴庆宫的阁道上展望春雨朦胧中帝都的万千气象，云遮雾绕中的宫阙、生机盎然的春树和上万人家相映衬，更显出帝城的壮观、阔大、昌盛、祥瑞，诗人对京城的描摹还是自觉地纳入润色鸿业的政治需求。

在唐代士人观念中，长安这座城市主要是作为大唐帝国政治军事的神经中枢而存在的，进入这座城市才能真切感受到大唐帝国的脉动节律，并为之自豪骄傲，而被迫远离京城的士人的落寞伤痛以及对长安那一份刻骨铭心的依恋向往一直是唐诗中最动人的一个内容。杜甫在离开长安后回忆帝都时深情写道："蓬莱高阙对南山，承露金茎霄汉间。西望瑶池降王母，东来紫气满函关。云移雉尾开宫扇，日绕龙鳞识圣颜。一卧沧江惊岁晚，几回青琐照朝班。"（《秋兴八首》其五）此时的诗人流落在夔州，处于"岁晚"之时却心系京华："夔府孤城落日斜，每依北斗望京华"（《秋兴八首》其二），而最能牵动诗人思忆情怀的依然是象征皇权的雄伟壮丽的宫殿、盛大华丽的朝会场面，可见诗人对长安的思忆是偏重于政治性内涵的。士人对长安的深切依恋向往，直到晚唐也依然很强烈，李商隐漂转幕府的诗篇也多有这种感情的抒写，正如唐末僧人卿云所说："生作长安草，胜为边地花。"（《长安言怀寄沈彬侍郎》）

还应该提及的是唐代很多咏史怀古诗都涉及城市，大多从家国政治兴衰的角度介入，特别是在安史之乱的动荡之后，痛定思痛的诗人在探寻历史以思考现实出路时，城市在他们的视角中往往就成为家国政治的象征。如刘禹锡就善于以传统士人的沉思品格来表现金陵，从历史兴衰变迁的视角来观照城市，其脍炙人口的《金陵怀古》《石头城》《乌衣巷》等诗都表现出这样的象征内涵。

在初唐，与着意于城市的政治性和军事性相对的是排斥城市的世俗性，当初唐诗歌的笔触涉及这一层面时，城市往往成为罪恶堕落的渊薮，如卢照邻的《长安古意》以一种居高临下的视点来铺陈帝都长安市井生活的奢华斑斓：通衢大道与狭窄小巷经纬交错的长安街景、往来穿梭的宝马香车、金碧辉煌的宫殿楼台、繁闹艳冶的市井娼家、脱略法度的长安恶少、争权夺利的将相高官等，繁华富贵之极、狂欢沉醉之极，可诗人却对这种市井的狂欢保持着传统士人的清醒和警惕，把繁华富贵看作短暂的梦幻："自言歌舞长千载，自谓骄奢凌五公。节物风光不相待，桑田碧海须臾改。昔时金阶白玉堂，即今唯见青松在。"相对市井如烟繁华，清贫自足的书生生活虽然寂寥却更为真实"寂寂寥寥扬子居，年年岁岁一床书。独有南山桂花发，飞来飞去袭人裾"，诗人以传统士人安贫乐道的傲骨抵御市井生活的诱惑。骆宾王的长篇歌行《帝京篇》的人生价值取向与此相类，表现了初唐四杰这类中下层地主知识分子在步入大唐政治生活时兀傲不平的人生意气。

"一个文化的每一个优点和特点，都会以某种方式反映在城市之中。"① 唐型文化的开放、外倾、事功的特点在唐诗表现城市生活的作品中有着鲜明的反映。在对城市奢靡富贵否定的同时，唐代的城市生活中洋溢着一种自由精神，这也是唐型文化在城市生活中的体现。大唐帝国有着万方来朝的强盛国势，在文化上也就有海纳百川、兼容并包的阔大胸襟，这是初盛唐诗人自由精神形成的大背景，他们身上儒侠互补的人格精神一方面强化了他们的参政意识，从而也强化了他们城市观念中政治化倾向；另一方面，那种脱略法度规矩的游侠精神与多元的城市生活结盟，则更利于张扬任侠的自由精神。而城市生活中的商业性、娱乐性容易形成一种弱化人格，初盛唐诗人身上的任侠之气则能够有效避免城市文明对人性的压制扭曲。还有，城市生活的多元文化撞击，更有助于形成在城市生活的诗人们的豪纵不拘的人格精神。

初盛唐诗篇中有着大量歌咏城市游侠、狂人、酒徒的诗篇，内中昭示的是自由的意志和强悍的生命力，与高度城市化的人格中自私、孱弱全然不同。李白以诗人骚客的浪漫情怀来表现唐代城市生

---

① ［美］H. J. 德伯里：《人文地理——文化、社会与空间》，王民等译，北京师范大学出版社1988年版，第196页。

第五章 唐宋城市转型中新兴文体的萌芽与发展

活的热烈奔放，是人的自由精神意志的表现，所以篇中有酒。"李白一斗诗百篇，长安市上酒家眠。天子呼来不上船，自称臣是酒中仙。"（杜甫《饮中八仙歌》）是脱略礼法的狂放；"风吹柳花满店香，吴姬压酒劝客尝。金陵子弟来相送，欲行不行各尽觞。请君试问东流水，别意与之谁短长？"（《金陵酒肆留别》）是诗人风流潇洒的情怀，这些诗作表现的是城市生活中恣情畅意的一面。初盛唐诗歌在表现城市生活时更多地注目于少年豪侠形象的塑造，而晚唐则转向了红粉佳人与绮筵公子的描摹。盛唐很多诗人都涉笔的一个诗题是《少年行》，而这些少年游侠是诗人理想人格的具象化，他们活动的场景大多在城市，如"新丰美酒斗十千，咸阳游侠多少年。相逢意气为君饮，系马高楼垂柳边。"（王维《少年行》其二）"五陵年少金市东，银鞍白马度春风；落花踏尽游何处，笑入胡姬酒肆中。"（李白《少年行》其二）"托交从剧孟，买醉入新丰。笑尽一杯酒，杀人都市中。"（李白《结客少年场行》）"千场纵博家仍富，几度报仇身不死。宅中歌笑日纷纷，门外车马常如云。"（高适《邯郸少年行》）等，这些少年游侠或在长安，或在咸阳，或在邯郸，他们或纵酒赌博，或行侠复仇，或沉入声色，但都豪气干云，昭示的是脱略规矩法度的、超乎世俗庸常的自由浪漫精神。

二 中晚唐都市诗：世俗色彩的强化与文体的转换

封建城市中的"城"与"市"的分立在唐代长安的表现是突出的，统治者为达到专制统治的目的，往往对城中的市进行严格管理，唐代统治者明确规定："五品以上，不得入市"[1]，而对住在里坊内的居民则实行严格的宵禁制度："昼漏尽，顺天门击鼓四百槌讫，闭门；后更击六百槌，坊门皆闭，禁人行。"[2] 城中居民交往只能在白天进行。在初唐，只有在一些特殊的节日才能越出这种规定，如苏

---

[1] （宋）王溥：《唐会要》卷86《市》，第1581页。
[2] （唐）长孙无忌等：《唐律疏议》卷26《杂律》"犯夜"条，岳纯之点校，第418页。

味道《正月十五日夜》："火树银花合，星桥铁锁开。暗尘随马去，明月逐人来。游伎皆秾李，行歌尽落梅。金吾不禁夜，玉漏莫相催。"只有在元宵佳节这样盛大的节日里，才有"星桥铁锁开""金吾不禁夜"的特例，诗中抒写宵禁解除时的欣喜及市民的沉醉狂欢。但是，这些严格的规定在"城"与"市"的拉锯较量中往往被跨越，实现了城与市的融合，如长安的商业活动在中唐以后便越出两市，渗入居民区中，而且打破宵禁出现了夜市，唐文宗开成年间下令："京夜市宜令禁断"①，但却屡禁不止，崇仁坊"昼夜喧呼，灯火不绝"②。

另外，在唐代长安城的空间布局中，宫城与外郭城的比例变化是值得关注的现象，外郭城居民区比例的扩大表明城市建设重心向外郭城转移，而文学创作的主体和源泉也主要在外郭城。所以，中唐以后，随着市井生活对专制管制的越界，文学观念上形成写实尚俗风尚，诗人们在表现城市生活时便从"城"向"市"偏移，更多的具有世俗性色彩。中唐元白诗派的诗人由于对君权的依附性下降，生活上也更接近世俗潮流，如白居易对都市女性面妆时尚的注目，前面第二章第二节已有分析，此不赘言。

还有，在中晚唐，由于政治中心与经济重心的分离，南方城市发展很快，出现了四大都市：淮安、扬州、苏州、杭州，长安城的这种严格管制在这类城市中有所松动，如东都洛阳置有丰都、大同、通远三市，扬州由于其特殊的交通位置，很快发展成可与长安比美的城市。"十里长街市井连，月明桥上看神仙。"（张祜《纵游淮南》）"春风十里扬州路，卷上珠帘总不如。"（杜牧《赠别》）"夜市千灯照碧云，高楼红袖客纷纷。如今不似时平日，犹自笙歌彻晓闻。"（王建《夜看扬州市》）金陵、杭州等城市的发展也不输于扬州，韦庄的《陪金陵府相中堂夜宴》中描绘的金陵已是繁华之极：

---

① （宋）王溥：《唐会要》卷86《市》，第1583页。
② （宋）宋敏求《长安志》卷8，《景印文渊阁四库全书》第587册，第128页。

第五章　唐宋城市转型中新兴文体的萌芽与发展

"满耳笙歌满眼花，满楼珠翠胜吴娃。因知海上神仙窟，只似人间富贵家。"加之在中晚唐以后，"时代精神已不在马上，而在闺房；不在世间，而在心境"①，城市生活的感官享乐色彩在晚唐诗歌中被进一步突显出来。余恕诚先生在分析晚唐诗歌时把这一时期的诗人分为两个群体，一个是穷士诗人群体，一个是绮艳诗人群体，后者如杜牧、李商隐、温庭筠等人，他们的诗歌有着明显的"都市色彩和政治色彩"②，随着他们诗歌创作中都市色彩的强化，城市的象征功能也在逐渐转化。

晚唐诗歌在表现城市生活时虽然已是花团锦簇、满眼珠翠，绮靡已极，但是诗人对此还是保持了传统士大夫阶层在享受城市文明时的间离姿态，既沉醉而又批判，更何况时代已入衰世，城市享乐也就笼罩着不祥的预兆氛围，或者成为衰世惶恐不安的时代心理的抚慰方式，所以总是带有一种哀婉的情调，如杜牧就典型地表现出这种矛盾心态，一方面，他以一种风流自弃式的颓放沉醉于都市生活的缤纷斑斓："娉娉袅袅十三余，豆蔻梢头二月初。春风十里扬州路，卷上珠帘总不如。"（《赠别》）"落魄江湖载酒行，楚腰纤细掌中轻。十年一觉扬州梦，赢得青楼薄幸名。"（《遣怀》）"忽发狂言惊四座，两行红粉一时回。"（《兵部尚书席上作》）但另一方面，他又时常以一种批判姿态来反思末世的喧嚣与浮华，如《泊秦淮》："烟笼寒水月笼沙，夜泊秦淮近酒家。商女不知亡国恨，隔江犹唱后庭花。"也可以说，在晚唐诗歌城市象征功能中，虽然"市"的功能已被突显出来，但"城"的功能依然强大。

对城市富贵温柔的描写在晚唐已是诗词互见了，如韦庄词描写成都之富："锦里，蚕市，满街珠翠，千万红妆。玉蝉金雀宝髻，花簇鸣珰，绣衣长。　日斜归去人难见，青楼远，队队行云散。不知今夜何处？深锁兰房，隔仙乡"（《怨王孙·锦里，蚕市》）"如今

---

① 李泽厚：《美的历程》，第193页。
② 余恕诚：《唐诗风貌》，第106页。

221

却忆江南乐,当时年少春衫薄。骑马倚斜桥,满楼红袖招"(《菩萨蛮·如今却忆江南乐》),与晚唐诗歌对城市享乐保持着必要的警惕不同,词作为晚唐五代兴盛的一种新诗体,与诗歌的表现功能形成了一种互补,所谓"诗庄词媚""诗言志,词主情""诗境阔,词境狭"都从不同侧面透露出词对政治意识形态的疏离,把诗歌创作从言志载道风化天下的重负中解脱了出来,所以其对城市的表现突出"市"的功能而淡化"城"的功能也就在所必然。花间词派的抒写是以城市的商业娱乐因素为中心来展开文学想象的,温庭筠词中那种金碧辉煌的色彩、香而软的风格典型地体现了城市文化的商业化、娱乐化、艳情化的倾向。花间词,原本就是在歌楼酒宴上由"绮筵公子,绣幌佳人,递叶叶之花笺,文抽锦丽;举纤纤之玉指,拍按香檀。不无清绝之辞,用助妖娆之态"①。从中可见,晚唐五代词这种体裁的创作与传播从一开始就有商业化的女性——歌妓参与,使其天然地具有市井俗世的享乐性和女性世界的香艳色彩。所以,袁行霈先生认为,词"是一种都市娱乐文学","是女性的软性的文学",并认为从乡野和都市这个角度去看诗词分野会更清楚些。② 可以说,城市的世俗性、娱乐性功能在词这种文体中得到了较为充分的体现,这是诗词嬗变过程中不容忽视的一个重要的驱动力。

三 北宋都市词:市井俗人的温柔富贵之乡与弱化人格

宋初有着明显的隐逸之风,一些文人固守着传统的对城市的拒斥态度,如晚唐体中的九僧和林逋,特别是林逋隐居在西湖孤山,紧邻繁华大都市杭州,却二十年未涉足城市,妻梅子鹤,保持了传统士大夫的高标逸韵:"幸有微吟可相狎,不须檀板共金樽。"(《山园小梅》)以清贫自持的傲骨对抗城市"檀板共金樽"的喧嚣与浮华。但是,宋太祖赵匡胤对石守信等重臣"杯酒释兵权",作为补偿

---

① (五代)赵崇祚辑:《花间集校》,李一氓校,第1页。
② 袁行霈:《中国诗歌艺术研究》,第278页。

第五章 唐宋城市转型中新兴文体的萌芽与发展

则鼓励他们"多积金,市田宅以遗子孙。歌儿舞女以终天年"①,公然提倡享乐之风,加之宋代城市经济的繁荣活跃,从北宋中期开始,享乐浮靡世风形成,以汴京为代表的城市生活越来越朝着娱乐享受方向发展,当时汴京"太平日久,人物繁阜。垂髫之童,但习鼓舞;班白之老,不识干戈。举目则青楼画阁,绣户珠帘。雕车竞驻于天街,宝马争驰于御路;金翠耀目,罗绮飘香。新声巧笑于柳陌花衢,按管调弦于茶房酒肆"②。这样的世风,使得宋词的创作很快实现了与花间词的对接,在表现城市生活的词篇中,突显其商业化、娱乐化、艳情化倾向,在表现功能上与诗歌拉开了距离。

士大夫文人面对宋代如此斑斓多姿的城市生活,寂寞自守者寥寥无几,王安石算是一位"视富贵如浮云,不溺于财利酒色,一世之伟人也"③,但像他这样能够脱弃征逐风流、浮浪游冶的士人恶习者却并不多见,从宋初的重臣寇准、晏殊到欧苏这样的疏宕放达士人再到南宋范成大等人,都表现出多重面目与多重人格,风情享乐是他们在"先天下之忧而忧"时无法忘怀也不能舍弃的重要层面,也就是说他们既不能清贫自持、刚毅自重,又不能脱略规矩去征逐风流。所以,宋代城市生活的商业性、享乐化影响着宋代文人的人格特质。如前所言,宋代文人大多具有多重面目与多重人格,而在表现城市生活的词篇中,显现出的则主要是有缺陷的弱化人格特质,孱弱、退缩、自我放弃、无力自振是这种弱化人格的特点,如柳永在对城市享乐沉醉之余,透露出的是一种柔弱心态,"在他的词里,人是'多情多病'之人,心是'温柔心性'之心,北宋词人那种柔弱心态在它里头,可谓是表露得十分充分了"④。杨海明认为宋人心理机制和感情面貌充分"柔化"的原因是两条:一是宋人爱情意识

---

① (元)脱脱等:《宋史》卷 250《石守信传》,第 8810 页。
② (宋)孟元老:《东京梦华录》,第 1 页。
③ (宋)黄庭坚:《拔王荆公禅简》,载郑永晓整理《黄庭坚全集辑校编年》,第 1582 页。
④ 杨海明:《唐宋词史》,第 203 页。

非常活跃；二是北宋统治者采取"抑武崇文"的政策。这是很有见地的，但是还应该注意的是随着宋代城市经济的繁荣而形成的城市文明对人性的压抑也容易造成弱化人格，而这种人格缺陷却成就了宋词独特的文学价值，成就了艺术的圆满。这一代士人柔弱而不雄强的总体心理面貌和心理机制驱动着他们去寻找相应的刺激情景，于是，秦楼楚馆、月媚花羞、嚼蕊吹香或晓风残月、灯火黄昏、高楼望断这类或香艳或衰败残缺的意象和境界成为词人所钟爱的对象。我们不能否认，宋词最吸引人心的是绮艳精致的外在形式和感伤幻灭的内在情绪，而这却正是城市弱化人格的表现。

进入城市意味着一种新的生活方式，一种更具社会魅力的生活方式，总会有一些青年士子为城市生活的缤纷斑斓所吸引，从而背离了传统士人立身原则，正是从这个意义上来讲，柳永在宋代文人中是特立独行的。与王安石相反，他醉心于城市的风情享乐的富贵旖旎，而同时又与晏欧等人表现的多重面目与多重人格不同，生活方式、行为方式更多的具有市民意识，有意无意地偏离了正统文人的立身原则，公然宣称"忍把浮名，换了浅斟低唱"（《鹤冲天·黄金榜上》），具有一种叛逆色彩，所以在文体选择上着力于具有城市色彩的词，却很少涉笔能够标志士大夫身份地位的诗文作品。所以，城市的世俗性象征功能在其词中能够突破士大夫阶层人格伪饰的压抑，从而得到更为真实和多样化的表达。

叶嘉莹在论及柳永词中所写的美女与爱情时，说他的这些内容极少"托喻和理想色彩"，这种写法"是一种极为大胆的叛离"[①]，背离了屈宋以来中国诗歌中香草美人的象征体系，退却了笼罩在城市生活上的政治教化的负担，显示出市井本色的生活理想，表现出市民阶层对美色富贵的艳羡、对爱情的耽溺，所以其词中的女性多为非理性的女性形象。如晏殊极为鄙视的那首词《定风波·自春来》就是市井女性极为大胆的爱情理想抒写，但却丝毫不见"托喻色

---

① 叶嘉莹：《唐宋词名家论稿》，第75页。

第五章　唐宋城市转型中新兴文体的萌芽与发展

彩",这也是晏殊攻击它的原因。对这类词后人是颇多微词的,王灼在《碧鸡漫志》中就说柳词"浅近卑俗,自成一体,不知书者犹好之。余尝以比都下富儿,虽脱村野,而生态可憎"①。其中的比喻尤为精彩,揭示城市文化的奢靡浅俗孕育了这类词作,所以柳永表现城市的词作中也极少"托喻和理想色彩",真正的是从一个市井俗人的功名富贵之想来观照城市,是脱却村野色彩的"都下富儿"的眼光。如其写杭州的《望海潮·东南形胜》,从创作动机看,该词为干谒之作,是投献给孙何的,充满了对功名富贵的渴望;从抒写重心看,着重写杭州的富贵温柔,虽有壮伟自然景观转换视角,但作者心向往之的还是珠玑罗绮、羌管弄晴的豪奢风流,神醉目迷的是杭州的承平气象与富贵温柔。罗大经《鹤林玉露》中记载:"此词流播,金主亮闻歌,欣然有慕于'三秋桂子,十里荷花',遂起投鞭渡江之志。"其实,金主投鞭渡江之志不仅起于自然风物的三秋桂子、十里荷花,更起于对该词描绘的由城市的商业性和娱乐性所构成的富贵温柔的醉心向往,这种只有都市才特有的豪奢风流是北方塞漠小镇所无法想象的,所以更具有吸引人心的力量。

除《望海潮》外,柳永还有多篇表现城市生活的词作:"雅俗多游赏,轻裘俊,靓妆艳冶"(《一寸金·井络天开》)是成都的绮丽景致,"万井千闾富庶,雄压十三州。触处青蛾画舸,红粉朱楼"(《瑞鹧鸪·吴会风流》)是苏州的富足与香艳,"扬州曾是追游地,酒台花径仍存。凤箫依旧月中闻"(《临江仙·鸣珂碎撼都门晓》)是扬州的歌吹之乐。对于帝都汴京,柳永有歌咏元宵节的《倾杯乐·禁漏花深》,有咏清明节的《木兰花慢·拆桐花烂漫》,有咏"竞龙舟"的《破阵乐·露花倒影》,选取这样一些带有狂欢色彩的时刻来写京城,更能显出城市生活的绚丽。值得注意的是在这些词中,虽也涉及了皇居的壮丽、皇家的出游,但这些都已融入了丰富多姿的帝都城市生活画卷中,与"盈盈游女"、"彩舫龙舟"、"繁弦脆管"、

---

① (宋)王灼:《碧鸡漫志》卷2,载唐圭璋编《词话丛编》,第84页。

雕车宝马等成为城市生活中的一个片段。在柳永的这些词中，城市象征功能中"城"的功能已退居次要的地位，"市"的功能却被突显出来。

四 余论：宋词的雅化与文体的再度转换

如前所言，在宋词的发展过程中，如柳永这样俗化的词境受到了士大夫文人的指责，在创作实践中也得到了有力的反拨，南宋词的雅化倾向是很明显的。宋词发展中的雅化倾向在提升词品的同时，也在竭力的排斥城市生活中"市"的功能，以保持传统士大夫中和雅正的审美趣味。而这种反拨在很多时候是借鉴其他文体的异质因素来进行的，当词的文体功能受到诗文侵袭时，城市的象征功能也会随之而发生变化。当苏轼以诗为词和辛弃疾以文为词的时候，词对城市风情享乐的表现也随之退居次要的位置，而传统文人钟情的山水田园风光也就涌入词中，苏、辛词中的田园词是一个不小的分量，这些词中都表现出对城市文明的疏离姿态。另外，当金人的铁蹄踏碎了宋人万岁承平之梦时，国家危亡在即，传统士大夫对城市享乐的警惕性被唤起，或者说，城市象征功能中的政治性内涵重新被突显出来，典型如林升《题临安邸》："山外青山楼外楼，西湖歌舞几时休！暖风熏得游人醉，直把杭州作汴洲。"在词中也有了这种忧患意识和批判精神。在现实社会中，北宋末年城市中那种竞相奢靡的享乐意识重新流播，周密《武林旧事》记临安每逢佳节"翠帘绡幕，绛烛笼纱，遍呈舞队，密拥歌姬，脆管清吭，新声交奏，戏具纷婴，鬻歌售艺者，纷然而集"[①]。一些有着强烈的社会责任感的词人对此忧心忡忡，如李清照《永遇乐·落日熔金》和辛弃疾《青玉案·元夕》都表现出对城市狂欢的间离姿态，面对元宵狂欢，易安却"怕见夜间出去""谢他酒朋诗侣"，自甘冷落，宁可"向帘儿底下，听人笑语。"辛弃疾追寻的"那人"也不在宝马雕车、笑语盈盈的热

---

① （宋）周密：《武林旧事》卷2《元夕》，第55页。

第五章 唐宋城市转型中新兴文体的萌芽与发展

闹中,而是独立于"灯火阑珊"之处,再也没有了柳永面对城市狂欢时的沉醉:"堪对此景,争忍独醒归去。"(柳永《迎新春·嶰管变青律》),所以梁启超先生说辛弃疾该词是"自怜幽独,伤心人别有怀抱"[①],有着一种世人皆醉我独醒的痛苦。

但是,值得注意的是,在一些带有政治色彩和社会批判的词作中,城市生活以其独特的魅力和顽强的生命力在其中留下了深刻的印迹。如姜夔的《扬州慢》,词虽写黍离之悲,但灵活化用了杜牧的诗句:"谁知竹西路,歌吹是扬州"(《题扬州禅智寺》)所用典故都是杜牧的艳诗,也就是说,在其抒写城市兴废之情、家国兴衰之感时,宋代城市生活中娱乐、艳情色彩在词作中已留下抹不去的印迹;再如辛弃疾在失意愤懑之时也不忘"倩何人唤取,红巾翠袖,揾英雄泪。"(《水龙吟·登建康赏心亭》)。这是否预示着在以后历史发展进程中,在城市与乡村较量中,城市将逐渐成为一种决定性的文化力量,乡村的溃败则只是一个过程。而随着城市功能的发展更为丰富多元,随着市民阶层的壮大以及这一阶层主体意识的逐渐强化,当词这一文体形式在南宋词雅化潮流中已逐渐无法容纳更为丰富的城市生活时,文体的转换也就成为必然。所以,到了元代,词流而为曲,在这一过程中,城市的象征功能也更趋于丰富多元,审美趣味适合市井民间的需要趋向于市俗化、大众化,或者说,是更为多元斑斓的城市生活、更为多样的城市象征功能在寻找着适合自己的文体形式,至元明清则终于在戏曲、小说等文体形式中得到了充分实现。

第二节 宋代市民文化勃兴与宋话本的兴盛

两宋城市的繁荣,坊市制以及宵禁制度崩解,工商业发达,市民阶层壮大,使得作为娱乐业的"说话"迅速发展。而伴随"说

---

① 梁令娴:《艺蘅馆词选》丙卷,刘逸生校点,广东人民出版社1981年版,第96页。

话"伎艺出现的话本小说至宋代,已蔚为壮观。在以往的研究中,尤其20世纪90年代之前,话本小说研究方向主要集中于起源、篇目考证、叙事艺术研究等方面,而从城市功能演变角度探讨中国古代小说文体的演进发展,尤其是话本小说繁荣方面的研究尚有较大的拓展空间。本节将二者联系起来,一方面从城市发展的角度凸显宋代市民文化的发展程度,这是话本小说发展的前提和基础;另一方面,从话本小说较为成熟的商业化运作模式,反观商业文化之发达以及话本这一新兴的文学体式受商业文明之影响。只有抓住这些特征,深入探讨它们的关系,才能认识话本的世俗化、市井化、商业化这些最为鲜明的特征。

一 城市转型中城市主体人群的嬗变与市民文化的勃兴

市井文化的勃兴与城市的发展至为密切。宋代商业高度发展,从而带动了城市的快速兴起,也造就了一批以城市生活为主的新兴阶层,即市民阶层。城市经济的繁荣和市民阶层的壮大势必促进市民文化的崛起,市民文化的勃兴深刻地影响人们生活的方方面面,对文学体式的新变影响深远。

宋初结束了唐末五代以来的社会混乱,社会的安定使得人口及经济生产得到恢复。城市管理制度性变化使城市经济迅速繁荣起来,从北宋中叶以后,宵禁解除,街鼓声完全消隐,交易时间解除了限制,形成繁荣的夜市,市民可以自由地在市场上进行商业贸易活动。店铺的营业时间依商业的繁华情况而定,一般商店在天明后开始营业,天黑息业,而酒楼、茶馆等的营业时间大多在早晨五更到半夜三更,有的甚至通宵达旦。坊市制的崩溃,临街开店成为常态,大大促进了城市的繁荣和工商业的发展。孟元老在《东京梦华录》序里描写了北宋末年东京汴梁的社会生活情况:

> 太平日久,人物繁阜。垂髫之童,但习鼓舞;斑白之老,不识干戈。时节相次,各有观赏;灯宵月夕,雪际花时,乞巧

第五章 唐宋城市转型中新兴文体的萌芽与发展

登高,教池游苑。举目则青楼画阁,绣户珠帘,雕车竞驻于天街,宝马争驰于御路,金翠耀目,罗绮飘香。新声巧笑于柳陌花衢,按管调弦于茶坊酒肆。八荒争凑,万国咸通。集四海之珍奇,皆归市易;会寰区之异味,悉在庖厨。①

北宋城市生活的豪华奢侈反映出了当时社会经济的繁荣程度,特别是节庆之际,如元宵节,往往是皇帝与民同乐、举国欢庆的时刻,场面盛大华丽,是《东京梦华录》《武林旧事》等都市笔记追忆大宋盛世的重要表征。在话本里可以看到一些具体的描写,如《闹樊楼多情周胜仙》中的盗墓贼朱真把周胜仙和墓中的金珠富贵掳到家中后,一直小心防备周胜仙脱逃,但是"自十一月二十日头至次年正月十五日,当日晚朱真对着娘道:'我每年只听得鳌山好看,不曾去看,今日去看则个,到五更前后,便归。'朱真分付了,自入城去看灯"。从中可看出元宵灯会繁华富丽对普通民众的吸引力之大,并成为话本情节推进的重要场景。从张择端的《清明上河图》中也可看到当时社会经济的繁荣情况。

南宋时期,由于政治中心的南移,使得经济与文化重心也随之迁移。其实,"经济重心南移至北宋后期已接近完成,至南宋则全面实现了"②。南方优越的自然条件,为农业生产发展创造了更为有利的条件,社会经济快速发展。当时的临安(今杭州)城市经济高度发展,甚至超过北宋开封。耐得翁《都城纪胜》多有临安经济繁荣胜过东京的描述:"自高宗皇帝驻跸于杭,而杭山水明秀,民物康阜,视京师其过十倍矣。虽市肆与京师相侔,然中兴已百余年,列圣相承,太平日久,前后经营至矣,辐辏集矣,其与中兴时又过十数倍也。"③

---

① (宋)孟元老:《东京梦华录》,第1页。
② 郑学檬:《中国古代经济重心南移和唐宋江南经济研究》,岳麓书社2003年版,第19页。
③ (宋)耐得翁:《都城纪胜》,"序"第1页。

229

城市人口数量是城市经济发展水平的重要指标,唐代十万户以上的州府城才十多个,到宋徽宗时已发展到五十多个。京城人口繁盛,政府通过特定官员对城市人口进行管理:"大中祥符元年十二月,置京新城外八厢,真宗以都门之外居民颇多,旧例惟赤县尉主其事,至是,特置厢吏,命京府统之。"① 除汴京外,还有杭州、扬州、镇江、广州、泉州等城市也同样人口庞大、富庶无比。而都城人口规模是最能代表一个朝代城市所能达到的发展水准的,所以,关于都城人口数量的研究历来是历史研究的热点问题,周宝珠认为开封人口在150万左右。② 关于南宋临安人口数量争议较大,据沈冬梅研究,宋代临安人口也在150万左右。③ 所以,"都城百万家"在宋代文学中是都城人口庞大的典型意象。④ 在宋代城市庞大的人口规模中,市民所占比例不会低。市民指的是"居住在城市的一般居民"⑤,这样的描述所包容的群体是巨大的,除了一般工商市民外,由于宋代推行禁军制度,兵士集中于京城及大城市,这些士兵也归属于市民阶层。所以说,宋代市民包括了以商品经济为依附的手工业者、小业主、军士、艺人、仆役、吏员,当然也包括了由娼妓、无赖等组成的城市寄生阶层。"市民阶层的兴起有两个标志性事件:一是坊市制度的破坏;一是坊郭户单独列籍。"⑥ 坊市合一取代坊市制,新的城市格局形成是市民阶层形成的制度保障,在此基础上,宋真宗天禧三年(1019),坊郭户单独列籍标志着市民阶层正式走上历史舞台,北宋坊郭户有近百万户。

城市人口的增加或者市民人口的增加只是表层现象,更为关键

---

① (清)徐松辑:《宋会要辑稿》兵三《厢巡》,第8657页。
② 周宝珠:《宋代东京研究》,河南大学出版社1992年版,第345—349页。
③ 沈冬梅:《宋代杭州人口考辨》,载漆侠主编《宋史研究论文集——国际宋史研讨会暨中国宋史研究会第九届年会编刊》,河北大学出版社2002年版,第373—386页。
④ 包伟民:《宋代城市研究》,第308页。
⑤ 宁欣:《从士人社会到市民社会——以都城社会的考察为中心》,《文史哲》2006年第6期。
⑥ 李修生主编:《中国分体文学史·小说卷》,上海古籍出版社2001年版,第122页。

第五章 唐宋城市转型中新兴文体的萌芽与发展

的是城市社会人口主体结构上的变化,"城市人口结构与主体人群的变化,是唐宋时期城市社会发展变化的最重要和最显著的特征之一。从士人社会到市民社会的转型,是我们研究唐宋城市社会时值得重视和深入探讨的问题"①。的确,随着城市工商业的繁荣、城市格局的变化,剩余劳动产品的增加,为手工业和商品交易的大规模出现准备了物质条件;还有,统治者"重农抑商"政策有所放松,商品经济高度发达,为商品交易以及城市发展提供了条件。而一些大城市随着商品经济的发展,雇佣劳动关系的出现,大量手工业者、商人以及其他从事商品经济活动的人员聚集在一起,逐步形成了市民阶层并迅速发展成为一股可观的社会力量,使得城市社会结构发生变化,市民在城市生活中的主导作用逐渐增大。两宋开封、临安等城市的繁华富庶,市井民众的文化娱乐的需求逐渐高涨。"在魏晋及唐前期,城市社会的主流是士人,虽然也有工商杂类等人口围绕在宫殿区的中心城区周围,甚至进入中心城区的边缘,但城市政治、社会生活的方方面面主要围绕着士人的情趣、喜好、风尚开展。"②但是,两宋时期,"从士人社会到市民社会",市民对于文化生活方面的需要成为市民文化勃兴的巨大的驱动力量,"城市政治、社会生活的方方面面"从"围绕着士人的情趣、喜好、风尚开展"部分地转向围绕城市市民开展,从而促使市民文化的兴起。所以说"北宋市民社会是在特定历史条件下形成的,随之也产生了中国市民文学"③。

市民文化是一个包蕴丰富的概念,包括市民阶层的思维方式、价值观念、生活方式、艺术文化等精神活动及其产物,宋代市民文化勃兴的一个重要表征是其独立的文化意识的形成,对此,第四章第一节已有较为详细的论述,宋代市民文艺中嘲谑的对象有两极化

---

① 宁欣:《从士人社会到市民社会——以都城社会的考察为中心》,《文史哲》2009年第6期。
② 宁欣:《从士人社会到市民社会——以都城社会的考察为中心》,《文史哲》2009年第6期。
③ 谢桃坊:《中国市民文学史》,第1页。

趋向，一极是针对农人的，另一极是针对官员，这是市民意识的觉醒，或者说是他们身份意识独立的表现，也体现了市民文化的兴起。

国家承平日久，大量聚集在都市中的人口便在闲暇中寻求文化娱乐。但是，城市市民的生活环境，不再是宫殿官场，不再是深宅书斋，也不是山水风月，而是一个充满了喧哗与骚动、风波丛生的都会街市。在这种生活环境中形成的思想倾向和审美趣味与传统士大夫阶层大异其趣，这里"有对人情世俗的津津玩味，对荣华富贵的钦羡渴望，对性解放的企望欲求，对公案、神怪的广泛兴趣……尽管这里充满了小市民种种庸俗、低级、浅薄无聊，尽管这远不及上层文人士大夫艺术趣味那么高级、纯粹和优雅，但它们倒是有生命活力的新生意识，是对长期封建王国和儒学正统的侵袭破坏"[①]。传统诗词文赋等雅文学已不能适应市民大众的思想倾向和审美趣味，这样，适应市民思想倾向和审美趣味而又能反映市民生活的各种民间伎艺的大量涌现，本节要讨论的说话伎艺及话本就是众多民间伎艺中的一种。

综上，市民文化的勃兴离不开城市经济的发展。宋代社会的长期安定繁荣，为城市建设提供良好的社会环境，且打破坊市间的隔离，使城市成为滋养市井生活极好的温床；同时，城市的发达催生出的市民阶层，在精神生活和审美需要方面提出自己的要求，因此世俗化的文化娱乐符合市民的口味而迅速兴起。在广大的文化需求中话本小说自然日趋兴盛。

二 宋代话本兴盛的表现

宋话本的概念范围较大，包括了小说、说经、讲史、合生四个部分，而在实际演出活动中广受欢迎的是小说和说经。以严格的标准衡量，现存可以确定为宋元话本的作品一共是十六种，包括《闹樊楼多情周胜仙》《错斩崔宁》《碾玉观音》《简帖和尚》《宋四公大

---

① 李泽厚：《美的历程》，第 236 页。

第五章　唐宋城市转型中新兴文体的萌芽与发展

闹禁魂张》等,① 当然,在这十六种之外,也不否认冯梦龙"三言"中有一部分故事是流行于宋元而经明人整理增删的作品,从这一部分作品中也可见出宋元话本的一些面貌。

关于说话伎艺和话本的起源是可以追溯到隋代的,经过唐代民间发展,至宋代随着城市转型进程的加快,市民阶层的壮大及大型演艺场所出现,说话伎艺遂成为有宋一代受到市民追捧热爱的文学艺术样式。所以,宋代话本的兴盛首先就表现在勾栏瓦肆说话活动的兴盛。

宋代的"瓦舍",又叫"瓦子",据孟元老《东京梦华录》有关北宋汴京瓦子的记载:"街南桑家瓦子,近北则中瓦,次里瓦,其中大小勾栏五十余座。内中瓦子莲花棚、牡丹棚;里瓦夜叉棚、象棚最大,可容数千人。"② 在大都市的游艺场瓦舍中,常有许多伎艺高超的"说话"人演出。在这样的条件下,宋代"说话"得到了空前的发展,普及程度及艺术水准都远远超过了前代。瓦子作为当时的大型娱乐场所,吸引了各色人等聚集其中:"瓦舍者,谓其来时瓦合,去时瓦解之义,易聚易散也,不知起于何时。顷者京师甚为士庶放荡不羁之所,亦为子弟流连破坏之门"③。宋话本《闹樊楼多情周胜仙》中盗墓贼朱真案情败露后,官府到处搜捉不见,其人"却在桑家瓦子里看耍"。说话是瓦舍中进行表演的一种重要的伎艺。根据《东京梦华录》的记载,当时的说话艺人有李慥、杨中立、张十一等人专讲小说,孙宽、孙十五、曾无党、高恕等人专门讲史。有些勾栏因为艺人名声而专以其名冠之,如小张四郎勾栏,就是因为小说家小张四郎长期在那里作场(演出)而得名的。有些勾栏又是以某一门类著称,如两座勾栏是专说史书的。④

当然,宋代"说话"还不仅仅限于瓦舍勾栏,有的还在茶肆酒

---

① 袁行霈主编:《中国文学史》第三卷,高等教育出版社 2014 年版,第 205 页。
② (宋)孟元老:《东京梦华录》卷 2《东角楼街巷》,第 144 页。
③ (宋)吴自牧:《梦粱录》,第 180 页。
④ (宋)孟元老:《东京梦华录》卷 5《京瓦伎艺》,第 461 页。

楼、城镇市集、宫廷寺庙、私人府第、乡村田舍等处作场,洪迈《夷坚志》中有一则故事如下:

> 乾道六年冬,吕德卿偕其友王季夷、魏子正、上官公禄往临安,观南郊,舍于黄氏客邸。王、魏俱梦一人,着汉衣冠,通名曰班固。既相见,质问西汉史疑难。临去云:"明日暂过家间少款可乎?"觉而莫能晓。各道梦中事,大抵略同。适是日案阅五辂,四人同出嘉会门外茶肆中坐,见幅纸用绯帖,尾云:"今晚讲说汉书。"相与笑曰:"班孟坚岂非在此邪!"旋还到省门,皆觉微馁。入一食店,视其牌,则班家四色包子也。且笑且叹,因信一憩息一饮馔之微,亦显于梦寐,万事岂不前定乎!①

故事虽意在说明"万事岂不前定乎"的宿命思想,但却反映了当时茶肆中说话活动的普遍性。还有一些无名的或路过的艺人进不了勾栏,也进不了茶肆酒楼,或者勾栏里的艺人被淘汰也会沦为路岐人,便只能在广场上卖艺"打野呵"。"南宋临安,路岐人活跃于街头巷尾,随时寻找文化服务的机会,作场卖艺,随处可见。路岐人作场卖艺是娱乐市场的最初形态之一,在唐代是娱乐市场的主要形式,受到官府压制,至宋代则作为娱乐市场的必要补充而广泛存在。"②可见"说话"伎艺在宋代的繁盛和普遍。

勾栏前的观众,正是社会底层形形色色的群体,这些从来被认为上不了台面的小商小贩、"愚夫冶妇"、仆役走卒,却俨然成了这片天地的主人,他们围拢聚集,更钟情于平常百姓的世俗人生,更关注小人物的悲欢离合,"自然使席上风生,不枉教座间星拱"③。这里的娱乐活动、伎艺表演以市民的兴趣爱好为转移,而市民们高涨的热情,也促进了民间伎艺的兴盛。且与唐代"说话"盛行于寺

---

① (宋)洪迈:《夷坚志》支志丁卷3"班固入梦",第991页。
② 龙登高:《南宋临安的娱乐市场》,《历史研究》2002年第5期。
③ (宋)罗烨:《醉翁谈录》甲集卷1《小说开辟》,第3页。

第五章 唐宋城市转型中新兴文体的萌芽与发展

院,多在宗教集会(如斋会)时进行不同,瓦舍勾栏中的"说话"等伎艺完全是经常性的娱乐活动了。

话本小说的兴盛不仅使其成为市井小民娱乐的主流,还因为它也得到了文人士子乃至帝王的青睐。市民文化的主体固然是市民,但是,更为重要的是在城市这个巨大的异质文化聚容体中,士人甚至皇帝、官员与市民的思想倾向、审美趣味的交融互动,在某种程度上泯灭了文化的雅俗界线。

"说话"发展至北宋已十分繁荣,宋代统治者对"说话"娱乐伎艺的爱好推动了说话及话本的兴盛。朝廷特设专局采访各种伎艺,郎瑛在《七修类稿》中说:"小说起宋仁宗,盖太平盛久,国家闲暇,日欲进一奇怪之事以娱之,故小说得胜头回之后,即云'话说赵宋某年'。"[1] 其中所谈到的小说就是"话本小说"。"说话"艺人中伎艺高超者有可能被皇帝召到内廷献艺,也就是"御前供话"。周密在《武林旧事》中按照不同表演类别列出的当时艺人名单中有"朱修德寿宫、孙奇德寿宫、任辩御前、施珪御前、叶茂御前、方瑞御前"[2] 等人,说明这些艺人曾在御前表演"说话"伎艺。

另外,大量文人的涌入使得说话人与话本创作者的数量得以增加,并使得创作质量得到了大幅提升,使说话伎艺一跃成为市民文化的代表。甚至可以说,"说话"艺术和话本小说的繁荣程度代表着当时市民文化创作的巅峰。陈平原在《中国散文小说史》中说,"现存宋元话本小说的'写作',必定多有'才人把笔',只是无法考定具体作者。能够临场发挥'做了一只曲子'的'书会先生',或者根据传说'编成一本风流话本'的'才人',其学识及文化修养当不会太低"[3]。因此,受市民文化影响的阶层除了市民和统治阶层外,还有文人士子这一群体,宋代文人受市俗文化的影响很大,也是宋代俗文学的重要推手。一方面,宋代的话本除了民间艺人的

---

[1] (明)郎瑛:《七修类稿》卷22《小说》,上海书店出版社2009年版,第229页。
[2] (宋)周密:《武林旧事》卷6《诸色伎艺人》,第181页。
[3] 陈平原:《中国散文小说史》,北京大学出版社2010年版,第276页。

原始创作外，文本自身还需要文人的加工润色，"小说者，虽为末学，尤务多闻。非庸常浅识之流，有博览该通之理"，因此对创作者要求很高："幼习太平广记，长攻历代史书。"① 文人介入创作，其思想状态和对俗文化的接受对于话本的发展也很重要；另一方面，如前所言，宋代的文化是雅俗融合的文化，文人士大夫阶层雅文化与底层俗文化有机结合起来，集中体现为话本小说不单单只有市井文化的内容，相应的还包容着雅文化对于底层文化的渗透和改造，使其出于市井而高于市井。

综上，壮大的市民阶层为话本兴盛提供广大的消费群体，这是话本发展的最根本的动力；遍布城市的勾栏瓦肆为话本表演提供很大便利，也可以看出话本的商业性本质。话本俨然成为当时娱乐活动的主流，在戏曲还未形成市井文化娱乐主流时，话本成为城市民众最主流的精神消费形式。种类多、趣味性强的话本盛行，不仅彰显话本这一新兴文学样式的蓬勃，也彰显宋代市井生活的多彩。

三 城市商业文化助推宋话本兴盛

城市商业文化作为市民文化的重要构成部分对宋话本的兴盛影响是至关重要的。"随着工商业的繁荣和人口规模的扩大，城市的社会结构也在发生变化，其突出表现是以工商业人员为主体的市民阶层的日益壮大，成为城市社会中不可忽视的群体力量，由此带来的不仅是社会关系的调整，还有重商观念与风气的广泛流行，以市民文化为主导的世俗文化的兴起，商业化生活方式的形成。"② "重商观念与风气"以及"商业化生活方式"是市民文化的典型特征。

两宋商品经济的发展，使得文化服务于经济的现象随处可见，"汴京熟食店，张挂名画，所以勾引观者，留连食客，今杭城茶肆亦如之。插四时花，挂名人画，装点店面"③。熟食店、茶肆中挂名人

---

① （宋）罗烨：《醉翁谈录》甲集卷1《小说开辟》，第3页。
② 陈国灿：《南宋城镇史》，人民出版社2009年版，第41页。
③ （宋）吴自牧：《梦粱录》卷16《茶肆》，第143页。

第五章 唐宋城市转型中新兴文体的萌芽与发展

画,不仅是装点店面,其目的是"勾引观者,留连食客",追求经济利益。从张择端《清明上河图》中可看出,在繁华热闹的街市店铺中就有如幌子、旗帜、招牌、灯箱、彩楼等,这是店铺的广告宣传。孟元老《东京梦华录》所载:"街市酒店,彩楼相对,绣旆相招,掩翳天日。"① 这是当时文化宣传与经济牟利结合的结果。

说话伎艺作为当时广受民众欢迎的文化娱乐样式,在城市浓厚的商业氛围中,其运作方式是商业化的。"说话"艺术在宋代以前更多的是宫廷贵族的娱乐活动和寺院的布道活动,但是到了宋朝,"城市的个人消费除了物质生活消费已经有许多要经由市场而完成外,还有精神文化方面的消费也是如此"②。"说话"作为城市民众精神文化消费,已然成为一种商品。由于大量的受众群体出现,使"说话"商品逐渐成为一种规模化的文化消费现象。首先是说话伎艺的固定演出场所瓦肆勾栏商业化气息很明显,听众需付费才能进入消费,也就是说"说话"商品化了,成为一种文化消费活动。"宋代盛行于城市文娱场所的市民文艺属休闲式的通俗文艺,它是市民阶层通过市场对文艺消费日益增长需要的产物,也即是说市民文艺通过市场成为一种具有审美价值的特殊商品。"③ 在宋代的勾栏瓦子中,观众付费观赏是说话演出的一个重要经济来源。此外,当时艺人在街市上的"打野呵"表演或者在酒肆茶楼中演出,也有一套相对固定的收费方式,虽然不像勾栏瓦肆中必须付钱入门才可以观赏,但也要通过"打赏"方能欣赏精彩的演出。即使说话人在街市桥头进行表演时,也会通过表演间隙或者故意冷场来进行讨赏,这种行为没有明确的价格,全凭观众的接受程度与经济能力来付费打赏。说话伎艺所获经济效益不仅是艺人们追逐对象,对当时文人阶层也产生了巨大的诱惑力,一些文人也开始步入"说话"的创作领域。

其次是当时产生了职业化的"说话"人,也即有一个群体以说

---

① (宋)孟元老:《东京梦华录》卷2《酒楼》,第176页。
② 吴晓亮:《略论宋代城市消费》,《思想战线》1999年第5期。
③ 王荣:《略论宋代市民消费》,《沈阳师范大学学报》(社会科学版)2003年第6期。

话为职业而形成"商业化生活方式"。"说话"发展到唐代,在百戏中独立专门化,而到宋代,在说话伎艺繁盛中涌现出了许多专业化的"说话"艺人。胡士莹在《话本小说概论》中把《都城纪胜》《西湖老人繁胜录》《武林旧事》等书中出现的"说话"人作了统计,列出"两宋说话人姓名表"129人,去除重复者,依然有110人。[①] 这是见于文献统计的说话人,而大量的不见于文献的说话人连同他们当时讲的活色生香的故事也完全埋没于历史的风尘之中。这些"说话"人沦落于社会底层,可能是地位不高的艺人,也可能是潦倒的读书人,最终在说话这门伎艺找到了赖以生存下去的空间,并以自己智慧与表演技能提升了说话伎艺的艺术水准。

"说话"的兴盛和受众群体的追捧,对"说话"人的职业水准要求也提高了,为了竞争,他们的业务知识水平大大提高。"说话"艺人必须广泛学习、积累知识、提高水平,并从现实生活中发掘题材。因此,"说话"艺人已趋于职业化,经过了广泛学习,艺术达到了很高水平,具有讲说流畅、随意据事演说的本领,能产生强烈的艺术感染力。

随着职业"说话"人的出现和增加,遵循商业市场行会组织习俗,出现"说话"人的行会组织和编写话本的团体书会。宋代工商业繁荣的重要标志是手工业者和商人分工细致,出现了行会组织。说话这一行业也不例外,其行会称"雄辩社"。雄辩社是"说话"艺人提升自己说话能力的组织,是专门性的职业团体。说话人在这里交流经验、切磋伎艺、取长补短、提高说话的技巧。其中名声大、辈分长、技术高超、学问深的专门人士称为"老郎"。

说话伎艺的兴盛,对"话本"的需求量也大为增加,于是出现了专门为说话人编写话本的团体书会。当时较大的城市都有书会组织,如永嘉书会、九山书会、古杭书会、武林书会、玉京书会等。书会成员一般被称作"书会先生",也叫"才人",这些"书会先

---

① 胡士莹:《话本小说概论》,中华书局1980年版,第63页。

第五章　唐宋城市转型中新兴文体的萌芽与发展

生""才人"往往是沦落的读书人,多是从士大夫阶层分化出来的文人,具有文人士大夫与市民的双重文化身份与视野,他们以良好的文化修养和艺术水平从事话本创作,大大提升了话本的艺术水准。另一方面,他们深知话本作为服务于市井民众的商品,必须贴合市民生活、符合市民的思想倾向和审美趣味,他们与艺人合作,既为他们编写新的话本,又依据他们的讲唱,把流传的话本加以整理提高。这些"书会先生""才人"以此谋生,本身已属于市民阶层,他们也成为市民阶层的代言人。

最后,印刷业的发展与出版物的兴盛对话本发展的助推作用不可小觑。学界一般观点认为话本是说话人说话时的底本,是说话人演说故事时依据的提纲。也有学者认为,话本如果仅仅是说话人演说故事时依据的提纲、底本,话本大可不必把说书人的套语、琐碎的细节写入其中。在宋代,纸张的普及和雕版印刷术高度发达,印刷业、出版业也产业化了,刻书业的发达,使著作以印刷物的形式广泛行世。书肆老板敏锐地发现说话伎艺在市井民间受到热捧的商机,那就是可以从口头文学向书面文学转变,构建"纸上说书场"并从中牟利,所以"话本并不是说话人表演之前写就的'底本',而是像'三言''二拍'《红楼梦》一样,是一种书面语创作;更具体地说,是宋代文人为满足当时雕版印刷业的需要,模仿说书形式创作的一种新型小说文体……无处不在的说书因素,说明话本小说是在宋代说话艺术强烈影响下出现的。作者变身为'纸上说话人',将说话艺术叙事方法全面移植到书面语创作中来,从而产生了说书体的白话小说"[①]。这样,话本的兴盛直接与商业利益接轨,而非只是通过说话伎艺来间接推动商业文化。

综上,说话伎艺的商业化运作方式是市民文化的充分体现,大批"书会先生""才人"着力于话本"纸上说书场"的建构,促使话本创作的兴盛。

---

① 孟昭连:《宋代文白消长与小说语体之变》,《中国社会科学》2011年第3期。

四 市民化的叙事立场与形式技巧

一般观点认为,话本的市民化表现于取材上,但是,从现存宋元话本题材来看,相较于前代而言并无太多新鲜之处。罗烨在《醉翁谈录》中,把小说话本分为了八类:灵怪、烟粉、传奇、公案、朴刀、杆棒、神仙、妖术,① 就其中最为听众追捧的"烟粉""传奇""公案"题材而言,前代文言小说中也时常可见。其实话本小说相较于前代最大的变化是作者叙事立场的变化,正如鲁迅所言:"宋市人小说虽亦间参训喻,然主意则在述市井间事,用以娱心;及明人拟作末流,乃告诫连篇,喧而夺主,且多艳称荣遇,回护士人,故形式仅存而精神与宋迥异矣。"② 因为"各种文化娱乐成为有偿服务,其内容大多是纯感性的、纯娱乐的,少了政治教化服务,使得市民道德观和价值观产生变化,并对整个社会的传统思想意识形成了巨大的冲击"③。这一点在社会等级和两性观念上表现得最为充分。

在对传统的等级社会形成冲击的作品中,《宋四公大闹禁魂张》堪称典型,如果说《错斩崔宁》还体现了传统"恶有恶报、善有善报"的善恶终有报的道德观念,对现有体制和等级秩序还存有一定幻想,那么本篇作品则通过宋四公、赵正、侯兴、王秀四人行为为我们展示的是一个正统社会体制竭力剪除的黑色世界:宋四公为取张员外土库中的财物滥杀无辜;侯兴开人肉馒头店,客房床下尚有残留的人头、人手;赵正为达目的滥用蒙汗药,等等。但是值得玩味的是小说作者的叙事立场,作者并没有简单地否定这一系列明显触犯当时社会等级秩序的行为,而是在某种程度上以欣赏的态度把它们纳入小说的审美视野,从容地展现盗贼这一江湖世界的传奇色彩,这是一般市民所陌生而又好奇的内容,现场讲说效果必然是令

---

① (宋)罗烨:《醉翁谈录》甲集卷1《小说开辟》,第3页。
② 鲁迅:《明之拟宋市人小说及后来选本》,《中国小说史略》,第179页。
③ 陈凌:《论宋代城市文娱场所兴盛的原因及影响》,《内蒙古农业大学学报》(社会科学版)2008年第4期。

第五章　唐宋城市转型中新兴文体的萌芽与发展

人惊异、吸引人心的。

但是这类小说从叙事人观念和小说中的人物身上并未表现出着意对抗或推翻现存体制的宏大理想，这与后来《水浒传》中"皇帝轮流做，明年到我家"的革命反叛性或者切盼皇帝招安的政治热望都有较大差异。这与中国古代市民这一阶层的政治冷漠有关，因为在中国古代"极具封闭性的政治体系下，市民没有任何政治权利，也难以像中世纪西欧城市市民那样以积极参与政治的方式，获得政治自由权利，保护和发展其利益，由此铸造出政治冷漠主义的市民性格"[①]。但这种政治冷漠主义的市民性格"使市民不像其他社会成员一味地接受充满三纲五常说教的正统政治文化，为重重枷锁般的政治责任感所束缚，而追求和向往着个性解放和个性自由，虽然这种追求和向往是以畸型变态的形式折射出来的。一个突出表现就是受市民们欢迎并适合市民口味的市民文艺的出现"[②]。作为市民文艺代表的宋话本充分体现了中国古代市民的这种政治冷漠。在宋四公、赵正等人那里，他们陶醉的是官府大员、衙役、富商等高高在上的社会精英被他们玩弄于股掌之间的惬意，财物似乎只是他们炫技、炫智的道具，从小说中看，他们所盗窃的大部分财物都以不同方式归还官府，自身并无肆意挥霍行为，相反倒是宋四公急人所难，施舍周济危难中的乞丐，体现盗亦有道的些许温暖。在这一系列炫技、炫智的情节过程中，叙事者似乎只是为了证明"卑贱者最聪明，高贵者最愚蠢"的市民意识而并无超乎其上的远大的政治追求，这也正是话本作者市民化叙事立场的表现。

话本作为市井小说，在两性关系的叙说中，对女性贞操观念形成很大的冲击。《计押番金鳗产祸》中的庆奴先是与父母酒店中的量酒伙计周三偷情，败露后结为夫妻，被拆散后再嫁戚青，无奈老夫少妻"整日闹吵"，最终"告托官员……给状叛离"。之后再嫁离乡

[①]　徐勇:《古代市民政治文化的独特性与局限性分析》，《江汉论坛》1991年第8期。
[②]　徐勇:《古代市民政治文化的独特性与局限性分析》，《江汉论坛》1991年第8期。

241

来杭做官的李子由做妾，不料随李子由回乡后为正妻所不容，李子由只好把庆奴养在外宅，庆奴却和李子由的手下张彬勾搭成奸，不巧被李子由的小儿子佛郎撞见并声言要告父亲，情急之下庆奴杀了佛郎和张彬私奔出逃，张彬病倒后为生活所迫，庆奴到酒店卖唱偶遇杀人出逃的前夫周三，两人旧情复燃气死张彬。小说在叙写整个过程中对庆奴的再嫁、偷情等有违正统的女性节义观念的行为并无明显的道德批判而归咎于无由摆脱的宿命。《闹樊楼多情周胜仙》中的周胜仙在盗墓贼朱真那里失了贞操，依然伺机出逃去寻找心心念念的范二郎，小说作者对此显然是肯定的。

以这样相对开放的道德立场叙写爱情故事，使得其中的女性形象特别大胆泼辣、单纯明快，《碾玉观音》中的璩秀秀借王府失火之际抓拿了一帕子金珠富贵出逃，撞见此前心仪的碾玉匠崔宁，便一把拽住，步步紧逼要和对方做夫妻，不待"父母之命、媒妁之言"就私自结合并远走高飞，即使身死为鬼也无法斩断她爱的权利。再如《闹樊楼多情周胜仙》中周胜仙与范二郎在金明池茶坊一见钟情的叙写：

那女子在茶坊里，四目相视，俱各有情。这女孩儿心里暗暗地喜欢，自思量道："若还我嫁得一似这般子弟，可知好哩。今日当面挫过，再来哪里去讨？"正思量道："如何着个道理和他说话，问他曾娶妻也不曾？"那跟来女子和奶子，都不知许多事。

你道好巧！只听得外面水盏响，女孩儿眉头一纵，计上心来，便叫："卖水的，倾一盏甜蜜蜜的糖水来。"那人倾一盏糖水在铜盂儿里，递与那女子。那女子接得在手，才上口一呷，便把那个铜盂儿望空打一丢，便叫："好好！你却来暗算我！你道我是兀谁？"那范二郎听得道："我且听那女子说。"那女孩儿道："我是曹门里周大郎的女儿，我的小名叫做胜仙小娘子，年一十八岁，不曾吃人暗算，你今却来算我！我是不曾嫁的女孩儿。"这范二自思量道："这言语蹊跷，分明是说与我听。"这卖水的道："告小娘子，小人怎敢暗算？"女孩儿道："如何

第五章　唐宋城市转型中新兴文体的萌芽与发展

不是暗算我？盏子里有条草！"卖水的道："也不为利害。"女孩儿道："你待算我喉咙，却恨我爹爹不在家里。我爹爹若在家，与你打官司。"……女孩儿起身来道："俺们回去休。"看着那卖水的道："你敢随我去？"这子弟思量道："这话分明是叫我随他去。"①

周胜仙虽为富商之女，也是市井女子，在与范二郎"四目相视，俱各有情"情境下，不愿当面错过这个难得的机缘，主动而巧妙地利用与卖水人争吵向范二郎表白自己的心意。这样的女性形象在以往文学作品中只在汉乐府《上邪》、韦庄《思帝乡》一类民歌或民歌色彩浓厚的作品中方能见到：为了爱情，她们九死不悔；为了爱情，她们不惧身名俱裂，她们如流星陨落般美丽而苍凉，她们向世人昭示：爱可以超越生死，爱可以无视世俗庸常的伦理道德。

市民文化对话本小说创作的影响还体现在叙事技巧上，创作者受到市井文化的熏陶，创造出为广大市民群众熟悉且易于接受的艺术形式。由于话本的受众是广大市井民众，要求在语言、故事情节以及叙事体例上做到贴合大众的需求。"话本小说就是在勾栏瓦子中发展起来的，这是一个完全不同于传统文化的生成与传播的环境……上述环境的话本小说具有如下特点：它是一种商业化、表演性、娱乐性的文学活动；题材与人物往往为普通市民所熟悉，思想感情也往往为他们所认同；在艺术表现手法与风格上，应和普通市民的欣赏习惯。"②

首先，话本小说在中国汉语发展史上具有里程碑意义，首次大量采用白话文来进行叙事，这一点在第四章第二节中已有论述。话本小说服务对象是新兴的市民，由于自身所受教育程度不高，这也

---

① （明）冯梦龙编撰：《闹樊楼多情周胜仙》，《醒世恒言》卷14，中华书局2009年版，第172—173页。
② 刘勇强：《话本小说叙论：文本诠释与历史构建》，北京大学出版社2015年版，第11页。

决定了他们对于话本语言的需求是通俗易懂。话本小说常常具有生动、明快、泼辣、粗犷的特色，叙述故事，明快直接，表现人物，市井气息浓厚，大大增强小说的表现力。所以鲁迅说："其时社会上却另有一种平民地小说，代之而兴了。这类作品，不但体裁不同，文章也起了改革，用的是白话，所以实在是小说史上的一大变迁。"①

其次，适应于话本口传表演吸引听众需要的特性，说话人必须讲新奇刺激且故事情节简单易懂的故事，因为市民阶层的文化娱乐活动往往只是单纯追求精神上的最大愉悦。如话本《计押番金鳗产祸》，虽出自《警世通言》，但一般学者认为"可能是由宋人所作复经后人修改的"②，并认为这是一篇真正的"行动小说"（情节小说），"也就是以人物的行动亦即情节为中心的小说"③。这是一则城市市民（包括计安只是"在北司官厅下做个押番"，也属于市民）因误食异物而带来灾祸的故事，以下是话本开头：

> 话说大宋徽宗朝有个官人，姓计名安，在北司官厅下做个押番。止只夫妻两口儿。偶一日，下番在家，天色却热，无可消遣，却安排了钓竿，迤逦取路来到金明池上钓鱼。钓了一日，不曾发市。计安肚里焦躁，却待收了钓竿归去，觉道浮子沉下去，钓起一件物事来。计安道声"好"，不知高低："只有钱那里讨！"安在篮内，收拾了竿子，起身取路归来。一头走，只听得有人叫道："计安！"回头看时，却又没人。又行，又叫："计安，吾乃金明池掌。汝若放我，教汝富贵不可言尽；汝若害我，教你合家人口死于非命。"仔细听时，不是别处，却是鱼篮内叫声。计安道："却不作怪！"一路无话。④

---

① 鲁迅：《中国古代小说的历史的变迁》，《中国小说史略》，第289页。
② 刘勇强：《话本小说叙论：文本诠释与历史构建》，第268页。
③ 刘勇强：《话本小说叙论：文本诠释与历史构建》，第269页。
④ （明）冯梦龙编撰：《计押番金鳗产祸》，《警世通言》卷20，中华书局2009年版，第176页。

第五章　唐宋城市转型中新兴文体的萌芽与发展

这个开头相当于故事的预叙，金鳗开口预示祸端既新奇而又使故事笼罩着一种悲剧氛围。果然，计押番的妻子误将金鳗做菜后引来了日后女儿庆奴三次嫁人，还有与人通奸、私奔、杀人等不堪经历，其间包括自己的父母等六人死于非命，最终自己也被官府缉拿正法。故事时间跨度十多年，环环相扣，人物始终处于命运裹挟缠绕之中而无力自拔地走向悲剧的终点，听众的注意力几乎没有停顿喘息的空隙，只有话终人散后才容许听众回味咀嚼其间的意味。

总之，商品经济的发展壮大，进一步带动了市民文化的茁壮成长，宋话本从中脱颖而出，并且走上了商品化、大众化、娱乐化、正规化的道路。作为宋代市井文化中最具代表性的文学形式，话本在叙事立场、叙事技巧等方面都充分体现了市民文化的特点。

第三节　唐宋城市转型与戏曲的形成和发展

中国戏曲起源于上古部族的巫觋宗教祭祀歌舞，在云南沧源县发现的新石器时代至青铜器时代的"沧源岩画"①、青海大通县孙家寨出土的新石器时代"大通舞纹彩陶盆"②及云南晋宁出土的"石寨山铜锣"③等岩画、陶器、铜器上面，都可以看到鸟兽扮饰的人形在有节律的表演。进入氏族公社及国家初步形成的夏商周时期，"除巫觋扮饰以外，原始祭祀表演也发展出另外一种形式，就是祭祀乐舞——部族里祭祖拜社、歌颂先人开辟之功的史诗型歌舞"④。史诗型歌舞常在部族聚会、朝会、宴飨等场合演出，这在《诗经》的

---

① 沧源岩画位于云南省沧源佤族自治县勐省、勐来乡境内，岩画用赤铁矿粉与动物血调合成颜料绘制，画面可辨图像1063个，再现了原始先民狩猎、采集、舞蹈、战争等内容。
② 大通舞纹彩陶盆，高14.1厘米，口径28厘米，底径10厘米，呈橙红色。上腹部弧形，下腹内收成小平底。口沿及外壁以简单的黑线条作为装饰，内壁饰三组舞蹈，每组五人，手拉着手，面向一致，尾饰与发饰飘向一致而与面向不同。1973年出土于青海省大通县上孙家寨墓地，现收藏于中国国家博物馆。
③ 石寨山铜锣，1956年出土云南省晋宁石寨山古墓群，锣面有23人舞蹈纹饰，现收藏于云南省博物馆。
④ 廖奔、刘彦君：《中国戏曲发展简史》，山西教育出版社2006年版，第10页。

《周颂》《鲁颂》《商颂》等篇章中均有反映。"在自然神崇拜、祖先崇拜、英雄崇拜基础上建立起来的祭祀式歌舞表演,由于其中存在的拟态性与象征性因素"①,奠定了戏曲的初级形态。春秋时期,古优戏的出现,是中国戏曲在上古播下的种子,其已然破土而出,"巫以乐神,而优以乐人;巫以歌舞为主,而优以调谑为主"②。秦汉时期,初具戏曲形态的角抵戏、俳优戏等成为百戏演出中的一抹亮色。以此肇始,中国戏曲在魏晋六朝至隋期间渐进式的发展,使"大面"形式的歌舞戏开始"超诸百戏",渐渐从百戏中独立出来。

宋代是中国封建社会的成熟时期,远绍汉魏近承隋唐,把封建文明推向了一个新的高度。从此,封建社会进入一个崭新的发展阶段。"论中国古今社会之变,最要在宋代。宋以前,大体可称为古代中国;宋以后,乃为后代中国……政治经济、社会人生,莫不有变。"③承上启下的唐宋变革,不仅带来了政治、经济、文化上的变革,也推动了城市的转型。城市作为国家、社会的物质和精神载体,其政治、军事功能减弱,经济、文化功能逐渐强化。随着城市功能的转变,社会诸元素也发生了重大的变化。这种变化体现在娱乐文化领域就是直接推动了戏曲的形成和发展。唐宋城市的转型,加速了雅俗文化的交融,使汉魏六朝时期形成的参军戏、滑稽戏、歌舞戏等演艺形态由宫廷向民间下移,丰富了民间演艺的表演形式和内容,民间艺人与宫廷艺人的交流和互动以及民间演艺的入宫演出,反过来又影响了宫廷演艺形态的发展。宫廷与民间演艺的交汇和融合,促进了参军戏、滑稽戏、歌舞戏等内在质态和外在形式的变化,音乐性和故事性也不断加强,并最终形成具备戏曲形态的宋杂剧。艺人既是戏曲艺术的创造者也是演出活动的承担者,其主导地位成为城市转型中最敏感的因素。在经济和社会环境的多重作用下,以宫廷艺人为主体的演职人员队伍逐渐萎缩,民间艺人队伍不断壮大,

---

① 廖奔、刘彦君:《中国戏曲发展简史》,第3页。
② 王国维:《宋元戏曲史》,上海世纪出版集团2008年版,第3页。
③ 钱穆:《中国学术思想史论丛》,安徽教育出版社2004年版,第209页。

第五章　唐宋城市转型中新兴文体的萌芽与发展

艺人的来源渠道发生变化，成分更趋复杂。城市规模的扩大、人口的增加、经济的繁荣，城市成为演出活动的重心，市民阶层成为观演活动的主体，观众主体的变化，又引发了戏曲观念的转变。商品货币经济的发展，经济成为诱因使艺人的社会流动加快，演出场所由宫廷、官府、寺庙、私家楼台转向勾栏瓦子、城市街巷、乡野空地。城市的发展与管理方式的变迁，使演艺活动行业化、专业化、商品化程度加深，市场竞争日趋激烈，艺人为生存发展计，结社抱团成为必然，形成了专业的班社组织。城市变迁促进了社会思想、文化、心理和价值观念的转变，门第、等级不再是确认社会身份的重要依据和标准，等级制的松动，使艺人的社会地位有所提高。

城市社会经济结构和阶层结构的变化，个体私有经济的发展和壮大，市民阶层在城市娱乐文化中的地位和作用日益凸显。市民的欣赏习惯和审美趣味决定了演艺的内容和形式。杂剧在发展中不断吸收与融合其他演艺形态的内容和技艺，"超诸百戏"并居于诸多演艺形态的"正色"首位，成为宋代市民喜闻乐见的演艺形态。丰富的城市生活与市民的审美价值取向，使剧本内容和剧目生产与市民阶层的精神文化需求相适应，杂剧的题材内容从宫廷社会生活转入民间社会生活，深化了杂剧表现生活的向度和维度。杂剧内在质态的发展变化，使剧目内容的故事情节由简单向复杂、由低级向高级过渡。城市商品经济的发展，为观演活动提供了强大的物质经济支撑，演艺活动渐趋商品化，付费观演成为常态，演出区域遍及城乡。文人加入剧本的编创队伍中，提高了剧本的质量。至南宋末期，"温州杂剧"的成熟，标志戏曲基本形成，开始了以"歌舞乐"① 演故事的戏曲时代。

---

① 王国维在《宋元戏剧史》中提出的"戏曲者，谓以歌舞演故事者也"一直为学界奉为圭臬，但考诸戏曲，则是凡戏除歌、舞、故事外，必有乐。而歌舞乐本三位一体，故在王氏对戏曲的定义中，加入"乐"这一元素。

一 唐宋城市转型与艺人社会结构的嬗变

先秦时期,从事演艺活动的艺人常被称为"优""优人"等,《左传》《国语》《荀子》等记录了优的演出活动及优施、优孟、优旃等名优的事迹。优能歌善舞,言行滑稽,善于调笑。秦汉以来,随着优人表演技艺、内容的不断发展和丰富,戏剧成分的加强,又被称为"俳优""倡优""乐人"等。《说文解字》:"俳,戏也""倡,乐也",说明优的表演与音乐的联系性加强。魏晋六朝时期,有"乐工""乐人""倡优""伎""妓"等称谓,艺人的歌舞表演中掺入了简单的故事情节,"大面""参军戏"等演艺形态逐渐从百戏性质的技艺表演中分化出来。隋唐时期称演艺人员为"乐人""优伶""梨园子弟"等。杜佑《通典·乐典》载,"歌舞戏,有大面、拨头、踏谣娘、窟垒子等戏"①,首次在典籍中出现了歌舞戏的概念。表明唐人已经意识到《大面》《拨头》《踏谣娘》等的表演与百戏伎艺性质表演的不同,歌舞戏真正"超诸百戏",已经从百戏中独立出来。入宋后,城市经济的发展、娱乐业兴盛,艺人的流动性加强,演艺队伍朝专业化方向发展,结社现象普遍,"路岐人""赶趁人""乐人""杂剧色诸人"等称谓说明艺人社会结构的复杂。

(一) 唐宋艺人的来源与民间艺人的壮大

唐代的宫廷艺人主要来自隋朝遗留的乐工、民间甄选的乐户与杂户、民间艺人、罪犯家属、战俘、外邦乐工和地方官员进献的"岁贡""阉儿"等②,他们受太常寺、教坊管理。此外还有为地方官员、将士配设的府县教坊、乐营的优伶。这些接受官府管辖和支配的艺人数量庞大,宫内有"散乐三百八十二人,仗内散乐一千人,音声人一万二十七人"③。至于唐代民间艺人的来源与数量,由于缺乏具体的资料,难以确述。但民间艺人的大量存在,依然是一个不

---

① (唐) 杜佑:《通典》卷146,中华书局1988年版,第3729页。
② 张裕涵:《唐代百戏研究》,硕士学位论文,山西师范大学,2015年。
③ (宋) 欧阳修、宋祁等:《新唐书》,第1244页。

第五章 唐宋城市转型中新兴文体的萌芽与发展

争的事实。"乃有俳优周季南、季崇及妻刘采春,自淮甸而来。善弄陆参军,歌声彻云。篇韵虽不及(薛)涛,容华莫之比也。……采春所唱一百二十首,皆当代才子所作,其词五、六、七言,皆可和者。"① 刘采春等"自淮甸而来",表明他们是一支来自淮河流域的民间艺人,后辗转于京城等外地进行流动演出,演出的"参军戏"水平较高。另外,从《唐会要》开元二年(714)的记录来看:"其年十月六日敕:'散乐巡村,特宜禁断。'"② 散乐与雅乐相对,在唐代是民间歌舞百戏的统称,"散乐,历代有之,其名不一,非部舞之声,俳优歌舞杂奏,总谓之百戏"③。"散乐巡村,特宜禁断",一是说明百戏在民间的流行,有大量的民间艺人游走在村社之间进行演出;二是表明游走演出的民间艺人数量多且演出频繁,影响社会的稳定,导致官府不得不出面禁止。与游走演出谋生的民间艺人相比,依附或被士大夫、权贵、富商豢养的艺人群体也是一个庞大存在。不仅唐代的安乐公主、岐王等家中养有大量的家伎艺人,士大夫阶层也有数目不等的家伎艺人,《唐会要》载:"天宝十载九月二日敕,五品以上正员清官,诸道节度使及太守等,并听当家蓄丝竹,以展欢娱。"④ 刘禹锡《赠李司空妓》描写的就是李绅府中家伎艺人演出的场景:"高髻云鬟宫样妆,春风一曲杜韦娘。司空见惯浑闲事,断尽苏州刺史肠。"另外,还值得一提的是,此时期涌现出一些技艺高超的艺人,如上文提到的刘采春,以及同样以善演参军戏而著称的黄幡绰、张野狐等,"开元中,黄幡绰、张野狐弄参军……武宗朝有曹叔度、刘泉水,咸淡最妙。咸通以来,即有范传康、上官唐卿、吕敬迁等三人"⑤。善为优戏的阿不思妻⑥,善为滑稽戏的李

---

① (唐)范摅:《云溪友议》卷下,《唐五代笔记小说大观》,第1308页。
② (宋)王溥:《唐会要》卷34,第629页。
③ (宋)王溥:《唐会要》卷33,第611页。
④ (宋)王溥:《唐会要》卷34,第630页。
⑤ (唐)段安节:《乐府杂录》,《中国古典戏剧论著集成》,中国戏剧出版社1959年版,第49页。
⑥ (唐)赵璘:《因话录》,《唐五代笔记小说大观》,第835页。

可及①、祝汉贞②等。

北宋初年,沿袭唐代教坊的旧制,教坊从民间搜罗了大量的艺人进入宫廷服务。"宋初循旧制,凡四部(雅乐、宴乐、清乐、散乐)。其后平荆南,得乐工三十二人;平四川,得一百三十九人……又太宗藩邸有七十一人。由是,四方执艺之精者皆在籍中。"③ 靖康之变后,教坊艺人四散,大部分被金兵俘虏北上,促进了金院本的发展和成熟,少部分流入民间成了流浪艺人。南宋时期,教坊、钧容直多次废立,"高宗建炎初,省教坊。绍兴十四年复置。凡乐工四百六十人,以内侍充钤辖,绍兴末复省。孝宗隆兴二年天申节,将用乐上寿,上曰:'一岁之间,只两宫诞日外,余无所用,不知作何名色。'大臣皆言'临时点集,不必置教坊。'上曰:'善。'乾道后,北使每岁两至,亦用乐,但呼市人使之,不置教坊,止令修内司先两旬教习"④。教坊的撤销,宫廷艺人走入民间,充实和扩大了民间艺人队伍。由于受宋代"重文抑武"政策及奢侈之风的影响,士大夫、权贵、富商之家,豢养家乐艺人成风,比唐代更是有过之而无不及。宋代是一个内外战争频发的时代,庞大的军费支出、战争赔款以及统治者穷奢极欲的消费,农民的赋税加重,导致部分人家破产。原本以农村演出市场为主的乡村艺人涌入城市,以艺谋生。"村落百戏之人,拖儿带女,就街坊桥巷,呈百戏伎艺,求觅铺席宅舍钱酒之赉。"⑤ 宋代城市经济的繁荣,市民阶层的崛起,娱乐业需求旺盛,能给艺人提供可观的收入,一些原本从事其他职业的人也转行加入民间艺人群体。洪迈《夷坚志》"宗立本小儿"载:"立本盖市井小民耳,遽弃旧业,而携此儿行游,使习路岐贱态,藉以自给。"⑥ 一些农户也转行习艺,到城市谋生,"自农转而为士,为道为释,为技

---

① (唐)高彦休:《唐阙史》卷下,《唐五代笔记小说大观》,第1351页。
② (宋)司马光:《资治通鉴》,第8063页。
③ (元)脱脱等:《宋史》卷142,第3347—3348页。
④ (元)脱脱等:《宋史》卷142,第3359页。
⑤ (宋)吴自牧:《梦粱录》卷20,第191页。
⑥ (宋)洪迈:《宗立本小儿》,《夷坚志》甲志卷第2,第12页。

第五章 唐宋城市转型中新兴文体的萌芽与发展

艺者,在在有之"①。一些落第的文士也加入民间艺人队伍中,提高了民间艺人的文化素养。如范公偁《过庭录》所记的北宋名伶丁石,原本是举人,后弃举业而入演艺行。"所谓'贡士''进士',未必就是科举应试有功名的人,很可能是些落第的儒生,因贫困潦倒,致成为职业艺人的。"②

与唐代相比,宋代的宫廷艺人坎坷更多,来源和构成也没有太大的变化,但数量和规模要小得多,甚至京师之地的衙前乐中,艺人也由教坊艺人占主体变为主要由民间艺人组成,"近年衙前乐已无教坊旧人,多是市井岐路之辈"③。宋代民间艺人的规模和数量呈上升趋势,构成也更加复杂,有破产农民、转行者、落第文士,甚至士大夫"票戏"现象也时有发生。各种演艺形态涌现出更多技艺超群的艺人,大大超过了唐代。"是时弟子萧住儿、丁都赛、薛子大、薛子小、杨总惜、崔上寿之辈,后来者不足数。"④ 仅《东京梦华录》中"京瓦伎艺"条所记如张廷叟等就有七十二名,《武林旧事》中"诸色伎艺人"条所记则有五百余人。技艺精湛的艺人得到观众的认可而扬名,大量名艺人的出现则是戏曲艺术走向成熟的标志之一。杂剧在宋代的成熟绝非偶然,只不过是多种因素共同作用结果的外显形式而已。廖奔、刘彦君在《中国戏曲发展简史》中指出,从汉魏六朝直至宋代中期,从事戏剧活动的主体是宫廷艺人,"中国初级戏剧的发展与宫廷关系极其密切,这是由于初级戏剧还缺少商业生存条件,不得不依赖于宫廷的豢养,汉魏六朝是这样,唐代是这样,甚至一直到宋代中期仍然是这样。因此,宫廷就在初级戏剧生长过程中发挥着举足轻重的作用"⑤。艺人群体的发展变化,究其原因,主要有以下三点。一是由于城市经济的进一步发展,为演艺

---

① (宋)曾丰:《送缪帐干解任诣铨改秩序》,《全宋文》第 277 册,卷 6281,第 299 页。
② 陈汝衡:《陈汝衡曲艺文选》,中国曲艺出版社 1985 年版,第 373 页。
③ (宋)赵升:《朝野类要》,中华书局 2007 年版,第 30—31 页。
④ (宋)孟元老《东京梦华录》卷 7,第 688 页。
⑤ 廖奔、刘彦君:《中国戏曲发展简史》,第 18 页。

唐宋城市转型与文学变革关系研究

业的生存和发展提供了更多的物质保障。二是新兴市民阶层的价值观、审美情趣发生变化，原本被视为"贱业"的演艺活动成了"摇钱树"，"京都中下之户，不重生男，每生女，则爱护如捧璧擎珠。甫长成，则随其资质教以艺业，用备士大夫采拾娱侍。名目不一……然非极富贵家不可用"①。三是戏曲演艺形态吸收了百戏中的表演技艺，戏剧化的程度更胜前代，演艺活动普遍，引起了社会文士阶层的关注，除正史的记录外，被广泛地记入笔记、小说等文体中，留下了大量的资料。

(二) 唐宋演艺人的社会流动与民间戏曲艺术的发展

美国社会学家索罗金认为，社会流动 (social mobility) 的程度与社会层级体系封闭或开放程度密切相关，它往往会引起社会结构的变化，成员的流动方向和频率反映着社会变迁的方向。从社会流动的方向看，可分为垂直流动和水平流动，垂直流动带来身份、地位的变化，水平流动则只是空间和地域层面的轨迹变化。②唐宋是中国封建社会的转型时期，在城市转型过程中，城市社会的阶级结构、经济结构、文化结构急剧变化，社会成员流动频繁。因此，借用索罗金的社会流动理论，考察此时期艺人的流动情况，揭示戏曲形成与发展的内在因素，有一定的可行性和操作性。

唐宋时期，演艺人员的社会流动主要有以下两类。

第一类是宫廷与民间的双向流动。唐宋时期宫廷艺人流落到民间，民间艺人进入宫廷的流动现象比较普遍。一方面，宫廷艺人由于政治干预、战争等因素，永久或暂时失去皇家宫廷艺人的身份、地位，从宫廷流入民间。如唐代，"三月庚午，放后宫三百人。癸

---

① (宋) 洪巽：《旸谷漫录》，载袁闾琨、薛洪勋主编《唐宋传奇总集》，河南人民出版社 2001 年版，第 814 页。(宋) 张端义：《贵耳集》，《宋元笔记小说大观》，第 4303 页。《贵耳集》载："真庙宴近臣，语及《庄子》，忽命秋水至，则翠鬟绿衣一小女童，颂《秋水》一篇，闻者竦立。"

② [美] 索罗金：《社会变动论》，钟兆麟译，上海社会科学院出版社 2016 年版，第 161—162 页。

第五章 唐宋城市转型中新兴文体的萌芽与发展

西，放后宫及教坊女妓六百人"①。按《旧唐书·顺宗本纪》载，教坊的女性艺人在九仙门外被她们的亲族接走。"大历十四年五月诏，罢梨园伶使及官冗食三百余人，留者隶太长。"② 唐玄宗朝盛极一时的梨园子弟，除少部分转入太常寺留下，其余 300 余人被裁汰。宋代教坊的多次废立，也导致了大批的宫廷艺人流向民间，"高宗建炎初，省教坊"③。有因战乱因素从宫廷流入民间的艺人。唐宋时期，内外战事频仍，因战乱而被迫流离甚至死亡的艺人也不在少数。如安史之乱，宫廷艺人逃亡各方："梨园弟子，半已奔亡；乐府歌章，咸皆丧坠"④，黄幡绰等宫廷名艺人被俘，"安禄山之叛也，玄宗忽遽播迁于蜀，百官与诸司多不知。有陷在贼中者，为禄山所胁从，而黄幡绰同在其数，幡绰亦得出入左右。及收复，贼党就擒。幡绰被拘至行在，上素怜其敏捷，释之"⑤。王建《春日五门西望》诗中"唯有教坊南草绿，古苔阴地冷凄凄"。反映了战后教坊乐人四散后凄清冷落的景象。战乱使许多艺人流入民间，宫廷技艺在民间迅速传播。《云溪友议》卷上载："李尚书讷夜登越城楼，闻歌曰：'雁门山上雁初飞。'其声激切，召至。曰：'去籍之妓盛小藂也。'曰：'汝歌何善乎？'曰：'小藂是梨园供奉南不嫌女甥也。所唱之音，乃不嫌之授也。'"⑥ 宋代的靖康之变使大批宫廷艺人流离失所，辗转流入异国他乡。"金人来索御前祗候、方脉医人、教坊乐人、内侍官四十五人；……杂剧、说话、弄影戏、小说、嘌唱、弄傀儡、打筋斗、弹筝、琵瑟、吹笙等艺人一百五十余家，令开封府押赴军前。"⑦ 除批量的宫廷艺人流动外，还有个别艺人的流动，如善演参军戏的名

---

① （宋）欧阳修、（宋）宋祁：《新唐书》卷 7，第 206 页。
② （宋）王溥：《唐会要》卷 34，第 630 页。
③ （元）脱脱等：《宋史》卷 142，第 3359 页。
④ （唐）段安节：《乐府杂录序》，载（清）董诰等编《全唐文》820 卷，中华书局 1983 年版，第 8634 页。
⑤ （唐）李德裕：《次柳氏旧闻》，《唐五代笔记小说大观》，第 470 页。
⑥ （唐）范摅：《云溪友议》，《唐五代笔记小说大观》，第 1272 页。
⑦ （宋）徐梦莘：《三朝北盟会编》卷 77 "金人求索诸色人"，上海古籍出版社 1987 年版，第 583 页。

演员李可及被皇帝流放至民间而死。① 上述艺人从宫廷流入民间的情形，从社会流动的性质看，属于身份、地位下降的垂直流动。

另一方面，民间艺人被甄选进入宫廷，身份地位呈上升的垂直流动情况在唐宋时期也较为普遍。如前述的李可及进入宫廷后，因获得唐玄宗的宠信，被授予"环卫之员外职"。更有甚者，如慈明杨太后，因艺而进入宫廷，后贵为太后。② 唐宋艺人在从宫廷至民间的相互流动中，也有不发生身份地位改变的水平流动，如从宫廷到士大夫、权贵之家的演出，宫廷艺人趁空闲或休假时到民间演出等。如唐代的教坊艺人张四娘，"苏五奴妻张四娘善歌舞，亦姿色，能弄《踏谣娘》。有邀迓者，五奴辄随之前。人欲得其速醉，多劝酒。五奴曰：'但多与我钱，虽吃锤子亦醉，不烦酒也。'今呼鸨妻者为'五奴'，自苏始"③。从记录来看，张四娘显然是在教坊之外的地方"串台"演出。宋代有因"和雇"而短时进入宫廷演出的民间艺人，"孝宗隆兴二年天申节，将用乐上寿，上曰：'一岁之间，只两宫诞日外，余无所用，不知作何名色。'大臣皆言'临时点集，不必置教坊。'上曰：'善。'乾道后，北使每岁两至，亦用乐，但呼市人使之，不置教坊，止令修内司先两旬教习"④。有的艺人特在表演场所冠上"御前"二字以吸引观众，如临安城中北瓦的莲花棚就挂有"御前杂剧"的戏榜，由赵泰等人演出。⑤ 也有艺人在名字后加上"御前"，"任辩御前、施圭御前、叶茂御前、方瑞御前……"⑥ 这些"御前"大多是曾在皇帝面前演出过的民间艺人或宫廷艺人，他们在休假或空闲时间到瓦子勾栏演出。上述艺人的流动，尤其是垂直流动，有力地推动了民间艺术的发展和进步，"广西诸郡，人多能合乐。城郭村落祭祀、婚嫁、丧葬，无一不用乐，虽耕田亦必口乐相

---

① （后晋）刘昫等：《旧唐书》，第 4608 页。
② （宋）周密：《齐东野语》，中华书局 1983 年版，第 175 页。
③ （唐）崔令钦：《教坊记》，《唐五代笔记小说大观》，第 125 页。
④ （元）脱脱等：《宋史》卷 142，第 3359 页。
⑤ （宋）西湖老人：《西湖老人繁胜录》，中国商业出版社 1982 年版，第 16 页。
⑥ （宋）周密：《武林旧事》卷 6，第 181 页。

第五章 唐宋城市转型中新兴文体的萌芽与发展

之,盖日闻鼓笛声也。每岁秋成,众招乐师教习子弟,听其音韵,鄙野无足听。唯浔州平南县,系古龚州,有旧教坊乐甚整。异时有以教坊得官,乱离至平南,教土人合乐,至今能传其声"①。宋代教坊对民间演艺形态的影响更大。按《梦粱录》的说法,民间的表演形式直接承袭自教坊,"歌叫卖声,效京师故体""填塞街市,吟叫百端,如汴京气象,殊可人意""又有以绢灯剪写诗词……及旧京诨语"②,"说唱诸宫调,昨汴京有孔三传……今杭城有女流熊保保及后辈女童……"③

第二类是城市与乡村间的水平流动。唐宋时期,艺人在宫廷和民间相互流动的毕竟是少数,大量的艺人则是辗转于城市与乡村之间。为寻找演出机会和市场,艺人们经常在不同的城市之间流动演出,"乃有俳优周季南、季崇及妻刘采春自淮甸而来,善弄陆参军,歌声彻云"。刘采春来自淮河流域,辗转到浙东时,巧遇当时的浙东廉察使元稹,元稹为刘采春赋诗,赞扬其技艺高超。④ 苏轼《次韵周开祖长官见寄》诗中句"俯仰东西阅数州,老于歧路岂伶优"虽是感叹仕宦奔波之苦,但也从侧面道出了宋代艺人东奔西走的艰难。尤其是"路岐人",城市中林立的瓦子,容不下他们稍逊的技艺,只能在府衙等城市的空地处做戏:"此外如执政府墙下空地,诸色路歧人,在此作场。"⑤ 或者是逢节日到乡村演出:"太平处处是优场,社日儿童喜欲狂。且看参军唤苍鹘,京都新禁舞斋郎"(陆游《春社》),或者是到城市的近郊演出:"附马都尉高怀德,以节制领睢阳岁久,性颇奢靡,而洞晓音律。故声伎之妙冠于当时,法部中精绝者,殆不过之。宋城南抵汴渠五里,有东西二桥,舟车交汇,居民繁夥;倡优杂户,厥类亦众。然率多鄙俚,为高之伶人所轻诮。

---

① (宋)周去非、杨武泉校注:《岭外代答校注》,中华书局1999年版,第251页。
② (宋)周密:《武林旧事》卷2,第60页。
③ (宋)吴自牧:《梦粱录》卷20,第190页。
④ (唐)范摅:《云溪友议》卷下,《唐五代笔记小说大观》,第1308页。
⑤ (宋)耐得翁:《都城纪胜》,第3页。

每宴饮乐作，必效其朴野之态，以为戏玩，谓之'河市乐'。"①"河市乐"是流行于宋代离京城汴京五里"草市"的民间"散乐"。草市原来是乡村定期集市，经过长时期的发展，到唐代，其中一部分发展成为居民点，个别的上升为县、镇。杜牧《上李太尉论江贼书》曾谈到江淮间的草市，谓"凡江淮草市，尽近水际，富室大户，多居其间"②，宋代，紧临州县城郭的草市，则发展成为新的商业市区。在城市娱乐业的带动下，城市近郊的演出活动频繁。宋人王巩在《闻见近录》就说："凡郡有宴饮，必招河市乐人。"③

综观唐宋时期艺人的社会流动情况，影响唐代艺人流动的因素主要是政治和战争因素，虽也有经济因素的参与，如刘采春等人的流动就是因为士大夫采买宫廷演艺的活动而发生，但这种现象并不普遍，反映了唐代艺人流动的被动性。因为在唐代社会，以皇帝为中心的权贵阶层在社会结构中占绝对的主导地位，城市中新兴的市民阶层力量还比较弱小，唐代依然还是以士人为主导的社会。占艺人主体的宫廷艺人服务对象为统治阶层，缺乏流动的自主性。民间艺人的流动碍于严格的"乐籍"管理，且演出市场的不发达，民间艺人的演出活动只能在民间的迎神赛社和逢年过节以及寺庙的宗教日进行，因此，流动并不活跃。中晚唐以后，城市商品经济渐趋活跃，宋代市场经济发达，城市的富庶及众多的游观活动，创造了大量的演出机会。经济利益吸引着艺人向城市流动，"三桥等处，客邸最盛，舞者往来最多"④。城市居民的游赏活动也是演出的商机，"今街市有乐人三五为队，专赶春场，看潮、赏芙蓉及酒座祗应，与钱亦不多，谓之'荒鼓板'"⑤。受城市演艺娱乐的时风影响，城市之外的村镇也成了艺人流动的处所。宋代艺人流动虽也有战争、政

---

① （宋）王曾：《王文正公笔录》，中华书局2017年版，第382页。
② （唐）杜牧：《上李太尉论江贼书》，载（清）董诰等编《全唐文》卷751，第7788页。
③ （宋）王巩：《闻见近录》，南宋刻本，藏国家图书馆。
④ （宋）周密：《武林旧事》卷2，第51页。
⑤ （宋）耐得翁：《都城纪胜》，第9页。

第五章 唐宋城市转型中新兴文体的萌芽与发展

治等因素导致的被动性流动，但受经济利益驱使的主动流动现象则较为普遍。这与宋代社会经济的发达、城市商业经济的繁荣、城市规模的扩大、市民阶层财富的增加、坊市合一、宵禁制度的取消等诸多因素有关。尤其是市民阶层为观演主体的城市演出市场的形成和发展，演艺活动商品化，艺人对统治阶层的依附性减弱，甚至出于经济因素的考虑，皇家罢黜或削减宫廷艺人，采用"和雇"形式购买民间艺人的演出产品，不仅加强了宫廷艺人和民间艺人的双向流动，促进了演出技艺的交流与融合，更使唐代以宫廷为主的参军戏、歌舞戏、滑稽戏等演艺形态下移，变为市场主导体制下的自主进化和发展的模式。演艺形态的自主进化和发展，更有利于艺人根据市场需求，改进和提高演出技艺，加速唐代以来宫廷盛行的参军戏、歌舞戏、滑稽戏等演艺形态的戏曲化进程，宋杂剧在吸收了科白表演的技能技巧、舞蹈、服饰等，取材历史或现实中的人和事，编成了有一定故事情节、有角色扮演的综合表演艺术，在城乡流行起来。

（三）唐宋艺人的结社与班社组织

关于唐代艺人成立班社组织的情况，文献鲜有记录，但从演出队伍的实际构成情况来看，已经初步具备了班社组织的雏形。入宋后，盛行于唐代的歌舞戏、滑稽戏、参军戏等，随着表演内容、形式、角色、音乐等的不断丰富，戏剧化程度的加深，需要更多的艺人彼此配合来演出，以及受行业竞争等因素的影响，宋代艺人结社的现象增多。"戏曲班社既是一个谋生的职业组织，又是一个进行艺术生产的集体。特定的班社组织形式，必定受社会政治、经济条件的制约；而特定的艺术生产发展状况，又受特定的组织状况制约。"[1] 艺人结社及班社组织形成和发展的历史，也是戏曲形成和发展的历史。考察唐宋艺人的结社及班社组织状况，有助于揭示戏曲在唐宋城市变革大背景下的形成与发展。

---

[1] 张发颖：《中国戏研史》，沈阳出版社1991年版，第2页。

班社组织形成的原因首先是戏剧化演艺形态演出的需求。随着艺人艺术实践活动的深入以及演出市场的需求增加，兴盛于唐代的歌舞戏、参军戏、滑稽戏等在向宋杂剧演进的过程中，戏剧化的程度越来越深。以参军戏为例，唐代的参军戏由二人演出，主角是"参军"，"苍鹘"是配角。入宋后，参军戏中"参军唤苍鹘"的主从关系虽未改变，但上场演员经常是四至五人或更多，和"参军"配戏的助手更多。"院本、杂剧，其实一也。……院本则五人。一曰副净，古谓之参军。一曰副末，古谓之苍鹘，鹘能击禽鸟，末可打副净，故云。"① 角色的增多，过去由两个艺人即可承担的参军戏，现在需要更多的艺人来承担，这就从客观上促进了艺人间的联合。唐代的歌舞戏虽然还不能算是真正的戏曲，但这种以表演故事为主的方式，在其后的发展中，随着故事情节的不断复杂，人物的增多，逐渐融入装扮、音乐、舞蹈、科白以及动作，并加入管弦乐器伴奏。乐器伴奏的出现、角色的增多和细化，使一出戏的演出需要更多的艺人合作才能完成。故而，过去由单个或少量艺人即可完成的演出，由于演艺形态戏剧化的加深，客观上需要多个不同技艺的艺人组合才能完成，艺人间的联合就成了必然。

其次也是市场竞争的需求。"物竞天择""优胜劣汰"，凡有人的地方就有竞争，自古皆然。唐代的文献中已经有竞争的记录，当时称之为"热戏"："凡戏辄分两朋，以判优劣，则人心竞勇，谓之'热戏'。"② 在对台赛戏中，把表演者分为两队进行比赛，以技艺的高低来决胜负。竞比性质的"热戏"活动，范围较广。《教坊记》中记有官方艺人太常寺与内教坊比赛，唐玄宗故意使绊赢太常寺的事。段安节《乐府杂录》中记有民间艺人段善本、康昆仑斗琵琶的事。"热戏"的斗赛风习，甚至反映在当时的传奇小说中，《李娃传》详细描绘了长安城中东肆与西肆为争夺殡葬市场，双方进行物

---

① （元）陶宗仪：《南村辍耕录》卷25，中华书局1959年版，第306页。
② （唐）崔令钦：《教坊记序》，载（清）董诰等编《全唐文》卷396，第4041页。

第五章 唐宋城市转型中新兴文体的萌芽与发展

与物、人与人之间的比赛。宋代艺人之间的竞比活动称为"对棚",即临近的勾栏中演出相同的节目争胜。"对棚"戏的表演,甚至被益州商人作为招揽顾客的手段。①

"热戏"也好,"对棚"也罢,说到底,竞争的实质是艺人在生存压力下追求商业利润的行为表现。唐宋时期的艺人面临的生存压力,有来自不同表演形态间的压力。唐代艺人面临"跳铃、掷剑、透梯、戏绳、缘竿、弄枕珠、大面、拨头、窟礧子及幻伎激水化鱼龙、秦王卷衣、筷鼠、夏育扛鼎、巨象行乳、神龟负岳、桂树白雪、画地成川"②等其他百戏演艺形态竞争的压力。宋代的演艺形态更加丰富,有说话、小唱、杂剧、傀儡戏、散乐、影戏、诸宫调等,且每种演艺形态都有名艺人,其压力更甚于唐。"崇、观以来,在京瓦肆伎艺,张廷叟、孟子书主张。小唱李师师、徐婆惜、封宜奴、孙三四等,诚其角者。嘌唱弟子张七七、王京奴、左小四、安娘、毛团等。教坊减罢并温习。张翠盖、张成、弟子薛子大、薛子小、俏枝儿、杨总惜、周寿奴、称心等。般杂剧,枝头傀儡任小三,每日五更头回小杂剧,差晚看不及矣。悬丝傀儡张金线、李外宁,药发傀儡张臻妙、温奴哥、真个强、没勃脐、小掉刀,筋骨、上索、杂手伎、浑身眼。李宗正、张哥,球杖、踢弄。孙宽、孙十五、曾无党、高恕、李孝详,讲史。李慥、杨中立、张十一、徐明、赵世亨、贾九,小说。王颜喜、盖中宝、刘名广,散乐。张真奴,舞旋。杨望京,小儿相扑。杂剧、掉刀、蛮牌董十五、赵七、曹保义、朱婆儿、没困驼、风僧哥、俎六姐。影戏丁仪、瘦吉等弄乔影戏。刘百禽弄虫蚁、孔三传耍秀才诸宫调、毛详、霍百丑商谜。吴八儿合生。张山人说诨话。刘乔、河北子、帛遂、胡牛儿、达眼五重明、乔骆驼儿、李敦等杂班外入。孙三神鬼,霍四究说《三分》。尹常卖《五代史》。文八娘叫果子。其余不可胜数。"③更有来自相同演艺形

---

① (宋)庄绰:《鸡肋篇》,萧鲁阳点校,中华书局1983年版,第423页。
② (宋)王溥:《唐会要》卷33,第611页。
③ (宋)孟元老:《东京梦华录》卷5,第461—462页。

态竞争的压力，譬如表演悬丝傀儡戏的艺人，不仅要面临同是表演悬丝傀儡同行的压力，还要面临药发傀儡、水傀儡、肉傀儡等同行的压力。艺人在面对这些来自不同行业及同行业间的压力时，为了自身的生存和发展，竞争也就成为必然。而要在竞争中生存和发展，邀约同仁抱团取暖，由数量规模集合为质量优势资源是当时艺人们的选择。于是，同行业的艺人结社就成为在激烈市场环境竞争中自保和发展的有效方法和手段。当然，竞争也促进了艺人技艺的提高，客观上推进了演艺形态的革新和发展。

艺人班社组织的形式从现有资料来看，唐代艺人虽形成了有一定成员数量的演出团队，但从组织学的角度分析，尚不能称为班社，用演出团队来称，似乎更为合适。团队结构松散，多由自然关系形成的家庭、夫妻、兄弟等组成。团队成员间或是夫妻，如前所言苏五奴与妻子张四娘①；或是兄弟加夫妻，"乃有排优周季南、季崇及妻刘采春自淮甸而来，善弄陆参军，歌声彻云"②；或是母女，"时有妓女石火胡，本幽州人也，挈养女五人，才八九岁。于百尺竿上张弓弦五条，令五女各居一条之上，衣五色衣，执戟持戈，舞《破阵乐》曲"③。总之，团队成员以血缘、姻亲等自然关系维系。

宋代艺人的班社组织形式，除沿袭唐代的"演出团队"模式外，由于"宋代商品经济的发达和市民阶层的兴起，促进了市民阶层结会结社现象的出现，尤其是艺人结社，始见于宋代，成为宋代民间会社的一大特色"④，有了真正可称为班社的"社"或"会"："二月八日，为桐川张王生辰，霍山行宫朝拜极盛，百戏竞集，如绯绿社杂剧、齐云社蹴球、遏云社唱赚、同文社耍词、角抵社相扑、清音社清乐、锦标社射弩、锦体社花绣、英略社使棒、雄辩社小说、翠

---

① （唐）崔令钦等：《教坊记》，《唐五代笔记小说大观》，第125页。
② （唐）范摅：《云溪友议》，上海古籍出版社2012年版，第121页。
③ （唐）苏鹗：《杜阳杂编》，《唐五代笔记小说大观》，第1387页。
④ 史江：《宋代会社研究》，博士学位论文，四川大学，2002年。

第五章 唐宋城市转型中新兴文体的萌芽与发展

锦社行院、绘革社影戏、净发社梳剃、律华社吟叫、云机社撮弄"①。宋代奢靡之风盛行，娱乐业发达，结社之风遍及城市的各行各业，演艺行业也不例外，上述《武林旧事》的记述即略见一斑。艺人的结社行为主要在城市进行，还与宋代城市经济的繁荣和城市管理有直接的关系。来自五湖四海的艺人结社，不仅"会""社"数量多、会员多，且结社有了一定的地域性，来自同一地域的艺人结社现象普遍，显示出城市对外来人口具有巨大的包容性："福建鲍老一社，有三百余人；川鲍老亦有一百余人。"②

班社组织管理的作用是明显的。唐代对艺人的管理主要以"乐户"制度为基础，通过户籍管理实现对艺人的管理，对流动的演出团队也只是通过一些临时法令来实现，如"散乐巡村，特宜禁断"③等敕令。宋代商品经济的繁荣，市民阶层的崛起及坊市界限的突破，带来等级界限的变化和突破，城市人口剧增：神宗元丰年间，汴京仅商户就有一万五千余户。④南渡后的临安，户口"近百万余家"⑤。城市人口的增加和规模的扩大，使宋代统治者对城市居民实行"坊郭制"户籍管理，并在此基础上实行分行业管理的"行市制"。行会组织的头领称"行首""团首"或"行老"。行会向官府纳税，"市肆谓之'行'者，因官府科索而得此名，不以其物小大，但合充用者，皆置为行"⑥。为方便管理，官府按执业性质把居民划分为众多的行会加以管理，"京都有四百十四行……诸般缠令……诸般耍曲……歌舞、歌琴、歌棋、歌乐、歌唱……四山四海，三千三百"⑦。

（四）唐宋艺人的社会地位

唐宋时期均对艺人实行严格的"乐籍"管理制度，一入乐籍，

---

① （宋）周密：《武林旧事》卷3，第75页。
② （宋）西湖老人：《西湖老人繁胜录》，第2页。
③ （宋）王溥：《唐会要》卷34，第629页。
④ （元）马端临：《文献通考》，中华书局1986年版，第195页。
⑤ （宋）吴自牧：《梦粱录》卷19，第180页。
⑥ （宋）耐得翁：《都城纪胜》，第4页。
⑦ （宋）耐得翁：《都城纪胜》，第18—19页。

世代不改，且其户籍不入州县籍贯，直属太常寺管辖，婚配对象亦受到限制，不能同"士庶"通婚，"一沾此色，累世不改。婚姻绝于士庶，名籍异于编甿"①。处罚也较平民百姓严厉，"此等不同百姓……故犯流者不同常人例配"②。唐律明文规定乐户艺人衣服的颜色为绿色，宋代对艺人着装也作了规定，"诸行百户，衣装各有本色。不敢越外"③。除着装款式外，颜色也作了规定和限制，"县镇场务诸色公人并庶人、商贾、伎术、不系官伶人，只许服皂、白衣，铁、角带，不得服紫"④。艺人不仅有来自法律制度的歧视和压制，更有来自社会的歧视和压力。士大夫到演艺场所观看演出也要易装潜行，⑤甚至把到演出场所看戏当作"自污"保身方法。⑥ 在整个唐宋时期，虽然也有少数艺人得到升迁，甚至如李可及、李仙鹤等被授予官爵，但对于庞大的艺人群体而言，低下的社会地位并没有得到实质性的改变。即使已经改变了身份和地位的艺人，也不希望后代承业。宜黄艺人詹庆通过婚姻改变了命运后，衣着服饰向读书人看齐，课子读书，希望他们博取功名，"宜黄詹庆者，初业伶伦，深村人也。贫甚，兄嫂稍赡足，不肯相容，乃谋往郡下，其居距城五十里。……自是以技得名，渐亦温饱。取陶氏女为妻，而赘居其家。……驯致富，教子读书，且假儒衣冠，而用子余为字，只家衰矣"⑦。所以，唐宋艺人在社会变革之际就像随风飘飞的蓬草，时时处处都在寻找安身立命之所，但又难以在社会这个华丽的餐桌上找到属于自己的座位和碗筷。

二 唐宋城市转型与演出活动的变迁

唐宋是中国封建社会变革的重要时期，经济的发展带动了城市

---

① （宋）王溥：《唐会要》卷34，第623页。
② （唐）长孙无忌等：《唐律疏议》卷3，岳纯之点校，第58页。
③ （宋）孟元老：《东京梦华录》卷5，第451页。
④ （元）脱脱：《宋史》卷153，第3573页。
⑤ 《李娃传》："适遇生之父在京师，与同列者易服ục，窃往观焉。"
⑥ （唐）韦绚：《刘宾客嘉话录》，《唐五代笔记小说大观》，第797页。
⑦ （宋）洪迈：《陶氏疫鬼》，《夷坚志》夷坚三志壬卷4，第1496页。

第五章 唐宋城市转型中新兴文体的萌芽与发展

的繁荣。城市人口增加、坊市界限突破、市民阶层不断壮大、社会价值观念的转变,推动了娱乐业的快速发展和兴盛。演艺活动作为节日庆祝、休闲娱乐生活的重要内容和方式,不断丰富和发展完善,并逐渐走向成熟和繁荣。作为演出要素的艺人、观众、演出场所、演出时间、剧本是演出活动进行的前提和基础,各演出要素的变迁过程,也是宋杂剧的形成过程,它决定了戏曲的演艺形态和发展方向。

(一)演出场所与区域

演出场所是演出活动的物质载体,经过唐宋时期的演进和变迁,不断发展成熟,由宫廷楼台向市井乡野转移,由"即地围场"的临时场所向"勾栏瓦肆"等固定场所演变。演出活动的区域不断扩大,由城市向周边村镇辐射,形成了以道路交通为经纬,寺庙、集市、交通要冲等为基点的网状区域。唐宋时期主要有以下五类演出场所:

第一类是宫廷楼殿:这是以皇帝为主导的演出场所。唐宋帝王继承了儒家"礼乐"治国的思想和传统,常在国家重大节日举办"与民同乐"的演出活动,演出的场所多为便于百姓观看的宫廷戏楼、广场及城市街道。唐玄宗朝的花萼楼就常是元宵节演出的场所:"献春之望,严更罗守。月上南山,灯连北斗,鱼启钥于楼上,龙衔烛于帐口,帝城纵观而驾肩,王宫望瞻而仰首。鼓吹更落,琴笙夜久。清歌齐升而切汉,妙舞连轩而垂手。"[①] 面对长安东市的勤政楼,也是唐代朝廷举行大宴时的演出场所,"百戏竞作,人物填咽。金吾卫士白棒雨下,不能制止"[②]。宋代的层级制相对宽松,在宫廷中举行的部分演出活动也允许市民观看,"殿之西有射殿,殿之南有横街,牙道柳径,乃都人击球之所。……寻常驾未幸,习早教于苑大门。御马立于门上。门之两壁,皆高设彩棚,许士庶观赏,呈引百戏。御马上池,则张黄盖,击鞭如仪。每遇大龙船出,及御马上

---

① (唐)王諲:《花萼楼赋》,载(清)董诰等编《全唐文》卷333,第3375页。
② (唐)郑綮:《开天传信记》,《唐五代笔记小说大观》,第1224—1225页。

池，则游人增倍矣"①。北宋都城汴京的街道，节日期间更是万民演出和狂欢的场所，"宣和六年（1124）正月十四日夜，……是夜撒金钱后，万姓个个遍游市井，可谓是：灯火荧煌天不夜，笙歌嘈杂地长春"②。此外，皇帝在接见外邦使臣、举行宴会或其他活动时，也常在宫廷中举行各种演出活动。

第二类是寺庙戏场。佛教自汉代传入中国后，经过六朝及隋代的发展，唐宋时期盛行于朝野。寺院为宣传教义，聚集信徒，常在院内设场，演出或讲唱佛经故事。"长安戏场多集于慈恩，小者在青龙，其次荐福、永寿。"③ 寺院外，庙也是重要的演出场所，尤其是庙会期间，艺人云集而影从。《东京梦华录》载二郎神诞辰日演出的盛况："二十四日，州西灌口二郎生日，最为繁盛。……苑作与书艺局等处制造戏玩，如球杖、弹弓、弋射之具。……于殿前露台上设乐棚，教坊、钧容直作乐，更互杂剧舞旋。……其社火承于露台之上，所献之物，动以万数。自早呈拽百戏，如上竿、趯弄、跳索、相扑、鼓板、小唱、斗鸡、说诨话、杂扮、商谜、合笙、乔筋骨、乔相扑、浪子杂剧、叫果子、学像生、倬刀、装鬼、砑鼓、牌棒、道术之类，色色有之，至暮呈拽不尽。"④ 宗教活动是寺庙戏场形成的动因，庙会是其依托，演出性质具有融休闲、娱乐、经贸等为一体的民俗属性和特征。

第三类是城乡空地。唐宋时期由于经济的发展和繁荣，市民阶层的不断壮大，唐代坊市分离的市政格局最终以坊墙的倒塌而告终，城市的文化娱乐功能得到进一步的发展和彰显。城市娱乐业的兴盛，吸引了大批艺人前往城市谋生和发展，市井街巷的空地常成为他们演出的场所。"街市有乐人三五为队，擎一二女童，舞旋唱小词，专

---

① （宋）孟元老：《东京梦华录》卷7，第683页。
② （宋）佚名：《大宋宣和遗事》亨集，中国古典出版社1954年版，第72—73页。
③ （宋）钱易：《南部新书》，中华书局2002年版，第67页。
④ （宋）孟元老：《东京梦华录》卷8，第758页。

第五章 唐宋城市转型中新兴文体的萌芽与发展

沿街赶趁。"① 官府墙下的空地也成为艺人们"打野呵"的场所，"执政府墙下空地，诸色路岐人在此做场"②。乡村艺人也拖儿挈女地来到城市撂地为场，"又有村落百戏之人，拖儿带女，就街坊桥巷，呈百戏伎艺，求觅铺席宅舍钱酒之赀"③。城市虽然处处存在演出的机会，但其容纳量毕竟有限，艺人们把目光投向广大的乡村市场，抓住节日到乡村演出，"太平处处是优场，社日儿童喜欲狂。且看参军唤苍鹘，京都新禁舞斋郎。"（陆游《春社》）"草市"大多位于水陆交通要道或津渡及驿站所在地，因此也常是艺人们演出的场所。"宋城南抵汴渠五里，有东西二桥，舟车交汇，居民繁夥；倡优杂户，厥类亦众。"④

第四类是军队教场。唐设乐营、宋设钧容直管理军乐。因此，军营的教场也是唐宋时期演出活动的重要场所。《旧唐书》有唐穆宗率领群臣到长安教场与军士同观角抵及杂戏的记录："幸左神策军观角抵及杂戏，日昃而罢。"⑤ 诗人杜甫也有陪柏姓官员去教场观看演出的经历，其《陪柏中丞观宴将士二首》云："极乐三军士，谁知百战场。"（其一）"绣段装檐额，金花鼓腰。一夫先舞剑，百戏后歌樵。"（其二）宋代清卫军中的艺人承担着宴会及接待外使的演出任务："清卫军习乐者，令钧容直教之，内侍主其事，园苑赐会及馆待契丹使人。"⑥ 教场废弃后，也常成为路岐人的演出场所，"十三军大教场、教奕军教场、后军教场、南仓内、前权子里、贡院前、佑圣观前宽阔所在，扑赏及路岐人在内做场"⑦。

第五类是瓦子勾栏。宋代城市经济的发展和繁荣，市民阶层的兴起，唐代统治者对城市管理的坊市制和宵禁制随着"侵街"现象

---

① （宋）吴自牧：《梦粱录》卷20，第190页。
② （宋）耐得翁：《都城纪胜》，第3页。
③ （宋）吴自牧：《梦粱录》卷20，第191页。
④ （宋）王曾：《王文正公笔录》，第382页。
⑤ （后晋）刘昫等：《旧唐书》卷16，第476页。
⑥ （元）脱脱等：《宋史》卷142，第3361页。
⑦ （宋）西湖老人：《西湖老人繁胜录》，第12页。

日益严重,已经无法维持。宋仁宗景祐元年(1034)十一月,"诏京旧城内侵街民舍在表柱外者,皆毁撤之"。① 虽然政府严格控制"侵街",但收效甚微。坊墙的倒塌,使城市由原来的封闭空间变成了由一条条街道划分的开放空间,商户、居民错杂其间,民众的社会公共空间得到不断拓展。② 城市空间的扩大和功能的日趋完善,使演出活动逐渐转向勾栏瓦肆等固定处所,尤其以京城为中心遍布城内城外大大小小的瓦子最为有名。"东去则徐家瓠羹店。街南桑家瓦子,近北则中瓦,次里瓦,其中大小勾栏五十余座……自丁先现、王团子、张七圣辈,后来可有人于此作场。"③ 南宋都城临安,"其杭之瓦舍,城内外合计有十七处"④,京城中瓦子林立,演出活动盛况空前,"崇、观以来,在京瓦肆伎艺"⑤ 有小唱、嘌唱、弟子、般杂剧、悬丝傀儡、诸宫调等演员众多。瓦子勾栏的兴起,"反映市民文化生活的种种娱乐活动,也从农村分散的小规模的演出形式,走向城市,变成有固定演出场所、专业性的、规模大小不等的各种城市文艺团体"⑥。

在以上五类演出场地中,唐代的演出场所主要以宫廷楼台、私家院所和寺庙为主。在唐代的社会结构中,以皇帝为首的士人阶层占绝对的统治地位,观众群体也主要由他们构成。因此,为士人阶层服务的演出活动也主要围绕在宫廷、私家院所等私人空间中进行,普通民众只有在特定的节日或庆典活动时,偶尔入场一观。宫廷、私家演出场所的封闭性和专属性决定观众群体的特殊性。而民间的演出场所主要集中在寺庙、市井乡野等公众空间中。公共空间的开放性使普通民众有更多的机会参与演出活动,但寺庙、市井乡野的演出活动又只在迎神赛会、节日、宗教活动日等特殊时段进行,普

---

① (宋)李焘:《续资治通鉴长编》卷115,第2706页。
② 宁欣:《唐宋城市社会公共空间形成的再探讨》,《中国史研究》2011年第2期。
③ (宋)孟元老:《东京梦华录》卷2,第144—145页。
④ (宋)吴自牧:《梦粱录》卷19,第180页。
⑤ (宋)孟元老:《东京梦华录》卷5,第461—462页。
⑥ 姚瀛艇:《宋代文化史》,河南大学出版社1992年版,第500页。

第五章　唐宋城市转型中新兴文体的萌芽与发展

通民众的观演活动受到严重的限制。入宋后，以作坊主、手工业者、商人等构成的市民阶层的壮大，对演出场所的变迁和发展产生了关键性的影响。尽管宫廷、私人院所依然是宋代士人阶层观演的主要场所，但由于观众的主体已经下移到市民阶层中，艺人对士人阶层的经济依附性减弱，演艺市场的商业化程度较高，市民阶层的娱乐需求旺盛，需要更多的开放空间和场所来满足他们的观演需求，于是瓦子勾栏等固定演出场所出现并迅速增加，市井乡野等场所的演出活动也增多了。因此，演出场所从唐代以士人阶层为观演主体的宫廷、私家院所，逐渐转移到宋代以市民阶层为观演主体的勾栏瓦肆。

演出场所的变迁，是演艺形态进步的必然结果。歌舞戏是唐代最重要的演出形式，其载歌载舞的表演场面适宜宫廷祭祀、庆典等活动的气氛和场景，也适宜士人阶层宴饮、集会等娱乐活动时烘托气氛、渲染情境的需求。虽然歌舞戏也有简单的故事情节，但其叙事功能服务于情境的创设，宋代以市民阶层为主体的观众自然难以适应和满足这种以歌舞为主的演艺形态。于是，结合了诸多艺术形态的宋杂剧诞生，以其生动的故事性、强烈的喜剧性、高超的技艺性和浓厚的市民生活气息，正好适应和满足了市民观众的欣赏需求。观众乐此不疲，争相观看，"不以风雨寒暑，诸棚看人，日日如是"①。同时，演艺形态和观众主体的变化，又促进了固定演出场所的形成和演出场所的扩大和转移。由"撂地为场"的临时性场所向勾栏瓦肆等固定性场所转变，解决了天气变化等因素对演出活动的干扰，使全天候演出成为可能。演出场所的多样化，一方面满足了不同层次和地域观众的文化娱乐需求，培育了市场和涵养了观众，又扩大了戏曲的影响力；另一方面也给艺人提供了更多交流切磋的机会，有利于各种演艺形态的结合，促进了戏曲的成熟、发展和传播。

---

① （宋）孟元老：《东京梦华录》卷5，第460页。

(二) 观众群体的扩大与戏曲观念的形成

在由唐至宋的城市发展中，其管理模式经历了从封闭到较为开放的转变过程，尤其是坊市合一制度与宵禁制度的打破，市民获得了更多的空间和时间。时空自由带来了娱乐方式的转变，使普通市民有更多时间参与观演活动。观众数量的增加和观演活动的频繁，使观众群体逐渐形成。新兴市民阶层对文化娱乐需求的旺盛，促进了观众的主体结构由社会上层向下层转移。随着歌舞戏、滑稽戏、傀儡戏等的发展和普及，观众通过对情境假定性特征的认识和接受，对表演中虚实关系的理解亦更加深刻。商品经济的发展，演艺活动的商品化，使观众的重要性日益凸显。艺人敏锐地发现和认识到观众结构的主体变化及其重要性，施展各种手段招揽观众，促进了演出体制的形成和演出内容的革新。

首先，城市时间管理的开放促使观众主体发生变化。唐代城市管理的主要措施是坊市制和宵禁制，除对市民实施严格的空间管理外，对市民的生活时间也有严格的管理，尤其是居民夜晚出行时间受到严格的限制。只有在特定的节日，才暂时解除宵禁，允许居民夜晚出行游观。入宋后，宵禁渐驰并最终取消，"二纪以来，不闻街鼓之声，金吾之职废矣"①。城市居民生活时间的延长，使市民阶层有了更多外出观看演出的时间和机会，扩大了观众群体。改变了唐代观演群体主要由皇帝、士大夫等特权阶层构成的情况。宋代经济的进一步繁荣，新兴的市民阶层成为城市文化娱乐活动的主体，加之统治者"与民同乐"的礼乐治国思想在演艺活动中的贯彻和实施，在宋代的演出活动中都能看到市民观众积极参与的身影。"殿之西有射殿，殿之南有横街，牙道柳径，乃都人击球之所。……门之两壁，皆高设彩棚，许士庶观赏，呈引百戏。……每遇大龙船出及御马上池，则游人增倍矣。"② 一年一度的元宵节更是引爆了市民游观的热

---

① (宋) 宋敏求：《春明退朝录》，《宋元笔记小说大观》，第965页。
② (宋) 孟元老：《东京梦华录》卷7，第683页。

第五章　唐宋城市转型中新兴文体的萌芽与发展

情,"正月十五日元宵,大内前自岁前冬至后,开封府绞缚山棚,立木正对宣德楼,游人已集御街,两廊下奇术异能,歌舞百戏,鳞鳞相切,乐声嘈杂十余里"①。"其余坊巷市井,买卖关扑,酒楼歌馆,直至四鼓后方静;……无论四时皆然。如遇元宵犹盛,排门和买,民居作观玩,幕次不可胜纪。"②

其次,观众对戏剧虚实关系的认识与接受,标志着戏剧观演心态的成熟。戏剧是现实生活的反映,但又不是生活的简单复制。艺人通过对生活的加工和提炼,用假定性的方式再现生活内容,把客观生活的现实状态寓于主观的表演活动中,从而反映生活本质的内蕴与精神。观众对表演中虚实关系的理解,随着唐宋时期歌舞戏、滑稽戏、傀儡戏等的发展和普及,艺人把戏中的人、事、物与现实人生的情状紧密地联系在一起,观众通过对舞台内容假定性的认识、接受而不断深化对现实生活的认识。

戏,"戯"也。"戯右半面虚,虚人虚马虚富贵,虚动干戈便是戏。"③ 这句戏联,很好地揭示了戏是以虚拟的表演来还原现实生活的实与真。对戏"虚"的思考,常常引发观众对实的感悟。唐人梁锽在观看了傀儡戏表演后,戏中的人物和故事引发了他深深的共鸣,乃至演出结束了,他还沉浸在梦幻之中,感叹戏如人生,人生亦如戏,仿佛就像做了一场梦。④ 戏剧源于生活,但又不是生活简单的复制和模拟,即使道具做得再逼真,如梁锽所云"鸡皮鹤发与真同",那他又何来"如梦"之叹呢?原因就是艺人在表演中把真实的生活转化为一定的假定性演出情境,而这个经过艺人加工创造的假定性情境虽不完全是现实的重组和同构,甚至与现实相背离,但却直指现实的本质。黄庭坚《题前定录赠李伯牖二首》其二云:"万般尽

---

① (宋)孟元老:《东京梦华录》卷6,第540页。
② (宋)耐得翁:《都城纪胜》,第3页。
③ 宁夏银川西湖会馆戏台对联。
④ 唐梁锽《咏木老人》诗云:"刻木牵丝作老翁,鸡皮鹤发与真同。须臾弄罢寂无事,还似人生一梦中。"

被鬼神戏,看取人间傀儡棚。烦忙自无安脚处,从他鼓笛弄浮生。"①黄氏由傀儡戏演出而生出"弄浮生"的感受,正是观众对这种假定性情境理解和接受的基础,戏的外部形态虽未必为真,但其内部规则始终契合于现实的本质和精神。

经过由唐至宋的演变,宋杂剧演出体制和表现内容发生了根本性的变化,角色体制初步形成,有末泥、引戏、副净、副末与装孤等角色;演出体制进一步完善,"且谓杂剧中末泥为长,每一场四人或五人,先做寻常熟事一段,名曰艳段,次做正杂剧,通名两段。末泥色主张引戏色分付副净色发乔,副末色打诨,或添一人名曰装孤。先吹曲破断送,谓之把色"②。故事内容和情节趋向复杂化,已经能表演有众多人物和复杂故事情节的《目连救母》《西厢诸宫调》等剧目。宋杂剧的形成与发展,加深了观众对戏曲假定性特征的认知,对戏剧的虚实关系的构建与体验也进一步深化。"侏优戏场中,一贵复一贱。心知本自同,所以无欣怨。"(王安石《相国寺启向天节道场行香院观戏者》)对戏中演绎的人生世态,不论是虚构的贫贱富贵情节,还是虚拟的张三李四,观众心中知道其人物与故事与生活的本真相通,所以不仅对戏中虚拟的人或事表现出理智的认同,甚至对戏中虚拟的时空情境也表示接受,"生在湖州新市镇,死在循州贡院中。一场杂剧也好笑,来时无物去时空"(吴潜《谢世颂》其一)。戏本为"虚",其舞台呈现亦为"假",但观众通过对假定性的认同和接受,仍然能获得"真"的体验和感悟。

还有,观众群体的扩大与城市浓厚的商业氛围进一步促使商业化、常态化演出市场的形成。

艺人演戏,观众看戏,二者之间形成观演关系。对二者关系的思考和讨论,有观众中心说和演出中心说。对中国戏曲的观演关系,多数论者持观众中心说,但对演出中心说的形成,却鲜有论述。众

---

① 郑永晓整理:《黄庭坚全集辑校编年》,江西人民出版社 2008 年版,第 336 页。
② (宋)吴自牧:《梦粱录》卷 20,第 189 页。

第五章 唐宋城市转型中新兴文体的萌芽与发展

所周知,中国戏曲的演出形式主要有私家演出和公众演出,演出费用要么由个别观众(或组织)承担,要么由所有观众分摊。

唐宋时期的公众演出主要有两种形式,一是国家或个人付费的公益性演出,如国家组织的节庆演出,或个人及团体出资的村社社日演出等。二是观演者分摊费用的演出,如群体集资或个体出资的演出等。公益性演出具有节日性和全民性,观众遍及所有阶层,因此,观演的主体并无确定的某一阶层或群体特征。由观演者分摊费用的公共演出也有两种形式,一是组织众人集资的公众演出,如福建漳州一带"乞冬"的"逐家聚敛钱物"的演出,"常秋收之后,优人互凑诸乡保作淫戏,号乞冬。群不逞少年,遂结集浮浪无赖数十辈,共相唱率,号曰戏头。逐家聚敛钱物,豢优人作戏,或弄傀儡筑棚于居民丛萃之地、四通八达之郊,以广会观者"①。二是由艺人在勾栏瓦肆或撂地为场举办的收费演出,如《庄家不识勾栏》中的庄稼汉是交了"二百钱"的费用后才得以入场观演。勾栏瓦肆的兴起,个体付费观演成了普遍和必然现象。随着演艺市场的发育和完善,艺人表演技艺的提高和队伍的壮大,宫廷演出及国家举办的公益性节庆演出,宋代已开始采用付费形式雇佣艺人进行演出,演艺活动逐渐商品化。

唐代承担私家演出任务的主体是家乐艺人或其他流动艺人,观众主体主要是士大夫等权贵阶层,付费主体为权贵阶层中的个人或集体。即使有时候允许平民观演,或为平民举行专演,貌似观演的主体为平民,但从组织与付费形式来看,因观演主体的观演活动处于权贵意愿的主导、控制和支配之下,平民依然不是真正的观演主体。至宋代,私家演出已经出现平民化的倾向。经济的发展使普通市民具备了一定的购买演艺产品的能力,加之奢靡之风的盛行,普通市民举办私家演出的情况增多,唐代由权贵和士人群体等特权阶

---

① (宋)陈淳:《上傅寺丞论淫戏劄》,载曾枣庄、刘琳主编《全宋文》第295册,卷6724,第184页。

层垄断的私家演出下移,观众的主体开始朝平民迁移。

综上,唐宋时期经济的发展,市民阶层的壮大,使演艺产品不再是少数特权阶层的专利而成为大众化的娱乐休闲产品。演出市场的发育和完善,市民观看演出的机会增多,观众群也逐渐扩大。同时,观众观演心态逐渐趋于成熟。观众是戏曲艺术的接受者和传播者,是演出活动存在的前提和基础。观众作为演出活动的最终指向,他们的爱好、兴趣和价值观、审美趣味等,直接影响着戏曲演出的内容、形式,为演出市场的商业化和演出场所的固定化提供了物质保障和支持,促成了宋杂剧演出体制和表现内容发生了根本性的变化和完善。

三 唐宋城市转型与剧本的编写

在唐宋城市转型进程中,演出市场商业化对戏曲艺术水准要求的提高,一方面促使戏曲体制不断完善,并促进了剧本编写从艺人即兴发挥到文人士大夫参与创作。市民观众群体的增加使得观众社会阶层下移,剧本题材由政治、历史类走向更为广阔的社会生活。下面从剧本作者、剧本数量与分类、题目题材三个方面来探寻唐宋戏曲的演进轨迹。

剧本的有无,通常作为判断戏曲是否成熟的一个标准。王国维认为宋杂剧虽然有故事的表演,但由于没有传世的剧本,因此,戏曲当始于元杂剧:"唐代仅有歌舞戏及滑稽剧,至宋金二代而始有纯粹演故事之剧,故虽谓真正之戏剧起于宋代,无不可也。然宋金演剧之结构,虽略如上,而其本则无一存,故当日已有代言体之戏剧否,已不可知。而论真正之戏曲,不能不从元杂剧始。"[①] 任二北不同意王国维的看法,主张以戏剧的演出形态为标准来进行判定,"夫科白戏或话剧,不得谓之非戏剧;不用套曲,不等于无戏曲;剧本

---

① 王国维:《宋元戏曲史》,第114页。

第五章　唐宋城市转型中新兴文体的萌芽与发展

不传，不等于无剧本；无剧本，不等于无戏剧"①。其实，王说本没有错，但他忽略了剧本产生的渐进性，又过度拘泥于证据，故有是说。任说从戏剧"填词之设，专为登场"的演出本质出发，更客观地阐明了戏曲形成过程的曲折性和复杂性。确实，中国戏曲的形成和发展经历了一个漫长的过程，其中关涉表演、角色、装扮、场地、剧本、戏曲观等诸多因素的萌芽、发生、发展到形成和完善。剧本也必然经历了从简单到复杂、从无到有并逐步成熟的过程。尽管缺乏最直接的证据证明唐宋已经有成熟的剧本，但我们依然可以通过唐宋时期滑稽戏、参军戏等的演出状况，找到剧本编写的"草蛇灰线"。

（一）剧本作者

秦汉俳优戏、角抵戏以及南北朝的大面等演艺形态，经过历史的长期积淀，到唐代已经初具戏曲形态。时事、论议、佛经等都成为唐代歌舞戏、滑稽戏、傀儡戏丰富的素材。"唐五代的优伶，并没有一定的脚本。在演出的时候，可以由演员自己穿插。而穿插的语言，大多有讽谏滑稽之意，或新颖成趣，讨观者欢喜。"② 虽然演员在演出时随意发挥，并无固定的脚本，至今亦无文字剧本可察，但其表演的故事内容和情节却渐趋复杂，已经由秦汉时期俳优戏随意的即兴表演故事，逐渐向"伶人自为之"的"有意"为戏转变。《通典》载："踏摇娘，生于隋末。河内有人丑貌而好酒，常自号郎中，醉归必殴其妻。其妻美色善自歌，乃歌为怨苦之词。河朔演其曲而被之管弦，因写其妻之容。妻悲诉，每摇其身，故号踏摇娘。近代优人颇改其制度，非旧旨也。"③ 从《踏摇娘》的题材和演出内容分析，这是一出以民间家庭生活琐事为原型的歌舞小戏，剧情单一，是醉汉打老婆的家庭生活小戏，戏剧冲突也不尖锐，属于无伤大雅的民间笑闹剧。但"近代优人颇改其制度，非旧旨也"则表明，《踏摇娘》在流传的过程中发生了演变。艺人作为创作的主体，为增

---

① 任半塘：《唐戏弄》，上海古籍出版社2006年版，第67页。
② 蒋伯潜、蒋祖怡：《小说与戏剧》，世界书局1947年版，第95页。
③ （唐）杜佑：《通典》卷146，第3729—3730页。

加演出的喜剧效果，根据生活的原型，把《踏摇娘》加工成表现醉鬼丑态的轻喜剧。经过艺人加工后的《踏摇娘》，增加了舞的成分（"摇其身"），已经由原来的纯歌唱（谣）变为歌、舞并重的《踏"摇"娘》。《武林旧事》卷十"官本杂剧段数"记录的《醉排军》《醉县君瀛府》等剧目，当是《踏摇娘》的滥觞。

入宋后，优伶取材经史、神怪故事、文人仕女爱情传奇以及世俗生活故事①自编剧目的情况更为普遍。"蜀伶多能文，俳语率杂以经史。"② 如《诚斋诗话》中记录苏轼观剧不笑，优人引用苏轼《王者不治夷狄论》中的话语，终让东坡发笑。宋金诸宫调继承了唐代变文韵散结合、唱白相间的说唱体制，采撷宋代成熟的话本"入曲说唱"，在说唱中讲述情节曲折、富于变化的长篇故事，将叙事与歌唱的结合发展到一个新的阶段，创造了民间叙事说唱的鸿篇巨制，为"唱故事"向"演故事"的发展奠定了基础。③ 王灼《碧鸡漫志》就提到了诸宫调的首创人："熙、丰、元祐间，兖州张山人以诙谐独步京师，时出一两解。泽州孔三传者，首创诸宫调古传，士大夫皆能诵之。"④ 孟元老《东京梦华录》也记录了孔三传在北宋时的表演："孔三传耍秀才诸宫调。"⑤ 周贻白先生指出："宋代的俳优，既能随时造作故事而借题发挥，……可见当时所演，多由伶人自己编作。"⑥

随着市井民众对戏曲这种艺术娱乐形式需求的增加，剧本仅由伶人自己编作显然已不能满足演艺市场的需求，所以，官员士大夫也加入剧本创作中来。"教坊大使，在京师时有孟角球撰杂剧本子，又有葛守诚撰四十大曲词，又有丁仙现捷才知音。"⑦ 管理教坊的官

---

① 廖奔、刘彦君：《中国戏曲发展简史》，第30页。
② （宋）岳珂：《桯史》卷13，《宋元笔记小说大观》，第4448页。
③ 吕文丽：《诸宫调与中国戏曲形成》，中国戏剧出版社2011年版，第42页。
④ （宋）王灼：《碧鸡漫志》卷2，载唐圭璋编《词话丛编》，第84页。
⑤ （宋）孟元老：《东京梦华录》卷5，第462页。
⑥ 周贻白：《中国戏剧史长编》，上海书店出版社2007年版，第77—78页。
⑦ （宋）耐得翁：《都城纪胜》，第9页。

第五章 唐宋城市转型中新兴文体的萌芽与发展

员孟角球在编写杂剧本子，艺人葛守诚、丁仙现等也在编写杂剧本子，可见剧本的作者逐步增多。北宋真宗年间，因"乐人白语多涉浅俗"，钱惟演认为有伤大雅，向真宗皇帝建议教坊乐语改由舍人院编撰，京府衙前乐语改由馆阁官编撰，真宗采纳了他的建议。虽然此举在执行中因晏殊等人的反对最终改由教坊撰词舍人院审定，但已开官员士大夫编撰剧本之门。黄庭坚说："作诗如作杂剧，初时布置，临了须打诨，方是出场。"① 此语明面上虽是谈诗歌创作之法，但文人士大夫如果没有杂剧创作的经历，又何以用杂剧创作之法来喻诗歌创作呢？因此，黄氏此语至少说明了文人士大夫参与杂剧创作已经不再是个别现象。

综上所述，剧本的编写经历了最初的艺人即兴创作，到唐代"有意为之"的编写，故事情节由简单趋于复杂，题材生活化的倾向明显。经由宋代官方的参与和组织，文人士大夫加入剧本的创作，伶人群体文化素养的提高，剧本的文学性得到增强，语言由浅俗向雅驯方向发展，对促进宋杂剧形式的规范、稳定和完整起到了一定的作用。

（二）剧目数量与分类

唐五代时期的戏剧形态主要有歌舞戏、傀儡戏和滑稽戏三种，文献中可考述的剧目，任二北先生说："王国维《优语录》列唐五代十一事，王考内另见四事；其中为戏剧者，有十事。兹加增辑，称《优语集》，列唐四十二事，附八事，内为戏剧者仅十三事；列五代二十八事，附二事，内为戏剧者仅八事。——合得二十一剧。"②因为没有剧本流传下来，"有目而无辞"，这些剧目只有名称而无具体内容，使我们难以确知这些初具戏剧形态的剧目的具体内容和演出情况。但剧目作为戏曲的题名，对戏曲内容具有一定的概括功能。因此，从剧目名称入手，亦可揭示和了解剧目的主旨或情节发展的线索。

---

① 吴文治主编：《宋诗话全编》，江苏古籍出版社1998年版，第1148页。
② 任半塘：《唐戏弄》，第726页。

275

唐代的剧目，从名称上来看，可分为四类，一是人物题名类，如《魏王掠地皮》《知训使酒骂座》《尉迟恭战突厥》《樊哙排君难》《兰陵王》《崔公疗妒》《义阳主》《弄孔子》《真最药王菩萨》等。这类剧目以人物名或人物＋事件为题名，表明剧目已经有角色扮演并有了简单的故事情节，说明唐代的戏剧表演形态进入持续发展的阶段，由歌舞表演向演故事迈进，具有明显的戏剧特征。另外如《义阳主》等，根据《唐国史补》载："贞元十二年，驸马王士平与义阳公主反目。蔡南史、独孤申叔播为乐曲，号《义阳子》，有《团雪》《散雪》之歌。"① 据《旧唐书》载："时轻薄文士蔡南、独孤申叔为义阳主歌词，曰团雪、散雪等曲，言其游处游离之状，往往歌于酒席。"② 2000 年 5 月西安市长安区大兆乡三益村出土的《独孤申叔墓志》③ 等资料表明，《义阳主》当是宴会上合乐而歌的歌舞小戏。二是地点题名类，如《鸿门宴》《西凉伎》《灌口神队》《焦湖作獭》《病状内黄》等。此类剧目虽与地名有关，但作为故事的发生地，已经和此地发生的特别事件或出现的特别人物相关联，形成了与地名相关联的典故，从而常用地名来代指某事、某人或某典故。如《焦湖作獭》就是伶人作戏讽刺张崇在庐州为官时，横征暴敛，贪得无厌，巧立名目征罚"伊渠钱""捋须钱"的行为，其表演形式及内容与唐代滑稽戏谑的参军戏盛行有关。三是曲调题名类，如《苏莫遮》《凤归云》《麦秀两歧》等。以曲调为名的剧目，应是配乐演唱，表演的重点在音乐和歌唱上，故而剧目题名以曲调为重点，这也与唐代宴乐的兴起和词的演唱相吻合。四是事件题名类，如《踏摇娘》《钵头》《系囚出魅》《旱税忤权奸》《三教论衡》等。此类剧目虽然剧情简单，故事性不强，但角色扮演、故事情节齐备，并且歌、舞俱全，"优人恒随时随地而自由为之；虽不必有故事，而

---

① （唐）李肇：《唐国史补》卷下，《唐五代笔记小说大观》，第 194 页。
② （后晋）刘昫等：《旧唐书》卷 142，第 3878 页。
③ 志石为青石质，现藏西安碑林博物馆。

第五章　唐宋城市转型中新兴文体的萌芽与发展

恒托为故事之形"①，已经初具戏剧形态。

宋杂剧剧目的数量，仅周密《武林旧事》卷十"官本杂剧段数"载，就有剧目二百八十种，但有剧目名称而未载内容。陶宗仪《辍耕录》"院本名目"所载剧目 690 个。兴起于南渡后的地方小戏"永嘉杂剧"，发展迅速，"至戊辰己巳间，《王焕》戏文盛行于都下，始自太学有黄可道者为之。一仓官诸妾见之，至于群奔，遂以言去"②。南戏的剧目也应该有很多，除我们熟知的"南戏四大本"外，"可考宋元戏文就有二百三十八本"③，这二百三十八本中，除少部分可分辨为是宋代的作品外，大部分虽难分辨，照理来说，应该还有许多宋代南戏的作品。因此宋杂剧剧目的数量应该有 1000 余个。惜前人在为后人留下珍贵资料的同时，没留下传世的剧本，于是后来的研究者不得不对这些剧目进行考证和分类。王国维根据曲调的不同，把"官本杂剧段数"所载剧目分为：用大曲者、用法曲者、用诸宫调者和用普通词调者四类。④ 胡忌把周密"官本杂剧段数"与陶宗仪《辍耕录》"院本名目"所载 690 个剧目的分类相互印证，研究宋人对剧目的分类方法和依据。⑤ 本节不考证宋杂剧的分类方法与依据，参考王氏及其他诸家的分类标准，仅以"官本杂剧段数"所载剧目为例，进行管中窥豹式的研究,⑥ 以"官本杂剧段数"剧目题名的方式和内容为依据，从曲调、演出形态（爨）、角色体制、剧情结构四个层面来了解宋杂剧形态的多样性和形成的复杂性。

首先，从曲调类看宋杂剧戏曲形态。曲调类剧目从【争曲六幺】到【牛五郎罢金征】，共 125 个。官本杂剧段数中提到此类剧目的曲

---

① 王国维：《宋元戏曲史》，第 9 页。
② （元）刘一清：《钱塘遗事校笺考原》卷 6，中华书局 2016 年版，第 187 页。
③ 钱南扬：《戏文概论》，中华书局 2009 年版，第 76 页。
④ 王国维：《宋元戏曲史》，第 238 页。
⑤ 胡忌：《宋金杂剧考》，古典文学出版社 1957 年版，第 362 页。
⑥ 《南村辍耕录》所载剧目虽多，但其为元人所著，准确性难料；南戏剧目不少，但仅是一时一地之作品，不具全面性；故选取宋人周密"官本杂剧段数"为代表。

 唐宋城市转型与文学变革关系研究

调有 39 个,依次为【六幺】【瀛府】【梁州】【伊州】【新水】【薄媚】【大明乐】【降黄龙】【胡渭州】【逍遥乐】【石州】【大圣乐】【中和乐】【万年欢】【熙州】【道人欢】【长寿仙】【法曲】【剑器】【延寿乐】【贺皇恩】【采莲】【诸宫调】【舞杨花】【皇州】【宝金枝】【永成双】【暮云归】【嘉庆乐】【万年芳】【庆云乐】【相遇乐】【泛清波】【菊花新】【彩云归】【整乾坤】【夹竹桃】【千秋乐】【罢金征】。这 39 个曲调分属于大曲、法曲、诸宫调、普通词调。从《争曲六幺》开始到《牛五郎罢金征》为止的 125 个剧目,除《相如文君》《崔智韬艾虎儿》《王崇道休妻》《李勉负心》未标明曲调外,其余剧目均标明曲调。从这四个剧目的内容来看,基本属于"男子负心"类,应该是用同样的曲牌,但不知什么原因,周密未记。

上述以曲调为题名的剧目,应是配乐演唱,表演的重点是按曲调而歌,故而剧目题名像唐代的《苏幕遮》等,仍是以曲调为主。剧目在由唐入宋的演进中,随着故事内容的丰富和情节的复杂,由单支曲调的演唱向多支曲调组合过渡,发展为集多曲调组合的"诸宫调"演唱。剧目中多次提到在汉唐就已经流行的百戏技艺,如《霸王剑器》中的舞剑器、《藏瓶儿法曲》中的藏瓶游戏、《九妆薄媚》中的换妆等,显然宋杂剧已经吸收和融合了百戏中的表演技艺并形成了固定的剧目。剧目题名中出现了诸如与饮食业有关的食店、厨子等,与博彩业有关的骰子、体育竞技活动的打球、手工行业的银器、民间礼俗活动的催装等,故事内容更加丰富,涵盖了整个社会行业,扩大了杂剧的故事内容。剧目中"故事+曲调"的题名,说明乐曲与表演内容间的内在联系已经加强,宋杂剧已经开始由唐代的"恒托为故事之形"演进为真正的故事,且情节和内容更加复杂和多样,部分剧目已经具备真正的戏曲形态,开始用歌舞乐演故事。

其次,从演出形态(爨)类看,官本杂剧段数中以爨题名的剧目有 43 个,从《新水爨》到《金莲子爨》。研究这些剧目,先得从

第五章 唐宋城市转型中新兴文体的萌芽与发展

"爨"说起。爨本姓氏，六朝时期演变为对云南一带少数民族的泛称，宋代时，中原朝野统称云南为"爨国"。① 宋徽宗政和六年（1116）大理段氏政权遣使入宋朝贡，朝贡乐人演出"五花爨弄"②。此当为"五花爨弄"之称的由来及传播。对于爨弄的解释，陶宗仪和夏庭芝均有论述，夏说较陶说细致，"金则院本、杂剧合而为一，至我朝乃分院本、杂剧而为二。院本始作，凡五人：一曰副净，古谓参军；一曰副末，古谓之苍鹘，以末可以扑净，如鹘能击禽鸟也；一曰引戏；一曰末泥；一曰孤。又谓之五花爨弄。或曰：宋徽宗见爨国来朝，衣装鞋履巾裹，傅朱粉，举动如此，使优人效之以为戏，因名曰爨弄。国初教坊色长魏武刘三人，魏长于念诵，武长于筋斗，刘长于科泛，至今行之。又有焰段，类院本而差简，盖取其如火焰之易明灭也"③。至此，从陶宗仪和夏庭芝的分析中，可以确定爨弄的表演是分多个角色的演出。官本杂剧段数中所列的这43个剧目，剧目的题名方式均是：某某某＋爨。其中可以确定为曲调＋爨题名的有：《新水爨》《天下太平爨》《醉花阴爨》《喜朝天爨》《醉青楼爨》《宴瑶池爨》《钱手帕爨》《夜半乐爨》《扑蝴蝶爨》《木兰花爨》等。曲调＋爨题名的剧目，表明宋杂剧已经是有固定曲调和角色表演的戏剧形态。由于无传世的剧本，我们无从得知所演故事的情节和内容或者是没有故事，但至少可以看出此时宋杂剧的分角色扮演已经和乐、舞紧密地结合在一起，并形成了成熟的剧目，离戏曲成熟也仅一步之遥。其他虽未标明曲调的剧目，所展示的信息也较为丰富，如《调宴爨》标示了该剧目演出的场所和适用的场景当是宴会。另外如《门子打三教爨》《借听爨》《借衫爨》《恼子爨》等，当是唐代参军戏的滥觞，与滑稽戏谑或讽刺表演有关。

---

① 吕维洪：《守望中的行进：云南戏曲与花灯演出组织研究》，中国社会科学出版社2019年版，第26页。
② 尤中：《白古通纪浅述校注》，云南人民出版社1989年版，第79页。
③ （元）夏庭芝《青楼集》，载中国戏曲研究院编《中国古典戏曲论著集成》，第7页。

再次，从角色类剧目看，从《思乡早行孤》到《入庙霸王儿》，共52个。此外曲调类剧目中提到的《孤夺旦六幺》《双旦降黄龙》《偌卖妲长寿仙》因其角色特征明显，也可计入。分类中之所以会出现有少数剧目可兼类的现象，说明该剧目所含信息的丰富，以及戏曲形成中受多种因素影响的复杂性。官本杂剧段数中以角色"孤""旦""酸""泥""妲"等题名的剧目有33个，如《孤夺旦六幺》《思乡早行孤》《急慢酸》《泥孤》等。其余未为标明身份的也多以人物名、职业、年龄等代指人物，如《王魁三乡题》《医淡》等。人物角色有孤（官员）、卦铺儿（算命、卜卦之人）、哮（意义和指向不明，似与书生有关）、酸（秀才或读书人）、医（从事该职业的人）、禾（农民）等，遍及宋代社会的各个阶层。以"孤""酸"等来代指官员、秀才，表明人物形象开始类型化。以此来观，宋杂剧为适应社会各个阶层的观众在剧目内容上进行了调整，反过来也说明了当时杂剧演出之盛。尤其是角色的增加和细化，为戏曲角色体系的形成奠定了基础。官本杂剧段数中人物角色的增多和丰富，系列类型化人物的出现，不仅说明人物形象的重要性，也表明宋杂剧已经以角色为中心且有意识地塑造人物形象，角色的独立性和地位凸显，艺人不再仅仅是演出中承担音乐、舞蹈表演的"歌者"和"舞者"，更是以人物形象塑造为中心的表演者。

还有，从剧情结构类剧目看，从《单调霸王儿》至《泥孤》，共60个，其中《双厥送》《双厥投》《三偌一赁驴》《三盲一偌》《泥孤》因角色特征明显，也可计入角色类剧目。这部分剧目除《卖花黄莺儿》《赖房钱啄木儿》《围城啄木儿》《泥孤》外，显著特点是用数字单、双和三、四来标目。数字起到标明剧中主要人物出场的数量，如《单背影》《双养娘》《三偌一赁驴》《四小将》等；或是表示剧情结构的重复和故事情节发展的线索，如《三教安公子》《三献身》等。另外，还出现了用大小来标题目的剧目，如《大双头莲》《小双头莲》《大双惨》《小双惨》等，胡忌认为，大是指上

第五章 唐宋城市转型中新兴文体的萌芽与发展

场人数多、演出时间长、剧情较为复杂的"大院本",反之是"小院本"。① 其实,除胡忌先生所言的情况外,还有一种情况就是,大小是用来表示有代际传承关系的人物故事的延续。如广泛流传于宋代的三侠五义的故事,因故事精彩,后人又在此"大五义"的基础上演绎出其后辈故事"小五义",在梁山英雄故事的基础上敷演出其后辈故事的"小八义"等。以此揆度,官本杂剧段数中"大""小"剧目间的关系,"小"乃"大"后辈故事的演绎或是继续,似乎也说得通。

(三) 剧目题材

唐宋时期的剧目,虽然没有剧本流传下来,对后人了解剧目的题材和内容带来了一定的不便,但剧目与剧本内容间存在的天然概括和综合关系,使剧目本身承载了剧本内容的大量信息,如主旨、情节线索或主要人物等。因此,通过剧目所承载的信息,结合前人对这些剧目本事的考证材料,解读其题材的演变,揭示戏曲在唐宋时期的形成与发展状况。

首先来看唐代剧目的题材。唐代是戏曲的初步形成时期,其戏剧形态已经超诸百戏并形成了歌舞戏、滑稽戏、傀儡戏等演出形态。宫廷优人伴帝王身旁,"俳优侏儒,狎鞿之倡,所以娱耳目乐心意者"②,因此,优人选择一些众人熟知的历史或现实中的人物或故事作为演出的题材,寓庄重于诙谐调笑中,以严肃的态度表演轻松幽默的故事,制造喜乐的氛围和效果。如《三教论衡》中的孔子、老子、释迦牟尼。虽然朝廷下令严禁嘲弄圣贤,但难以禁绝,还是演出《弄孔子》等剧目。现实中的人物也成为戏谑的对象,如《系囚出魅》,事由缘于"侍中宋璟疾负罪而妄诉不已者,悉付御史台治之……由是人多怨者"③,于是伶人作戏以讽之。优人讽谏,下情上

---

① 胡忌:《宋金杂剧考》,古典文学出版社1957年版,第169页。
② (汉) 司马相如:《上林赋》,载(清)曾国藩编纂《经史百家杂抄》卷3,中华书局2013年版,第117页。
③ (宋) 司马光:《资治通鉴》卷212,第6739页。

达,"前朝老乐工,间有优诨及人所不敢言者,不徒为谐谑,往往因此达下情。非为优戏,则容貌俨然如士大夫"①。在调笑戏谑中讽谏,优人针对所发生的人或事,进行巧妙的加工,或委婉或直接,从而达到劝谏目的。"东方古优有不但不以邪淫换取衣食者,且溅颈血以伸张人间之正义,牺牲自身以正去大众之存荣。东方古优能使危者振,惫者兴,昏暴者醒,不但自己有灵魂,且赋统治者以灵魂。人讥笑古优者在形,若古优讥笑人者在心,生死之之,正大光明。"② 如《旱税忤权奸》:

> 二十年春夏旱,关中大歉,实为政猛暴,方务聚敛进奉,以固恩顾,百姓所诉,一不介意。因入对,德宗问人疾苦,实奏曰:"今年虽旱,谷田甚好。"由是租税皆不免,人穷无告,乃彻屋瓦木,卖麦苗以供赋敛。优人成辅端因戏作语,为秦民艰苦之状云:"秦城城池二百年,何期如此贱田园,一顷麦苗五石米,三间堂屋二千钱。"凡如此语有数十篇。③

优人成辅端作戏讽刺李实为讨好皇帝而置民生疾苦于不顾的贪婪和残暴。

唐代的参军戏、滑稽戏等是在古优戏和百戏的基础上发展而来,主要在宫廷演出。服务于帝王等特权阶层的特殊性决定了剧目以政治或历史题材为主,包括社会政治时事、民生疾苦、政治得失、逸闻逸事等,如笑闹性质的《崔公疗妒》《三教论衡》等,讽谏性质的《焦湖作獭》《旱税忤权奸》等,家庭伦理题材的《踏摇娘》《义阳主》等。

其次来看宋代剧目的题材。入宋后,经济的发达,市民阶层的兴起和壮大,娱乐业兴盛,且经过唐代多种戏剧形态的沉淀,形成

---

① (宋)叶梦得:《石林避暑录话》卷下,上海书店出版社1990年版,第26页。
② 任半塘:《唐戏弄》,第387页。
③ (后晋)刘昫等:《旧唐书》卷135,第3731页。

第五章　唐宋城市转型中新兴文体的萌芽与发展

了集多种表演技艺为一体的宋杂剧。剧本经过官府有组织的编写，文人士大夫、书会才人的加入，扩大了剧本的创作队伍，提高了剧目数量和质量。宋杂剧的题材内容更加丰富，涉及宋代社会生活的方方面面。宋杂剧在继承唐代歌舞戏演出形态的基础上，有所改进和发展，取材和融合百戏技艺，形成了在固定曲调统领下演出简单情节的剧目，如《教声六幺》《鞭帽六幺》《厨子六幺》《厚熟瀛府》《三索梁州》《霸王剑器》等，把百戏技艺和音乐曲调结合在一起。随着宋杂剧形式和内容的不断完善，题材也进一步拓展，民间特征凸显。城市人口增加，商业贸易兴旺，坊郭制的城乡人口划分，市民地位不断提升，他们日常生活的喜怒哀乐、衣食住行、娱乐游观、体育竞技、婚嫁礼俗、家长里短、羁旅思乡、买卖纠纷、富贵弃妇等家庭和社会事项成了杂剧的表现对象，剧目涉及情感婚恋、伦理道德、风俗习惯、世相百态等，有《羹汤六幺》《哭骸子瀛府》《打球大明乐》《双打球》《催装贺皇恩三偌》《请客薄媚》《双养娘》《偌卖姐长寿仙》《思乡早行孤》《赖房钱啄木儿》《李勉负心》等。

宋杂剧在表现广阔社会生活内容的同时，还从史传、话本小说、民间传说故事中取材，丰富杂剧的内容，如取材于《左传》的《鹬打兔变二郎》，出自唐传奇《莺莺传》的《莺莺六幺》，出自《柳毅传》的《柳毅大圣乐》，出自孟棨《本事诗》的《崔护六幺》《崔护逍遥乐》，根据民间传说故事编写的《雌虎崔智韬》《三笑月中行》等。"官本杂剧段数"，既然是"官本"，难免涂抹上强烈的宫廷色彩，如以"娱耳目乐心意"为主的娱乐剧目《门子打三教爨》《大彻底错爨》《眼药酸》《三社争赛》等，表现礼乐教化，与民同乐的《闹夹棒爨》《义养娘延寿乐》《天下太平爨》等，表现宫廷宴饮活动的《大宴六幺》《争曲六幺》等。

宋代对城市居民实行分行业管理的"行市制"，"市肆谓之行者，因官府科索而得此名，不以其物小大，但合充用者，皆置为行"[①]。形

[①]（宋）耐得翁：《都城纪胜》，第4页。

283

成了以职业为特征的各种行业,"京都有四百十四行"①。杂剧艺人敏锐地意识到城市的这一变化,在剧目中充分地表现各行各业各色人等的世相百态,如表现医药行业的剧目有《医淡》《医马》《眼药酸》《食药酸》《风流药》等,表现餐饮行业的剧目有《厨子六幺》《羹汤六幺》等,表现博彩行业的有《骰子六幺》《哭骰子瀛府》等,表现手工行业的有《银器胡渭州》等。宋代坊郭制的户籍管理,把城市人口和乡村人口进行划分,在城市居民的眼中,乡村农民、城市贫民、妓院龟公等"贱业"的从业人员或盲人等残疾人成了被嘲笑、讽刺的类型化人物,如《三偌一赁驴》《三盲一偌》②《醉青楼爨》等。唐代以来,儒道佛三教并行,三教的代表性人物就成为调笑解颐的对象,如《三教论衡》《弄孔子》等剧目。宋代重文抑武的国策和文教政策的宽松,三教人物依然是调笑的对象,尤其是儒家的读书人,更与"酸""腐"等词相连,成为类型化人物被嘲弄、戏谑。如戏谑三教代表性人物的剧目《三教闹著棋》《打三教庵宇》等。以佛道人物、故事、音乐曲调相关的宗教题材也有大量的剧目,如《和尚那石州》《塑金刚大圣乐》《大打调道人欢》《会子道人欢》《论禅孤》等。嘲笑戏谑读书人的剧目《秀才下酸摺》《急慢酸》等。在宋代浓厚的宗教氛围中,慕道修仙,追求长生,也是社会各阶层成员的共同理想和旨归,如《三偌慕道六幺》《郑生遇龙女薄媚》等。

从唐代初具戏曲形态的参军戏、傀儡戏、歌舞戏到戏曲形成的宋代杂剧期间,大约经历了 600 余年的漫长时间。在此期间政治背景、社会环境、文化习俗、阶层结构、商业模式、生活环境等都发生了巨变,受此影响,剧目的题材内容也发生了变化。但戏曲"娱耳目乐心意"的主要功能始终未变,不论是以泛戏剧形态出现的唐代参军戏、滑稽戏、歌舞戏,还是以戏曲形态出现的宋杂剧,其娱

---

① (宋)西湖老人:《西湖老人繁胜录》,第 18 页。
② "偌"指无知的乡民或愚笨的小市民。

第五章 唐宋城市转型中新兴文体的萌芽与发展

乐的功能未变,变化的只是社会生活与演出形态。因而其代表性剧目多为集娱乐调笑与讽刺、劝谏功能为一体的滑稽戏谑类剧目。近年来,认为源于古优戏的唐宋滑稽戏是戏曲形成的直接源头,已为学界所共识。作为来自宫廷的滑稽戏,从出现之初,满足帝王权贵的娱乐需求是其本职,"吕本中《童蒙训》云:'作杂剧打猛诨入,却打猛诨出。'打猛诨入,谓先发为种种痴呆可笑之举动、形状或语言也;打猛诨出,谓答以出乎寻常意想以外之解释也。吾国初期戏剧,不论其为金之院本,宋之杂剧,大抵不脱此一类型,而在两宋尤为流行"①。唐代滑稽戏的剧目题材主要取自与政治生活密切相关的人和事,如《魏王掠地皮》《焦湖作獭》《旱税忤权奸》等,或是以历史人物巧设机关博人一笑,如《三教论衡》《弄孔子》类。而宋代市民阶层的壮大,民间娱乐需求旺盛,瓦子勾栏等固定演艺场所的形成,宋杂剧完成了从宫廷艺术到城市乡野的民间艺术普及的转型,普通民众成为杂剧消费的主要群体。观众的平民化带来审美趣味的改变,剧目的题材和内容亦随之而变。滑稽戏的戏谑功能加强,劝谏的政治功能弱化,戏谑的对象生活化、类型化,上至圣人下及平民,社会的各行各业人物都成为剧中人,从而积累了大量的剧目,如《门子打三教爨》《普天乐打三教》《眼药酸》《秀才下酸播》等。此类剧目,由唐至宋,长期活跃在戏台上,戏曲"娱耳目乐心意"的功能可见一斑。

戏曲是宫廷艺术与民间艺术融合的宁馨儿,既有才子佳人的风花雪月、吟诗作对,也有平民百姓的爱恨离合、儿女情长。尤其在戏曲形成过程中多种泛戏剧形态(如歌舞戏、滑稽戏、傀儡戏)的表演方式,不仅可以表现敏感的社会政治问题和历史事件,也可以表现复杂的人情世故和生活琐事。如《莺莺六幺》《双卖姐》《李勉负心》《变猫卦铺儿》《三索梁州》《文武问命》《烧花新水》《大四

---

① 王季思:《打诨、参禅与江西诗派》,《王季思文集》,中山大学出版社 2004 年版,第 11 页。

小将》《赖房钱啄木儿》《女生外向六幺》等。此类剧目不以表现人物故事情节为主，或揭示人性的丑恶，或展现社会风习，或突出音乐曲调，或炫耀技巧等，显示出戏曲来源的多样性和复杂性，既对百戏技艺融合吸收，超诸百戏，又与百戏有剪不断理还乱的关联。戏曲演员既依赖于音乐和歌舞，用歌舞乐演故事，又不是简单的歌舞表演者，而是艺术形象的塑造者。

综上，在唐宋城市转型的商品经济潮流中，随着戏剧演艺市场的形成与发展，艺人社会结构由教坊艺人为主体转向民间艺人为主体。出于市场竞争需求，艺人结为班社，促进艺人技艺提高，推进戏剧演艺形态的革新和发展。另外，戏剧演出场所和观演主体在唐宋间的变化也同样是明显的，勾栏瓦肆中固定的商业化演出场所的出现与观演主体由上层皇家贵族扩展至市井民众关系密切。演出场所的多样化满足不同层次观众的文化娱乐需求，同时有利于各种演绎形态的结合，促进戏剧的成熟、发展和传播。剧本作为戏剧发展成熟的一个重要指标，在唐宋时期由于演艺市场的需求，创作主体由伶人扩大到官员士大夫，有利于推进宋杂剧形式的稳定、规范和完整。虽然现今没有完整剧本存留，但从剧目来判断，题材广泛，数量众多，为元代戏剧的繁荣奠定了坚实的基础。

参考文献

一 文献资料

（春秋）左丘明：《左传》，（晋）杜预集解，上海古籍出版社2015年版。

（战国）孟轲：《孟子》，（宋）朱熹集注，上海古籍出版社2013年版。

（战国）庄周：《庄子今注今译》，中华书局2009年版。

（汉）司马迁：《史记》，中华书局1982年版。

（汉）班固：《汉书》，中华书局1962年版。

（汉）范晔：《后汉书》，中华书局1965年版。

（晋）葛洪：《抱朴子》，上海古籍出版社1990年版。

（唐）魏征等：《隋书》，中华书局1973年版。

（唐）杜佑：《通典》，中华书局1988年版。

（唐）范摅：《云溪友议》，上海古籍出版社2012年版。

（唐）李林甫等：《唐六典》，中华书局1992年版。

（唐）李肇：《唐国史补》，上海古籍出版社1979年版。

（唐）长孙无忌等：《唐律疏议》，上海古籍出版社2013年版。

（唐）殷璠著，王克让注：《河岳英灵集注》，巴蜀书社2006年版。

（唐）孟棨：《本事诗》，上海古籍出版社1991年版。

（唐）郑綮：《开天传信记》，中华书局1985年版。

（唐）王维：《王右丞集笺注》，上海古籍出版社1961年版。

（唐）白居易：《白居易集》，顾学颉校点，中华书局1999年版。

（唐）元稹：《元稹集》，中华书局1982年版。

（唐）杜牧：《樊川文集》，上海古籍出版社1978年版。

（唐）柳宗元：《柳宗元集》，中华书局1979年版。

（唐）寒山：《寒山诗注》，中华书局出版2006年版。

（唐）王梵志：《王梵志诗校注》，上海古籍出版社2010年版。

（唐）赵璘：《因话录》，上海古籍出版社1957年版。

（唐）《唐五代小说笔记大观》，上海古籍出版社2000年版。

（五代）赵崇祚辑：《花间集校》，李一氓校，人民文学出版社1981年版。

（五代）王仁裕等：《开元天宝遗事十种》，上海古籍出版社1985年版。

（后晋）刘昫等：《旧唐书》，中华书局1975年版。

（宋）王溥：《唐会要》，中华书局1995年版。

（宋）李昉等编著：《太平广记》，中华书局1961年版。

（宋）欧阳修、（宋）宋祁：《新唐书》，中华书局1975年版。

（宋）北京大学古文献研究所编：《全宋诗》，北京大学出版社1999年版。

曾枣庄、刘琳主编：《全宋文》，上海辞书出版社、安徽教育出版社2006年版。

（宋）司马光：《资治通鉴》，中华书局1956年版。

（宋）李焘：《续资治通鉴长编》，中华书局1979年版。

（宋）欧阳修：《欧阳修全集》，中华书局2001年版。

（宋）王安石：《王临川全集》，新文化书社1993年版。

（宋）苏东坡：《东坡全集》，中国书店出版社1986年版。

（宋）陆游：《剑南诗稿校注》，上海古籍出版社1985年版。

（宋）王钦若等编：《册府元龟》，中华书局1983年版。

（宋）孟元老：《东京梦华录》，中华书局2006年版。

（宋）吴自牧：《梦粱录》，黑龙江人民出版社2003年版。

（宋）耐得翁：《都城纪胜》，中国商业出版社1982年版。

（宋）西湖老人：《西湖老人繁胜录》，中国商业出版社1982年版。

（宋）周密：《齐东野语》，中华书局1983年版。

（宋）周密：《武林旧事》，中华书局 2007 年版。

（宋）周去非、杨武泉校注：《岭外代答校注》，中华书局 1999 年版。

（宋）袁采：《袁氏世范》，天津古籍出版社 1995 年点校本。

（宋）惠洪等：《冷斋夜话》，中华书局 1988 年版。

（宋）《宋元笔记小说大观》，上海古籍出版社 2001 年版。

（宋）崔令钦等：《历代笔记小说大观》，上海古籍出版社 2012 年版。

（宋）赵彦卫：《云麓漫钞》，古典文学出版社 1957 年版。

（宋）王灼：《碧鸡漫志》，中华书局 1991 年版。

（宋）罗烨：《醉翁谈录》，古典文学出版社 1957 年版。

（宋）江少虞：《宋朝事实类苑》，上海古籍出版社 1981 年版。

（宋）王曾：《王文正公笔录》，中华书局 2017 年版。

（宋）洪迈：《容斋随笔》，中华书局 2005 年版。

（宋）洪迈：《夷坚志》，中华书局 1981 年版。

（宋）叶梦得：《石林燕语》，中华书局 1984 年版。

（宋）岳珂：《桯史》，中华书局 1981 年版。

（宋）曾慥：《类说》，上海古籍出版社 1993 年版。

（宋）佚名：《大宋宣和遗事》，中国古典文学出版社 1954 年版。

（宋）钱易：《南部新书》，中华书局 2002 年版。

（元）夏庭芝：《青楼集》，中国戏剧出版社 1959 年版。

（元）脱脱等：《宋史》，中华书局，1985 年版。

（元）马端临：《文献通考》，中华书局 1986 年版。

孙映逵校注：《唐才子传校注》，中国社会科学出版社 2013 年版。

（明）陶宗仪：《南村辍耕录》，中华书局 1959 年版。

（明）胡震亨：《唐诗谈丛》，商务印书馆 1936 年版。

（明）袁宏道：《袁宏道集笺校》，上海古籍出版社 2008 年版。

（明）冯梦龙编撰：《醒世恒言》，中华书局 2009 年版。

（明）冯梦龙编撰：《警世通言》，中华书局 2009 年版。

（明）郎瑛：《七修类稿》，上海书店出版社 2009 年版。

（明）计成：《园冶注释》，中国建筑工业出版社 1988 年版。

（清）彭定求等：《全唐诗》，中华书局1960年版。
（清）董诰等编：《全唐文》，中华书局1983年版。
（清）钱泳：《履园丛话》，上海古籍出版社2012年版。
（清）刘熙载：《艺概》，上海古籍出版社1978年版。
（清）叶燮：《原诗笺注》，上海古籍出版社2014年版。
（清）陈沆：《诗比兴笺》，上海古籍出版社1981年版。
（清）何文焕辑：《历代诗话》，中华书局1981年版。
（清）王士禛：《带经堂诗话》，人民文学出版社1963年版。
（清）徐松：《宋会要辑稿》，上海古籍出版社2014年版。
（清）纪昀等：《景印文渊阁四库全书》，台湾商务印书馆1986年版。
丁福保辑：《清诗话》，上海古籍出版社2015年版。
吴文治主编：《宋诗话全编》，江苏古籍出版社1998年版。
唐圭璋：《词话丛编》，中华书局1986年版。
张璋等：《历代词话》，大象出版社2002年版。
吴熊和主编：《唐宋词汇评》，浙江教育出版社2004年版。
施蛰存：《晚明二十家小品》，上海书店1984年版。
刘大杰编选：《明人小品选》，上海古籍出版社1995年版。
周光培：《明代笔记小说》，河北教育出版社1995年版。
郑子勉：《明词话全编》，凤凰出版社2012年版。
郑永晓整理：《黄庭坚全集辑校编年》，江西人民出版社2008年版。

二 近人研究论著

（一）专著

1. 译著

［德］奥斯瓦尔德·斯宾格勒：《西方的没落》，吴琼译，上海三联书店2006年版。

［美］包弼德：《唐宋转型的反思：以思想的变化为主》，《中国学术》（第三辑），商务印书馆2000年版。

［美］包弼德：《斯文：唐宋思想的转型》，刘宁译，江苏人民出版

社2017年版。

[俄] 巴赫金：《陀思妥耶夫斯基诗学问题》，白春仁、顾亚铃译，生活·读书·新知三联书店1988年版。

[英] 崔瑞德编：《剑桥隋唐史》，中国社会科学院历史研究所，西方汉学研究课题组译，中国社会科学出版社1990年版。

[美] H. J. 德伯里：《人文地理——文化、社会与空间》，王民等译，北京师范大学出版社1988年版。

[美] 理查德·利罕：《文学中的城市——知识与文化的历史》，吴子枫译，上海人民出版社2009年版。

刘俊文主编：《日本学者研究中国史论著选译》第一卷，黄约瑟译，中华书局1992年版。

[美] 刘易斯·芒福德：《城市发展史：起源、演变和前景》，宋俊岭、倪文彦译，中国建筑工业出版社2005年版。

[日] 加藤繁：《中国经济史考证》，吴杰译，中华书局2012年版。

[美] 凯文·林奇：《城市意象》，方益萍、何晓军译，华夏出版社2017年版。

[英] 柯律格：《蕴秀之域：中国明代园林文化》，孔涛译，河南大学出版社2019年版。

[日] 妹尾达彦：《长安的都市规划》，高兵兵译，三秦出版社2012年版。

[美] 施坚雅主编：《中华帝国晚期的城市》，叶光庭等译，中华书局2000年版。

[奥] 西格蒙德·弗洛伊德：《弗洛伊德爱情心理学文选》，卢毅译，华东师范大学出版社2017年版。

[美] 约翰·沙克拉主编：《设计——现代主义之后》，卢杰、朱国勤译，上海人民美术出版社1995年版。

[日] 宇野直人：《柳永论稿》，张海鸥、羊昭红译，上海古籍出版社1998年版。

[美] 宇文所安：《中国"中世纪"的终结——中唐文化文学论集》，

陈引驰、陈磊译,生活·读书·新知三联书店2014年版。

[美]宇文所安:《盛唐诗》,贾晋华译,生活·读书·新知三联书店2004年版。

[美]杨晓山:《私人领域的变形:唐宋诗歌中的园林与玩好》,文韬译,江苏人民出版社2009年版。

[日]中村圭尔、辛德勇编:《中日古代城市研究》,中国社会科学出版社,2004年版。

[美]索罗金:《社会变动论》,钟兆麟译,上海社会科学院出版社2016年版。

2. 国内专著

包伟民:《宋代城市研究》,中华书局2014年版。

陈寅恪:《金明馆丛稿》,上海古籍出版社1980年版。

陈寅恪:《金明馆丛稿初编》,生活·读书·新知三联书店2001年版。

陈寅恪:《元白诗笺证稿》,生活·读书·新知三联书店2001年版。

陈寅恪:《陈寅恪史学论文选集》,上海古籍出版社1992年版。

陈汝衡:《陈汝衡曲艺文选》,中国曲艺出版社1985年版。

陈平原:《从文人之文到学者之文:明清散文研究》,生活·读书·新知三联书店2004年版。

陈平原:《中国散文小说史》,北京大学出版社2010年版。

陈燕妮:《居住的诗篇——论唐诗中的洛阳城市建筑景观》,人民出版社2011年版。

陈国灿:《南宋城镇史》,人民出版社2009年版。

程杰:《宋诗学导论》,天津人民出版社1999年版。

邓广铭:《邓广铭治史丛稿》,北京大学出版社1997年版。

傅乐成:《唐型文化与宋型文化》,台北"国立"编译馆馆刊1972年版。

胡士莹:《话本小说概论》,中华书局1980年版。

胡忌:《宋金杂剧考》,古典文学出版社1957年版。

侯仁之主编：《环境变迁研究》第 4 辑，北京古籍出版社 1993 年版。
葛晓音：《汉唐文学嬗变》，北京大学出版社 1990 年版。
高小康：《中国古代叙事观念与意识形态》，北京大学出版社 2005 年版。
高小康主编：《城市文化评论》第 1 卷，上海三联书店 2006 年版。
谷更有：《唐宋国家与乡村社会》，中国社会科学出版社 2006 年版。
黄拨荆：《中国词史》，福建人民出版社 2003 年版。
黄新亚：《消逝的太阳——唐代城市生活长卷》，湖南出版社 1996 年版。
黄纯艳：《宋代海外贸易》，社会科学文献出版社 2003 年版。
江蓝生：《魏晋南北朝小说词语汇释》，语文出版社 1988 年版。
蒋伯潜、蒋祖怡：《小说与戏剧》，世界书局 1947 年版。
林继中：《文化建构与文学史纲》，北京大学出版社 2005 年版。
李泽厚：《美的历程》，中国社会科学出版社 1984 年版。
李剑国：《唐五代志怪传奇叙录》，南开大学出版社 1993 年版。
李修生主编：《中国分体文学史·小说卷》，上海古籍出版社 2001 年版。
李孝聪：《中国城市的历史空间》，北京大学出版社 2015 年版。
李埏：《不自小斋文存》，云南人民出版社 2001 年版。
李浩：《唐代园林别业考录》，上海古籍出版社 2005 年版。
刘小枫：《拯救与逍遥》，上海三联书店 2001 年版。
刘勇强：《话本小说叙论：文本诠释与历史构建》，北京大学出版社 2015 年版。
刘方：《唐宋变革与宋代审美文化转型》，学林出版社 2009 年版。
刘宁：《唐宋之际诗歌演变研究：以元白之"元和体"的创作影响为中心》，北京师范大学出版社 2002 年版。
柳诒徵：《中国文化史》，东方出版中心 1996 年版。
林立平：《封闭结构的终结》，广西人民出版社 1989 年版。
廖奔、刘彦君：《中国戏曲发展简史》，山西教育出版社 2006 年版。
鲁迅：《中国小说史略》，中华书局 2010 年版。

罗宗强：《隋唐五代文学思想史》，中华书局1999年版。
鲁亦冬：《中国宋辽金夏经济史》，人民出版社1994年版。
吕叔湘：《近代汉语指代词》，商务印书馆2017年版。
吕文丽：《诸宫调与中国戏曲形成》，中国戏剧出版社2011年版。
毛汉光：《中国中古社会史论》，上海书店出版社2002年版。
孟二冬：《中唐诗歌之开拓与新变》，北京大学出版社1998年版。
钱穆：《国史新论》，生活·读书·新知三联书店2001年版。
钱穆：《中国文化史导论》，商务印书馆2002年版。
钱穆：《中国学术思想史论丛》，安徽教育出版社2004年版。
钱南扬：《戏文概论》，中华书局2009年版。
漆侠：《历史研究法》，河北大学出版社2003年版。
漆侠主编：《宋史研究论文集——国际宋史研讨会暨中国宋史研究会第九届年会编刊》，河北大学出版社2002年版。
任半塘：《唐戏弄》，上海古籍出版社2006年版。
任半塘：《教坊记笺订》，中华书局1962年版。
沈松勤：《唐宋词社会文化学研究》，浙江大学出版社2000年版。
苏雪林：《唐诗概论》，辽宁教育出版社1997年版。
孙逊主编：《都市文化研究》第一辑，上海三联书店2005年版。
孙逊：《中国古代小说与宗教》，复旦大学出版社2000年版。
上海师范大学都市文化研究中心主编：《城市史与城市研究》，上海三联书店2015年版。
史双元：《唐五代词纪事会评》，黄山书社1995年版。
王国维：《王国维遗书》，上海古籍书店1983年版。
王国维：《宋元戏曲史》，上海世纪出版集团2008年版。
王季思：《王季思文集》，中山大学出版社2004年版。
王水照主编：《宋代文学通论·文体篇》，河南大学出版社1997年版。
王岳川：《二十世纪西方哲性诗学》，北京大学出版社2000年版。
王思斌主编：《社会学教程》，北京大学出版社2003年版。
王颖：《城市社会学》，上海三联书店2005年版。

王力：《汉语史稿》，中华书局1980年版。

吴熊和：《唐宋词通论》，浙江古籍出版社1985年版。

谢桃坊：《中国市民文学史》，四川人民出版社2015年版。

谢思炜：《唐宋诗学论集》，商务印书馆2003年版。

袁行霈：《中国诗歌艺术研究》，北京大学出版社1998年版。

袁行霈：《中国文学史》，高等教育出版社1999年版。

余英时：《士与中国文化》，上海人民出版社2003年版。

余恕诚：《唐诗风貌》，安徽大学出版社2000年版。

叶嘉莹：《唐宋词名家论稿》，河北教育出版社2001年版。

杨海明：《唐宋词史》，天津古籍出版社1998年版。

姚瀛艇：《宋代文化史》，河南大学出版社1992年版。

尤中：《白古通纪浅述校注》，云南人民出版社1989年版。

严复：《严复集》，中华书局1986年版。

赵园：《地之子》，北京十月文艺出版社1993年版。

周宝珠：《宋代东京研究》，河南大学出版社1992年版。

周维权：《中国古典园林史》，清华大学出版社1990年版。

周贻白：《中国戏剧史长编》，上海书店出版社2007年版。

章太炎：《章太炎全集》，上海人民出版社1985年版。

张发颖：《中国戏班史》，沈阳出版社1991年版。

张邦炜：《宋代家庭婚姻史论》，人民出版社2003年版。

曾祥波：《从唐音到宋调——以北宋前期诗歌为中心》，昆仑出版社2006年版。

郑学檬：《中国古代经济重心南移和唐宋江南经济研究》，岳麓书社2003年版。

朱金诚：《白居易年谱》，上海古籍出版社1982年版。

三　论文

曹胜高：《论晚唐宵禁制度的松弛及其文化影响》，《学术研究》2007年第7期。

曹胜高：《中晚唐商禁松弛与庶民文化的兴起》，《洛阳师范学院学报》2011年第4期。

曹胜高：《论宋词的俗化》，《贵州师范大学学报》（社会科学版）2009年第1期。

陈平原：《文学的都市与都市的文学——中国文学史有待彰显的另一面相》，《学术评论》2009年第3期。

陈书录：《中唐至明中叶诗歌中农商观念的转变及其意义》，《南京师范大学文学院学报》2006年第1期。

陈凌：《论宋代城市文娱场所兴盛的原因及影响》，《内蒙古农业大学学报》（社会科学版）2008年第4期。

程民生：《略论宋代市民文艺的特点》，《史学月刊》1998年第6期。

程章灿：《半山夕照——王安石与南京》，《古典文学知识》2005年第2期。

董乃斌：《"唯一"传统还是两大传统贯穿？——从"抒情"与"叙事"论中国文学史》，《南国学术》2016年第2期。

葛飞：《山水、雅俗和身份》，《文史知识》2001年第11期。

韩昇：《南北朝隋唐士族向城市的迁徙与社会变迁》，《历史研究》2003年第4期。

侯文学：《先秦两汉文学对山的审美观照》，《山西师大学报》（社会科学版）2006年第1期。

蒋晓光：《唐文化发展进程与唐宋文化转型的必然性》，《兰州学刊》2009年第11期。

康震：《文化地理视野中的诗美境界——唐长安城建筑与唐诗的审美文化内涵》，《文艺研究》2007年第9期。

李浩：《微型自然、私人天地与唐代文学诠释的空间》，《文学评论》2007年第6期。

林文勋：《唐宋历史观与唐宋史研究的开拓》，载中国史学会、云南大学编《21世纪中国历史学展望》，中国社会科学出版社2003年版。

林文勋：《商品经济与唐宋社会变革》，《中国经济史研究》2004年第1期。

林晓洁：《中唐文人官员的"长安印象"及其塑造——以元白刘柳为中心》，载荣新江主编《唐研究》（第十五卷长安学研究专号），北京大学出版社2009年版。

卢汉超：《美国的中国城市史研究》，《清华大学学报》（哲学社会科学版）2008年第1期。

吕建福：《俗讲：中国佛教的俗文学》，《世界宗教文化》2005年第2期。

林继中：《文化转型与宋代文学》，《长江学术》2006年第1期。

刘士林：《在声音中发现城市》，《解放日报》2015年10月7日第5版。

刘士林：《都市文化研究的马克思主义理论基础》，《文学评论》2007年第3期。

刘佳燕、邓翔宇：《权力、社会与生活空间——中国城市街道的演变和形成机制》，《城市规划》2012年第11期。

芦影：《城市音景，以听感心——作为声音研究分支的城市声态考察》，《艺术设计研究》2012年第2期。

陆平：《王维诗歌中的长安及其文化意义》，《江西师范大学学报》（哲学社会科学版）2007年第5期。

龙登高：《南宋临安的娱乐市场》，《历史研究》2002年第5期。

孟昭连：《宋代文白消长与小说语体之变》，《中国社会科学》2011年第3期。

南帆：《启蒙与大地崇拜：文学的乡村》，《文学评论》2005年第1期。

宁稼雨：《中国传统文化"三段说"刍论》，《求索》2017年第3期。

宁欣：《转型期的唐宋都城：城市经济社会空间之拓展》，《学术月刊》2006年第5期。

宁欣：《从士人社会到市民社会——以都城社会的考察为中心》，《文史哲》2009 年第 6 期。

宁欣：《街：城市社会的舞台——以唐长安城为中心》，《文史哲》2006 年第 4 期。

宁欣：《内廷与市场：对唐朝"宫市"的重新审视》，《历史研究》2004 年第 6 期。

宁欣：《转型期的唐宋都城：城市经济社会空间之拓展》，《学术月刊》2006 年第 5 期。

宁欣：《唐宋城市社会公共空间形成的再探讨》，《中国史研究》2011 年第 2 期。

宋淑芳：《白居易在唐宋文化转型中的典型意义》，《南都学坛》2009 年第 5 期。

陶文鹏、赵雪沛：《论唐宋词的戏剧性》，《文学评论》2008 年第 1 期。

王齐洲：《雅俗观念的演进与文学形态的发展》，《中国社会科学》2005 年第 3 期。

王水照：《重提"内藤命题"》，《文学遗产》2006 年第 2 期。

王蒙：《对李商隐及其诗作的一些理解》，《文学遗产》1991 年第 1 期。

王富仁：《悲剧意识与悲剧精神（上篇）》，《江苏社会科学》2001 年第 1 期。

王筱云：《"变旧声作新声"——柳永歌词的都市叙述与北宋中叶都市文化建构》，《文学评论》2007 年第 3 期。

王晓骊：《宋代山水词中的城市风情》，《古典文学知识》2007 年第 2 期。

王涛：《唐宋之际城市民众的佛教信仰》，《山西师大学报》（社会科学版）2007 年第 1 期。

王荣：《略论宋代市民消费》，《沈阳师范大学学报》（社会科学版）2003 年第 6 期。

吴淑玲、张岚：《唐代书肆与唐诗的发展》，《河北学刊》2012 年第 5 期。

吴晓亮：《略论宋代城市消费》，《思想战线》1999 年第 5 期。

吴晓亮：《从城市生活变化看唐宋社会的消费变迁》，《中国经济史研究》2005年第4期。

吴晓亮：《试论宋代"全民经商"及经商群体构成变化的历史价值》，《思想战线》2003年第2期。

武廷海：《六朝建康规画》，《城市与区域规划研究》2011年第1期。

项楚：《唐代的白话诗派》，《江西社会科学》2004年第2期。

谢遂联：《唐代都市诗的演变及其文化意义》，《唐都学刊》2006年第2期。

徐勇：《古代市民政治文化的独特性与局限性分析》，《江汉论坛》1991年第8期。

张楠：《从宋代"瓦肆"市场看我国古代商业音乐文化》，《中国音乐》2006年第4期。

张海鸥：《论词的叙事性》，《中国社会科学》2004年第2期。

周剑之：《宋诗纪事的发达与宋代诗学的叙事性转向》，《文学遗产》2012年第5期。

周剑之：《从"意象"到"事象"：叙事视野中的唐宋诗转型》，《复旦学报》（社会科学版）2015年第3期。

周绍良：《五代俗讲僧圆鉴大师》，《佛教文化》1989年第6期。